EIN PRINZ FÜR JUNE

EIN SPIEL DES GLÜCKS
BUCH 2

SUSAN STOKER

Besuchen Sie Susan im Netz!
www.stokeraces.com
facebook.com/authorsusanstoker
twitter.com/Susan_Stoker
bookbub.com/authors/susan-stoker
instagram.com/authorsusanstoker
Email: Susan@StokerAces.com

EBENFALLS VON SUSAN STOKER

Die Zuflucht in den Bergen

Zuflucht für Alaska
Zuflucht für Henley
Zuflucht für Reese
Zuflucht für Cora
Zuflucht für Lara
Zuflucht für Maisy
Zuflucht für Ryleigh

Das Bergungsteam vom Eagle Point

Ein Retter für Lilly
Ein Retter für Elsie
Ein Retter für Bristol
Ein Retter für Caryn
Ein Retter für Finley
Ein Retter für Heather
Ein Retter für Khloe

SEALs of Protection: Legacy

Ein Beschützer für Caite
Ein Beschützer für Brenae
Ein Beschützer für Sidney
Ein Beschützer für Piper
Ein Beschützer für Zoey
Ein Beschützer für Avery
Ein Beschützer für Kalee
Ein Beschützer für Jane

Die SEALs von Hawaii:

Die Suche nach Elodie
Die Suche nach Lexie
Die Suche nach Kenna
Die Suche nach Monica
Die Suche nach Carly

KAPITEL EINS

Callum »Cal« Redmon fuhr mit seinem Rolls-Royce Cullinan in die Einfahrt der Greens am Rande von Washington, D. C. Der Verkehr war schrecklich gewesen, und er war viel später angekommen als erhofft. Er war in schlechter Stimmung. Sein Rücken tat weh, seine Knie pochten und er hatte schreckliche Kopfschmerzen. Seit er Kriegsgefangener gewesen war und unerbittliche Folter hatte ertragen müssen, war sein Körper nicht mehr derselbe. Er fühlte sich, als sei er mindestens zwanzig Jahre älter als seine siebenunddreißig Jahre.

Er wollte nicht hier sein. Er hatte seinen Verwandten gesagt, dass er kein Leibwächter sei. Dass er seit seinem Ausscheiden aus dem Militär nichts mit verdeckten Operationen oder irgendeiner Art von Sicherheitsdienst zu tun haben wollte. Und doch ... war er hier.

Es war nicht einfach, Teil der liechtensteinischen Königsfamilie zu sein. Obwohl er nicht in dem winzigen Land aufgewachsen war und die Königin und den König kaum kannte, wurde Loyalität von ihm erwartet. Von ihm wurde erwartet, dass er alles stehen und liegen ließ, um nach ihrer Pfeife zu tanzen. Als Carla Green also seinem Cousin zweiten Grades –

den sie online kennengelernt hatte – erzählte, dass sie gestalkt wurde, hatte sein Cousin sich an Cal gewandt, um zu erfahren, was er dagegen tun könne.

Als Cal, wie er war, ihm sagte, dass er *nichts* gegen die persönlichen Probleme seiner neuesten Online-Model-Freundin unternehmen könne und dass sie sich an die örtliche Polizei wenden solle, hatte sein Cousin ihn ignoriert. Er hatte mit seiner Mutter gesprochen, die mit ihrer Schwester gesprochen hatte, die wiederum mit der Königin gesprochen hatte. Die wiederum hatte Cals Eltern angerufen ... und ehe er sichs versah, wurde er unter Zufügen eines schlechten Gewissens dazu getrieben, nach D. C. zu fahren, um die Situation zu »untersuchen«.

Cal war nicht qualifiziert, etwas gegen Carlas Problem zu unternehmen. Ja, er konnte schießen. Er war sogar ein verdammt guter Schütze. Aber das qualifizierte ihn nicht als Amateurdetektiv und schon gar nicht als Leibwächter. Er konnte kaum mit seinem *eigenen* Körper umgehen.

An den meisten Tagen taten ihm die Knochen weh. Die Folter, die er als Kriegsgefangener erlitten hatte, hatte ihn übel zugerichtet. Gerissene Bänder, gebrochene Knochen, gezerrte Muskeln ... das war nur die Spitze des Eisbergs. Technisch gesehen waren alle Verletzungen verheilt, die er erlitten hatte, aber die Auswirkungen hielten an und er hatte viele Narben – sowohl innerlich als auch äußerlich.

Und nicht nur das, seit seiner Entlassung hatte Cal kein besonderes Interesse mehr an Menschen im Allgemeinen. An den schlimmsten Tagen war er mürrisch, an den besten abweisend. Er hatte das Schlimmste gesehen, was die Menschheit zu bieten hatte, und er zog es vor, sich in dem Haus zu verkriechen, das er in der kleinen Stadt in Maine gekauft hatte, wo er und seine Freunde sich nach ihrem Ausscheiden aus dem Militär niedergelassen hatten.

Dank seiner königlichen Abstammung und seiner Eltern,

die das Geld der Familie sorgfältig angelegt hatten, musste Cal sich nie Gedanken um die Höhe seines Bankkontos machen. Niemand würde ihm ansehen, dass er über eine Milliarde Dollar hatte. An den meisten Tagen trug er verblichene Jeans und langärmelige Hemden, und er stellte definitiv nicht zur Schau, dass er Unmengen an Geld hatte.

Ja, der Cullinan war unverschämt teuer. Keiner brauchte einen Rolls-Royce-Geländewagen. Aber er hatte nicht widerstehen können. Er war schnittig, mit allem Schnickschnack ausgestattet und, was am wichtigsten war, er war hervorragend für die verschneiten Straßen von Maine geeignet. Die meisten Leute würden annehmen, dass es sich bei dem Fahrzeug um einen gewöhnlichen Geländewagen handelte, wie es sie zu Tausenden auf der Straße gab. Es war mit Schmutz bedeckt und sah im Moment eher wie ein Arbeitsfahrzeug aus als ein dreihunderttausend Dollar teures Fahrzeug.

Wie angewiesen fuhr Cal seinen Geländewagen um die Rückseite des recht großen Hauses, das auf zwei Hektar stand, und parkte auf dem großen gepflasterten Platz. Er griff kurz nach seinem Handy, um JJ eine SMS zu schicken und ihn wissen zu lassen, dass er wohlbehalten bei den Greens angekommen war.

Er würde seinen Freund später am Abend anrufen und ihm erzählen, was er nach dem Gespräch mit Carla erfahren hatte, aber jetzt, nachdem er die kurze SMS abgeschickt hatte, gönnte er sich einen Moment, um die ihn umgebende Stille zu genießen. Cal schloss die Augen und holte tief Luft. Am liebsten hätte er umgedreht und wäre direkt zurück nach Maine gefahren, um sich in seinem ruhigen Haus zu verkriechen und allein gelassen zu werden. Aber er hatte zu seiner Mutter nicht Nein sagen können.

Er und seine Eltern hatten eine komplizierte Beziehung zur königlichen Familie in Liechtenstein. Seine Mutter und sein Vater hatten das Land verlassen, nachdem sie von einem Paparazzo umgeworfen worden war, als sie mit Cal schwanger war. Sie hatten nicht versucht, Fotos von *ihr* zu machen, sondern von der Königin und dem König, und seine Mutter war einfach im Weg gewesen. Seinem Vater war damit der Kragen geplatzt und er war mit ihnen nach England gezogen.

Die Königin und der König waren nicht glücklich darüber gewesen, aber es war nicht so, als würde sein Vater jemals König werden. Er war so weit unten in der Thronfolge, dass es für ihn fast unmöglich war, an die Spitze zu gelangen. Sie hatten ein friedliches, wenn auch öffentliches Leben in London gelebt und waren nur ab und zu für kurze Besuche und offizielle Anlässe in ihr Heimatland zurückgekehrt.

Cal war der britischen Armee beigetreten und war schließlich von einem Team von Delta-Force-Agenten fasziniert gewesen, die er in Übersee in Aktion gesehen hatte. Es wurden Beziehungen spielen gelassen, Vereinbarungen getroffen, und nicht lange danach befand Cal sich in den Vereinigten Staaten, um sich zu einem Delta ausbilden zu lassen. Es war harte Arbeit, manchmal zermürbend, aber er hatte es geliebt. Er wurde der Arbeit mit Chappy, Bob und JJ zugeteilt.

Cal hatte sich noch nie mit jemandem so gut verstanden wie mit seinen Teamkameraden. Die Männer wurden unzertrennlich, und als sie nach einer Geiselnahme beschlossen hatten, das Militär zu verlassen, war es für Cal keine Frage gewesen, dass er dorthin gehen würde, wo die anderen waren.

Sie ließen sich in Maine nieder – nachdem Cal mehrere Runden Schere, Stein, Papier gewonnen hatte – und gründeten *Jack's Lumber*, eine Baumpflegefirma. Und obwohl die Arbeit schwierig sein konnte, vor allem wegen der unerbittlichen chronischen Schmerzen, unter denen Cal Tag für Tag litt, war er drei lange Jahre lang zufrieden und meistens glücklich gewesen.

Cal öffnete die Augen und seufzte. Er zögerte es hinaus. Er musste reingehen und sich mit Carla Green und ihrer Mutter treffen. Fakten sammeln, herausfinden, welche Beweise Carla gegen ihren Stalker hatte, die Ernsthaftigkeit der Bedrohung einschätzen. Sein Cousin Karl war schon immer überdramatisch gewesen, besonders als Kind. Wenn er sich den Zeh gestoßen hatte, schrie und weinte er, als hätte ihn jemand abgehackt. Wenn er in einem Test eine Eins minus bekommen hatte, erwartete er, von allen behandelt zu werden, als hätte er gerade Krebs geheilt. In jede feste Freundin war er wahnsinnig verliebt gewesen und hatte monatelang geschmollt, wenn sie sich unweigerlich trennten.

Cal wusste nicht, ob Karl und Carla sich wirklich nur im Internet kennengelernt hatten, aber er war sich sicher, dass sein Cousin wieder einmal übertrieben dramatisch reagiert hatte, als er die Verwandtschaftskette hinaufwanderte, um Cal dazu zu bringen, nach seiner Pfeife zu tanzen.

Cal fuhr sich mit einer Hand über das Gesicht und holte noch einmal tief Luft, bevor er sich vorbeugte und das Handschuhfach öffnete. Er holte zwei Aspirin heraus und schluckte sie trocken hinunter, wobei er betete, dass sie etwas gegen das Pochen in seinem Kopf bewirken würden.

Er öffnete die Tür und stieg aus seinem Geländewagen. Er streckte den Rücken in dem Versuch, die vom langen Sitzen entstandenen Verspannungen zu lösen. Cal seufzte, als er spürte, wie die Bewegung an den Narben auf seinem ganzen Oberkörper zog.

Jeder Tag, jede Bewegung erinnerte ihn an die Hölle, die er durchgemacht hatte. Seine Freunde hatten getan, was sie konnten, um die Aufmerksamkeit ihrer Entführer auf sich zu lenken, aber als diese merkten, wen sie in den Klauen hatten, waren sie geradezu schadenfroh gewesen. Sie hatten gelacht, während sie ihn schnitten, ihn schlugen, ihre Videokameras einschalteten, um der Welt zu zeigen, wie tief ein wahrhaftiger Prinz gefallen war.

Cal zwang seine Gedanken von der nicht allzu fernen

Vergangenheit weg und machte sich auf den Weg zur Vorderseite des Hauses ... bis eine Bewegung seine Aufmerksamkeit erregte.

Eine Frau kam durch eine Seitentür aus dem Haus, trug einen Müllsack und ging auf einen Mülleimer direkt gegenüber zu. Cal machte instinktiv einen Schritt zurück und versteckte sich hinter dem Haus, während er sie musterte. Sie war klein, vielleicht einen ganzen Kopf kleiner als er, und hatte die Kurven, die Cal so liebte. Wahrscheinlich weil er mit dem Gegenteil aufgewachsen war – mit dünnen Frauen, die alles taten, um in Designerkleider zu passen und der gesellschaftlichen Vorstellung einer hübschen Frau zu entsprechen.

Trotzdem hatte er sich immer viel mehr zu Frauen hingezogen gefühlt, die etwas Fleisch auf den Knochen hatten. Er liebte es, wie sie sich an ihm, unter ihm anfühlten, wie ihre vollen Brüste wackelten und hüpften, wie weich ihre Schenkel und ihr runder Bauch in seinen Händen waren. Eine rubenssche Frau war der Inbegriff von Attraktivität.

Cal würde jederzeit eine kurvige Frau einer dünnen vorziehen.

Abgesehen von den Kurven gab es nichts besonders Bemerkenswertes an der Frau, die er im Moment beobachtete. Sie trug ein übergroßes T-Shirt, das sie in der Taille geknotet hatte, und ihr langes braunes Haar war zu einem Pferdeschwanz zusammengebunden. Eine abgetragene, verblichene Jeans schmiegte sich an ihre Oberschenkel und ihr Gesicht war ungeschminkt, soweit er es erkennen konnte. Aber irgendetwas an der Gesamtwirkung veranlasste Cal dazu, sie genau zu beobachten.

Sie schob den Deckel vom Mülleimer und stöhnte, als sie den offensichtlich schweren Müllsack hochhievte. Nachdem sie ihn hineingeworfen hatte, wischte sie sich mit dem Ärmel ihres Hemdes über die Stirn, seufzte dann tief, wandte ihr Gesicht der Sonne zu und schloss die Augen.

Einen langen Moment stand sie da, den Kopf nach hinten geneigt, ein kleines Lächeln auf dem Gesicht, als sei das Gefühl der Sonne auf ihrer Haut der Höhepunkt ihres Tages.

Cal war hingerissen. Er hatte noch nicht einmal ein Wort zu der Frau gesagt, und doch konnte er an der Art, wie sie das einfache Vergnügen der Sonne auf ihrem Gesicht genoss, erkennen, dass dies jemand war, den er kennenlernen wollte.

Als er das erste Mal nach seiner Rettung nach draußen gegangen war, hatte er dasselbe getan, was sie jetzt tat. Er hatte tief durchgeatmet, die Augen geschlossen und das Gesicht in die heiße Sonne des Nahen Ostens gehalten. Es hatte tatsächlich wehgetan, die glühende Sonne hatte die Schnitte und Blutergüsse auf seiner Haut verbrannt, aber selbst drei Jahre später hatte sich nichts so gut angefühlt wie dieser erste Atemzug an der frischen Luft.

Und aus irgendeinem Grund hatte Cal das Gefühl, dass diese Frau ein wenig von dem fühlte, was er an diesem Tag empfunden hatte. Als sei sie frei, wenn sie hier draußen in den schwachen Strahlen der spätwinterlichen Sonne stand, während die Vögel um sie herum sangen. Frei von ihren Sorgen und Nöten.

»Juniper!«

Die schrille Stimme, die aus dem Inneren des Hauses ertönte, ließ die Frau überrascht zusammenzucken, und sie wandte ihre Aufmerksamkeit der Tür zu, aus der sie gekommen war. Das kleine Lächeln auf ihrem Gesicht verschwand und Cal beobachtete, wie jeglicher Ausdruck von ihrem Gesicht verschwand und sie zurück zum Haus ging.

»Juniper! Wo zum Teufel bist du?«, rief die Person erneut.

Sie zerrte an Cals Nerven, denn die Tonlage war hoch genug, um das Pochen in seinem Kopf noch zu verstärken.

»Ich komme!«, rief die kurvenreiche Fremde ruhig, als sei sie es gewohnt, angeschrien zu werden. Und Cal nahm an, dass sie das wahrscheinlich auch war. Wahrscheinlich war sie eine angestellte Haushaltshilfe; es machte Sinn, wenn sie den Müll rausbrachte. Cals Familie hatte im Laufe der Jahre einiges an Dienstmädchen, Gärtnern, Köchen und anderem Personal gehabt. Aber er konnte sich nicht daran erinnern, dass seine Mutter jemals mit einem von ihnen so respektlos gesprochen hatte wie die unsichtbare Frau im Haus, wer auch immer sie war.

Juniper. Cal lächelte. Es war ein schöner Name.

Er beobachtete, wie Juniper nach der Tür griff, die zurück ins Haus führte. Sie drehte sich um und schaute noch einen kurzen Moment zum Himmel, und Cal konnte deutlich den Ausdruck auf ihrem Gesicht erkennen. Er war nicht mehr leer.

Die Sehnsucht, der Kummer und die Frustration, die er dort sah, trafen ihn tief. Doch kaum hatte er einen Blick auf die Gefühle erhascht, waren sie verschwunden, ebenso wie die Frau.

Cals Herz schlug schnell in seiner Brust. Er war sich nicht sicher, was gerade passiert war, aber so etwas hatte er noch nie gefühlt. Er glaubte nicht an Liebe auf den ersten Blick, wie sie in Märchen zu finden war. Ja, er war ein Prinz, aber er würde nicht sein Schneewittchen, Aschenputtel oder Dornröschen treffen und sich auf den ersten Blick in sie verlieben.

Aber ... er konnte nicht leugnen, dass er sich noch nie zu einer Frau so hingezogen gefühlt hatte wie zu der rätselhaften Juniper. Es war nicht nur ihr Aussehen, obwohl ihr Körper genau das war, was er bei seinen Partnerinnen bevorzugte. Es war die Friedlichkeit, die sie ausstrahlte, als sie ihr Gesicht der Sonne zuwandte. Eine unterschwellige Stärke, als sie der wütenden Frau im Haus mit Gelassenheit begegnete.

Cal schüttelte den Kopf und schnaubte über sich selbst. Er machte sich lächerlich. Auf keinen Fall hätte er das alles von einer Frau ableiten können, die einfach nur den Müll rausbrachte.

Und doch hatte er es getan. Sein Körper wusste es, auch wenn sein Verstand es nicht zugeben wollte.

Cal hatte keine Ahnung, wer Juniper war, aber er wusste, dass er sie aufsuchen wollte. Mit ihr reden. Vielleicht würde ihn das zur Vernunft bringen. Sie würde etwas Nerviges sagen oder herausfinden, wer er war, und sich so verhalten wie so viele andere Frauen in der Vergangenheit ... lächeln, flirten und alles in ihrer Macht Stehende tun, damit er sich in sie verliebte.

Das würde nicht passieren. Er war immun gegen Liebe.

Aber das ließ seine Neugierde nicht verschwinden. Oder seine Libido. Etwas, das er seit seiner Rettung ignoriert hatte.

Zum ersten Mal seit Jahren freute Cal sich auf die kommenden Stunden und Tage. Ja, er musste Carla Green treffen und ihre Stalker-Situation einschätzen, aber jetzt hatte er noch ein zweites Ziel ... die rätselhafte Juniper finden und herausfinden, ob die Anziehungskraft, die er zu ihr verspürte, nur eine vorübergehende Erscheinung war oder etwas mehr.

Die Geschichte, die sein Vater ihm von dem Tag erzählt hatte, an dem er Cals Mutter kennengelernt hatte, schoss ihm ungewollt durch den Kopf. Wie er einen Blick auf sie geworfen hatte und wusste, dass sie die Richtige war. Er hatte Cal erzählt, dass die Liebe für jeden Mann in seiner Familie so funktioniert hatte. Sie trafen die Person, die für sie bestimmt war, und die Sterne standen richtig, die Vögel sangen, und das war's.

Cal hatte immer mit den Augen gerollt und insgeheim gedacht, dass sein Vater sich die Geschichten nur ausgedacht hatte. Dass er den »königlichen« Disney-Mythos über Seelenverwandtschaft und Liebe auf den ersten Blick für seinen kleinen Sohn aufrechterhalten wollte.

Jetzt kam er zum ersten Mal in seinem Leben ins Wanken, was seine lang gehegten Vermutungen darüber anging, wie seine Eltern zusammengekommen waren.

Kopfschüttelnd ging Cal weiter in Richtung Hauseingang, während er auf die Uhr schaute. Es war kurz nach siebzehn

Uhr und der Abend rückte schnell näher. Und jetzt freute er sich tatsächlich darauf hineinzugehen … denn auf der anderen Seite der Tür war eine Frau, die seine Aufmerksamkeit erregt hatte, ohne es überhaupt zu versuchen.

Juniper »June« Rose wischte sich zum gefühlt tausendsten Mal seit heute Morgen die Stirn am Ärmel ihres T-Shirts ab. Sie war erschöpft. Sie arbeitete bereits mehrere Stunden ununterbrochen. Ihre Stiefmutter und ihre Stiefschwester waren schon seit Tagen in heller Aufregung, seitdem sie die Bestätigung erhalten hatten, dass ein echter Prinz in ihrem Haus wohnen würde.

Nach dem zu urteilen, was June beim Putzen aus dem Geflüster von Elaine und Carla mitbekommen hatte, kam Prinz Redmon, der aus einem kleinen europäischen Land stammte, nach D. C., um mit Carla über ihren »Stalker« zu sprechen.

June schnaubte laut. Stalker. Ja, sicher. Niemand stalkte ihre Stiefschwester – das war nur eine weitere erfundene Geschichte, um Aufmerksamkeit zu erregen. Carla Green war nur daran interessiert, ihre Idole, die Kardashians, zu imitieren. Alles, was sie tat, diente diesem Ziel. Sie wollte reich und berühmt sein und bewundert werden.

Das Problem war, dass Carla wirklich furchtbar war. June hatte in ihrem ganzen Leben noch nie eine gemeinere, kältere, egozentrischere Frau getroffen. Es machte ihr sogar Spaß, Menschen zum Weinen zu bringen. Zu diesem Zweck tat sie natürlich alles, was sie konnte, um *June* unglücklich zu machen. Sie war acht Jahre jünger als June und wirkte eher wie fünfzehn als ihre tatsächlichen vierundzwanzig.

Aber Carla war auch hinreißend. Sie war eins achtzig groß und schlank, hatte langes blondes Haar und große blaue Augen, und wenn sie wollte, konnte sie äußerst charmant sein.

June nahm an, dass es ihr deshalb gelungen war, den Mann zu bezirzen, den sie im Internet kennengelernt hatte und der Prinz Redmon kannte.

June hatte ihre Stiefschwester eines Abends versehentlich unterbrochen, als sie per FaceTime mit dem Mann namens Karl sprach – und war entsetzt gewesen, als sie Carla von der Taille aufwärts nackt vorfand, wie sie ihre DDD-Brüste für die Kamera in die Höhe hielt.

Als sie erwischt wurde, war Carla sofort zu ihrer Mutter gelaufen und hatte June beschuldigt, ihr nachspioniert zu haben, und June musste sich eine Stunde lang anschreien und als »undankbar« und »neidisch« beschimpfen lassen. Das war natürlich lächerlich, aber wie üblich ließ Elaine June keine Gelegenheit, ihr zu sagen, was wirklich passiert war.

Öfter als sie zählen konnte hatte June davon geträumt, die bösen Frauen hinter sich zu lassen. Sie war zweiunddreißig. Sie war nicht mehr an das Haus gekettet. Sie konnte jederzeit verschwinden.

Aber in den vergangenen Jahren hatte sie jedes Mal, wenn sie den Mut aufgebracht hatte, das Haus zu verlassen, den Sessel gesehen, auf dem ihr Vater sie auf den Schoß genommen und ihr vorgelesen hatte. Oder sie sah die Markierungen an der Wand, die ihre Körpergröße während ihrer Kindheit zeigten. Er hatte immer eine große Sache daraus gemacht, wenn sie den Bruchteil eines Zentimeters gewachsen war, obwohl sie immer das kleinste Kind in ihrer Klasse gewesen war und schließlich bei einer zierlichen Größe von eins sechzig endete.

Sie erinnerte sich daran, wie ihr Vater mit ihr im Garten kniete, während sie Unkraut zupften und über verschiedene Dinge lachten.

Ihr Vater hatte dieses Haus geliebt. Er hatte ewig gespart, um es kaufen zu können und seiner Tochter ein wunderschönes Zuhause zu bieten – das Gegenteil der beengten Wohnung, in der er in seiner Jugend gelebt hatte. In ihrer frühen Kindheit war es hart gewesen, aber er hatte es immer geschafft, die Hypothek zu bezahlen, auch wenn sie wochenlang Hotdogs und Fertignudeln essen mussten.

Und während all ihrer Schwierigkeiten hatten sie einander gehabt. Sie hatten auf den zwei Hektar um das Haus herum gespielt. Er hatte ihr das Kochen beigebracht. Putzen schien nie eine lästige Pflicht zu sein, wenn er es mit ihr tat.

Dann, als June vierzehn war, lernte er Elaine und ihre sechsjährige Tochter kennen und war sofort von beiden verzaubert. Ein Jahr später war er weg, verstorben nur wenige Monate nach seinem stürmischen Werben um Elaine.

Es war nicht fair. June vermisste ihren Vater jeden Tag noch immer schrecklich. Das Haus und das Land selbst waren alles, was ihr außer den Erinnerungen an ihn geblieben war.

Es war schwer zu glauben, dass er vor so langer Zeit gestorben war. Im Laufe der Jahre hatte ihre Stiefmutter die meisten Dinge, die ihr Vater so sehr geliebt hatte, langsam, aber sicher verkauft und alles andere in den Keller oder auf den Dachboden gebracht. Die Zimmer sahen nicht mehr so aus wie früher, als es nur June und Dad gegeben hatte.

Als er im Krankenhaus im Sterben lag, hatte er June gesagt, dass das Haus ihr gehöre. Dass er wusste, dass sie es genauso lieben und pflegen würde wie er. Und sie hatte versprochen, genau das zu tun. Um ihre glücklichen Erinnerungen zu bewahren.

Als er starb, war sie am Boden zerstört. Vor lauter Trauer hatte sie monatelang nicht mehr klar denken können. Anfangs war ihre Stiefmutter ihr Fels in der Brandung gewesen, hatte June vor dem Zusammenbruch bewahrt. Aber rückblickend wusste June jetzt, dass die Frau sie sich zu Nutzen gemacht hatte. Sie baute sie auf, um sie dann wieder zu zerstören. Irgendwie hatte sie June sogar davon überzeugt, dass das College eine Zeit- und Geldverschwendung sei. Sie redete ihr ein, keine akademische Veranlagung zu haben und dass ihr

Vater sie *hier* würde haben wollen, um sich um das Haus zu kümmern.

Mit Anfang zwanzig hatte sie einen ersten klaren Moment gehabt und begonnen, nach Möglichkeiten zu suchen, Elaine und Carla aus dem Haus zu werfen, bevor sie jede Spur ihres Vaters beseitigten – nur um dann festzustellen, dass sie unwissentlich ihre Rechte an dem Haus abgetreten hatte, das ihr Vater geliebt und gehegt hatte.

Eines Tages, kurz nachdem sie achtzehn geworden war, hatte Elaine ein Bündel Papiere mit nach Hause gebracht und ihr erklärt, dass es sich um legale Dokumente handle, die June für ihr Erbe unterschreiben müsse, da sie nun volljährig sei.

Dummerweise hatte sie der Frau vertraut, hatte Seite für Seite unterschrieben, ohne sie zu lesen ... und hatte am Ende ihrer Stiefmutter das Eigentum an ihrem Haus übertragen, ohne zu wissen, was sie da tat.

Widerwillig war June geblieben. Zum Teil, weil sie nirgendwo hingehen konnte und kein Geld hatte, um sich eine eigene Wohnung zu mieten, zumal Elaine und Carla sie im Grunde zu einer Dienerin gemacht hatten, sodass sie keine Zeit hatte, sich anderswo Arbeit zu suchen. Nicht dass sie über genügend marktfähige Fähigkeiten verfügte, um einen gut bezahlten Job zu bekommen.

Aber hauptsächlich war sie geblieben, weil sie und ihr Vater hier glücklich gewesen waren.

Jetzt schwand Junes Hartnäckigkeit, durchzuhalten und das geliebte Haus ihres Vaters nicht ihrer schrecklichen Stieffamilie zu überlassen, mit jedem verstreichenden Jahr. Carla war ein Miststück, ihre beiden Corgis waren furchtbar und genauso böse wie ihre Besitzerin, und Elaine hatte einen berechnenden Blick, dem June nicht traute.

Seit ein paar Jahren legte sie Geld beiseite ... Geldscheine, die sie im Haus gefunden hatte, Kleingeld in der Waschmaschine, das Elaine und Carla in ihren Taschen gelassen hatten, Restgeld von Besorgungen.

Es war immer noch nicht genug, nicht wirklich, aber June hatte schließlich den Punkt erreicht, an dem sie wusste, dass sie gehen musste. Sie hatte keine Freunde, die ihr helfen konnten, denn Elaine hatte sie schon vor langer Zeit geschickt von den Kindern isoliert, mit denen sie auf die Middle- und Highschool gegangen war. Jahrelang war sie damit beschäftigt gewesen, zu arbeiten, zu putzen, einzukaufen, zu kochen und andere Besorgungen zu machen, sodass ihr keine Zeit für ein eigenes Sozialleben blieb.

Als sie gerade aus der Highschool kam und immer noch tief über den Verlust ihres Vaters trauerte, und als sie immer noch glaubte, dass Elaine nur ihr Bestes wollte, war June gern bereit gewesen zu helfen. Ihren Teil dazu beizutragen, Carla aufzuziehen und den Haushalt so reibungslos wie möglich zu führen.

Aber jetzt war sie sich bewusst, wie dumm sie gewesen war. Zu viele Jahre lang war sie Elaines und Carlas Sklavin gewesen – und damit war sie fertig.

Sie würde das Haus vermissen, aber die glücklichen Erinnerungen an ihren Vater waren durch Momente der Erniedrigung und Entwürdigung ersetzt worden. Das Haus war nicht länger ein geschätzter sicherer Ort – es war ihre eigene Version der Hölle geworden.

June wusste nicht, wohin sie gehen oder was sie tun würde, aber überall wäre es besser als hier. Sie hatte recherchiert, wo man im Land am besten und am günstigsten leben konnte, und hatte sich noch nicht entschieden, wohin sie gehen wollte. Irgendwo weit weg von Washington, D. C., das stand fest.

»Juniper!«, rief Carla, als sie in die Küche stürmte.

June hasste es, dass Elaine und Carla darauf bestanden, sie bei dem Namen zu nennen, den ihr Vater immer benutzt hatte.

Zuerst war es tröstlich gewesen – es fühlte sich vertraut an und erinnerte sie an ihn. Aber jetzt war ihr voller Name aus ihrem Mund abstoßend und verursachte ihr eine Gänsehaut.

»Ja?«, fragte sie, als sie sich von dem Topf abwandte, in dem sie auf dem Herd rührte.

»Er ist da! Endlich! Er wird in dem Zimmer neben meinem wohnen. Du musst hinaufgehen und die Bettwäsche wechseln. Stell sicher, dass er ein sauberes Handtuch hat – und zwar eins von den kleinen.« Ihre Stiefschwester grinste mit einem hinterhältigen Funkeln in den Augen. »Ich werde nämlich *aus Versehen* hereinplatzen, und ich will sehen, wie groß sein Schwanz ist. Das geht nicht, wenn er ein riesiges Badetuch um die Taille gewickelt hat. Oh! Und sprüh etwas von meinem Parfüm auf sein Bettzeug. Ich will, dass er meinen Geruch mit dem Bett assoziiert.«

»Jetzt gleich?«, fragte June. Sie wollte am liebsten die Augen verdrehen und Carla sagen, dass sie ekelhaft und viel zu verzweifelt war, aber sie wusste es besser. Es war viel einfacher, in den Hintergrund zu treten, zu tun, was ihr gesagt wurde, als zu widersprechen. Das hatte sie aus Erfahrung gelernt.

»Natürlich, jetzt sofort! Was denn sonst? Du bist so dumm.«

»Okay, aber das Essen könnte anbrennen, wenn ich das tue«, erklärte June ihr.

»Mist! Das wird nicht funktionieren. Na schön – nachdem du uns bedient hast, nach den Vorspeisen und vor dem Dessert, während wir das Hauptgericht essen, läufst du nach oben und machst alles fertig. Oh, und sorge dafür, dass die Tür zwischen unseren Zimmern nicht abgeschlossen ist. Wie soll ich ihn sonst zufällig nackt erwischen?« Carla gackerte. »Hast du ihn gesehen?«, fragte sie.

June schüttelte den Kopf. Sie wollte ihre Stiefschwester fragen, wann zum Teufel sie Zeit hätte haben sollen, ihren Gast auszuspionieren, wo sie doch damit beschäftigt war, die letzten

Arbeiten zu erledigen – Hundehaare aus dem Eingangsbereich zu fegen, den Müll rauszubringen und das Vier-Gänge-Menü zu kochen, von dem Elaine behauptet hatte, der Prinz würde es erwarten.

»Ich habe gehört, dass er mit Narben übersät ist. Karl hat mich sogar davor gewarnt, keine große Sache daraus zu machen, aber ich habe im Internet nachgeschaut, was er damit meint, und er sieht ohne seine Kleidung *grässlich* aus. Ich werde die Augen schließen müssen, wenn er auf mir liegt, weil ... ekelhaft!« Sie hielt inne, um dramatisch zu erschaudern. »Aber zum Glück ist sein Gesicht in Ordnung. Ich meine, seine Nase ist schief und ihm fehlt ein Teil eines Ohres, aber ich werde ihn dazu bringen, sich die Haare lang wachsen zu lassen, damit das verdeckt wird. Solange er einen großen Schwanz hat, ist es mir eigentlich egal, wie der Rest von ihm aussieht. Wir werden immer noch wunderschön zusammen sein. Ich habe schon angefangen, mir Hochzeitskleider anzuschauen! Ich will jede königliche Hochzeit ausstechen, die je im Fernsehen übertragen wurde! Ich werde eine Prinzessin sein – und ich kann es kaum erwarten!«

June empfand Mitleid mit dem Prinzen. Er hatte keine Ahnung, in was für ein Schlangennest er da hineingeraten war. Er hatte keine Ahnung, dass Carla bereits ihre Hochzeit plante, während sie ihn wegen Dingen, auf die er keinen Einfluss hatte, »grässlich« und »ekelhaft« nannte.

Carla starrte June einen Moment lang an. »Und?«, fragte sie schließlich.

June wusste, was sie hören wollte. »Du wirst eine wunderschöne Braut sein«, sagte sie ruhig.

Carla nickte mit einem aufgesetzten Lächeln. »Natürlich werde ich das. Merke dir meine Worte – Prinz Redmon wird innerhalb von drei Monaten mein Ehemann sein. Keiner kann mir widerstehen. Ich habe die ganzen Schönheitsoperationen nicht umsonst gemacht. Ich werde eine *Prinzessin* sein!«, erklärte sie erneut.

Dann funkelte sie June an. »Sei nicht zu spät mit unserem Abendessen. Halt den Mund – und sieh den Prinzen nicht einmal an. Er gehört *mir*, und ich werde alles tun, was ich tun muss, um ihn zu bekommen. Hast du verstanden?«

June nickte sofort. »Natürlich.«

»Gut. Gott, du bist so erbärmlich. Als würde er eine fette Kuh wie dich jemals zweimal ansehen.« Dann drehte Carla sich um und stolzierte aus der Küche.

Kaum war sie weg, atmete June auf. Sie hatte schon vor Jahren aufgehört, die Beleidigungen ihrer Stiefschwester an sich heranzulassen. Sie wusste, dass sie übergewichtig war, aber solange sie ansonsten gesund war, machte ihr das nichts aus. Ihr Vater hatte ein wenig mit seinem Gewicht zu kämpfen gehabt und sie hatte Bilder von ihrer Mutter gesehen. June hatte definitiv die Rose-Gene ... sie würde nie groß und schlank sein, aber damit war sie zufrieden. Sie trieb zwar keinen Sport wie die meisten Menschen, aber die Arbeit im Haus und im Garten hielt ihre Muskeln stark und ihre Ausdauer hoch.

June wandte sich wieder dem Topf auf dem Herd zu und seufzte tief. Sie hatte wirklich Mitleid mit Prinz Redmon. Carla würde ihn unerbittlich verfolgen, und wie die meisten Männer, die in ihre Falle gerieten, wäre er bereits gefangen, bevor er erkannte, was für eine Frau ihre Stiefschwester war.

Aber das ging June nichts an. Sie hatte versucht, einige der Männer zu warnen, mit denen Carla in der Vergangenheit ausgegangen war, und es war nicht gut für sie gelaufen. Unweigerlich fanden Carla oder Elaine heraus, was sie gesagt hatte, und machten ihr danach wochenlang das Leben schwer. Es war einfacher, den Mund zu halten und Carlas Verehrer selbst herausfinden zu lassen, dass sie ein tobendes Miststück war.

June schüttelte den Kopf bei dem Gedanken, dass Carla

eine Prinzessin werden könnte. Sie würde den Ruf Liechtensteins mit Sicherheit ruinieren. Aber ... es ging sie nichts an. Wenn sie verschwand, wäre sie frei von Carla und Elaine Green, und sie würde nie zurückblicken. Ihre Zeit rückte näher, und wie Carla sagen würde, June konnte es kaum erwarten.

KAPITEL ZWEI

Cals Kopf fühlte sich an, als würde er in einen Schraubstock gepresst. Seine vorherigen Kopfschmerzen hatten sich zu einer ausgewachsenen Migräne ausgeweitet. Die Menge an Parfüm, die Carla Green trug, war definitiv keine Hilfe. Es roch, als hätte sie in dem Zeug gebadet.

Sie war wunderschön – das konnte Cal nicht leugnen. Sie war etwa so groß wie er, ihr blondes Haar war elegant frisiert und ihr Gesicht kunstvoll geschminkt. Ihre Zähne waren ganz gerade und unnatürlich weiß, und er konnte verstehen, warum jemand wie sein Cousin in sie verliebt war.

Er hatte auf der Fahrt nach D. C. mit Karl gesprochen, und sein Cousin hatte ihm erzählt, wie viel Angst Carla hatte und wie sehr er es schätzte, dass Cal alles tat, um sie zu beschützen. Als er Karl fragte, warum er nicht *selbst* in die Staaten kam, um sie zu beschützen, murmelte sein Cousin etwas davon, nicht zu weit gehen zu wollen.

Was für Cal keinen Sinn ergab. Karl wollte nicht zu weit gehen, aber er war einverstanden, dass *er* sich in die Situation einmischte? Das sagte er seinem Cousin, und Karl erwiderte, dass es angemessener sei, weil Cal bereits in den Staaten sei und diskret nachforschen könne. Wenn jemand erfahren würde, dass Karl nach Übersee geflogen war, um einem wunderschönen amerikanischen Model zu helfen, würde die europäische Presse Vermutungen anstellen.

Cal hätte darüber fast geschnaubt. Übersetzung: Die Monarchie war mehr als nur ein wenig frustriert darüber, dass die Heldentaten seines Cousins in den Boulevardblättern auftauchten. In die USA zu fliegen, um Carla zu helfen, deutete auf ein gewisses Interesse hin ... vielleicht sogar so viel, dass die Familie Karl unter Druck setzte, zu heiraten und seinem Playboy-Leben ein Ende zu setzen.

Das war ein weiterer Grund, warum Cal froh war, nicht in seinem Heimatland aufgewachsen zu sein, unter dem wachsamen Auge des königlichen Hofes ... und der Paparazzi. Wenn er jemals heiratete – was er jetzt bezweifelte, da seine Entführer seinen einst makellosen Körper in ein abstoßendes Etwas verwandelt hatten –, würde er es aus Liebe tun. Er würde niemals zustimmen, den Rest seines Lebens mit einer Frau zu verbringen, nur weil die Monarchie Druck ausübte, weil es von ihm erwartet wurde oder weil sie die richtigen Beziehungen hatte.

»Meinst du nicht auch?«, fragte Carla und holte Cal aus seinen Grübeleien heraus. Er blickte zu ihr auf und nickte abwesend. Offenbar war sie damit zufrieden, denn sie sprach weiter über das Tennisspiel, das sie an diesem Morgen gehabt hatte, und über ihre bevorstehenden Fotoshootings.

Carla sagte all die richtigen Dinge, lächelte in den richtigen Momenten und runzelte hübsch die Stirn, als er sie nach ihrem Stalker fragte. Aber er konnte so leicht durch sie hindurchsehen, als sei sie aus einem dünnen Stück Plastik gemacht – was gar nicht so abwegig war.

Die vielen Operationen, die sie hinter sich hatte, waren offensichtlich, angefangen bei ihrem übertriebenen Schmollmund und ihrer winzigen Nase, die nicht zum Rest ihres

Gesichts zu passen schien, bis hin zu ihrem fast permanent überraschten Gesichtsausdruck, der wahrscheinlich vom übermäßigen Einsatz von Botox herrührte. Ihre Brüste waren so groß, dass Cal sich wunderte, dass sie aufgrund des Gewichts nicht umkippte, und obwohl sie riesig waren, trotzten sie der Schwerkraft. Und es machte ihr offensichtlich Spaß, sie zu zeigen.

Nachdem er sie vorhin begrüßt hatte, war sie schnell verschwunden, und er hatte vergeblich versucht, mit ihrer Mutter über den Stalker zu sprechen, die ihn stattdessen mit Fragen über seinen Dienst und sein Leben in Maine gelöchert hatte. Carla war pünktlich um achtzehn Uhr zum Abendessen wieder aufgetaucht, in einem roten Kleid, das nur bis zur Mitte ihrer Oberschenkel reichte und vorn so tief ausgeschnitten war, dass Cal befürchtete, ihre Brüste könnten jeden Moment herausfallen. Ein Paar rote Stöckelschuhe vervollständigten das Outfit, zusammen mit genügend Parfüm, um ihren Geruch selbst vor den erfahrensten Bluthunden zu verbergen.

Ihm war gesagt worden, dass sie nach dem Abendessen über den Stalker sprechen würden ... ein protziges Vier-Gänge-Menü, auf dessen Organisation Mutter und Tochter offenbar sehr stolz waren.

Cal wollte ihnen sagen, dass er während der Fahrt bereits zu viel gesessen hatte. Außerdem hasste er lange, übertriebene Mahlzeiten. Er hatte in seinem Leben schon genug davon ertragen müssen und zog es vor, an einem kleinen Küchentisch oder in seinem Wohnzimmer gemütlich zu essen, während er sich im Fernsehen Fußball ansah.

Aber seine Erziehung bedeutete, dass seine Manieren tadellos waren, und so sah es so aus, als würde er ein äußerst unangenehmes Abendessen über sich ergehen lassen müssen, bevor er über den Grund seines Besuchs sprechen konnte.

»Also, erzählen Sie uns mehr über Liechtenstein«, sagte Elaine.

»Ich weiß nicht, ob ich Ihnen viel erzählen kann, Ma'am«, erwiderte Cal. »Ich habe nur so kurze Zeit dort gelebt und war damals noch ein kleines Kind.«

»Aber Sie waren doch seitdem wieder dort. Sie waren auf vielen schicken Bällen und so«, beharrte Elaine.

»Mom!«, sagte Carla in einem vorgetäuscht verärgerten Ton. »Belästige den Mann nicht.«

»Wie sind der König und die Königin denn so?«, fragte Elaine, ohne auf ihre Tochter zu achten.

»Du musst nicht antworten«, sagte Carla, während sie mit den Augen rollte.

Aber Cal konnte das Interesse der beiden Frauen sehen. Das war nichts Neues. Er wehrte schon seit Jahren geldgierige Mütter und Töchter ab. Nach seiner Gefangennahme war das nicht mehr so oft der Fall, aber er durchschaute ihren Unsinn noch immer genau. Elaine spielte den »bösen Bullen« und stellte alle Fragen, die sie beide beantwortet haben wollten, während Carla so tat, als sei ihr der Eifer ihrer Mutter peinlich.

Er wollte Carla gerade eine Frage über ihre Freundschaft mit Karl stellen – alles, um das Thema zu wechseln –, als es rechts von ihm laut krachte.

Die Frau, die Cal draußen gesehen hatte, stand in der Nähe des Eingangs zum Esszimmer mit einem großen Tablett in den Händen. Eine der Schüsseln war heruntergefallen und auf dem Fliesenboden zerbrochen.

»Was zum Teufel?«, schrie Carla. »Juniper! Räum den Mist auf!«

»Tut mir leid«, sagte die Frau, was in Cals Ohren nicht sehr entschuldigend klang.

»Heutzutage ist es unmöglich, gute Hilfe zu finden«, sagte Elaine, die die klischeehafte Bemerkung mit einem Kopfschütteln unterstrich.

Cal schob seinen Stuhl zurück und wollte Juniper gerade

helfen, die Scherben der Schüssel aufzuheben, als Carla ihm eine Hand auf den Arm legte und ihn aufhielt.

»Sie macht das schon. Sie hat sie fallen lassen, sie kann sie aufräumen. Ignorier sie einfach. Ich bin so aufgeregt wegen meines bevorstehenden Fotoshootings«, plapperte sie weiter. »Es ist für ein nationales Einzelhandelsgeschäft. Als sie meinen Agenten anriefen, sagte der Vertreter, ich sei das einzige Model, das sie wollten, und sie würden alles tun, um mich zu bekommen.«

Cal blendete Carlas eingebildetes Geschwätz aus und beobachtete aus dem Augenwinkel, wie Juniper geschickt die Sauerei aufräumte. Er sah, wie sie aufschaute und einen kurzen Blick auf seine Tischnachbarinnen warf, bevor sie mit einem wissenden halben Lächeln wegschaute.

Sie faszinierte ihn. Wenn er es nicht besser wüsste, würde er denken, dass sie die Schüssel absichtlich hatte fallen lassen. Warum? Er war sich nicht sicher, aber es war eine effektive Ablenkung von Elaines Frage nach dem König und der Königin gewesen.

Bevor er bereit war, sie gehen zu sehen, verschwand Juniper durch die Tür, vermutlich um in die Küche zurückzukehren.

Carla und ihre Mutter schienen es nicht einmal zu bemerken. Sie unterhielten sich pausenlos, ohne ihm die Möglichkeit zu geben, sich an dem Gespräch zu beteiligen – nicht dass er das wollte. Sein Kopf pochte noch immer, und Cal wünschte sich nichts sehnlicher, als in einen dunklen Raum zu gehen, die Augen zu schließen und die Stille zu genießen.

Juniper kam mit einem weiteren Tablett mit Essen zurück und bediente zuerst Elaine, dann Carla, bevor sie zu Cal ging. Sie saßen an einem rechteckigen Tisch mit Elaine am Kopfende, er und Carla zu beiden Seiten von ihr. Juniper stellte eine dampfende Schüssel mit etwas vor ihn hin, das wie französische Zwiebelsuppe aussah, die Augen auf die Aufgabe konzentriert.

Ihr braunes Haar war zu demselben Pferdeschwanz zurückgebunden, den er vorhin gesehen hatte. Strähnen hatten sich gelöst und kringelten sich um ihre Stirn und ihr Gesicht. Ihre Wangen waren gerötet, und als er einatmete, konnte Cal Zwiebeln, Knoblauch und andere Gewürze riechen, die offensichtlich von dem Essen stammten, das in der Küche zubereitet wurde.

Es schien, als hätten die Greens viel Geld ... das große Haus, eine Bedienstete, das makellose Grundstück. Er fragte sich wieder einmal, warum zum Teufel er – ein ehemaliger Soldat der Spezialeinheit – gebeten worden war herzukommen, und nicht die Polizei oder ein Privatdetektiv, die besser in der Lage gewesen wären, Carlas Stalker aufzuspüren.

Er spürte, wie ihm etwas in den Schoß fiel, und blickte überrascht nach unten. Auf seiner Serviette lag die in Folie eingewickelte Packung eines rezeptfreien Migränemedikaments.

Cal sah schnell auf, aber Juniper hatte sich bereits vom Tisch entfernt.

»Ich hasse diese Suppe«, murmelte Carla. »Und sie weiß es.«

Elaine tätschelte die Hand ihrer Tochter, während sie die Lippen aufeinanderpresste. »Du musst sie nicht essen, Schatz.«

»Ich weiß. Und ich werde es auch nicht tun. Wenn sie glaubt, dass sie mir den ganzen Abend Zwiebelatem geben kann, irrt sie sich.«

Je länger Cal sich in Carlas Gegenwart aufhielt, desto weniger mochte er sie. Er hatte keine Ahnung, warum Karl so besessen von dieser Frau war. Dann schnaubte er innerlich. Natürlich wusste er es. Karl stand auf Brüste. Das hatte er schon immer getan. Wahrscheinlich hatte Carla ihm bei einem ihrer Videochats ihre Brüste gezeigt und er war Wachs in ihren Händen geworden.

Und je länger er sich in der Nähe des Mutter-Tochter-Duos

aufhielt, desto weniger konnte Cal leugnen, warum er *wirklich* dort war. Nicht wegen irgendeines Stalkers, den das Mädchen haben könnte – bisher hatte er noch keine Beweise dafür gehört oder gesehen, dass es tatsächlich einen Stalker *gab*. Nein. Wegen dem, was er war. Prinz Redmon.

Bekannt oder nicht, es war lange her, dass er sich mit dieser Art von Mist hatte herumschlagen müssen.

Seufzend nahm Cal seinen Löffel in die eine Hand und griff mit der anderen nach der Tablettenverpackung. Instinktiv hielt er sie vor Elaine und Carla verborgen. Er mochte es nicht, irgendeine Art von Schwäche zu zeigen, nicht dass Kopfschmerzen eine große Schwäche wären, aber als Kriegsgefangener hatte er gelernt, seine Schmerzen für sich zu behalten. Als er sich vorbeugte, um die Suppe zu kosten – es war die beste französische Zwiebelsuppe, die er je gegessen hatte –, blickte Cal nach unten und sah etwas auf die kleine Packung gekritzelt. Vermutlich eine Nachricht von Juniper.

Für Ihren Kopf.

Irgendwie amüsant, denn wofür sollten die Tabletten *sonst* gut sein? Aber Cal war immer noch schockiert, dass sie irgendwie von seinen Schmerzen gewusst hatte. Er war sehr gut darin geworden, seine Gefühle vor seinen Mitmenschen zu verbergen, außer vor seinen besten Freunden in Maine. Und irgendwie hatte diese Frau, nachdem sie zwei Minuten in seiner Gegenwart gewesen war, während sie das Essen servierte, nicht nur erkannt, dass er Schmerzen hatte, sondern auch versucht, etwas dagegen zu tun.

Die Anziehungskraft, die er vorhin gespürt hatte, als er sie sah, verzehnfachte sich. Er wusste nicht wie, aber er würde einen Weg finden, mit ihr zu reden. So bald wie möglich.

Er schaffte es, seine Suppe zu essen, während er Carla halb zuhörte und ein Auge auf die Tür hatte. Er musste Juniper wiedersehen. Wollte ihre Stimme hören. Es war ein unangenehmer Drang, aber er versuchte nicht einmal, ihn zu bekämpfen. Noch nie hatte ihn jemand so sehr fasziniert.

»Hörst du mir zu?«, verlangte Carla zu wissen.

Cal wollte am liebsten »Nein« sagen, dann aufstehen und gehen, aber er war von klein auf darauf trainiert worden, höflich zu sein und keine Szene zu machen. »Natürlich.«

»Gut.« Dann begann Carla einen weiteren Monolog über ihr letztes Fotoshooting und alles, was daran falsch war.

Cal unterdrückte einen Seufzer. Dies war die Hölle, und er konnte es kaum erwarten, sie hinter sich zu lassen. Er schwor sich, Karl anzurufen und ihm zu sagen, was für ein Wichser er war. Und dass er anfangen sollte, Pornos zu gucken, anstatt mit verzweifelten amerikanischen Frauen über das Internet zu chatten.

Es gelang ihm, die Verpackung zu öffnen und die Tabletten herunterzuschlucken, ohne dass eine der beiden Frauen es bemerkte. Er war sich nicht sicher, ob die Tabletten etwas gegen das Hämmern in seinem Gehirn ausrichten würden. Dennoch war er froh, sie zu haben.

Die Tür zum Esszimmer öffnete sich und sie war wieder da. Juniper. Sie sah ihn nicht an, sondern nahm seelenruhig die Suppenschüsseln und ging wieder aus dem Raum. Cal wollte wissen, welche Farbe ihre Augen hatten. Er wollte ihr für die Tabletten danken. Wollte sehen, ob es in ihrem Blick ein Zeichen der Verbindung gab, die er spürte. Aber er hatte keine Gelegenheit dazu.

Juniper betrat und verließ den Raum während der nächsten Stunde viele Male. Sie füllte leere Wassergläser, räumte Teller ab und brachte neue, die mit den besten Speisen überliefen, die Cal seit langer Zeit gegessen hatte. Währenddessen beschwerten Elaine und Carla sich über jeden einzelnen Gang. Das Essen war zu kalt, zu scharf, hatte zu viele Kalorien ... die Liste ließe sich beliebig fortsetzen.

Aber Juniper tat so, als hörte sie ihre Beschwerden nicht. Sie sagte kein Wort, während sie die Gruppe bediente, und behielt dabei ihre ruhige Miene bei. Cal merkte, dass er mehr aß als erwartet ... vor allem weil ihm bei Migräne normalerweise überhaupt nicht nach Essen zumute war.

Während er aß, unterhielten Carla und Elaine sich über die Modelverträge, die Carla bekommen hatte, und wie sie langsam zu einem der bekanntesten Namen in der Branche wurde.

Zumindest bis Juniper ein Tablett mit der wohl dekadentesten Schokoladenmousse brachte, die er je gesehen hatte und die zu kosten er kaum erwarten konnte.

Carla stand so schnell auf, dass ihr Stuhl hinter ihr umkippte.

»Willst du mich verarschen?«, kreischte sie. »Mutter! Siehst du das?«

»Ja, Liebes«, sagte Elaine ruhig. »Aber ich bin mir nicht sicher, ob das ein Grund ist, deinen Anstand zu verlieren.«

»Sie macht das mit Absicht! Sie versucht, mich fett zu machen! Das wird nicht funktionieren!« Carla funkelte Juniper an und sagte mit tiefer, hasserfüllter Stimme: »*Du* bist hier die Fette, nicht ich.«

»Carla!«, schimpfte Elaine in gespielter Empörung.

Cal beobachtete die Szene mit großem Interesse. Juniper stand regungslos da, hielt das Tablett mit den drei Desserttellern in der Hand und starrte Carla ruhig an, als sei sie nicht gerade beleidigt und verunglimpft worden ... oder als sei sie es gewohnt, auf diese Weise angesprochen zu werden.

Carla holte tief Luft und schien zu merken, dass sie eine Szene machte. Sie wandte sich von Juniper ab und lächelte Cal an. »Ich weiß nicht, wie es dir geht, aber ich bin satt. Ich kann unmöglich noch etwas essen.« Dann, immer noch lächelnd, fügte sie hinzu: »Ich nehme an, es ist an der Zeit, dir von meinem Stalker zu erzählen. Deshalb bist du schließlich hier. Um mich zu beschützen.«

Elaine stand auf, und Cal seufzte und folgte ihr. Obwohl er drei Gänge und über zwei Stunden mit diesen Frauen am Tisch ertragen hatte, war er dennoch enttäuscht, die Schokoladen-mousse nicht probieren zu können. Sie sah köstlich aus. Und wenn sie nur halb so gut schmeckte wie alles andere, was er heute Abend gegessen hatte, wäre es ein schöner Abschluss des Essens gewesen.

»Du hast sie gehört. Geh«, sagte Elaine in schroffem Tonfall zu Juniper.

Ohne ein Wort oder einen Blick in seine Richtung zu werfen, drehte sie sich um und verließ das Esszimmer.

»Wir werden ins Wohnzimmer gehen. Das wird für uns alle entspannender sein«, sagte Elaine ruhig.

Cal folgte den beiden Frauen aus dem Esszimmer, fühlte sich jedoch unwohl dabei, das schmutzige Geschirr auf dem Tisch stehen zu lassen. Seine Mutter hatte ihm immer einge-hämmert, dass er zwar ein Prinz war, aber trotzdem seinen Teil der Hausarbeit erledigen musste. Er musste immer den Tisch abräumen, der Köchin beim Abwaschen helfen, den Müll raus-bringen und sein Zimmer aufräumen.

Cal tat sein Bestes, um sich auf die Gegenwart zu konzen-trieren, und zuckte zusammen, als Elaine die Tür zum Wohn-zimmer ein wenig zu hart schloss. Carla ging zu dem kleinen Sofa hinüber und setzte sich. Elaine nahm den großen Sessel ihr gegenüber, sodass es für ihn nur einen Platz gab – neben Carla. Was nicht passieren würde.

Bevor er in Gefangenschaft geraten war, war er von den hinterlistigsten und verzweifeltsten Frauen in ganz Europa verfolgt worden. Diese beiden konnten nicht mithalten. Sie hatten nur keine Ahnung.

Er lehnte sich lässig gegen die Wand und verschränkte die

Arme vor der Brust.»Wenn ich helfen soll, muss ich alles wissen«, sagte er streng.

Ein Blick der Frustration darüber, dass er sich nicht fügte und tat, was sie wollte, huschte über Carlas Gesicht, bevor ihre Lippen zu zittern begannen. Sie griff nach einem Taschentuch aus der Schachtel, die praktischerweise neben dem Sofa stand. Sie tupfte sich die Augen ab – die *trockenen* Augen – und seufzte, bevor sie sprach.»Es begann vor etwa drei oder vier Wochen. Ich habe hier zu Hause ein paar Blumen bekommen. Sie waren wunderschön, zwei Dutzend rosa Rosen. Auf der Karte stand: ›Schöne Blumen für eine schöne Frau.‹ Ich habe mir nichts dabei gedacht. Ich meine, ich bekomme ständig Geschenke von Bewunderern.«

»Nach Hause?«, fragte Cal.

»Was?«

»Bekommen Sie ständig Geschenke zu sich nach Hause geschickt?«

»Nun ... ja. Wohin sonst sollten sie sie schicken?«

»Woher kennen die Leute Ihre Adresse?«

Carla hielt inne und schaute einen Moment verblüfft, bevor sie hübsch mit den Schultern zuckte und ihre Brüste fast aus dem Kleid sprangen. Nur mit Mühe konnte Cal den Blick auf ihrem Gesicht halten. Es war nicht so, dass er ihre Brüste sehen wollte; er war wirklich neugierig, wie lange das winzige Kleid sie zurückhalten konnte.

»Ich denke, sie ist leicht zu finden«, sagte sie mit einem weiteren Schulterzucken ... und Cal hatte das Gefühl, dass sie *versuchte*, sich zu entblößen, vielleicht um Verlegenheit vorzutäuschen, während er ihr pflichtbewusst versicherte, dass sie schön war und sie bat, sich keine Sorgen zu machen.

Oder vielleicht dachte sie, er würde beim Anblick ihres nackten Körpers so überwältigt sein, dass er sie auf der Stelle um ihre Hand bitten würde.

Das würde so was von *nicht* passieren.

»Und wie ging es dann weiter?«, fragte er.

»Am nächsten Tag bekam ich einen Brief. Er war an die Eingangstür geklebt. Er war süß. Darin stand, wie hübsch ich sei und wie sehr er mich bewundere. Dann lagen Blumen an der Windschutzscheibe meines Wagens. Jeden Tag gab es Geschenke. Zuerst war ich nicht beunruhigt. Männer machen mir gern Geschenke. Aber dann ...« Sie erschauderte.

»Die Geschenke wurden immer merkwürdiger«, sagte Elaine, um die Geschichte für ihre Tochter aufzunehmen. »Handschellen, ein Ballknebel ... sogar ein Messer.«

»Ein Messer?«, fragte Cal stirnrunzelnd. »Das ist seltsam.«

»Nicht wahr? Es war eines von diesen Messern mit den Rillen«, sagte Carla.

»Ein gezacktes Messer?«

Sie nickte. »Ja, und auf dem Zettel, der dabei lag, stand, dass er es bald gegen mich verwenden würde.«

Cals Bedenken nahmen zu. Er bezweifelte sehr, dass ein Stalker seinem Opfer ein Messer hinterlassen würde. Wenn überhaupt hätte sie damit etwas, das sie gegen ihn verwenden könnte, was nicht klug wäre. »Wo sind all die Sachen, die Sie erhalten haben?«, fragte er.

»Oh, die Blumen sind verwelkt, also habe ich sie weggeworfen, und die anderen Sachen konnte ich nicht mehr ansehen, also habe ich sie auch weggeworfen.«

»Und die Nachrichten?«, fragte Cal.

»Ich hatte Angst«, sagte Carla und schniefte. »Ich dachte, wenn ich sie loswerde, muss ich mich nicht mit dem auseinandersetzen, was passiert ist.«

»Haben Sie wenigstens Fotos von ihnen gemacht?«

Carla schüttelte den Kopf.

Cal seufzte frustriert. *Natürlich* gab es keine Beweise. Wie praktisch.

»Ich bin nur so erleichtert, dass du hier bist und auf mich

aufpasst«, sagte sie atemlos. »Als ich Karl erzählt habe, wie verängstigt ich bin und dass ich das Gefühl habe, dass mich jemand beobachtet, sobald ich das Haus verlasse, hat er mir versprochen, dass du die beste Person bist, um mich zu beschützen. Ich weiß einfach, dass ich mich sicherer fühlen werde, wenn du bei mir bist, während ich arbeite. Du wirst dafür sorgen, dass mir niemand zu nahekommt.«

»Was glauben Sie, wer es ist?«, fragte Cal. Wenn Carla und Elaine dachten, er würde wochenlang an Carlas Seite kleben, hatten sie sich gewaltig geirrt. Er war hier, um seiner Familie einen Gefallen zu tun und so viele Informationen wie möglich zu sammeln, bevor er sich entweder an die Polizei oder an einen Privatdetektiv wandte, die viel qualifizierter waren, um zu helfen. Wenn ihr Stalker tatsächlich echt war, würden die Polizei und ein echter Leibwächter ihr viel mehr helfen, als Cal es könnte.

»Ich weiß es nicht!«, jammerte Carla. »Ich meine, ich bin schon mit vielen Männern ausgegangen, die nicht glücklich waren, als wir uns trennten. Zweimal wurde mir ein Heiratsantrag gemacht, und alle meine Freunde waren praktisch besessen von mir, aber ich glaube nicht, dass einer von ihnen so etwas tun würde.«

»Ich brauche eine Liste mit Namen«, sagte Cal, der sein Bestes tat, um nicht mit den Augen zu rollen. »Männer, mit denen Sie ausgegangen sind, Konkurrentinnen beim Modeln ... alle, die einen Grund haben könnten, sauer auf Sie zu sein.«

»Natürlich«, sagte Elaine. »Ich fange heute Abend damit an und bringe sie Ihnen morgen früh.«

Cal nickte. »Was denken Sie, was er will? Ohne die Nachrichten selbst gesehen zu haben, ist es schwer zu verstehen, was der Kerl für ein Motiv hat.«

Carla grinste, setzte sich aufrecht hin und deutete mit einer Hand auf ihren Körper. »Er will das hier«, sagte sie arrogant.

Cal tat sein Bestes, um die Fassung zu bewahren. »Will er

nur Sex? Oder will er Sie aus irgendeinem Grund umbringen? Aus Eifersucht? Rache? Geld? Es gibt immer ein Motiv, und es fällt mir schwer zu verstehen, was das ist. Wenn wir *das* herausgefunden haben, können wir die Verdächtigen eingrenzen und die Polizei kann anfangen, die Männer und Frauen zu befragen, die die besten Motive zu haben scheinen.«

Carla öffnete den Mund, um etwas zu erwidern, aber die Zimmertür ging auf.

Cal musste fast lachen. Wieder Glück gehabt.

Juniper kam herein, in derselben Jeans, demselben T-Shirt und derselben Schürze, die sie vorhin getragen hatte. Sie trug ein weiteres Tablett, das viel zu schwer für sie aussah, und Cal stieß sich tatsächlich von der Wand ab, um ihr zu helfen, bevor er sich selbst stoppte. Er hatte das Gefühl, dass Carla und Elaine den Verstand verlieren würden, wenn er auch nur den Hauch von Interesse an dieser Frau zeigte. Also zwang er sich, sich wieder an die Wand zu lehnen, als hätte er überhaupt keine Sorgen.

Er beobachtete, wie sie das Tablett auf einem niedrigen Couchtisch abstellte und zwei Tassen von dem einschenkte, was er für Kaffee hielt. Der Kaffee war so hell, dass er, ohne zu fragen, wusste, dass er mit Milch, Zucker und wahrscheinlich anderen Aromastoffen versetzt war. Dann nahm sie eine zweite Kanne und goss dampfend heißes Wasser in eine dritte Tasse. Sie hob die Untertasse auf, auf der sie stand, ging auf ihn zu und hielt sie ihm hin.

»Pfefferminztee«, sagte sie fast schüchtern, ohne seinen Blick zu erwidern. »Ich war mir nicht sicher, ob Sie Kaffee trinken, da Sie Brite sind und so, also dachte ich mir, dass eine schöne Tasse Tee vielleicht genau das Richtige wäre.«

Er grinste über ihren Versuch, britischen Slang zu verwenden.

»Es könnte auch Ihrem Kopf guttun«, fügte sie so leise hinzu, dass Cal sie kaum hörte.

Bevor er etwas erwidern konnte, sagte Elaine scharf:»Das wäre dann alles, Juniper. Wir sind gerade mitten in einem sehr wichtigen und privaten Gespräch. Unterbrich uns nicht noch einmal.«

Juniper nickte, drehte sich sofort um und ging zur Tür.

Cal nahm einen Schluck von dem Tee und seufzte zufrieden. Im Laufe der Jahre hatte er gelernt, starken schwarzen Kaffee zu trinken, denn das war es, was seine Freunde tranken. Aber seit er aus der Armee ausgeschieden war, hatte er sich angewöhnt, sich nach dem Abendessen einen englischen Tee zu gönnen. Das hier war genau das Richtige.

Wieder einmal war er erstaunt, wie aufmerksam und rücksichtsvoll Juniper war. Er wunderte sich auch über ihre Geschichte. Sie war älter als Carla, aber wohl nicht ganz so alt wie Cal. Vielleicht Anfang dreißig. Warum sollte sie hierbleiben? Warum ließ sie es sich gefallen, schlecht gemacht und wie Dreck behandelt zu werden?

Er hatte mehr Fragen über Juniper als über Carlas Stalker ... was ihm leichte Gewissensbisse bescherte.

»Wie gesagt, ich war bei der Polizei, und die Beamten haben gesagt, dass sie mir nicht helfen können, weil ich keine der Nachrichten oder Geschenke aufbewahrt habe«, sagte Carla und tupfte sich noch einmal mit dem Taschentuch die trockenen Augen ab, während sie leise schniefte. »Im Grunde haben sie mir gesagt, dass sie erst eine Untersuchung einleiten können, wenn ich angegriffen oder getötet werde.«

Cal wusste nicht viel über polizeiliche Verfahren, aber das hörte sich für ihn nicht richtig an. Er nickte nur und nahm einen weiteren Schluck Tee.

»Es würde mich nicht wundern, wenn morgen ein weiteres ›Geschenk‹ geliefert wird«, sagte Elaine. »Er scheint ihren Zeitplan zu kennen, und da sie erst in ein paar Tagen einen Fototermin hat, wird er ihr das, was er ihr geben will, hier am Haus abliefern, um sie zu erschrecken.«

»Haben Sie Sicherheitskameras?«, fragte Cal.

Elaine schüttelte den Kopf.

»Meinen Sie nicht, dass Sie die haben sollten? Damit könnte man den Stalker auf frischer Tat ertappen, wenn er die Geschenke liefert«, sagte Cal rational.

»Ich habe mit ein paar Firmen gesprochen, aber die Leute kommen entweder gar nicht oder sie sind für Monate ausgebucht«, sagte Elaine achselzuckend.

»Sie könnten immer noch in ein Elektronikgeschäft gehen und die batteriebetriebenen Geräte holen. Oder Sie bestellen sie online, dann sind sie in etwa einem Tag hier«, drängte Cal. Er wollte sehen, wie weit sie bei ihren Ausreden gehen würden. Wenn er oder jemand, den er liebte, einen Stalker hätte, würde er so schnell wie möglich Sicherheitskameras anbringen lassen.

»I-Ich kenne mich nicht so gut mit Elektronik aus«, sagte Elaine zögernd und mit einem kleinen Stottern.

»Und jemand könnte sich in sie einhacken«, sagte Carla mit einem begeisterten Nicken. »Außerdem bin ich die ganze Zeit vor der Kamera, und es würde sich wie ein Eindringen anfühlen, sie auch hier zu Hause zu haben.«

Cal wollte mit den Augen rollen. Ihre Ausreden waren lächerlich, und mit jedem Wort, das sie von sich gaben, war er mehr und mehr überzeugt, dass es keinen Stalker gab. Er war den ganzen Weg umsonst gekommen.

Er nahm einen weiteren Schluck von seinem Tee und seine Lippen zuckten leicht.

Na ja ... vielleicht nicht *umsonst*.

»Gut. Was soll ich also tun?«, fragte er unverblümt.

»Mich beschützen natürlich«, sagte Carla lächelnd. »An meiner Seite bleiben und aufpassen, dass dieser Freak mich nicht in die Finger kriegt.«

»Für wie lange?«

»Wie bitte?«, fragte Carla.

»Für wie lange?«, wiederholte Cal. »Ohne Kameras ist es unwahrscheinlich, dass wir diese Person so schnell fassen können. Wenn er eine Nachricht hinterlässt, könnten wir diese der Polizei übergeben und hoffen, seine Fingerabdrücke zu bekommen, aber wenn er Handschuhe trägt, ist das eine Sackgasse. Die Nachrichten und Geschenke könnten sich über Wochen hinziehen. Oder sogar Monate. Wie lange soll ich Ihrer Meinung nach an Ihrer Seite bleiben?«

»So lange wie nötig«, antwortete Carla fast triumphierend.

»Ich bin sicher, dass Sie schon bald herausfinden werden, wer sie belästigt«, ergänzte Elaine, die offensichtlich etwas klüger war als ihre Tochter und verstand, dass Cal einen gewissen Zeitrahmen haben wollte. »Wir wissen, dass Sie Ihr kleines Geschäft oben in Maine haben, und wir möchten nicht zu lange Ihr Leben stören. Wir sind einfach so dankbar, dass Sie gekommen sind, um zu sehen, was Sie tun können. Jede Ihnen mögliche Zeitspanne wissen wir zu schätzen.«

Er konnte fast die Worte hören, die sie *nicht* gesagt hatte. Sie hofften, er würde sich wahnsinnig in Carla verlieben, während er hier war, und beschließen, nie wieder zu gehen. Und er überhörte nicht den Teil über sein *kleines* Geschäft zu Hause.

»Wie sieht Ihr morgendlicher Zeitplan aus?«

»Normalerweise frühstücke ich gegen elf«, sagte Carla. »Dann gehe ich einkaufen, um ein paar Dessous für ein Fotoshooting zu finden, das ich für Ende dieser Woche geplant habe. Mein Agent hat gesagt, dass er die Bilder an den *Playboy* schicken wird und dass ich gute Chancen habe, Playmate des Jahres zu werden.«

Cal vermutete, dass er davon beeindruckt sein sollte. Das war er nicht. Nicht im Geringsten.

»Gut, dann formieren wir uns morgen neu, nachdem Sie gefrühstückt haben. Wir werden sehen, ob noch andere Geschenke hinterlassen wurden, und ich werde mich darum kümmern, dass ein paar Kameras installiert werden, zumindest vor den Eingängen.«

»Moment ... aber ... ich will keine Kameras!«, sagte Carla mit einem Schmollmund.

»Wollen Sie Ihren Stalker fangen?«, fragte Cal.

»Natürlich will ich das.«

»Dann werde ich Kameras installieren«, sagte er entschieden.

Carlas Miene verfinsterte sich. »Wie auch immer.«

»Es ist schon in Ordnung, Carla«, beruhigte Elaine sie. »Prinz Redmon weiß offensichtlich, was er tut. Deshalb ist er ja auch hier.«

»Nennen Sie mich nicht so«, stieß Cal zwischen zusammengebissenen Zähnen hervor.

»Oh, Entschuldigung. Natürlich. Dann eben Cal«, sagte Elaine mit einem Lächeln. »Vornamen sind besser, da wir so eng zusammenarbeiten werden.«

Das war's. Cal schaute auf die Uhr. Es war noch nicht einundzwanzig Uhr, immer noch früh, aber er hatte den ganzen Abend satt. »Ich glaube, wir sind hier erst einmal fertig. Ich sehe Sie beide morgen.« Er bereute es zutiefst, dass er zugestimmt hatte, im Haus zu bleiben, während er herauszufinden versuchte, wer Carlas Stalker war. Zu dem Zeitpunkt schien es einfacher zu sein, und er wäre besser in der Lage gewesen, Carla vor jemandem zu schützen, der ihr Schaden zufügen wollte, wenn er auf dem Grundstück war. Aber jetzt, da er sich ziemlich sicher war, warum er *wirklich* dort war – weil Carla Green sich einen Prinzen angeln wollte –, wollte er nichts mehr, als wieder in seinen Rolls-Royce zu steigen und nach Hause zu fahren.

»Ich zeige dir, wo dein Zimmer ist«, sagte Carla, als sie aufstand.

Wieder einmal fragte Cal sich, wie zum Teufel ihre Brüste nicht aus den praktisch nicht existenten Körbchen ihres

Kleides fielen. Sie musste eine Art doppelseitiges Klebeband haben, das sie an ihrem Platz hielt. Und nicht nur das, der Saum des Kleides war im Sitzen so weit nach oben gerutscht, dass er fast ihre Unterwäsche sehen konnte.

Cal würde einer Frau nie vorschreiben, was sie zu tragen hatte – niemals. Und sie fand das Kleid offensichtlich sexy, eine Meinung, die die meisten heterosexuellen Männer teilen würden. Aber in seinen Augen war es einfach nur schäbig.

»Nicht nötig«, sagte er schnell. »Sagen Sie mir einfach, wo es ist. Ich muss ein paar Sachen aus meinem Wagen holen, dann will ich um das Grundstück herumgehen und ein oder zwei Anrufe tätigen.«

Carla schmollte wieder, aber Elaine schaltete sich schnell ein. »Wir haben Sie im blauen Zimmer untergebracht. Oben auf der Treppe, der Flur links, die dritte Tür rechts. Es hat ein komplettes Badezimmer, und es gibt Handtücher und alles, was Sie brauchen.«

»Danke.«

»Und ich bin gleich nebenan, falls du etwas brauchst«, informierte Carla ihn.

Cal presste die Lippen zusammen. Er befand sich buchstäblich in der Hölle. »Gut. Danke. Ich bin sicher, dass ich klarkommen werde. Wir reden morgen weiter. Aber meine Damen, wir *werden* bald zur Polizei gehen. Die Beamten sind diejenigen, die herausfinden können, wer Sie stalkt und warum. Nicht ich.«

Er sah die klare Frustration in den Augen der beiden Frauen, aber er war mit dieser Farce vorerst fertig. Er brauchte etwas Schlaf und Ruhe. Morgen, wenn ihm hoffentlich der Kopf nicht mehr wehtat, würde er sich überlegen, was er als Nächstes tun sollte. In der Nähe dieser beiden würde er auf der Hut sein müssen, das war sicher. Wenigstens war es nicht mehr das neunzehnte Jahrhundert. Er hatte das Gefühl, dass weder Elaine noch Carla Skrupel hätten, ihn in eine kompromittierende Lage zu bringen und darauf zu bestehen, dass er Letztere heiratete.

Cal ging zu dem Tablett hinüber, das immer noch auf dem Tisch stand, und stellte seine Teetasse ab, bevor er sich verabschiedete. Er sah niemanden, als er auf die Haustür zuging. Er trat hinaus und ging schnell um das große Haus herum, direkt zu seinem Geländewagen, wo er sich hinter das Lenkrad setzte und seinen schmerzenden Schädel an der Kopfstütze ausruhte. Die gesegnete Stille war himmlisch. Die rezeptfreien Tabletten, die Juniper ihm gegeben hatte, hatten seine Migräne zwar etwas gelindert, aber außer einer guten Nachtruhe würde nichts sie vollständig verschwinden lassen.

Er rollte mit den Schultern und zog eine Grimasse. Seine Muskeln waren immer noch höllisch verspannt und er hätte alles dafür gegeben, jetzt einen großen Baum zu fällen. Die Schmerzen aus seiner Zeit als Gefangener waren immer da, aber die körperliche Arbeit, die er für *Jack's Lumber* verrichtete, half manchmal, das Narbengewebe und die schmerzenden Muskeln zu dehnen.

Er ballte die Hände zu Fäusten und öffnete die Augen. Der Vollmond gab ihm genügend Licht, um die Narben an seinen Händen und Fingern zu sehen. Die anderen konnte er nicht sehen, da er wie üblich lange Ärmel und eine lange Hose trug, aber er konnte sie spüren.

Er war ein modernes Monster. Seine Entführer hatten ihm mit den Fäusten ins Gesicht geschlagen und ihre Messer und anderen scharfen Werkzeuge für den Rest seines Körpers aufgespart. Sie hatten nicht einmal seinen Schwanz oder seine Hoden verschont. Der Schmerz war unglaublich qualvoll gewesen – er hatte immer noch Albträume davon –, aber er hatte ihnen nicht die Genugtuung gegeben, einen einzigen Schrei oder ein Stöhnen über seine Lippen kommen zu lassen.

Doch der Schaden war angerichtet. Carla wäre entsetzt, wenn sie seinen Körper sähe. Sie würde vor Angst vor ihm zurückschrecken und wahrscheinlich echte Tränen weinen – nicht die falschen, die sie heute Abend herauszupressen versucht hatte. Sie würde nichts mit ihm zu tun haben wollen, wenn sie wüsste, wie er aussah.

Verdammt, vielleicht sollte er zulassen, dass sie ihn zufällig ohne Hemd erwischte. Das sollte ausreichen, um Karl anzuflehen, ihn zum Gehen zu bewegen. Eine Sekunde lang zog Cal es ernsthaft in Erwägung. Sie war direkt nebenan. Er könnte »aus Versehen« seine Tür offen lassen, wenn er sie morgens aufwachen hörte, und sie könnte ihn mit nackter Brust vorfinden.

Es bestand die Möglichkeit, dass sie sowieso schon einen Plan ausgeheckt hatte, um ihn nackt zu erwischen. Sie wäre nicht die Erste. Er könnte sie einfach gewähren lassen, und das war es dann.

Cal seufzte. Nein, das würde er nicht tun. Er war ein Redmon. Er kam immer seiner Verantwortung nach. Er hatte gesagt, er würde alles tun, um Carla Greens Stalker-Situation auf den Grund zu gehen, auch wenn das bedeutete herauszufinden, dass es keinen Stalker gab. Er konnte nicht gehen. Noch nicht. Nicht bevor er den Beweis hatte, dass entweder eine echte Bedrohung vorlag oder Mutter und Tochter logen, um sich einen reichen Prinzen zu angeln.

Cal holte tief Luft und griff nach seinem Handy. Er hatte versprochen, seine Freunde auf dem Laufenden zu halten. Er tippte auf JJs Namen und wartete darauf, dass er abnahm.

Jackson »JJ« Justice war praktisch ihr Anführer. Er war der Älteste der vier, und ihr Baumpflege-Unternehmen war nach ihm benannt. Er war derjenige, der vorgeschlagen hatte, aus dem Militär auszusteigen und gemeinsam ein Geschäft zu gründen, und er war der Klebstoff, der sie alle zusammenhielt. Cal vertraute dem Mann sein Leben an und freute sich darauf, seine Meinung zu dieser verkorksten Stalkersache zu hören.

»Hey, Cal. Wie geht's dir? Alles in Ordnung?«

»Nicht wirklich.«

»Was ist los? Rede mit mir«, sagte JJ in einem sachlichen Ton, einer der hundert Gründe, warum Cal ihn mochte und respektierte.

Er erzählte seinem Freund und ehemaligen Teamleiter alles, was seit seiner Ankunft passiert war. Dass er nicht glaubte, dass es einen Stalker gab, dass die Greens sich weigerten, Kameras zu installieren ... er beschrieb sogar Carlas offensichtliche Flirtversuche und ihr lächerlich freizügiges Kleid. Er ließ nichts aus. Nicht einmal die Tabletten oder den Tee, die ihm die geheimnisvolle Juniper gegeben hatte.

Als er fertig war, wartete er darauf, dass JJ etwas sagte, und als er das nicht tat, runzelte Cal die Stirn. »JJ?«

»Ich bin hier.«

»Und? Was denkst du?«

»Ich glaube, Chappy wird sich freuen, dass er Carlise seinen Ring schon bald an den Finger stecken kann.«

»Was?«, fragte Cal verwirrt. »Was hat das denn damit zu tun? Ich habe ihm gesagt, dass ich ein freies Wochenende für die Hochzeit arrangieren werde. Dass er nicht warten muss, wenn es zu einer längeren Reise wird.«

»Ich weiß, was du ihm gesagt hast, aber ich kenne auch Chappy. Er wird nicht wollen, dass du den ganzen Weg nach Hause fährst, zu ihrer Hochzeit und der Feier gehst und dann umdrehst und den ganzen Weg zurück nach D. C. fährst, vor allem weil das für deinen Körper die Hölle bedeuten würde. Er will warten, bis du endgültig zu Hause bist.«

»Das ist lächerlich. Ich könnte fliegen. Es wäre keine große Sache«, murmelte Cal, aber tief in seinem Inneren wusste er, dass JJ recht hatte. Chappy war ein Beschützer durch und durch. Er würde nichts tun, was Cal belasten oder ihm Unannehmlichkeiten bereiten könnte. Selbst wenn das bedeutete, dass er darauf warten musste, die Liebe seines Lebens zu heiraten.

»Im Grunde denkst du also, dass sie lügen und hoffen, dass

ihre magischen Titten dich irgendwie überzeugen werden und du um ihre Hand anhalten wirst, damit sie eine Prinzessin sein kann«, fasste JJ in einem Atemzug zusammen. »Ist das ungefähr richtig?«

»Ja.«

»Warum kommst du dann nicht morgen nach Hause?«, fragte er.

Cal seufzte. »Was ist, wenn ich mich irre? Was ist, wenn es wirklich einen Stalker gibt, und wenn ich abreise, schlägt er zu und verletzt Carla ... oder Schlimmeres? Ich könnte nicht mit mir selbst leben.«

»Richtig. Also bleibst du, bis du Gewissheit hast.«

»So sehr es mir auch widerstrebt, ja«, gab Cal zu.

Eine weitere lange Pause folgte. »Was hat es mit dieser Juniper auf sich?«

»Ich weiß nicht«, sagte er und spürte, wie sein Herzschlag sich beschleunigte, wenn er nur an die andere Frau dachte.

»Was sagt dir dein Bauchgefühl?«

JJ fragte das gern. Während ihrer Zeit im Militär hatte er das ständig getan. Sie hatten sich öfter auf ihr Bauchgefühl verlassen, als es ihren Vorgesetzten recht gewesen wäre. Und seit diese letzte Mission so schlecht geendet hatte und JJ zugab, dass er seine eigenen Bedenken ignoriert hatte, schwor er sich, dies nie wieder zu tun.

Obwohl ihr Bauchgefühl nicht mehr über Leben und Tod entschied, sondern eher darüber, in welche Richtung ein Baum fallen würde oder wer welche Gruppe auf dem Appalachian Trail anführen sollte, bat er die anderen ständig um Rat. Cal war nicht überrascht, dass er es jetzt tat.

»Dass ich mit ihr reden muss. Herausfinden, was sie weiß, wenn überhaupt irgendetwas. Warum sie hier ist. Warum sie sich mit diesen beiden Zicken abgibt. Woher sie weiß, dass ich Migräne habe.«

»Dann bleib, bis du alle Antworten kennst«, sagte JJ

schlicht. »In Bezug auf den Stalker, Juniper, alles. Und wenn das der Fall ist, kommst du mit einem reinen Gewissen nach Hause.«

»Genau.«

»Ich schätze, du wirst bis Samstag zu Hause sein.«

Cal lachte. »Heute ist Sonntag«, erinnerte er seinen Freund. »Das ist nicht einmal mehr eine Woche.«

»Ich weiß«, erwiderte JJ ohne den Hauch eines Lachens. »Du bist gut, Cal«, sagte er. »Verdammt gut. Du wirst in kürzester Zeit herausfinden, was los ist. Verdammt, ich glaube, das hast du schon, aber du willst nur noch mehr Beweise. Und ich schätze, dass diese Juniper, so aufmerksam wie sie zu sein scheint, eine Menge Informationen für dich haben wird. Du weißt besser als die meisten, wie die Dinge laufen. Die Leute reden in der Nähe der Haushaltshilfe und denken sich nichts dabei. Ich wette, sie und alle anderen Leute, die in diesem Haus arbeiten, wissen alles darüber, was Carla und ihre Mutter planen. Du kannst charmant sein, wenn du willst, Cal. Setze diesen Charme in Junipers Richtung ein und finde heraus, was du wissen musst. Dann komm nach Hause, damit Chappy heiraten kann.«

»Du willst mich nur wieder auf dem Arbeitsplan haben«, scherzte Cal.

JJ schnaubte. »Wie auch immer. Du weißt, dass wir die Dinge auch ohne dich regeln können. Aber apropos, April macht mich wahnsinnig. Sie mag es nicht, wenn nicht alle ihre Küken im Nest sind.«

Cal lächelte. April Hoffman war ihre Verwaltungsassistentin bei *Jack's Lumber*. Mehr als das, sie war wie eine Schwester für sie, auch wenn sie sich wie ihre Mutter verhielt. Sie machte sich Sorgen und hielt sie alle auf Trab. Sie leitete ihr Geschäft, als hätte sie es ihr ganzes Leben lang getan, und Cal wusste nicht, was sie ohne sie tun würden.

Außerdem war mit ihr und JJ irgendetwas im Gange ... aber

niemand wusste was. Sie taten so, als würden sie einander nerven, aber wenn einer von ihnen nicht hinsah, konnten sie ihre Augen nicht voneinander lassen. Cal wusste nicht, was JJ zurückhielt; normalerweise war er kein Mann, der nicht das verfolgte, was er wollte. Aber Cal hatte das Gefühl, wenn JJ endlich handelte, würde April nicht mehr wissen, wie ihr geschah.

»Sicher. Nun, wir werden sehen«, sagte Cal zu seinem Freund.

»Halt mich auf dem Laufenden. Ich werde mit den anderen reden und sie wissen lassen, was los ist. Wenn du irgendetwas brauchst, und ich meine *irgendetwas*, rufst du an, verstanden?«

Sein Ton wurde hart und Cal schloss dankbar die Augen. JJ und die anderen würden ihm immer den Rücken freihalten, und das war ein gutes Gefühl. Er mochte in D. C. auf sich allein gestellt sein, aber sie wären in wenigen Stunden hier, wenn er sie brauchte. »Ja. Danke.«

»Schlaf ein wenig. Aber pass auf dich auf. Ich würde es einer Frau wie Carla zutrauen, dich unter Drogen zu setzen und schwanger zu werden.«

Cal erschauderte. »Das wird nicht passieren.«

»Sicher. Wie ich schon sagte, pass auf dich auf. Bis dann.«

»Bis dann«, sagte Cal und legte auf.

Er starrte auf das Haus und seufzte. Er wollte wirklich einen Spaziergang über das Grundstück machen, sich orientieren, sehen, ob es irgendwelche Stellen gab, an denen sich jemand an das Haus heranschleichen konnte, und den besten Ort für die Aufstellung von Kameras auskundschaften. Er hatte das Gefühl, dass die Greens keine Sicherheitskameras wollten, weil sie nur Carla oder Elaine dabei erwischen würden, wie sie die »Geschenke« verteilten, die sie erhielt.

Aber solange er das nicht beweisen konnte, musste er so tun, als sei die Bedrohung real.

Cal atmete tief durch, stieg aus seinem Geländewagen und

öffnete die Hintertür, um seine Reisetasche zu holen. Er trug sie zum Haus und stellte sie neben der Tür ab. Er würde sie holen, wenn er bereit war hineinzugehen. Dann drehte er sich um und begann, um das Haus herumzuspazieren. Je eher er alles ausgekundschaftet hatte, desto eher konnte er schlafen.

KAPITEL DREI

June konnte nicht aufhören, an ihren Gast zu denken. Sie war erschöpft, aber das war nichts Neues. Nachdem sie nach dem Abendessen aufgeräumt und eine Liste gemacht hatte, was sie morgen im Laden kaufen musste, ging sie nach draußen, an einen ihrer Lieblingsplätze auf der Welt.

Es war kalt, aber das machte ihr nichts aus. Draußen an der frischen Luft zu sein, allein mit ihren Gedanken, weit weg von Elaine und Carla – die sie vielleicht anschreien würden, ihnen etwas zu bringen –, war himmlisch.

Sie saß auf der alten Schaukel, die ihr Vater aufgestellt hatte, als sie etwa acht Jahre alt gewesen war, und schaukelte sanft im Mondschein.

Als sie ein Geräusch zu ihrer Linken hörte, drehte June den Kopf und sah eine Gestalt hinter dem Haus entlanggehen. Einen Moment lang war sie angespannt und dachte, dass Carla vielleicht doch nicht gelogen hatte und *wirklich* einen Stalker hatte, aber dann erkannte sie die Silhouette.

Cal.

Sie hatte sich über die Ankunft des Mannes geärgert, weil es ihr so viel zusätzliche Arbeit machte ... bis er tatsächlich eingetroffen war. Noch bevor Carla an diesem Abend in der Küche ihre Pläne verraten hatte, hatte June mitbekommen, wie ihre Stiefschwester ihrer Mutter aufgeregt davon erzählte, wie sie einen echten Prinzen dazu bringen würde, sich bis über beide Ohren in sie zu verlieben, damit sie eine Prinzessin sein konnte.

Sie hatte halb gehofft, dass Carla den Mann heiraten *würde*, denn dann würden sie und ihre Mutter wahrscheinlich wegziehen, um in einem Schloss oder so zu leben, und June hätte ihr geliebtes Elternhaus wieder.

Aber seit sie Cal Redmon zum ersten Mal gesehen hatte, hatte June das Gefühl, dass die Zukunft, die sie sich erhofft hatte, nicht in Erfüllung gehen würde. Zum einen schien er beim Anblick von Carla alles andere als von Liebe und Lust überwältigt zu sein. Zum anderen konnte sie nicht umhin, den Ausdruck offensichtlicher Zweifel auf seinem Gesicht zu sehen, als Carlas Stalker erwähnt wurde.

Sie war erleichtert, dass der Mann nicht so dumm war, wie ihre Stieffamilie gehofft hatte. Aber seine Ungläubigkeit bedeutete, dass er wahrscheinlich bald abreisen würde, und June selbst würde schließlich ihren Zug machen müssen.

Sie glaubte, vielleicht sogar genügend Geld beiseitegelegt zu haben, um D. C. verlassen zu können. Sie hatte nie woanders gelebt und betrachtete die Stadt selbst als eine große Verbindung zu ihrem Vater. Und der Gedanke, Elaine und Carla das Haus zu überlassen, widerstrebte ihr noch immer ungemein.

Aber es war an der Zeit.

Seit dem Tod ihres Vaters war sie nichts als eine unbezahlte Arbeitskraft gewesen. Schlechtgemacht. Geringgeschätzt. Und sie war fertig. Es war Zeit, dass ihr Leben begann. Elaine und Carla konnten für sich selbst sorgen; ihr Vater würde es verstehen. Wahrscheinlich wäre er verärgert, dass sie so lange geblieben war.

Als sie die Schaukel vorsichtig zum Stehen brachte, beobachtete June, wie Cal langsam die gesamte Grenze des Hauses ablief. Er untersuchte die Fenster, die Hintertür, die Seitentür, die Bäume ... er ließ nichts unkontrolliert. Er verschwand auf der anderen Seite des Hauses in Richtung der Vorderseite und June blies die Luft aus, die sie unbewusst angehalten hatte.

Sie war sich nicht sicher, warum der Mann ihr Unbehagen bereitete. Es war nicht so, dass sie sich vor ihm fürchtete. Er wirkte einfach ... überlebensgroß, trotz seines scheinbar ruhigen Auftretens. Er hatte so viele Dinge gesehen und getan, dass sie sich im Vergleich dazu wie ein Landei fühlte. Sie war noch nirgendwo gewesen. Sie hatte ihre ganzen zweiunddreißig Jahre in diesem Haus, auf diesem Grundstück gelebt. Und fast die Hälfte dieser Zeit war sie ein Fußabtreter für ihre Stiefmutter und ihre Stiefschwester gewesen. Sie war schüchtern, nicht im Geringsten mutig, und sie hasste sich selbst dafür, dass sie nicht die Kraft hatte, sich von dem unnatürlichen Einfluss zu befreien, den sie auf sie ausübten.

Zu ihrer Überraschung tauchte Cal auf der anderen Seite des Hauses wieder auf, aber anstatt das Gebäude weiter zu untersuchen, schien er direkt auf *sie* zuzugehen.

June hatte geglaubt, sie sei in den Schatten verborgen. Obwohl die Äste noch kein Laub trugen, hatte sie gedacht, dass er sie in der Dunkelheit der dichten Baumgruppe auf keinen Fall sehen würde.

Aber ihre frühere Vermutung war goldrichtig gewesen ... ihm entging so gut wie nichts.

Cal schritt direkt auf einen der großen Bäume am äußeren Ring des Hains zu und lehnte sich dagegen. Er sagte nichts, was sie verunsicherte.

Sie wollte etwas Witziges, Weltmännisches sagen, aber ihr fiel nichts ein. Sie war nicht gut in gesellschaftlichen Situationen.

Nach einem langen Moment brach er das Schweigen. »Ich bin Cal.«

»Ich weiß«, erwiderte June.

Seine Lippen zuckten. »Du bist Juniper? Darf ich Du sagen?«

»June«, platzte sie heraus. »Bitte nenn mich June. Elaine und Carla nennen mich Juniper, und ich hasse es.«

Er blinzelte überrascht. »Na gut. June. Woher wusstest du es?«

Sie runzelte die Stirn, blieb ruhig auf der Schaukel sitzen und sah zu ihm auf. »Woher wusste ich was?«

»Dass ich Migräne hatte.«

June entspannte sich. Einen Moment lang hatte sie gedacht, er spräche von Carlas imaginärem Stalker. »Du hast die Augen zusammengekniffen und jedes Mal, wenn ein Geräusch kam, hast du den Kopf weggedreht.«

Cal nickte. »Danke für die Tabletten.«

»Haben sie geholfen?«, fragte sie leise.

»Überraschenderweise ja. Und der Tee auch. Danke.«

Einen Moment lang war June verblüfft. Wann hatte sich das letzte Mal jemand wirklich bei ihr bedankt? Sie hatte keine Ahnung. Was traurig und ein Grund mehr war, aus D. C. zu verschwinden. »Nichts zu danken.«

»Es ist kalt draußen«, sagte Cal.

June zuckte mit den Schultern. »Es ist nicht so schlimm. Mir gefällt es hier draußen.«

Er starrte sie so lange an, dass June begann, sich unwohl zu fühlen. Als könnte er irgendwie durch sie hindurchsehen. All ihre Ängste, Frustrationen und Sorgen erkennen.

»Solltest du nicht auf dem Weg nach Hause sein?«, fragte er nach einer Weile.

June blinzelte überrascht. Das seltsame Gefühl, dass sie diesen Mann schon einmal getroffen hatte, dass sie einander irgendwie schon kannten, war so stark gewesen, dass sie tatsächlich erschrocken feststellte, dass er keine Ahnung hatte, wer sie war. »Ich *bin* zu Hause. Ich wohne hier.«

»Oh«, sagte er mit einem leichten Stirnrunzeln. »Ich bin etwas überrascht, dass die Greens eine Haushälterin bei sich wohnen lassen.«

June wurde plötzlich klar, dass er nach Informationen fischte. Vielleicht weil es dunkel war. Vielleicht weil sie sich zu diesem Mann hingezogen fühlte. Oder vielleicht, weil sie endlich bereit war, mit ihrem Leben weiterzumachen. Was auch immer der Grund war, sie hatte es satt zu verbergen, wer sie für Carla und Elaine war.

»Elaine hat meinen Vater geheiratet, als ich vierzehn war«, sagte sie leise. »Carla ist meine Stiefschwester. Das war mein Haus – meins und das meines Vaters –, bevor es ihnen gehörte. Ich habe mein ganzes Leben hier verbracht. Und sie haben keine Haushälterin eingestellt. Jemanden einzustellen bedeutet, ihn zu bezahlen. Von mir wird nicht nur erwartet, dass ich das Haus putze, sondern auch koche, einkaufe, die Wäsche wasche, auf die Hunde aufpasse und einfache Reparaturen erledige ... und das alles umsonst.«

Sie war fast außer Atem, als sie zu Ende gesprochen hatte, und bereute sofort, so ehrlich gewesen zu sein. Sie kannte diesen Mann nicht. Er könnte reingehen und Elaine erzählen, was sie gesagt hatte, und dann wären sie und Carla noch unerträglicher, als sie es ohnehin schon waren. Wenn sie glaubte, dass ihr Leben jetzt hart war, wäre das nichts im Vergleich zu dem, wenn Elaine mit ihr fertig war, weil sie dem Prinzen so viel erzählt hatte.

June war sich nicht sicher, wie Cal auf ihren Ausbruch reagieren würde, aber sie hatte nicht erwartet, dass er sich träge vom Baum abstoßen, auf sie zugehen, mit dem Kopf auf die Schaukel deuten und fragen würde: »Darf ich dich anschubsen?«

Verblüfft konnte June nur nicken.

Cal zog an den Seilen an ihren Schultern, dann stieß er sie sanft an. Als sie die Augen schloss, konnte sie fast so tun, als sei sie wieder zehn Jahre alt, und ihr Vater war derjenige, der hinter ihr stand ... der letzte Mensch, der sie auf dieser Schaukel angeschubst hatte.

Es war wirklich zu kalt draußen, aber das Gefühl von Cals Hand auf ihrem Rücken, wenn sie in seine Richtung schwang, war zu ungewöhnlich und beruhigend, um es zugunsten der Wärme aufzugeben.

Einige Minuten vergingen schweigend, während er sie anschubste. Je länger er nicht auf das einging, was sie gesagt hatte, desto besorgter wurde June. Zum ersten Mal in ihrem Leben war sie vollkommen ehrlich gewesen, aber sie wollte nicht, dass dieser Mann sie für eine komplette Idiotin hielt. Wer würde schon hierbleiben und umsonst wie ein Tier schuften?

Schließlich hielt sie die Stille nicht mehr aus. »Als mein Vater starb, war ich am Boden zerstört. Eine Zeit lang behandelte Elaine mich sehr freundlich. Ich war fünfzehn, noch in der Highschool, und sie kam zu meinen außerschulischen Aktivitäten und tat generell so, als sei ich ihr wichtig. Aber als ich meinen Abschluss machte, überredete sie mich irgendwie, im Haus zu bleiben und Carla zu helfen. Daraus wurde Putzen, daraus wurde Kochen, sie beide herumzufahren ... im Grunde genommen habe ich alles gemacht.

Ich wollte aufs College gehen, kam aber nie dazu, mit jemandem über meine Möglichkeiten zu sprechen. Elaine hielt mich zu sehr auf Trab. Und es war ein gutes Gefühl zu helfen. Mein Vater liebte dieses Haus. Ich hatte ihm versprochen, mich darum zu kümmern und es nie zu verkaufen. Er hat es mir hinterlassen, weißt du.«

Sie verstummte und kam sich wieder einmal lächerlich vor.

Warum erzählte sie einem völlig *Fremden* so viel? Sie presste die Lippen aufeinander.

»Was ist passiert?«

June stellte die Füße auf den Boden, um die Schaukel zu stoppen, und drehte sich leicht, damit sie sein Gesicht sehen konnte. »Woher weißt du, dass etwas passiert ist?«, fragte sie.

Cal lachte, aber es lag keine Belustigung darin. »Ich habe gerade ein paar Stunden mit deiner Stieffamilie verbracht, und es ist offensichtlich, dass sie lügen, betrügen und stehlen würden, um zu bekommen, was sie wollen.«

June starrte ihn einen langen Moment an, über alle Maßen erleichtert, dass er nicht auf ihren übertriebenen Charme hereinfiel.

»Ich war dumm«, gab sie schließlich zu. »Elaine kam mit einem Bündel Papiere zu mir und sagte, sie seien vom Anwalt. Irgendetwas über den Nachlass meines Vaters. Ich war gerade achtzehn geworden, und da ich rechtlich volljährig war, müsste ich sie unterschreiben, um mein Erbe zu bekommen. Ich unterschrieb die Papiere, ohne sie zu lesen. Ich vertraute ihr ... und sie bekam alles. Das Haus, das Geld aus der Lebensversicherung, alles. Ich habe versehentlich alles abgetreten, wofür Dad so hart gearbeitet hatte.«

»Dieses Miststück«, murmelte Cal leise vor sich hin.

June stieß ein überraschtes Lachen aus und lächelte dann. »Ja.«

Cal sah sie einen Moment lang an. Lange genug, dass June sich wieder einmal unwohl fühlte. Es half auch nicht, dass er stand und sie immer noch auf der Schaukel saß. Er überragte sie. Sie sollte aufstehen, damit sie auf Augenhöhe waren, aber aus irgendeinem Grund blieb sie, wo sie war. Sie neigte den Kopf nach hinten und starrte ihn an.

»Du bist geblieben«, sagte er in einem Tonfall, den June nicht deuten konnte.

Sie zuckte mit den Schultern. »Ich konnte nirgendwo

anders hin. Ich hatte kein Geld, und ich hatte meinem Vater ein Versprechen gegeben.«

»Wie alt bist du?«, fragte Cal.

Aus irgendeinem Grund spürte June, wie sie rot wurde. »Zweiunddreißig«, gab sie leise zu.

»Siebzehn Jahre«, sagte er, mehr zu sich selbst als zu ihr.

»Ja«, stimmte sie zu. »Zu verdammt lange. Aber ich gehe«, fügte sie schnell hinzu, womit sie es zum ersten Mal laut zugab. »Ich bin fertig. Ich habe mir zu viel gefallen lassen, und obwohl ich es meinem Vater versprochen habe, kann ich es nicht mehr tun.«

»Deine Loyalität erstaunt mich. Sie ist beeindruckend. Ich habe diese Art von Loyalität nur ein paarmal in meinem Leben gesehen.«

June wurde aus ihm nicht schlau. Sie war sich nicht sicher, ob sie es wollte. »Es ist eher Dummheit«, murmelte sie.

Zu ihrer Überraschung bewegte Cal sich, bis er vor ihr stand, und ging in die Hocke. Sie waren jetzt auf Augenhöhe und sie konnte den Blick nicht von seinem Gesicht abwenden. Sie konnte seine Gesichtszüge im Mondlicht gerade noch erkennen. Er berührte sie nicht, aber sie hätte schwören können, dass sie spürte, wie die Wärme seines Körpers in ihre Haut eindrang.

»Wohin wirst du gehen?«

»Ich habe mich noch nicht entschieden«, gab sie zu und legte die Hände um die Seile, um nichts Dummes zu tun ... wie zum Beispiel diesen Mann zu berühren.

»Hmm.« Das Geräusch kam tief aus seiner Brust und seltsamerweise ließ es sie wieder erröten. »Es ist schon spät. Du musst wahrscheinlich früh aufstehen«, sagte er nach einem weiteren Moment.

June nickte. »Nicht so früh, wie du denkst. Elaine und Carla sind keine Morgenmenschen. Aber ich muss einkaufen gehen und ein paar Sachen besorgen. Gibt es etwas, das du gern hättest? Eine bestimmte Sorte Tee? Du bist doch in Großbritannien aufgewachsen, oder? Ich bin mir sicher, dass du etwas bevorzugst, und ich kann alles besorgen, was du willst.«

»Du weißt über mich Bescheid?«

June starrte ihn an, während sie überlegte, was sie sagen sollte. Am Ende entschied sie sich für Ehrlichkeit. »Ein bisschen. Als Carla und Elaine anfingen, über deinen Besuch zu sprechen, wollte ich mehr über dich erfahren.«

Sie bemerkte sein leichtes Zusammenzucken und fuhr schnell fort: »Ich habe nur deine Wikipedia-Seite gelesen«, erklärte sie ihm. »Ich kenne nur grundlegende Dinge. Ich habe mir die Bilder und Videos von deiner Gefangenschaft nicht angesehen. Ich weiß, dass du in England aufgewachsen bist, dass du zweisprachig bist, Englisch und Deutsch, und dass es unwahrscheinlich ist, dass du jemals König werden wirst, weil in der Thronfolge so viele Leute vor dir sind. Du lebst in Maine und hast ein Unternehmen mit deinen Freunden, die auch Kriegsgefangene waren.«

June zwang sich, den Mund zu halten. Sie hatte bereits schrecklichen Sprechdurchfall gehabt, was sie verlegen machte. Sie biss sich auf die Lippe und wartete darauf, dass er aufstand und davonstürmte. Ihr würde es nicht gefallen, wenn Leute ihre Nase in ihr Leben steckten, warum sollte es bei ihm also anders sein?

Aber er überraschte sie, indem er blieb, wo er war. Sein Blick war intensiv und sie konnte beim besten Willen nicht deuten, was er dachte.

»Das ist eine ziemlich gute Zusammenfassung. In dem Artikel wurde jedoch *nicht* erwähnt, wie sehr ich Maine liebe. Die Abgeschiedenheit, die körperliche Anstrengung bei der Arbeit mit den Bäumen, das Wandern auf dem AT.« Er streckte eine Hand aus und griff nach dem Seil knapp unterhalb ihrer linken Hand. »Ich werde deine Stiefschwester nicht heiraten, June. Und ich bin auch nicht qualifiziert, hier zu sein. Ich bin kein Privatdetektiv, ich bin kein Polizist. Ja, ich kann mit einer Waffe schießen, aber das ist auch schon das ganze Ausmaß meiner Fähigkeiten als Leibwächter. Ich bin nur hier, weil mein Cousin Karl Carlas Brüste gesehen hat, ein wenig durchgedreht ist und meine Eltern angefleht hat, mich zu bitten hierherzukommen, damit sie in Sicherheit ist.«

Sie lachte überrascht über seine Worte. »Karl und Carla«, schnaubte June.

Cals Lippen zuckten. »Ja. Es ist lächerlich.«

»Sie hat wirklich schöne Brüste«, sinnierte June, dann schüttelte sie den Kopf. Meine Güte, sie verhielt sich albern. Wie immer.

Aber Cal zuckte nur mit den Schultern.

June starrte ihn einen Moment lang an. »Also ... gehst du?«

»Wird sie wirklich gestalkt? Oder war das nur ein Trick, um mich herzulocken, damit sie versuchen kann, sich an mich ranzumachen und eine Prinzessin zu werden?«

June war sich nicht sicher, was sie sagen sollte. Es bestand immer die Möglichkeit, dass Carla belästigt wurde; sie war in er Tat sehr hübsch und stand dank ihrer Modelkarriere und ihrer eigenen Ambitionen, berühmt wie eine Kardashian zu werden, im Blickpunkt der Öffentlichkeit.

»Sie behandeln dich wie Dreck, und trotzdem bist du loyal«, sagte Cal mit einem leichten Kopfschütteln. »Eine in einer Million. Warte, bis ich das Chappy erzähle. Er wird sich kaputtlachen.«

June wusste nicht, wer Chappy war, aber ihr gefiel der Gedanke nicht, dass dieser Mann glaubte, sie sei Carla loyal, die wahrscheinlich das Blaue vom Himmel log. »Ich habe keine Beweise für einen Stalker gesehen, aber das heißt nicht, dass es keinen gibt. Und nach dem wenigen, das ich *weiß*, neige ich zu der Annahme, dass sie eine Prinzessin sein will.

Sie hat vor, ›zufällig‹ in dein Zimmer zu kommen, nachdem du geduscht hast«, fuhr sie fort. »Sie sagte, sie wolle deinen

Penis sehen. Sie hat mich absichtlich ein kleines Handtuch in dein Badezimmer legen lassen anstatt eines größeren. Sie hat mich auch dazu gebracht, dein Bettzeug mit ihrem Parfüm zu besprühen, weil sie dachte, dass du dann im Schlaf an sie denken würdest und ... ich weiß nicht ... unterbewusst von ihr angezogen wirst oder so?« Sie schnitt eine Grimasse. »Es gibt einen Wäscheschrank im Flur, gleich neben deinem Zimmer. Da sind sauberes Bettzeug und Handtücher drin. Oh, und das Schloss zu deinem Zimmer ist kaputt, aber das im Bad funktioniert noch.«

Als Cal nichts sagte, sondern sie weiterhin mit seinem intensiven Blick anstarrte, fügte sie lahm hinzu: »Das Zimmer, in dem du bist, gehörte früher mir. Aber Elaine hat beschlossen, es in ein Gästezimmer umzuwandeln.«

Das rief eine Reaktion in ihm hervor. Cal runzelte die Stirn und stieß ein leises Knurren aus.

June hatte die Autorinnen der Liebesromane, die sie gern las, immer für albern gehalten, weil sie ihre Helden ständig knurren ließen. Aber jetzt verstand sie es. Eine Gänsehaut breitete sich auf ihren Armen aus.

»Wo schläfst du jetzt?«, fragte er. »Und wenn du mir sagst, auf dem Dachboden, werde ich nicht erfreut sein.«

June runzelte die Stirn. »Ich wohne im Keller«, gab sie leise zu.

Cal seufzte und blickte in den Himmel, als wollte er sich zusammenreißen.

»So schlimm ist es nicht. Im Winter schlafe ich manchmal im Wohnzimmer, wenn es richtig kalt ist. Und im Sommer ist es da unten schön kühl, das ist also ein Pluspunkt.«

»Sicher«, sagte er sarkastisch.

Sie starrten einander noch einen Moment lang an, bevor Cal abrupt aufstand. Er streckte eine Hand aus. »Komm schon, es ist kalt hier draußen und du musst müde sein.«

June starrte auf seine Hand, dann ließ sie den Blick hinauf

zu seinem Gesicht wandern. »Sei vorsichtig«, flüsterte sie. »Carla kann rücksichtslos sein, wenn sie etwas will, und sie hat es sich in den Kopf gesetzt, eine Prinzessin zu sein. Sie wird mir das Leben zur Hölle machen, nur weil ich mit dir rede.«

»Ich habe nicht die Absicht, sie ihre Krallen in mich schlagen zu lassen«, sagte Cal ruhig. Er wackelte mit den Fingern. »Komm, June, ich begleite dich ins Haus.«

Lange Zeit hatte niemand sich um ihr Wohlbefinden gesorgt oder sich dafür interessiert, ob sie müde war oder fror. Sie ließ ihre Finger in Cals große, warme Hand gleiten. Er half ihr aufzustehen und ließ sie nicht mehr los, bevor er sich umdrehte und auf die Tür zuging, die in die Küche an der Seite des Hauses führte. Er begleitete sie in den warmen Raum, schloss und verriegelte die Tür hinter ihnen.

Dann drehte er sich zu ihr um und griff nach ihrer anderen Hand. June konnte nichts anderes tun, als dazustehen und sich in seinem Blick zu verlieren.

»Was hältst du vom Winter?«

Sie runzelte die Stirn über die überraschende Frage. »Ähm ... Ich habe kein Problem damit?«

Seine Lippen zuckten. »Ich nehme an, du hasst die Kälte nicht, da du draußen auf der Schaukel gesessen hast.«

Sie schüttelte den Kopf. »Nein, ich hasse die Kälte nicht. Die Welt hat etwas so Friedliches und Schönes an sich, wenn der Schnee alles bedeckt.«

Cal nickte.

Als er einen Moment lang schwieg, konnte June nicht anders, als ihn zu beobachten. Die Deckenbeleuchtung in der Küche war ausgeschaltet, aber sie ließ immer das Licht über dem Herd an, falls Elaine oder Carla mitten in der Nacht etwas brauchten. Jetzt, da sie drinnen waren, konnte sie ihn viel besser sehen. Sein dunkles Haar war ein wenig lang, er hatte Stoppeln im Gesicht und seine Lippen sahen viel zu üppig aus, um zu einem Mann zu gehören, was jedoch alles andere als unattraktiv war.

Seine Nase war schief und ein Teil eines Ohrs fehlte, genau wie Carla gesagt hatte. June wusste, dass dies auf seine Zeit als Kriegsgefangener zurückzuführen war. Sein Gesicht selbst war narbenfrei, aber sie konnte mehrere wulstige Narben sehen, die aus dem Ausschnitt seines T-Shirts ragten. Der Anblick tat ihr im Herzen weh ... genauso wie er sie wütend machte. Niemand hatte das Recht, einem anderen Menschen so etwas anzutun.

»Ich stehe normalerweise früh auf. Wird das ein Problem sein?«, fragte er schließlich und holte sie aus ihren Grübeleien heraus.

»Nein, überhaupt nicht. Was möchtest du zum Frühstück?«

»Irgendetwas.«

June runzelte die Stirn und fragte noch einmal, diesmal ein wenig energischer. »Was hättest du gern zum Frühstück, Cal?«

Zu ihrer Überraschung grinste er. Immer, wenn sie diesen Tonfall versehentlich gegenüber ihrer Stiefmutter anschlug, musste sie dafür bezahlen.

»Ein deftiges Frühstück?«, fragte er, wobei sein Grinsen breiter wurde.

»Spiegeleier, Würstchen, Speck, Tomaten, Pilze und Toast? Ich mache keine Blutwurst, tut mir leid. Das ist eklig.«

Er lachte. »Warum überrascht es mich nicht, dass du weißt, was ich mir darunter vorstelle?«

June erwiderte sein Lächeln. »Ich lese viel. Ist Pfefferminztee in Ordnung? Ich glaube, das ist alles, was wir haben, bis ich einkaufen gehe. Wenn du willst, kann ich dir dann schwarzen Tee oder eine andere Geschmacksrichtung besorgen.«

»Pfefferminztee ist perfekt. Ich habe das Gefühl, dass ich etwas brauchen werde, um meine Kopfschmerzen in Schach zu halten, solange ich hier bin.«

June nickte, wohl wissend, dass er immer noch ihre Hände in seinen hielt.

»Ich denke drei Tage«, sagte er.

June runzelte die Stirn. »Wofür?«

»Um die nötigen Beweise zu bekommen, dass deine Stieffamilie nur Mist erzählt.«

»Oh«, sagte June und bemühte sich, die Enttäuschung aus ihrem Tonfall herauszuhalten.

»Hattest du einen Zeitplan, wann du gehen wolltest?«, fragte er.

June blinzelte überrascht und konnte nur den Kopf schütteln.

»Newton ist eine schöne Stadt. Klein, aber friedlich. Meine Freunde sind gute Kerle, und ich bin sicher, dass es irgendwo eine Wohnung zu vermieten gibt. Chappy heiratet bald, und seine Verlobte Carlise ist urkomisch. Ich kenne sie noch nicht so gut, aber sie würde alles für Chappy tun, und das ist es, was für mich zählt.«

»Ähm ... das ist gut?«, erwiderte June völlig verwirrt.

Cal schenkte ihr ein kleines Lächeln. »Denk darüber nach.«

»Worüber?«

»Darüber, mit mir zu kommen. Nach Maine.«

June starrte ihn sprachlos an.

Dann schockierte Cal sie noch mehr, indem er sich näher zu ihr lehnte und eine Wange küsste, bevor er mit den Lippen über die andere strich. Er lächelte immer noch, als er sich zurückzog und ihre Hände drückte. »Das ist die englische Art, jemanden zu begrüßen«, sagte er. »Oder ›bis später‹ zu sagen. Schlaf gut, June.«

Dann drehte er sich um und verließ die Küche, vermutlich um auf sein Zimmer zu gehen.

June stand stocksteif mitten in der Küche und starrte auf die Tür, durch die er verschwunden war.

Sie hob eine Hand an ihre Wange und verharrte dort einen

langen Moment. Dann seufzte sie, schüttelte den Kopf und ging auf die Kellertür zu. Unten würde es kalt sein, aber wenn Carla in dem Versuch herumschlich, ihren Hausgast nackt zu erwischen, wollte June nicht beim Schlafen im Wohnzimmer erwischt werden.

Nachdem sie sich die Zähne geputzt und eine Jogginghose angezogen hatte, legte June sich auf die klumpige Matratze der alten Ausziehcouch und starrte in die Dunkelheit.

Nach Maine fahren? Das konnte sie doch nicht, oder? Sicher, sie hatte sich entschlossen wegzugehen, aber sie war noch nicht so weit.

Andererseits ... warum nicht? Es waren siebzehn Jahre vergangen, und es war nicht so, als würden Elaine und Carla sich ändern. Wenn Cal sie nach nur drei Tagen verließ, würden sie sich wahrscheinlich noch viel schlimmer benehmen.

Ja, sie hatte etwas Geld, aber reichte es für die Reise, die Unterkunft und Nahrungsmittel, bis sie einen Job gefunden hatte? Vielleicht. Aber wenn sie mit Cal reiste und kein Flug- oder Busticket bezahlen musste, konnte sie das Geld sparen. Sie hatte nicht darüber nachgedacht, nach Maine zu fahren, aber warum nicht?

Cal hatte sie gefragt, ob sie den Winter mochte, und sie war ehrlich gewesen. Sie mochte ihn. Die Kälte ließ sie lebendig fühlen. Außerdem waren heiße Sommer für eine kurvige Frau wie sie fast unerträglich. Schweiß an Brüsten und Schenkeln war kein Vergnügen, und wenn ihr kalt war, konnte sie sich einfach mehr anziehen. Wenn ihr heiß war, konnte sie aber nicht einfach alles ablegen.

War sie mutig genug, um mit Cal zu gehen?

Sie war sich nicht sicher. Und es würde Elaine und Carla sicherlich verärgern, wenn sie es tat.

Während ihre Gedanken hin- und hergingen, wurde ihr klar, dass es komisch war, dass sie ihn nicht als einen Prinzen sah, nachdem sie mit ihm gesprochen hatte. Er war so viel mehr, als ein paar Absätze im Internet vermittelten. Sie mochte ihn. Wahrscheinlich mehr, als klug war.

Sie wäre dumm – na ja, noch dümmer, als sie sich ohnehin schon vorkam, weil sie sich siebzehn Jahre lang wie Dreck hatte behandeln lassen –, wenn sie sein Angebot *nicht* annehmen würde.

Zum ersten Mal seit einer Ewigkeit stieg in June ein Gefühl der Erleichterung auf.

Sie würde es tatsächlich tun. Verschwinden. Weggehen. Die Erinnerungen an ihren Vater und die gute Zeit mit ihm würden sie immer begleiten. Sie brauchte nicht in ihrem Haus zu leben, um sie in Ehren zu halten. Vielleicht hatte sie zu lange gebraucht, um zu erkennen, dass sie mehr wert war, als eine unbezahlte Dienerin ihrer Stieffamilie zu sein, aber sie würde die Hand nehmen, die ihr angeboten wurde.

Die Freiheit war endlich in greifbarer Nähe – und June hätte nicht aufgeregter sein können. Aber sie würde dieses Gefühl zügeln müssen. Sie musste sicherstellen, dass Carla und Elaine nicht ahnten, dass etwas im Busch war. Denn wenn sie wüssten, dass sie vorhatte zu gehen – und zwar mit ihrem Prinzen –, würden sie alles tun, um das zu verhindern. Daran hatte June keinen Zweifel.

Elaine hatte bewiesen, wie hinterlistig und unmoralisch sie war, indem sie June das Erbe abgeluchst hatte. Sie war eine Närrin, ihr jemals vertraut zu haben. Sie hatte keinen Anwalt konsultiert, als ihr klar wurde, was passiert war, da sie kein Geld hatte, und sie hatte das Gefühl, dass Elaine alles zu ihrem Vorteil verdrehen würde. June konnte sich nur damit trösten zu bleiben. Das Haus mochte ihr nicht gehören, aber sie wohnte immer noch dort, genau wie ihr Vater es sich gewünscht hatte.

Aber genug war genug. June wollte weg. Nichts würde sie aufhalten. *Nichts.*

KAPITEL VIER

Zwei Tage später war Cal völlig sicher, dass Carla den Stalker erfunden hatte, um ihn nach D. C. zu locken, damit sie einen Prinzen verführen konnte. Cal war an manipulative Frauen gewöhnt, aber Carla und Elaine setzten dem Ganzen die Krone auf. Selbst *er* hatte sie unterschätzt. Bis er einen Bekannten anrief, einen ehemaligen Navy SEAL mit unglaublichen Computerkenntnissen, dem es gelungen war, Carlas Computer zu hacken und ein paar Videochats zwischen der Frau und Karl aufzustöbern.

Er würde später ein ernsthaftes Gespräch mit seinem Cousin führen, sowohl weil er auf falsche Brüste und ein hübsches Gesicht hereingefallen war, als auch weil er Informationen über Cal selbst preisgegeben hatte. Aber es war Carlas Filmmaterial, das ihn wirklich interessierte. Es war schwer, sich die Videos anzusehen; Cal wollte die Amateur-Porno-Show nicht sehen, die Carla für seinen Cousin veranstaltet hatte. Aber die Informationen, die er erhielt, waren von unschätzbarem Wert.

Die Dinge, die sie Karl erzählt hatte, standen im direkten Widerspruch zu allem, was sie Cal über ihren angeblichen

Stalker mitgeteilt hatte. Sie hatte behauptet, es gäbe Kameras im Haus und diese hätten jemanden in Schwarz gekleidet gefilmt, der um das Grundstück schlich und ihr böse Nachrichten und gruselige Geschenke hinterließ. Die Gegenstände, die der Stalker angeblich vor ihrer Tür hinterlassen hatte, waren anders. Auch alles, was die Polizei ihr angeblich gesagt hatte, war anders als das, was sie Cal erzählt hatte.

Kurz gesagt, alles aus ihrem Mund war eine Lüge. Cal war nicht wirklich überrascht, aber er war immer noch erstaunt, wie weit sie und ihre Mutter diese Scharade treiben würden.

Cal hatte sich selbst beschäftigt und versucht, sich von Carla fernzuhalten, während er die Situation untersuchte, aber er war dennoch gezwungen gewesen, mehr Zeit mit ihr und Elaine zu verbringen, als ihm lieb war. Und je mehr er sich in ihrer Nähe aufhielt, desto mehr wurde er angewidert. Die Art und Weise, wie sie June behandelten, war wirklich entsetzlich. Dass das schon seit Jahren so war, war das Schockierendste von allem.

Er hatte nicht gelogen, als er June sagte, dass sie eine Loyalität besaß, die er selten gesehen hatte. Tatsächlich hatte er sie nur bei seinen Freunden gesehen. Er wusste bis ins Mark, dass Chappy, Bob und JJ für ihn sterben würden, genauso wie er für sie. Aber Junes Handeln ... es ging darüber hinaus. Sie war einem Vater gegenüber loyal, der nicht mehr lebte, der nicht mehr da war, um zu sehen, wie sehr sie litt, und das alles nur wegen eines Versprechens am Sterbebett.

Und nicht nur das, sie war auch fleißig, auf unaufdringliche Art hübsch und freundlich.

Cal hatte schon immer jede Art von Filmen gehasst, in denen ein Prinz vorkam ... und davon gab es zu viele. Diese Filme hatten ihm das Leben zur Hölle gemacht, denn fast jede Frau, die er traf, träumte davon, mit ihm in den Sonnenuntergang zu reiten, sobald sie erfuhr, dass er ein Prinz war. Das war alles Blödsinn. Er lebte nicht wie ein Prinz, wollte es auch nicht. Die Zugehörigkeit zu einer königlichen Familie hatte ihm jede Chance genommen, ein normales Leben zu führen, weil seine Entführer ihn so gründlich entstellt hatten.

Trotz alledem ... als er an jenem ersten Abend mit June gesprochen hatte, konnte er nicht umhin, sie mit Aschenputtel zu vergleichen. Es würde ihn nicht wundern, wenn sie in dem Keller, in dem zu wohnen sie gezwungen worden war, eine Familie von Mäusen hätte, mit der sie sprach.

Zum ersten Mal in seinem Leben wollte Cal jemandes Märchenprinz sein.

Er wollte die Jungfrau in Nöten retten. Wollte mit seiner Prinzessin glücklich bis ans Ende ihrer Tage leben. Es war völlig lächerlich, und nicht in einer Million Jahren hätte er es jemandem gegenüber zugegeben, nicht einmal seinen engsten Freunden. Aber je mehr er in der Nähe der bösen Stiefschwester und ihrer Mutter war und sah, wie geduldig und ausgeglichen June angesichts ihrer Verachtung blieb, desto mehr wollte er sie wegbringen und ihr ihren eigenen Wert vor Augen führen.

Es war offensichtlich, dass sie keine Ahnung hatte, was für ein fantastischer Mensch sie war. Sie hatte so lange unter Elaines Fuchtel gelebt, dass es ein Wunder war, dass sie so lieb und rücksichtsvoll geblieben war.

Er hatte ihre Warnung am ersten Abend zu schätzen gewusst – vor allem, als er im Bad ein verdammt kleines Handtuch gefunden hatte, genau wie sie gesagt hatte. Der Geruch von Parfüm auf seiner Bettwäsche hatte ihn fast zum Würgen gebracht. Selbst nachdem er das Bett mit sauberem Bettzeug neu bezogen hatte, musste er den süßlichen Geruch noch ertragen.

Und nicht nur das, er hatte auch noch gesehen, wie der Türknauf zum Badezimmer klapperte, nachdem er aus der Dusche gekommen war. Carlas Frechheit, in seine Privatsphäre eindringen zu wollen, hätte Cal fast dazu gebracht, noch am selben Abend aus dem Haus zu stürmen und zu gehen.

Das Einzige, was ihn davon abhielt, war June. Und das Versprechen, das er seinen Eltern gegeben hatte, sich um die Stalking-Situation zu kümmern.

Es war erst Dienstag, und er hatte diese Farce bereits satt. Gestern hatte er trotz Carlas Protesten und der Tatsache, dass es keinen Beweis für einen Stalker gab, einfache Kameras an der Vorder- und Hintertür installiert. Es war ekelhaft, dass sie diese List überhaupt versucht hatte. Tausende von Männern und Frauen im ganzen Land wurden tatsächlich gestalkt, und jeder, der so etwas behauptete, nahm potenziell Zeit für legitime Fälle weg.

Heute hatte er den Vormittag auf dem Polizeirevier verbracht, um mit einem Detective über die Situation zu sprechen und ihm die Informationen zu übermitteln, die er dank seines pensionierten SEAL-Freundes erhalten hatte. Cal war gerade zum Haus der Greens zurückgekehrt und auf dem Weg in die Küche, in der Hoffnung, June zu finden und ihr zu sagen, dass sie morgen abreisen würden.

Sie hatte beschlossen, ihrer Stieffamilie nichts von ihrem Weggehen zu erzählen. Mit einem kleinen Lächeln hatte sie ihm gesagt, dass ihr die Vorstellung ihrer Gesichter, wenn ihnen bewusst wurde, dass sie weg war – und dass sie selbst würden kochen und putzen müssen –, lange Zeit Freude bereiten würde.

Aber auf dem Weg zur Küche kam Cal an der Bibliothek vorbei, wo er die Stimmen von Carla und Elaine hörte. Die Tür stand einen Spalt offen, sodass er das Gespräch drinnen deutlich hören konnte. Instinktiv schwieg er, da er wissen wollte, was das hinterhältige Duo jetzt aussheckte.

»Er ist misstrauisch«, zischte Carla.

»Ich weiß«, erwiderte Elaine, die ebenso verärgert klang.

»Ich habe alles getan, was ich tun konnte, und es scheint

ihn überhaupt nicht zu interessieren. Ich begreife das nicht! Ich meine, ich habe ihm praktisch meine Brüste ins Gesicht gedrückt, und er hat nicht einmal hingesehen«, jammerte Carla.

»Vielleicht ist er schwul?«, schlug Elaine vor.

»Das ist er nicht. Karl hat gesagt, dass er in England immer in den Kneipen rumgehangen und Frauen mit nach Hause genommen hat. Ich sage dir, ich denke, dass sein Penis vielleicht beschädigt wurde, als er Gefangener war. Vielleicht kann er ihn nicht mehr hochkriegen. Wie nennt man Leute, denen er abgehackt wurde?«

»Ich weiß es nicht.«

»Doch, früher ... diese Männer, die so etwas wie religiös waren oder so?«

»Ein Eunuch?«, fragte Elaine.

»Ja! Das ist es! Vielleicht ist er einer von ihnen. Obwohl ich glaube, das aktuellere Wort ist bobbittiert.« Carla lachte über ihren eigenen Scherz.

Cal persönlich war nicht amüsiert. Vor Spott zog er die Oberlippe zurück. Carlas Dreistigkeit, über seinen Schwanz zu sprechen und die Folter zu verharmlosen, die er erlitten hatte, war fast unglaublich. Aber bei diesen beiden hielt er langsam alles für möglich.

»Jedenfalls denke ich, dass entweder sein Schwanz abgeschnitten wurde oder er ihn nicht mehr hochbekommt. Das sind die einzigen Gründe, die mir einfallen, warum er sich von meinem Körper nicht beeindrucken lässt«, jammerte Carla.

»Also müssen wir ihm einen Grund geben zu bleiben«, sagte Elaine.

Cals Augen wurden schmal, als er zuhörte.

»Zum Beispiel?«

»Überlass das mir. Aber morgen um diese Zeit wird er alle Beweise haben, die er braucht, dass du einen Stalker hast und dein Leben in Gefahr ist. Ich werde vorschlagen, dass du untertauchen solltest und dass du einen Leibwächter brauchst, der dich begleitet.«

»Ooooh, das gefällt mir!«, schwärmte Carla. »Wir können in eine abgelegene Hütte gehen und – warte, nein. Das würde ich hassen. Wir können nach Vegas fahren und in einer der Penthouse-Suiten einchecken oder so. Ich werde ihn davon überzeugen, dass wir dort sicherer sind, weil es überall Kameras gibt. Er ist so verdammt versessen auf blöde Kameras, das müsste ihm doch gefallen. Dann werde ich ihn verführen. Vielleicht muss ich die Augen schließen, damit ich nicht sehen muss, wie ekelhaft er ist, aber ich werde alles tun, um die Krone auf meinen Kopf zu bekommen. Und Karl sagt, er ist *stinkreich!* Glaubst du, wir werden in einer großen Zeremonie heiraten, wie Kate und Meghan? Ooooh, ich will eine Pferdekutsche und siebenundzwanzig Bedienstete!«

»Du bist zu voreilig«, schimpfte Elaine. »Im Moment sieht der Mann dich nicht zweimal an. Du musst so tun, als hättest du schreckliche Angst, damit er dich beschützen will.«

»Das kann ich tun«, sagte Carla entschlossen. »Wenn ich dadurch die Krone bekomme, werde ich alles tun, was ich tun muss.«

Cal hatte mehr als genug gehört. Er war von der ganzen Angelegenheit angewidert. Die Verliebtheit seines Cousins in Carla, die Tatsache, dass er auf Drängen seiner Eltern hergekommen war, nachdem sie von der königlichen Familie unter Druck gesetzt worden waren, die Intrigen von Carla und Elaine. Und wenn jemand ihm Vorwürfe machte, weil er sich vor seiner Verantwortung drückte ... nun, er hatte die Videochats zwischen Karl und Carla in der Tasche, falls es nötig sein sollte.

Er hatte seine Pflicht erfüllt, hatte wie versprochen gehandelt. Es gab keine Bedrohung für Carla, außer ihrem übersteigerten Ego und ihrer unvorstellbaren Verzweiflung.

Scheiß auf morgen. Er würde heute gehen. Jetzt sofort.

Leise ging er weiter in Richtung Küche. Er wusste, dass er June dort finden würde, die ohne zu murren hart daran arbeitete, ein Abendessen zuzubereiten, das niemand schätzen würde. Sie war schon vor sechs Uhr aufgestanden, denn als er die Treppe hinuntergekommen war, bereitete sie gerade sein Frühstück zu. Sogar eine Tasse Tee hatte auf ihn gewartet.

Die wenigen Stunden, die er an den letzten beiden Morgen mit June verbracht hatte, hatten Cals Meinung über sie nicht geändert. Wenn überhaupt, hatte ihn die Zeit neugieriger gemacht. Hatte ihn näher herangezogen. Sie hatte eine beruhigende Ausstrahlung. Sie war genauso zufrieden damit, schweigend neben ihm zu sitzen, wie über die vielen glücklichen Erinnerungen zu plaudern, die sie von ihrem Vater hatte.

Cal gefiel es nicht, wie schnell sie sich selbst herabsetzte. Wie sie über ihre mangelnde Bildung, ihre unzureichende Kleidung, ihre mangelnden beruflichen Fähigkeiten sprach ... ihre Größe.

In seinen Augen war sie unglaublich widerstandsfähig. Es gab mehr im Leben als eine formelle Ausbildung. Einige der klügsten Menschen, die er je kennengelernt hatte, hatten keinen College-Abschluss. Eine bodenständige Person mit Köpfchen und gesundem Menschenverstand war ihm allemal lieber als jemand mit einem Doktortitel und einem riesigen Ego.

Und June war freundlich und großzügig. Es war fast unglaublich, wie rücksichtsvoll sie war, wenn man bedachte, wie sie behandelt wurde. Sie hätte verbittert und wütend sein können, verzweifelt darauf aus, es der Welt heimzuzahlen, die ihr übel mitgespielt hatte. Aber offensichtlich hatte die Erziehung ihres Vaters einen bleibenden Eindruck hinterlassen. Cal war enttäuscht, dass er den Mann, der eine so erstaunliche Tochter großgezogen hatte, nie kennenlernen würde.

Er öffnete die Küchentür, und wie er es sich gedacht hatte, fand er June am Herd stehen. Sie drehte sich um, als die Tür geöffnet wurde, ihre Wangen von der Hitze des Ofens gerötet und ihr Haar zu einem unordentlichen Dutt hochgesteckt. Sie war ungeschminkt und trug eine Schürze über einem T-Shirt und schwarzen Leggings.

Einen Moment lang konnte er sie nur anstarren. Ihre Beine zeichneten sich perfekt in dem eng anliegenden Stoff ab, und die zur Schau gestellten Kurven ließen ihm das Wasser im Mund zusammenlaufen.

»Cal? Was ist? Geht es dir gut?«, fragte sie stirnrunzelnd.

Die Tatsache, dass sie sich Sorgen um ihn machte, entging ihm nicht. Er war überzeugter denn je, dass seine Entscheidung, sie nach Maine einzuladen, die richtige war.

»Wir werden heute abreisen. Jetzt, um genau zu sein.«

Sie starrte ihn einen Moment lang überrascht an. »Jetzt?«, flüsterte sie.

Cal konnte die Angst in ihrem Tonfall hören. Er würde nicht zulassen, dass sie ihre Meinung änderte. Auf keinen Fall.

Er marschierte auf sie zu, nahm ihr den Löffel aus der Hand, schaltete das Kochfeld unter einem großen Topf aus und legte die Hände auf ihre Schultern. Er drehte sie von sich weg, sodass ihr herrlicher runder Hintern zu sehen war, und zog an der Schürze, die sie um ihren Körper gebunden hatte.

Sie öffnete sich sofort. Es kostete ihn all seine Willenskraft, nicht nach unten zu greifen und die prallen Kugeln zu umfassen, die von ihren Leggings umspielt und nicht ganz von dem T-Shirt bedeckt wurden.

Als Cal sie wieder zu sich drehte, wollte er grinsen, als er sich an das Gespräch in der Bibliothek erinnerte. Darüber, dass er auf Jungs stehen könnte oder dass er ihn wohl nicht mehr hochbekam. Die vollständig bedeckte June erregte ihn so sehr wie seit ... nun, länger, als er sich erinnern konnte.

Er wollte sie. Alles von ihr. Aber jetzt war weder die Zeit noch der Ort für diese Art von Gedanken.

»Ja. Jetzt«, antwortete er schließlich.

»Warum? Was ist passiert? Ich dachte, du würdest nicht vor Ende der Woche abreisen.«

»Carla wird nicht gestalkt. Sie haben sich das ausgedacht. Ich habe alle Beweise, die ich brauche. Aber als ich an der Bibliothek vorbeiging und sie reden hörte, habe ich –«

»Sie waren in der Bibliothek? Da gehen sie nie rein«, sagte June verwirrt.

Cal nickte. »Ja, sie waren in der Bibliothek. Wahrscheinlich haben sie nach Büchern über Hexerei oder so etwas gesucht. Ich weiß es nicht. Jedenfalls hat Elaine davon gesprochen, Beweise für Carlas Stalker zu liefern, und ich werde mich an dieser Farce nicht mehr beteiligen.«

»Wie soll sie denn Beweise für etwas beschaffen, das es gar nicht gibt?«

Cal hatte seine Vorstellungen, aber was Elaine und Carla taten, ging ihn nichts mehr an. »Es spielt keine Rolle. Ich bin fertig. Und wir gehen jetzt.«

June biss sich unsicher auf die Lippe.

Cal legte die Hände wieder auf ihre Schultern und lehnte sich näher heran. »Als ich dich das erste Mal sah, hast du in den Himmel geschaut, die Sonne auf deinem Gesicht und mit einer Miene, die mir sagte, dass du dich in diesem Moment frei fühltest. Ich kann dir helfen, echte Freiheit zu finden, June. Du kannst dich jeden Tag so fühlen und nicht nur in gestohlenen Momenten, wenn du dich ohne Bezahlung oder Dank bis zur Erschöpfung abrackerst. Du kannst tun, was immer dein Herz begehrt. Du kannst die sein, die du sein sollst. Du musst nur mutig genug sein, um Ja zu sagen. Um nach unten zu gehen, deine Sachen zu packen und sofort mit mir zu kommen.«

Cal hielt den Atem an, während er auf Junes Antwort wartete. Er würde sie entführen, wenn es sein müsste – natürlich nur zu ihrem Besten –, aber er wollte wirklich, dass sie diese Entscheidung selbst traf. Sie musste es tun. Für ihren eigenen Seelenfrieden.

»Ich habe Angst«, flüsterte sie.

»Ich weiß.« Und das tat er. Er sprach nie über die Zeit als Kriegsgefangener, aber er stellte fest, dass er sich June gegenüber öffnen wollte. »Als ich gerettet wurde, hatte ich schreckliche Angst. Ich wusste, dass die Arschlöcher meine Folterung gefilmt hatten. Ich war mir nicht sicher, wer es gesehen hatte, wenn überhaupt jemand. Und als ich herausfand, dass das Filmmaterial in der ganzen Welt ausgestrahlt worden war, wollte ich sterben. In diesem Moment wollte ich buchstäblich nicht mehr leben, June. Es fühlte sich fast einfacher an, umzudrehen und direkt zurück in diese Höhle zu gehen. Dort wusste ich wenigstens, was mich erwartete.

Aber ich hatte drei Freunde, die mir sagten, dass es mir gut gehen würde. Dass sie mich auf Schritt und Tritt begleiten würden, und zwar nicht nur in der beängstigenden neuen Welt der unerbittlichen Medienaufmerksamkeit, in der ich mich eine Zeit lang wiederfand. Sondern auch beim Start in ein neues Leben in Maine. Lass mich dasselbe für dich tun, June. Du bist mutiger, als du denkst. Ich kenne nicht viele Menschen, die in der Lage gewesen wären, das zu überleben, was du so viele Jahre lang durchgemacht hast. Die in der Lage wären, in winzigen Momenten des Sonnenscheins aufzublühen, selbst wenn sie in einem dunklen Keller eingeschlossen sind. Bitte lass mich dir helfen, wieder auf die Beine zu kommen.«

Sie starrte ihn so lange an, dass Cal sich Sorgen machte, dass er zu weit gegangen war. Aber dann flüsterte sie: »Warum?«

»Weil der Gedanke, dich hierzulassen und einfach wegzugehen, mir Bauchschmerzen bereitet. Er schmerzt mehr als jede Folter, die diese Arschlöcher ausgeteilt haben. Außerdem ... wenn Carla herausfindet, dass du weg bist, und die Verbindung herstellt, dass du mit *mir* gegangen bist, überleg mal, wie wütend sie sein wird.« Er schenkte ihr ein Grinsen.

June lächelte ein wenig. Dann wurde sie nüchtern. »Ich

weiß nicht, ob ich da draußen ein normales Leben führen kann. Hier kenne ich meinen Platz. Meine Tage sind alle gleich. Was ist, wenn ich keine Arbeit finde? Was werde ich dann tun?«

»Ein Tag nach dem anderen«, sagte Cal mit Nachdruck. »Und Prinzessin, dein Leben *hier* ist dasjenige, das nicht normal ist.« Der Kosename rutschte ihm heraus, ohne dass er darüber nachdachte.

Er konnte die Emotionen in ihren Augen nicht deuten, aber sein ganzer Körper erschlaffte vor Erleichterung, als sie schließlich nickte.

»Du kommst mit mir? Jetzt gleich?«

»Ja.«

Triumph stieg in Cal auf. Adrenalin schwamm in seinem Blut.

»Aber vielleicht nach dem Mittagessen? Carla und Elaine machen normalerweise ein Nickerchen nach dem Essen.«

Cal wollte auf der Stelle gehen, aber sie hatte nicht ganz unrecht. Er wollte nicht in eine Szene verwickelt werden, wenn es sich vermeiden ließ, und er wusste ohne Zweifel, dass Carla einen riesigen Aufstand machen würde, wenn sie merkte, dass er ging.

»Okay. Kann ich etwas tun, während du packst?«, fragte er.

»Kannst du kochen?«, stichelte sie.

»Ich bin schon lange Junggeselle. Natürlich kann ich kochen. Ich kann zumindest umrühren, was auch immer in diesem Topf so gut riecht, während du weg bist.«

»Bist du dir wirklich sicher?«

Er hatte das Gefühl, dass sie nicht über das Mittagessen sprach.

»Mehr als sicher. Es wird alles gut werden, June. Das verspreche ich dir. Und als Mitglied des liechtensteinischen Königshauses solltest du wissen, dass es eine Frage der Ehre ist, dass ich meine Versprechen immer halte.«

Daraufhin lächelte sie.

Er beugte sich hinunter und küsste ihre rechte Wange, dann die linke, wobei er sich an der süßen Röte erfreute, die auf ihren Wangen aufblühte. »Geh schon. Pack deine Sachen. Nimm so viel mit, wie du willst.«

»Ich habe nicht viel.«

Cal war nicht überrascht. »Irgendwelche Andenken an deinen Vater, die du mitnehmen möchtest?«

Sie nickte. »Ein Teeservice, das mein Vater immer benutzt hat, wenn er mit mir Verkleiden gespielt hat.«

»Wo ist es?«

Als Antwort ging June durch den Raum, kniete sich auf den Boden und öffnete einen Schrank. Sie griff hinein, schob Dinge beiseite und setzte sich dann mit etwas auf, das wie eine silberne Teekanne aussah. »Ich musste sie vor Elaine verstecken. Sie hätte sie verkauft oder einschmelzen lassen, um irgendeinen blöden Schmuck für sich selbst daraus zu machen. Sie ist aus reinem Silber. Ich habe Dad einmal gefragt, warum er einer Achtjährigen erlaubt, etwas so Wertvolles zu benutzen, und er hat mir gesagt, dass es dafür gemacht ist, benutzt zu werden, und dass er sich keine bessere Person dafür vorstellen kann als das wichtigste kleine Mädchen in seinem Leben.«

Ihr standen die Tränen in den Augen, als sie die angelaufene Teekanne anstarrte, und Cal schwor sich auf der Stelle, so viel wie möglich über ihren Vater zu erfahren. Es würde nicht nur sie glücklich machen, über ihren geliebten Vater zu sprechen, er hatte auch das Gefühl, dass er viel darüber lernen könnte, wie er ein besserer Mensch werden konnte, wenn er Geschichten darüber hörte, wie er sein Leben gelebt hatte.

Er ging hinüber und hockte sich neben June. »Darf ich?«, fragte er und nickte in Richtung der Teekanne.

June reichte sie ihm, ohne zu zögern. Wieder demütigte ihn das Vertrauen, das sie ihm entgegenbrachte.

»Gibt es dazu Tassen?«

June schüttelte den Kopf.»Nein, die sind alle vor Jahren kaputt gegangen.«

»Na gut. Komm schon, hoch mit dir. Hol deine Sachen, Prinzessin. Wir machen uns gleich nach dem Mittagessen auf den Weg und machen so viel Strecke wie möglich. Es ist eine lange Fahrt bis nach Newton.«

Zu seiner Erleichterung nickte sie und ging auf die Kellertür zu.»Schalte die Kochplatte wieder auf mittlere Hitze und rühr um. Lass die Alfredo-Soße nicht anbrennen. Ich mache sie mit Vollfett-Sahne und Käse, obwohl Carla und Elaine ständig auf Diät sind«, sagte sie mit einem verschmitzten Grinsen. Dann war sie verschwunden.

Zwei Minuten später lächelte Cal immer noch über ihre kleine Trotzreaktion. Seine June würde gut zurechtkommen. Sie hatte den Funken für das Leben tief in ihrem Inneren nicht verloren.

Als ihm klar wurde, dass er *seine* June gedacht hatte, zuckte Cal nicht einmal mit der Wimper. Irgendwie hatte diese Frau sich einen Weg unter seinen Mauern hindurch gebahnt ... und er war sich nicht sicher, ob er es hasste.

KAPITEL FÜNF

June war besorgt, dass etwas passieren würde, was sie an der Abreise hindern könnte, aber überraschenderweise verlief alles erstaunlich reibungslos. Nachdem Elaine und Carla zu Mittag gegessen hatten, gingen sie, wie jeden Tag, nach oben in ihre Zimmer. Obwohl sie buchstäblich erst vor ein paar Stunden aufgestanden waren, machten sie nach dem Essen immer ein Nickerchen.

In dem Moment, in dem die Türen sich hinter ihnen schlossen, ging Cal die Treppe hinunter in den Keller, um ihre Koffer zu holen. Es war peinlich, dass sie nur genügend Habseligkeiten hatte, um zwei zu füllen, aber es war nicht so, als hätte Elaine ihr Geld zum Einkaufen gegeben oder ihr, Gott bewahre, Geschenke gemacht. Das Geld, das June in den letzten Jahren gespart hatte, steckte in den Taschen ihrer ältesten und schäbigsten Hose. Sie dachte, niemand würde dort nachsehen und das Geld wäre sicher.

Cal hatte seine Reisetasche bereits zu seinem Geländewagen gebracht, und er half ihr schnell und effizient in die Beifahrerseite des Luxuswagens und schloss die Tür, bevor er um die Motorhaube herum zur Fahrerseite ging.

Als er vom Haus wegfuhr, konnte June nicht umhin, auf den einzigen Ort zurückzublicken, an dem sie je gelebt hatte. Es war ein bittersüßer Moment und sie war sich nicht sicher, was sie fühlen sollte. Da war Erleichterung, sicher, aber auch Trauer ... und eine gehörige Portion Unsicherheit. Hatte sie das Richtige getan? Würde ihr Vater es verstehen? Würde er ihr verzeihen, dass sie ihr Zuhause aufgegeben hatte?

Es dauerte einen Moment, bis sie bemerkte, dass Cal das Fahrzeug angehalten hatte, um ihr die Zeit zu geben, die sie brauchte, um das Haus ein letztes Mal zu betrachten. Sie schaute zu ihm hinüber und stellte fest, dass sein Blick an ihrem Gesicht haftete.

»Geht es dir gut?«

Sie nickte.

»Soll ich ein Foto mit meinem Handy machen?«

June hatte ein billiges altes Telefon, aber sie hatte es auf dem Tresen in der Küche liegen lassen. Sie wollte nicht, dass Elaine oder Carla sie irgendwie erreichen konnten, und sie hatte keine Freunde, die sie anrufen konnte.

Sie hatte nicht einmal daran gedacht, ein Foto von dem Haus zu machen, und sie dachte einen Moment über sein Angebot nach, bevor sie den Kopf schüttelte. »Nein, ich glaube, ich möchte es lieber so in Erinnerung behalten, wie es war, als mein Vater noch lebte. Als ich noch gute Erinnerungen hatte.«

»Okay.« Aber er wandte die Aufmerksamkeit nicht der Straße zu. Er konzentrierte sich weiterhin auf June.

Sie warf einen letzten Blick auf das Haus und zwang sich, ihm ins Gesicht zu sehen und zu sagen: »Ich bin bereit.«

June war nicht überrascht, als Cal nicht fragte, ob sie sicher war. Er bot ihr auch nicht an umzudrehen. Er hatte seine Gedanken über ihre Abreise deutlich gemacht und er würde seine Meinung jetzt nicht ändern. Insgeheim war June erleichtert. Es war schön, dass jemand anderes die schwierigen

Entscheidungen für sie traf. Aber nur für eine kurze Zeit, bis sie wieder auf den Beinen war.

Mit jedem Kilometer, den sie vom Haus wegfuhren, fühlte June sich leichter. Sie hatte gar nicht bemerkt, wie sehr die Verantwortung, das große Haus zu unterhalten, auf ihr lastete. Einen Moment lang hatte sie deswegen ein schlechtes Gewissen, dann schüttelte sie den Kopf. Nein. Ihr Vater hätte nicht gewollt, dass sie eine so schwere Last fühlte. Er hätte ihr niemals das Versprechen abverlangt, das Haus zu behalten, wenn er die Zukunft hätte vorhersehen können.

»Du flippst doch da drüben nicht aus, oder?«, fragte Cal.

June drehte sich zu ihm um und schenkte ihm ein kleines Lächeln. »Ein bisschen, aber ich bin in Ordnung. Das hier ist gut. Eigentlich eher großartig. Was denkst du, was sie tun werden, wenn sie aufwachen und merken, dass wir weg sind?«

Cal lachte. »Einen gottverdammten Anfall kriegen«, sagte er.

Er hatte nicht unrecht.

»Wirst du Ärger bekommen? Mit deiner Familie, meine ich? Du weißt doch, dass sie direkt zu deinem Cousin gehen und alle möglichen falschen Behauptungen aufstellen wird.«

»Ich weiß, und mach dir keine Sorgen um Karl. Mit dem werde ich schon fertig. Ich habe schon mit meinen Eltern gesprochen, sie wissen, was los ist. Sie werden sich mit seinen Eltern auseinandersetzen, die sich wiederum mit Karl auseinandersetzen werden.«

»Wird *er* Schwierigkeiten bekommen?« June konnte sich die Frage nicht verkneifen.

»Würde dich das interessieren?«, entgegnete Cal.

June zuckte mit den Schultern. »Ja. Ich meine, er weiß nicht, wie manipulativ Carla sein kann. Und sie ist wirklich hübsch. Und du weißt schon ... sie hat diese Titten.« Sie lächelte, um ihn wissen zu lassen, dass sie scherzte, obwohl sie es nicht wirklich tat. June hatte selbst große Brüste, aber sie waren echt und hingen deshalb ein wenig. Sie waren nicht so hoch und prall wie die von Carla.

»Er ist ein Idiot«, sagte Cal entschieden. »Und es wird Zeit, dass seine Eltern erfahren, dass er sich von völlig Fremden, die er im Internet kennenlernt, an seinem Schwanz herumführen lässt.«

June war ein wenig schockiert über seine unverblümten Worte.

»Tut mir leid, das hätte ich wohl nicht sagen sollen. Aber es ist wahr«, sagte Cal leise.

»Ist schon okay. Ich meine, ich war behütet, aber ich bin nicht *so* behütet«, erwiderte June.

Er warf ihr einen Blick zu, den sie nicht deuten konnte, aber sie beschloss, dass es wahrscheinlich in ihrem eigenen Interesse war, ihn zu ignorieren. Das Thema fallen zu lassen.

»Also ... wie weit fahren wir heute? Und wenn du willst, dass ich fahre, kann ich das tun. Ich meine, ich werde zwar eine Heidenangst haben, deinen schönen Wagen zu demolieren, aber wenn du müde wirst, kann ich übernehmen.«

»Der Wagen ist mir egal. Es ist nur ein Haufen Metall. Und danke, wenn ich dich als Fahrer brauche, sage ich dir Bescheid.«

June fuhr mit einer Hand über das glatte Leder der Konsole zwischen ihnen. »Ein Haufen Metall? Ich habe Carla sagen hören, dass es ein Rolls-Royce ist. Und jeder weiß, dass die superteuer sind.«

»Ach ja?«, sagte Cal fast vage.

»Ja, natürlich. Der kostet bestimmt um die achtzigtausend Dollar oder so.«

»Dreihundertfünfzig«, korrigierte Cal lachend.

Junes Augen weiteten sich und sie starrte ihn schockiert an. »Im Ernst?«

»Ja.«

»Heiliger Strohsack. Ich nehme es zurück. Ich werde nicht fahren. Niemals. Jetzt habe ich sogar Angst, etwas anzufassen.« Cal warf den Kopf zurück und lachte so sehr, dass June ihn nur anstarren konnte. Sie hatte ihn in der kurzen Zeit, in der sie ihn kannte, noch nie so entspannt und frei gesehen. Es gefiel ihr ... sehr. Und sie fragte sich, was sie tun oder sagen könnte, um ihn in Zukunft wieder so zum Lachen zu bringen.

»Du weißt, dass ich ein Prinz bin«, sagte er, als er sich wieder unter Kontrolle hatte.

»Jaaaa ...«, murmelte June und zog das Wort in die Länge, weil sie sich fragte, worauf er damit hinauswollte.

»Ich nehme an, du weißt auch, dass die meisten königlichen Familien nicht gerade knapp bei Kasse sind.«

Sie nickte.

»Ich habe mehr Geld auf der Bank, als ich in diesem Leben jemals ausgeben kann«, sagte er unverblümt. Er schien nicht zu prahlen, sondern nur eine Tatsache klarzustellen. »Ich wollte ein Fahrzeug, das sicher ist, das stabil gebaut ist und das die Winter in Maine übersteht. Außerdem wollte ich sicher sein, dass ich den Paparazzi entkommen kann, falls ich das jemals muss, und dass ich sofort Aufmerksamkeit und Service bekomme, wenn ich es brauche, zum Beispiel wenn ich in einem Hotel einchecke oder so. Das ist dieser Wagen.«

»Oh.«

Er warf ihr einen Blick zu. »Hör zu, ich erzähle nicht allen Leuten, wie viel mein Wagen kostet, aber es ist nicht schwer, das im Internet herauszufinden.«

»Warum hast du es mir dann gesagt?«, fragte June.

»Weil du du bist. Weil ich das Gefühl habe, dass du kein Interesse an meinem Bankkonto hast. Dass es dir eigentlich lieber wäre, wenn ich zwanzigtausend im Jahr verdiene und beim Einkaufen Gutscheine benutze.«

»Es ist klug, Geld zu sparen«, sagte sie abwehrend.

Cal lachte. »Du hast recht, Prinzessin. Ich will damit nur sagen, dass ich dir vertraue.«

Daraufhin sah sie zu ihm hinüber. »Wir haben uns gerade erst kennengelernt.«

Der Mann neben ihr zuckte mit den Schultern. »Ja. Wirst du Bilder von meinem Wagen oder von mir ins Internet stellen?«

»Was? Nein! Ich habe nicht einmal Konten in den sozialen Medien. Und das werde ich wahrscheinlich auch nie, da ich sowieso keine Freunde habe, mit denen ich sie teilen könnte.«

»Eben. Ich vertraue dir«, wiederholte er. »Und du wirst bald genügend Freunde haben. Ich bin sicher, Carlise wird sich riesig freuen, dich kennenzulernen.«

June war sich da nicht so sicher. Es fiel ihr schwer, sich in gesellschaftlichen Situationen zu öffnen.

»Ich glaube, das Wetter soll halten, bis wir wieder in Maine sind, das ist also gut«, sagte Cal und wechselte das Thema, wofür June dankbar war.

Sie sprachen noch ein paar Stunden lang über nichts Wichtiges. Sie musste unweigerlich an Carla und Elaine denken. Sie müssten jetzt wach sein. Sie hätten gesehen, dass sie und Cal weg waren. Sie war sich nicht sicher, was sie tun würden, aber sie hatte das Gefühl, dass ihre Stiefschwester Cal nicht so einfach loslassen würde. Sie hatte sich in den Kopf gesetzt, einen Prinzen zu heiraten, und jetzt, da er ohne ein Wort gegangen war, würde sie wahrscheinlich noch entschlossener sein. Vor allem wenn sie herausfand, dass June mit ihm gegangen war.

»Worüber denkst du da drüben so angestrengt nach?«, fragte Cal.

»An nichts Wichtiges«, antwortete June, entschlossen, nicht die Stimmung zu verderben. Sie genoss ihren ersten Ausflug und wollte nichts tun oder sagen, was ihn ruinieren könnte.

»Hast du Hunger?«, fragte er.

»Wenn du welchen hast.«

Er schüttelte den Kopf, aber June wusste nicht warum.

»Wie wäre es, wenn wir noch eine Stunde oder so fahren, dann können wir uns ein Hotel suchen und etwas zu Abend essen?«

»Oh, du willst anhalten? Anstatt direkt nach Newton zu fahren?«

Cal zuckte mit den Schultern. »Es ist nur eine elfstündige Fahrt. Ich könnte es an einem Tag schaffen, aber wir sind nicht in Eile. Und ich muss erst am Samstag zurück sein, da heiratet Chappy.«

»Wirklich? Ich meine, sie heiraten *dieses* Wochenende?«

»Ja. Als Chappy hörte, dass ich nach Hause komme, hat er es sofort arrangiert. Er ist so wild darauf, Carlise zu heiraten. Er lässt ihre Mutter aus Cleveland einfliegen, und April plant eine Party nach der Zeremonie, um zu feiern.«

»Du wirst dich bestimmt amüsieren.«

»*Wir* werden uns amüsieren.«

»Was?«

»Du kommst doch mit mir, oder? Hochzeiten sind eigentlich nicht mein Ding.«

June starrte ihn an. »Ich ... sie sind auch nicht mein Ding. Ich meine, ich nehme es an. Ich war noch nie auf einer.«

»Dann musst du unbedingt zu dieser gehen. Soweit ich weiß wird die Zeremonie selbst einfach sein. Es werden nicht so viele Leute da sein. Das wird ein Spaß für dich.«

June war sich da nicht sicher, aber sie wollte auch wirklich hingehen. Seit fast zwei Jahrzehnten hatte sie kaum etwas unternommen. Seit sie fünfzehn war, war sie immer ausgeschlossen gewesen und hatte nur am Rande gestanden. Sie wollte *alles* erleben. Und sie konnte nicht leugnen, dass es keine Belastung wäre, Zeit mit Cal zu verbringen.

»Okay ... wenn du dir sicher bist.«

Cal lächelte sie an. »Ich bin sicher.«

Dann herrschte Schweigen zwischen ihnen, aber es war angenehm. Junes Gedanken kreisten, während sie durch die Fenster die Welt an sich vorbeiziehen sah. Es fühlte sich an, als hätte sie eine außerkörperliche Erfahrung gemacht. Als sei es nicht sie selbst, die in diesem Luxuswagen neben einem reichen Prinzen saß, ohne Job, ohne Wohnung und ohne Ahnung, was als Nächstes passieren würde. Aber überraschenderweise war sie trotz dieser Sorgen zufrieden. Sie vertraute Cal. Er würde ihr helfen, wieder auf die Beine zu kommen.

Ein kleines Lächeln breitete sich auf ihren Lippen aus, als sie daran dachte, wie glücklich ihr Vater in diesem Moment für sie wäre.

Cal sah zu June hinüber und konnte nicht anders, als sich daran zu erfreuen, wie ihr Lächeln ihr ganzes Gesicht zu erhellen schien. Ihr Haar war immer noch zu einem unordentlichen Dutt hochgesteckt, sie hatte immer noch dasselbe T-Shirt und dieselben Leggings an ... und er war noch nie so stolz darauf gewesen, eine Frau neben sich sitzen zu haben, wie in diesem Moment. Was ihn betraf, so war sie ungeheuer mutig, den Sprung zu wagen und den einzigen Ort zu verlassen, den sie je gekannt hatte. Keine der gepflegten und kultivierten Frauen, die er in der Vergangenheit getroffen hatte, konnte June das Wasser reichen.

Sie war nicht das, was die Gesellschaft als klassisch hübsch bezeichnen würde. Ihre Gesichtszüge hatten nichts Exotisches an sich und ihre Frisur war schlicht, die Farbe galt als unscheinbar, aber Cal scherte sich nicht um solche Dinge. Er war zu sehr damit beschäftigt zu bemerken, dass ihr Haar die perfekte Länge hatte, um es um seine Faust zu wickeln ...

Unabhängig von ihren körperlichen Merkmalen besaß sie eine beruhigende und anziehende innere Energie, die aus jeder ihrer Poren strahlte. Er wollte ihr näherkommen, ihre einzigartige Ausstrahlung aufsaugen.

Je länger er in ihrer Nähe war, desto mehr *wollte* er in ihrer Nähe sein.

Er musste *wirklich* nicht für die Nacht anhalten, obwohl sein Körper nach langen Fahrten schmerzte. Er könnte direkt durchfahren und nach Newton kommen, ohne sich um ein Hotel kümmern zu müssen, aber er konnte sich eingestehen, dass er seine Zeit mit June verlängern wollte. Er genoss es, mit ihr zusammen zu sein, mit ihr zu reden, die Welt mit ihren Augen zu sehen.

Sie war noch nie woanders gewesen als in D. C. Er war gern derjenige, der ihr zeigte, was es sonst noch gab. Der sie mit den Möglichkeiten der Welt vertraut machte.

Er hatte das Gefühl, dass sie viel zu gut für ihn war. Ja, er war Mitglied einer königlichen Familie, hatte jede Menge Geld auf der Bank und wurde von Frauen und Reportern auf der ganzen Welt für gut aussehend gehalten. Wenn sie nur wüssten, wie der Rest seines Körpers aussah, würden sie ihn natürlich ein Monster nennen.

Sein Bankkonto und sein Stammbaum spielten keine Rolle. Es gab weitaus wichtigere Dinge im Leben. June war freundlich, vertrauenswürdig und positiv, trotz jahrelanger Misshandlung. Und das machte sie besser als die meisten ... Cal eingeschlossen.

Letztendlich wusste er nicht, was zwischen ihnen passieren würde, aber im Moment wollte er egoistisch sein, ihre Gesellschaft genießen, sich für eine Weile normal fühlen ... dann eine Wohnung für sie finden, einen Job, und sie aus der Ferne aufblühen sehen.

Sie hatte mehr verdient als einen gebrochenen Mann, der es nicht ertragen konnte, sich im Spiegel zu betrachten.

Der Verkehr rund um New York City war grauenhaft und sie verloren eine Menge Zeit, während sie mit fünfundzwanzig

Kilometern pro Stunde dahinschlichen. Cal war froh, dass sie nach ihrem Austritt aus der Armee nicht dort gelandet waren, wie Bob es gewollt hatte.

Ein paar Stunden später beschloss Cal, in der Nähe von New Haven, Connecticut zu übernachten, und fand eine große Hotelkette, wo er anhielt. Er drehte sich, um June anzusehen ... und konnte sich bei ihrem Anblick ein Lächeln nicht verkneifen. Sie sah außerordentlich begeistert aus, in einem Hotel zu übernachten. Es machte ihn traurig und wütend zugleich, dass sie noch nie die Gelegenheit dazu gehabt hatte. Er würde seinen Titel und alles, was er besaß, darauf verwetten, dass Elaine und Carla in ihrem Leben schon in vielen Hotels übernachtet hatten. Und sie würden sich nicht mit einer gewöhnlichen Kette zufriedengeben.

Cal war kein Snob, aber er wohnte normalerweise auch in Hotels der gehobenen Klasse. Diejenigen mit Parkservice und den Sicherheitsmaßnahmen, die er manchmal brauchte, wenn ihn jemand erkannte. Aber er wollte nicht in das Herz der Stadt fahren, um eine bessere Unterkunft zu finden. Und während die meisten Frauen begeistert wären, in einem Fünf-Sterne-Hotel zu wohnen und von vorn bis hinten bedient zu werden, hatte Cal das Gefühl, dass June sich nur unwohl und fehl am Platz fühlen würde.

»Na los, wir checken ein und kommen dann zurück, um zu holen, was wir für die Nacht brauchen«, sagte er, während er sich umdrehte und aus dem Wagen stieg.

Ohne nachzudenken, ergriff er ihre Hand, als sie ihn vor dem Geländewagen traf, und führte sie in die Eingangshalle. Cal sah sie an und konnte nicht umhin, die leichte Röte in ihren Wangen zu bemerken. Er konnte sich nicht daran erinnern, wann eine Frau das letzte Mal vor ihm errötet war, schon gar nicht wegen einer so einfachen Sache wie das Händchenhalten. Er mochte diese Röte. Sehr sogar.

Drinnen trat er an die Rezeption und fragte die Angestellte nach zwei Einzelzimmern für diese Nacht.

Die Dame hinter dem Schalter warf ihm einen mitfühlenden Blick zu, bevor sie sich ihrem Computer zuwandte. »Es tut mir leid, aber in der Stadt findet ein Highschool-Lacrosse-Turnier statt, deshalb sind wir fast ausgebucht.«

Cal blinzelte und starrte sie einen Moment lang an. Normalerweise benutzte er seinen Bekanntheitsgrad nicht als Mittel, um zu bekommen, was er wollte, aber im Moment war er sehr versucht, es zu tun.

»Schon gut, ich bin sicher, wir finden eine andere Unterkunft«, sagte June sanft neben ihm. »Und wenn du willst, kann ich auch fahren. Vielleicht schaffen wir sogar den ganzen Weg nach Hause.«

Er konnte die Enttäuschung und die Angst in ihrem Tonfall hören. Es war offensichtlich, dass sie seinen teuren Geländewagen nicht fahren wollte, aber sie würde es tun, wenn sie es musste. Cal öffnete den Mund, um ihr zu sagen, dass sie sich keine Sorgen machen solle, dass sie sich schon etwas einfallen lassen würden, aber die Frau an der Rezeption tippte auf ihrem Computer herum und sprach zuerst.

»Ich habe keine Einzelzimmer mehr, *aber* ich habe ein Zimmer mit einem Doppelbett. Bei all den Familien, die wegen des Turniers hier sind, sind die Doppelzimmer definitiv alle belegt, aber kurz bevor Sie hereinkamen, hatte ich eine Stornierung. Es ist ein Zimmer im Erdgeschoss, in der Nähe des Schwimmbeckens«, sagte sie entschuldigend.

Cal zuckte zusammen. Der letzte Ort, an dem er sein wollte, war ein Zimmer in der Nähe des Schwimmbeckens. Schon gar nicht in einem Hotel, das voll von Teenagern war. Aber vielleicht würden sie sich alle für ihr Turnier ausruhen, anstatt die ganze Nacht aufzubleiben und im Poolbereich Chaos zu stiften. Er sah June an. »Du entscheidest.«

»Wir nehmen es«, sagte sie zu der Angestellten.

»Großartig«, sagte die Frau. »Ich nehme an, Sie haben keine Mitgliedskarte des Amerikanischen Automobilklubs oder so etwas? Damit würden Sie zehn Dollar sparen.«

Cal wollte über die Idee lachen, zehn Dollar zu sparen. Aber anstatt ein aufgeblasener Arsch zu sein, zuckte er nur mit den Schultern und teilte ihr mit, dass er keine solche Karte habe.

Innerhalb weniger Minuten händigte die Dame ihnen zwei Schlüssel aus und erzählte ihnen von dem kostenlosen Frühstück in der Eingangshalle am nächsten Morgen. Sie beugte sich hinüber und sagte verschwörerisch: »Um sieben wird es hier unten sehr voll sein, weil das Turnier um halb neun beginnt. Ich schlage vor, Sie essen entweder früher als sieben oder warten bis halb neun oder neun, wenn Sie können.«

Cal nickte. »Danke für den Tipp.«

Die Frau zwinkerte ihnen zu. »Ihr Zimmer ist gleich da hinten auf der rechten Seite. Genießen Sie Ihren Aufenthalt.«

Cal führte June zurück zum Geländewagen und holte seine Reisetasche heraus. Er hob einen der beiden Koffer an, die June gepackt hatte. »Reicht der hier? Sind deine Übernachtungssachen hier drin oder musst du etwas aus dem anderen nehmen?«

»Der hier geht. Danke«, sagte sie mit einem breiten Lächeln zu ihm.

Erst als June die Tür zu ihrem Zimmer geöffnet hatte und er ihr hinein gefolgt war, wurde Cal klar, was für einen kolossalen Fehler er gemacht hatte. Er war so sehr damit beschäftigt gewesen, über den möglichen Geräuschpegel eines Zimmers neben dem Schwimmbecken nachzudenken, dass er die Konsequenzen nicht bedacht hatte, die es hatte, mit June ein Zimmer zu teilen – und ein einzelnes Bett.

»Mist«, fluchte er und bediente sich der weniger anstößigen Begriffe seiner Erziehung, die er nutzte, wenn er in der Nähe von Menschen war, die sich vielleicht durch die ausdrucksstarke Sprache beleidigt fühlen könnten, die er sich im Militär angeeignet hatte.

»Was? Was ist denn los?«, fragte June mit gerunzelter Stirn. Sie hatte gerade ihren Koffer abgestellt und starrte ihn mit besorgter Miene an.

»Es gibt nur ein Bett«, sagte er und wies auf das Offensichtliche hin.

June schaute von ihm zum Bett und wieder zu ihm. Sie zuckte mit den Schultern. »Das ist schon in Ordnung. Ich werde auf dem Boden schlafen. Ich bin daran gewöhnt.«

Cals Kopf explodierte fast. »Du schläfst *nicht* auf dem verdammten Boden«, stieß er hervor.

Jetzt sah sie verwirrt aus. »Warum nicht?«

»Weil!«, rief er verärgert.

»Nun, *dein* königlicher Hintern kann nicht auf dem Boden schlafen«, sagte sie, und er konnte ihr ansehen, dass sie das für ein absolut vernünftiges Argument hielt.

»Prinzessin, ich habe schon im Dreck geschlafen, an einem schlammigen Flussufer, angekettet an eine Wand in einer feuchten, dunklen Zelle, nachdem mir die Scheiße aus dem Leib geprügelt worden war ... Ich versichere dir, dieser Boden gehört wahrscheinlich nicht einmal zu den zwanzig schlimmsten Orten, an denen ich je geschlafen habe. Aber du? Du wirst *nicht* auf dem Boden schlafen. Auf keinen Fall.«

Sie starrte ihn gute zehn Sekunden lang an, bevor sie wieder mit den Schultern zuckte. »Na schön. Dann schlafen wir eben beide im Bett.« Dann drehte sie sich um und ging zum Fenster. Sie riss die Vorhänge auf und musste über den Anblick eines großen Pick-ups kichern, der direkt vor ihrem Zimmer parkte.

Cal konnte sie nur anstarren. War ihr nicht klar, wie klein das Bett war? Und dass er *kein* kleiner Mann war? Dass er wahrscheinlich diagonal würde schlafen müssen, wenn er nicht wollte, dass seine Füße über den Rand der Matratze hingen?

Vielleicht war das Teil eines großen Plans, um ihn –

Er brach den Gedanken ab, bevor er ihn zu Ende führen konnte. Er kannte June noch nicht lange, aber sie war auf keinen Fall so wie ihre Stieffamilie. Sie schien wirklich keine Bedenken zu haben, das Bett zu teilen.

Cal wusste nicht, ob er sich geschmeichelt fühlen oder sauer sein sollte, dass sie so naiv war.

»Ich dachte, wir könnten uns heute Abend etwas bestellen«, sagte er.

»Okay.«

Sie war die umgänglichste Frau, die er je in seinem Leben getroffen hatte.

»Aber wenn du lieber ausgehen willst, ist das auch in Ordnung«, fügte er hinzu, nur um trotzig zu sein und zu sehen, was sie sagen würde. Er hatte wenig Geduld mit Unentschlossenen oder mit Leuten, die alles mitmachten, was er vorschlug. Er wusste nie, ob es daran lag, dass sie sich einschleimen wollten, um in seiner Gunst zu stehen oder was auch immer. Er hatte sich daran gewöhnt, dass seine Freunde zu Hause ihre Meinung sagten. Wenn sie mit etwas nicht einverstanden waren, was er sagte, hatten sie kein Problem damit, es ihm mitzuteilen.

June musterte ihn einen Moment lang, bevor sie mit den Schultern zuckte.

Enttäuschung überkam Cal. Sie würde sagen, dass Ausgehen auch in Ordnung sei. Dann würde er versuchen müssen herauszufinden, was sie essen wollte. Wahrscheinlich würde er ein Lokal vorschlagen, das sie hasste, und sie würde sich nicht trauen, etwas zu sagen, aber da sie ihre Gefühle nicht gut verbergen konnte, hätte er trotzdem den ganzen Abend ein schlechtes Gewissen.

Zu seiner Überraschung ging June zu ihm hinüber, wo er

immer noch im Eingangsbereich stand. Sie legte eine Hand auf seinen Arm und schaute ihm in die Augen. »Du bist müde«, sagte sie mit sachlicher Stimme. »Es hat keinen Sinn, jetzt, da wir hier sind, wieder rauszugehen. Wir können uns etwas liefern lassen – das ist in Ordnung für mich. Außerdem hast du einen guten Parkplatz. Ich habe das Gefühl, wenn wir hier wegfahren und wiederkommen, haben wir nicht so viel Glück, und jemand könnte in deinen Wagen einbrechen, wenn er in einer dunklen Ecke des Parkplatzes oder so geparkt ist anstatt unter einer Laterne, wie es jetzt der Fall ist.

Vielleicht gibt es ein Spiel oder etwas im Fernsehen, das du dir zur Entspannung ansehen kannst. Hättest du was dagegen, wenn wir bei einem Burgerladen bestellen? Es ist ewig her, dass ich einen schönen saftigen Burger gegessen habe. Oh! Mit Pommes und Käse. Und vielleicht Schokoladenkuchen.«

Cal wusste, dass er jetzt wie ein Idiot grinste, aber er konnte nicht anders. Diese Frau überraschte ihn immer wieder. Sie war rücksichtsvoll, klug – es wäre tatsächlich ätzend, wenn sein Rolls-Royce in einer dunklen Ecke geparkt wäre – und entschlossen. Damit konnte er definitiv leben. Mit *ihr*.

»Klingt nach einem Plan«, sagte er, während er sein Handy zückte. Burger und Pommes gehörten normalerweise nicht zu seinen Lieblingsgerichten zum Liefern. Die Pommes wurden während der Fahrt oft matschig, aber wenn June das wollte, dann würde sie es bekommen.

Er scrollte durch die App auf seinem Handy auf der Suche nach einem Burger-Restaurant, das nicht allzu weit vom Hotel entfernt war. Er fand ein Lokal namens *Prime 16*, das gute Kritiken hatte und als eines der zehn besten Burger-Restaurants in New Haven gelistet war.

Cal fragte June, wie sie ihren Burger am liebsten zubereitet und was sie darauf haben wollte, dann bestellte er seinen eigenen. Er fügte noch Pommes, Kroketten mit Ziegenkäse, Buffalo-Blumenkohl und frittierte Essiggurken als Beilage dazu. In

letzter Minute erinnerte er sich daran, dass sie Schokoladenkuchen wollte, und obwohl das nicht auf der Speisekarte stand,
dachte er, dass ihr die angebotene Schokoladentorte trotzdem
schmecken würde.

Cal war offensichtlich hungriger als gedacht, aber alles auf
der Speisekarte sah köstlich aus.

»Du hast es übertrieben, nicht wahr?«, fragte June mit
einem kleinen Lächeln.

»Wie kommst du darauf?«, fragte er, aufrichtig neugierig,
wie sie ihn so gut lesen konnte. Er war schon immer sehr gut
darin gewesen, seine Gedanken vor anderen zu verbergen.

»Du hast einen Ausdruck in den Augen, der mir sagt, dass
ich schockiert sein werde, wie viel Essen du bestellt hast. Und
deine Lippen sind zu einem halben Lächeln verzogen.«

»Sagen wir einfach, ich habe genügend bestellt, um uns in
ein Essenskoma zu versetzen, sodass keiner von uns etwas von
dem Lärm mitbekommen wird, der aus dem Poolbereich auf
der anderen Seite des Flurs kommt.«

»Gut. Ähm ... Macht es dir was aus, wenn ich dusche,
während wir auf das Essen warten?«, fragte sie mit gerümpfter
Nase.

»Warum sollte es mir etwas ausmachen?«

Sie sah auf einmal nervös aus. »Ich weiß es nicht.«

Cal hasste es, ihr plötzliches Unbehagen zu sehen. Er ging
zu ihr hinüber, wo sie in der Nähe des Fensters stand, und es
kostete ihn all seine Kraft, sie nicht zu berühren. »Du musst
mich *niemals* fragen, ob du etwas tun darfst. Was immer du
brauchst, was immer du willst, du kannst es tun.«

»Tut mir leid«, sagte sie seufzend. »Ich schätze, ich bin es
einfach gewohnt, für so ziemlich alles eine Erlaubnis
einzuholen.«

Cal hielt sein Temperament im Zaum. Verdammt seien ihre
Stiefmutter und ihre Stiefschwester. »Dann gebe ich dir die
Erlaubnis, zu tun oder zu sagen, was immer du willst, June.«

»Und wenn ich sage, dass ich schwimmen gehen will?«

Der Gedanke an sie in einem Badeanzug ließ seinen Schwanz in seiner Jeans zucken. Es war ein so überraschendes Gefühl, dass sein Verstand für einen Moment völlig aussetzte. Es war über drei Jahre her, dass er einen Ständer bekommen hatte. Nachdem er gefoltert worden war und diese Tiere mit großer Freude gedroht hatten, ihm den Schwanz abzuschneiden, war er buchstäblich nicht in der Lage gewesen, eine Erektion zu bekommen. Etwas, das er vor seiner Gefangennahme so einfach für selbstverständlich gehalten hatte.

Aber im Moment verhielt sein Schwanz sich so, als sei er noch nie mit der scharfen Seite einer Klinge in Berührung gekommen. Als sei er mehr als bereit, eine Show abzuliefern – solange es für die Frau war, die vor ihm stand.

»Wenn du schwimmen willst, gehst du schwimmen«, sagte er knapp.

»Kommst du mit mir?«, fragte sie.

Und einfach so verschwand seine Erektion blitzschnell. »Nein«, sagte er schlicht. Er trug keine Badehose. Er stellte seinen Körper nicht zur Schau. Er setzte sich nicht den angewiderten Blicken aus, den mitleidigen Blicken, den Fotos, die die Leute mit Sicherheit machen würden.

Er war so in Gedanken versunken, dass er nicht bemerkte, dass June nähergetreten war und seinen Arm fest umklammerte. »Cal?«, fragte sie. »Sprich mit mir.«

Er hatte das Gefühl, dass sie seinen Namen schon mehrmals gesagt hatte. Er schenkte ihr ein falsches Lächeln und zuckte ein wenig mit den Schultern. »Tut mir leid, ich war einen Moment lang nicht bei der Sache. Mir geht's gut. Und nein, ich schwimme nicht. Niemals. Aber wenn du willst, nur zu. Ich denke, ich werde einfach in der Eingangshalle auf unser Essen warten.«

Er fühlte sich wie ein Arsch, löste sich von ihr und ging auf die Tür zu.

»Cal?«, hörte er sie sagen, aber er ignorierte die Aufforderung. Er brauchte Luft. Er musste weg von ihr. Weg von ihrer Besorgnis, ihren sanften Blicken, ihrer Unschuld. Sie war nichts für ihn. Sie war Sonnenschein und Güte, und er war ... Cal war sich nicht mehr sicher, was er war. Aber er weigerte sich, ihre neu gewonnene Freiheit mit seinen Dämonen zu beflecken.

Es wäre so viel einfacher gewesen, wenn sie ein hinterhältiges Miststück gewesen wäre. Er wusste, wie man mit solchen Leuten umging. Wenn sie ihn mitleidig angesehen hätte. Oder mit Verachtung. Oder mit Gier in den Augen.

Er hatte keine Ahnung, was er mit einer so süßen und hilfsbereiten Frau wie June anfangen sollte, ganz gleich, wie sehr ihn diese Eigenschaften ansprachen.

Er setzte sich auf eine Bank vor der Tür der Eingangshalle und seufzte. Sie machte ihn schon nach wenigen Stunden allein miteinander verrückt, und er bereute es plötzlich, in einem Hotel abgestiegen zu sein. Wie zum Teufel sollte er die Nacht überstehen, wenn June im selben Bett lag? Er würde es nicht schaffen. Das wusste er ohne Zweifel.

Sobald sie eingeschlafen war, würde er sich auf den Boden legen. Das war keine große Sache. Wie Cal ihr gesagt hatte, hatte er schon an viel schlimmeren Orten geschlafen.

Er hatte den nagenden Verdacht, dass es ihn für alle anderen Frauen ruinieren würde, wenn Juniper Rose im selben Zimmer schlief. Das würde es ihm unmöglich machen, jemals wieder gut zu schlafen.

»Mist«, murmelte er. Er war am Arsch. Sie war ihm bereits unter die Haut gegangen, und er hatte keine Ahnung, was er dagegen tun sollte.

KAPITEL SECHS

June biss sich auf die Lippe, während sie sich Gedanken machte. Als Cal mit dem Essen zurückkam, schien er das, was ihn vorhin beunruhigt hatte, überwunden zu haben. Er hatte mit ihr gelacht und gescherzt, während sie so viel von dem köstlichen Essen verzehrten, wie sie konnten. Er hatte es total übertrieben, aber June genoss alles, was er bestellt hatte. Sie hatte nur ein paar Bissen von der Schokoladentorte nehmen können, aber sie war himmlisch.

Seit dem Tod ihres Vaters hatte niemand mehr so etwas Einfaches getan wie dafür zu sorgen, dass sie etwas zu essen bekam. Ewigkeiten war sie herumkommandiert, ignoriert und herabgesetzt worden. Cal gab ihr sogar die Fernbedienung und sagte ihr, sie solle sich etwas aussuchen, was sie sehen wolle. Sie hatte seit Jahren nicht mehr ferngesehen, und sie hatte keine Ahnung, welche Sendungen heutzutage beliebt waren, aber schließlich entschied sie sich für eine Kochsendung, die unterhaltsam aussah.

Sie hatte vorhin geduscht, während Cal draußen auf das Essen wartete, und fühlte sich jetzt, da sie sauber war, viel besser.

Eine Dusche, ein voller Bauch und ein Abend, an dem sie nichts Besseres zu tun hatte, als sich eine Sendung im Fernsehen anzusehen? Das reichte aus, um ein Mädchen zu verwöhnen.

»Was glaubst du, was sie jetzt gerade machen?«, fragte sie leise.

Sie und Cal saßen nebeneinander auf dem Bett, Kissen hinter sich aufgestützt, während sie die Sendung ansahen. Er scrollte durch sein Handy und tippte ab und zu etwas, aber sie konnte praktisch die von ihm abstrahlende Anspannung spüren und wusste, dass er nicht entspannt war. Ganz anders als der Mann, neben dem sie den ganzen Tag im Wagen gesessen hatte, oder sogar als der Mann, der vor Kurzem mit ihr zu Abend gegessen hatte.

»Wahrscheinlich machen sie sich in die Hose, weil sie ihr Essen selbst zubereiten müssen«, sagte Cal mit einem kleinen Grinsen.

June fand seine Worte nicht wirklich amüsant. Es war nicht so, dass sie ein schlechtes Gewissen hatte … okay, sie hatte ein wenig ein schlechtes Gewissen, aber tief in ihrem Inneren war ein Hauch von Sorge, den sie nicht abschütteln konnte. Sie kannte ihre Stiefmutter. Sie wusste, dass diese Frau durch und durch böse war. Sie würde das nicht auf sich beruhen lassen. Daran hatte June keinen Zweifel.

»Elaine wird wütend sein.«

Das schien Cals Aufmerksamkeit zu erregen. Er legte sein Handy weg und wandte sich ihr zu. »Wahrscheinlich«, sagte er nach einem kurzen Moment.

Als er nicht weiter darauf einging, seufzte June und richtete ihre Aufmerksamkeit wieder auf den Fernseher. »Ich kann nicht glauben, dass er glaubt, dass es ausreicht, diese Zwiebelringe obendrauf zu legen, um die Zutat optimal zu nutzen«, sagte sie.

»June, sieh mich an«, befahl Cal.

Sie konnte diesem Mann nichts abschlagen. Sie drehte den Kopf.

»Die Zeiten, in denen du dir Sorgen um deine Stiefmutter und deine Stiefschwester gemacht hast, sind vorbei. Du hast recht, keine von beiden wird glücklich sein. Sie dachten, sie hätten einen Prinzen erwischt, und jetzt, da ihnen ihr Spielzeug weggenommen wurde, wollen sie, dass jemand dafür bezahlt. Und das ist scheiße, aber ich vermute, dass du diejenige sein wirst, der sie die Schuld geben. Diejenige, an der sie ihre Frustration und Wut auslassen. Aber ich sage dir hier und jetzt, dass das nicht passieren wird. Du bist bei mir und meinen Freunden sicher. Ich werde nicht zulassen, dass jemand auch nur einen Finger an dich legt. Du bist frei, Prinzessin. Von ihnen, von der Verpflichtung, von der Angst. Du bist frei zu tun, was immer du willst.«

June konnte die Tränen nicht zurückhalten. Hatte sie schon jemals jemanden gehabt, der sich so für sie einsetzte wie Cal? Ja ... einmal. Ihren Vater. Er war ihr Champion. Ihr Cheerleader. Sie hatte zu ihm aufgeschaut, und ihre Verzweiflung kannte keine Grenzen, als er ihr so plötzlich entrissen worden war.

Cal war aus dem Nichts aufgetaucht, und er hatte sie aus einem Leben gerettet, das sie gehasst hatte, von dem sie aber nicht wusste, wie sie ihm entkommen konnte, und ihr einen Neuanfang angeboten.

Er hob eine Hand und legte sie seitlich an ihren Kopf, während er mit einem Daumen die Tränen von ihrer Wange strich. »Nicht weinen«, flehte er. »Ich kann dich nicht weinen sehen.«

»Dann musst du aufhören, so großartig zu sein«, erwiderte sie.

Er schenkte ihr ein kleines Lächeln. »Sag mir, dass du mir glaubst. Dass du weißt, dass du in Sicherheit bist und dir keine Sorgen mehr um sie machen musst.«

»Ich glaube, dass du alles tun wirst, was du kannst«, wich sie aus.

Doch Cal schüttelte den Kopf und runzelte die Stirn. Er grub die Finger in ihr Haar und spannte sie an. »Nicht gut genug.«

June griff nach oben, legte die Finger um sein Handgelenk und hielt sich fest, während sie zurückstarrte. Es fühlte sich an, als seien sie in diesem Moment die einzigen beiden Menschen auf der Welt. Dass er sich ganz auf sie konzentrierte, war ein wenig unangenehm, aber es fühlte sich auch sehr gut an, zum ersten Mal seit Jahren wieder richtig gesehen zu werden.

»Du kennst sie nicht, Cal. Sie werden das nicht auf sich beruhen lassen. Sie *hassen* mich. Carla wird mich beschuldigen, dich ihr weggenommen zu haben. Sie werden sich rächen wollen.«

Cal sah nicht im Geringsten besorgt aus. »Sie hassen dich, weil du das komplette Gegenteil von ihnen bist. Weil du der Sonnenschein und das Licht bist und alles, was gut ist auf der Welt, und sie sind verbitterte, geldgierige, ruhmeshungrige Zicken, die es nicht ertragen können, wenn anderen etwas Gutes widerfährt.«

Ein kleines Lachen entwich ihr. Er fuhr fort.

»Ich *will* tatsächlich, dass sie etwas versuchen. Denn eine Menge Leute stehen hinter mir. Und nicht nur meine Freunde vom Militär. Meine Eltern, meine Cousins, die gesamte königliche Familie. Es ist mir egal, dass sie nicht hier leben, *niemand* legt sich mit einem von ihnen an. Schon gar nicht nutzlose, faule amerikanische Frauen mit einem übersteigerten Selbstwertgefühl.«

Wow. Das war hart. Aber er hatte nicht unrecht.

»Okay«, erwiderte sie.

»Sagst du das, weil du wirklich glaubst, was ich dir sage, oder sagst du das, weil du dich unwohl fühlst und willst, dass ich den Mund halte, und nicht weißt, wie du mich sonst dazu bringen sollst?«

»Ich glaube dir«, antwortete sie ehrlich. Und überraschenderweise stellte sie fest, dass sie das tat. Jeder Muskel in Cals Körper schien angespannt zu sein, als sei ihr Vertrauen in ihn, dass er sie beschützen würde, für ihn so wichtig wie das Atmen.

Er war intensiv und sie spürte, dass er ein wenig unheimlich sein konnte, aber sie hatte keine Angst vor ihm.

Mit jeder Minute, die sie in seiner Gegenwart verbrachte, geriet June tiefer in seinen Bann. Sie hatte keine Ahnung, was die Zukunft bringen würde, aber sie ahnte, dass sie ohne ihn eine Leere und einen Schmerz empfinden würde, der so herzzerreißend war, dass sie nicht sicher war, ob sie ihn überleben würde.

Aber sie behielt diese Gedanken für sich, während sie mit einem Seufzer die Augen schloss und den Kopf in Cals Hand drückte.

Sie spürte, wie die Matratze sich bewegte ... dann spürte sie, wie seine Lippen die ihren streiften.

Sie riss die Augen auf, aber er hatte sich bereits entfernt.

»Ich gehe duschen. Macht es dir etwas aus, wenn ich das Licht ausschalte?«

Sie schüttelte den Kopf und sah zu, wie er das Licht neben dem Bett auf seiner Seite ausknipste. Dann ging er zu seiner Reisetasche und kramte kurz darin herum, bevor er im Bad verschwand.

June legte einen Finger an ihre Lippen. Er hatte sie schon einmal geküsst, aber das waren diese leichten, luftigen Wangenküsse gewesen, von denen er behauptet hatte, sie seien in Europa die Norm. Hatte er ihre Wange einfach verfehlt?

Nein, das glaubte sie nicht.

June schlüpfte unter die Decke, legte sich hin, stellte die Lautstärke der Kochsendung herunter und war bereits im Halbschlaf, als Cal schließlich aus der Dusche kam. Im Licht des Fernsehers sah sie zu ihrer Überraschung, dass er eine Flanellhose und ein langärmeliges Hemd trug.

Sie war keine Expertin, aber sie glaubte nicht, dass die meisten Männer in so viel Kleidung schliefen.

Dann erinnerte sie sich.

Seine Narben. Dieser Mann war der stärkste, männlichste Mann, den sie je in ihrem Leben getroffen hatte, und doch war er offensichtlich immer noch sehr betroffen von dem, was er durchgemacht hatte. Sie erinnerte sich an die Bilder, die sie im Internet flüchtig gesehen hatte. Die schrecklichen Bilder, die aus den Videos stammten, die seine Entführer der ganzen Welt gezeigt hatten. Die Bilder, die seinen Torso und seine Oberschenkel zeigten, die buchstäblich vor Blut trieften.

Sie erinnerte sich an die Distanziertheit seines Blicks, die Leere. Sie konnte sich nicht vorstellen, was er durchgemacht hatte, und es war offensichtlich, zumindest für sie, dass er immer noch mit seinen Narben zu kämpfen hatte. Wahrscheinlich körperlich, geistig *und* emotional.

Wut stieg in June auf. Sie war rasend, dass es jemand gewagt hatte, ihn anzurühren. Dazu hatten sie kein Recht. Und wofür? Zum Vergnügen? Aus Rache? Für den Ruhm? Es machte keinen Sinn.

Sie sehnte sich danach, nach ihm zu greifen und sich an seine Seite zu schmiegen. Um ihm zu versichern, dass sie sich zu ihm hingezogen fühlte, egal wie viele Narben er hatte. Dass sie ihm vertraute und dachte, dass die Welt mit ihm darin ein besserer Ort war.

Aber sobald er unter der Decke lag, drehte er sich auf die Seite und drehte ihr den Rücken zu.

June griff hinüber und schaltete den Fernseher aus. Das Lachen, das aus dem Poolbereich auf der anderen Seite des Flurs kam, schien viel lauter zu sein, jetzt, da der Fernseher es nicht mehr übertönte. Sie ignorierte es, vor allem weil sie nur an den Mann neben ihr denken konnte. Sie konnte praktisch die Wärme seines Körpers spüren. Das Bett war klein, aber sie hatte nicht geahnt, wie viel kleiner es werden würde, wenn Cal mit ihr unter der Decke lag.

Sie lag schweigend da und lauschte auf Cals Atmung. Es war offensichtlich, dass er nicht schlief, aber June hatte keine Ahnung, was sie tun oder sagen sollte, damit er sich entspannte. Sie nahm an, dass es für ihn wahrscheinlich unangenehm war, neben einer Fremden zu schlafen, aber sie fühlte sich überhaupt nicht unwohl. Irgendwie hatte er in den letzten Tagen aufgehört, ein Fremder für sie zu sein, und begonnen, sich wie ein Freund anzufühlen.

Was eigentlich albern war. Sie kannte ihn nicht, und er kannte sie nicht. Wahrscheinlich war sie nur dankbar, dass er ihr geholfen hatte. Sehr bald würde sie ihre Frau stehen und sich überlegen müssen, was sie mit ihrem Leben anfangen wollte, jetzt, da sie frei war.

Cal hatte es mehr als einmal gesagt, und sie ließ es auf sich wirken. Frei. Sie musste sich nicht mehr mit Carlas bösartigen Sticheleien herumschlagen. Sie musste nicht mehr nach Elaines Pfeife tanzen. Sie hatte vielleicht das Haus verloren, das ihr Vater geliebt hatte, aber sie hatte so viel mehr gewonnen. Die Fähigkeit zu tun, was sie wollte. Zu sein, wer sie sein wollte.

Sie war Cal dankbar, aber diese Dankbarkeit vermischte sich mit so vielen anderen Gefühlen, dass sie das eine nicht von dem anderen trennen konnte.

Unbewusst rückte sie näher an seinen Rücken heran. Ihre Nase berührte ihn fast, und als sie einatmete, konnte sie den sauberen Duft der Hotelseife riechen, die er in der Dusche benutzt hatte. Der Drang, einen Arm um seine Taille zu legen und ihm zu sagen, dass er sich nicht vor ihr zu verstecken brauchte, dass sie ihn genau so akzeptierte, wie er war, mit seinen Narben und allem, war fast überwältigend, aber sie schaffte es, die Hände bei sich zu behalten. Es wäre unangenehm für ihn, sie zurückzuweisen, sie mitleidig anzusehen und ihr zu sagen, dass sie seine Beweggründe missverstanden hatte, dass er sie beschützen würde, aber Freundschaft alles war, was jemals zwischen ihnen sein würde.

Der Gedanke, diese Freundschaft zu verlieren, reichte aus, dass sie sich in die andere Richtung drehte, um ihm so viel Raum wie möglich zu geben. Sie brauchte diesen Mann in ihrem Leben ... auch wenn es nur als Freund war.

»Sie ist eine Hure! Eine fette, hässliche, hinterlistige Schlampe!«, wütete Carla, während sie aufgeregt im Wohnzimmer umherging. »Sie hat ihn mir direkt vor der Nase weggeschnappt! Sie *wusste*, dass ich ihn wollte. Das war der einzige Grund, warum er hier war! Weil ich ihn heiraten wollte. Ich kann nicht glauben, dass sie sich ohne ein Wort hier rausgeschlichen hat. Nach allem, was wir für sie getan haben. Sie ist undankbar und hässlich und dumm und ... und ... mir fällt nichts mehr ein! Ich bin zu wütend!«

»Beruhige dich, Carla«, sagte ihre Mutter.

»Wie kannst *du* so ruhig sein?«, fragte Carla ungläubig. »Du hast sie großgezogen, ihr alles gegeben, und *so* dankt sie es dir?«

»Sie wird ihren Anteil bekommen«, sagte Elaine mit einem Funkeln in den Augen.

Carla nahm sich einen Moment Zeit, um ihre Mutter zu betrachten, und setzte sich dann neben sie auf das Sofa. »Was hast du geplant?«, fragte sie mit einem Hauch von Aufregung.

Elaine lächelte. »Nun, ich hatte mir etwas ausgedacht, um zu beweisen, dass du einen Stalker hast ... und ich habe heute mit dem Kerl gesprochen, nachdem wir herausgefunden haben, was diese Schlampe getan hat. Jetzt hat er ein neues Ziel.«

Carla schnappte erfreut nach Luft. »Ernsthaft? Das ist *großartig!* Was hast du ihm gesagt, was er tun soll?«

»Worauf er Lust hat. Ich habe ihm eine Art Menü vorgegeben.«

»Was meinst du?«, fragte Carla stirnrunzelnd.

»Wenn er ihr mit Nachrichten Angst einjagt oder ihr tote Tiere und andere Dinge vor die Tür legt, bekommt er hundert Dollar. Wenn er sie verprügelt, bekommt er fünfhundert. Wenn er sie ins Krankenhaus befördert? Das bringt drei Riesen.« Die Miene ihrer Mutter verhärtete sich. »Wenn er dafür sorgt, dass ich nie wieder an sie denken muss – aber nicht, bevor sie es zutiefst bereut, sich mir widersetzt zu haben? Zehntausend.«

Carla runzelte verwirrt die Stirn.

Ihre Mutter rollte mit den Augen. »*Folter,* Schatz, und sie dann umbringen. Wenn ich das nächste Mal ihren Namen sehe, soll es eine Nachrichtenmeldung über ihre Ermordung sein. Dann kannst du die arme Schwester mit dem gebrochenen Herzen spielen und den Prinzen zurückgewinnen.«

Carla setzte sich aufrecht hin und grinste. »Ja! Das kann ich machen. Aber ich trage kein Schwarz. In Schwarz sehe ich furchtbar aus.«

Elaine schnaubte. »Natürlich nicht, Schatz. Aber wir dürfen mit niemandem darüber sprechen.«

»Das werde ich nicht«, sagte Carla sofort. »Aber glaubst du, er wird das alles machen? Bis hin zum Foltern und Töten? Ich möchte wissen, dass sie leidet und zu Tode verängstigt ist.«

Ihre Mutter starrte sie einen langen Moment an.

»Was?«, fragte Carla abwehrend. »Sie geht mir schon seit Jahren auf die Nerven. Und dir, seit du ihren Vater geheiratet hast. Glaubst du ...?« Carla biss sich auf die Lippe. »Du glaubst doch nicht, dass sie herausgefunden hat, dass er nicht an einem Herzinfarkt gestorben ist, oder? Dass du dieses Suc... Succin...« Sie hielt inne, um das richtige Wort zu finden. »Succinylcholin in sein Getränk getan hast?«

Einfach so verwandelte ihre Mutter sich von der grinsenden, selbstzufriedenen Frau, die sie eben noch gewesen war, in jemanden, den Carla noch nie gesehen hatte. Jemanden, der ihr tatsächlich ein wenig Angst machte. »Sag das *nie* wieder. Ich meine es ernst, Carla. Nie wieder! Mein armer Mann ist an einem Herzinfarkt gestorben. Ein unvorsichtiger Ausrutscher, und es besteht immer die Möglichkeit, dass ihn jemand ausgräbt und eine Autopsie durchführt. Wenn das passiert, sind wir am Ende. Ich hätte ihn einäschern lassen sollen, aber Juniper hat sich so aufgeregt, dass es verdächtig gewirkt hätte, wenn ich darauf bestanden hätte. Aber er ist tot und begraben. Ich habe das Geld bekommen, das ich wollte, und du führst meinetwegen das Leben, das du führst. Also *wage* es nicht, das noch einmal anzusprechen. Hast du verstanden?«

»Ja, Mutter. Es tut mir leid«, sagte Carla zerknirscht. Es war fünf Jahre her, dass ihre Mutter zugegeben hatte, was sie getan hatte, während einer betrunkenen Partynacht mit der Modelagentur, bei der Carla gerade einen Vertrag unterschrieben hatte. Sie hatte ihr versprochen, den Tod ihres Stiefvaters nie zu erwähnen, und das hatte sie auch nie getan ... bis jetzt.

»Ich hätte auch sie erledigen sollen«, murmelte Elaine. »Aber es ist nie zu spät. Das wird besser sein. Das wird die Geschichte über deinen Stalker unterstützen. Schließlich hat der Prinz diese Kameras installiert, also ist es *seine* Schuld, dass der Stalker nicht an dich herankam und sich auf deine arme Schwester konzentrieren musste«, sagte sie mit einem boshaften Lächeln. »Er verletzt deine Liebsten, um dich leiden zu lassen. Um zu beweisen, was er als Nächstes mit dir machen würde.«

»Was hast du ihm gesagt, wo er sie finden kann?«, fragte Carla, beeindruckt von der Kreativität ihrer Mutter. Sie selbst mochte es nicht, so viel nachdenken zu müssen. Sie war es gewohnt, das hübsche Gesicht zu sein, dass die Leute sich um sie kümmerten ... nicht, solche Dinge wie komplizierte Mordpläne zu schmieden.

»Maine. Da wohnt dein Prinz. Ich bin sicher, er hat sie in diese lächerlich kleine Stadt mitgenommen, in der er lebt. Es wird leicht sein, sie zu finden, aber schwieriger, sie dort zu erreichen. Wäre sie in einer großen Stadt, könnte mein Typ sie einfach bei einem schiefgelaufenen Raubüberfall ausschalten. Aber er wird es hinbekommen. Und um deine Frage von vorhin zu beantworten, er scheint verzweifelt Geld zu brauchen. Ich bin sicher, er wird mein Menü durchgehen, bevor er zum Dessert kommt.«

Ihre Mutter lachte, und wieder verspürte Carla ein gewisses Unbehagen. Sie war sehr froh, dass ihre Mutter auf ihrer Seite war. Warum sollte sie das auch nicht sein? Immerhin war sie ihre Tochter.

»Also, was machen wir morgen wegen des Frühstücks?«, fragte Carla. Sie war viel ruhiger, jetzt, da sie wusste, dass Juniper bekommen würde, was sie verdiente ... und dass sie ihre Chance bekommen würde, den Prinzen zu heiraten. Sicherlich würde er erkennen, dass er sich in dem Stalker schwer getäuscht hatte, und zurückkommen, um sie zu beschützen.

Sie würde auch bald mit Karl sprechen müssen, um ihn wissen zu lassen, dass sie schreckliche Angst hatte, und um die Flammen zu schüren.

Sie würde eine verdammte Prinzessin werden, selbst wenn es sie umbrachte. Sie hatte es verdient.

»Wenn du aufstehst, kannst du uns etwas zubereiten«, sagte ihre Mutter beiläufig.

Carla runzelte die Stirn. »Ich?«

»Du erwartest doch nicht, dass *ich* es mache, oder?«, fragte ihre Mutter mit einer hochgezogenen Augenbraue. »Nach allem, was ich für dich getan habe? Ohne mich hättest du den Modelvertrag nicht bekommen. Wir würden nicht in diesem großen Haus leben, wenn ich nicht gewesen wäre. Du weißt, dass es wahr ist, also versuche nicht, dich dagegen zu wehren.«

Carla holte tief Luft und nickte. Sie konnte nicht kochen, aber sie konnte ihnen Toast oder so etwas machen. Sie verstand, was ihre Mutter sagte, und die Tatsache, dass sie nicht nur ihren zweiten Mann getötet hatte, sondern auch jemanden kannte, der bereit war, nach Maine zu reisen, um Juniper zu erledigen, ließ Carla zweimal darüber nachdenken, ob sie sich ihren Wünschen widersetzen sollte.

Sie würde einfach jemanden einstellen müssen, der kochen, putzen und einkaufen konnte – all das, was Juniper getan hatte, bevor sie ihren Prinzen gestohlen hatte und abgehauen war. Wenn es sein musste, würde sie ihr eigenes Geld vom Modeln verwenden. Auf keinen Fall würde sie die ganze Arbeit selbst machen.

Zufrieden mit dem Plan für ihre Stiefschwester und der Idee, jemanden einzustellen, der ihr im Haus half, sagte Carla ihrer Mutter Gute Nacht und ging nach oben. Sie musste noch ein paar Fotos für ihre sozialen Medien machen, ein Bad genießen ... und dann wollte sie noch ein FaceTime-Gespräch mit Karl führen. Um den Grundstein dafür zu legen, dem Prinzen ein schlechtes Gewissen zu machen, dass er sie in ihrer Not allein gelassen hatte.

Danach musste sie sich um ihre Nebenbeschäftigung kümmern.

Sie verdiente mit dem Modeln nicht annähernd genügend Geld. Sie gab ihrem Agenten die Schuld, der ihr nicht die großen Aufträge verschaffte, die sie wollte. Also war sie ein Camgirl geworden. Carla hatte gutes Geld für ihre Brüste gezahlt – nun ja, ihre Mutter hatte es getan. Sie wollte so viel Geld aus ihnen herausholen, wie sie konnte.

Jeden Abend online zu gehen und ein bisschen von sich zu zeigen war, als würde man Babys Süßigkeiten wegnehmen. Es war fast lächerlich, wie viele Männer ihr buchstäblich Geld hinterherwarfen, nur damit sie ihnen ihre Brüste zeigte.

Carla hatte keine Ahnung, ob ihre Mutter wusste, was sie in den frühen Morgenstunden tat, aber das war auch egal. Allein das Geld zählte.

Und natürlich ihre Stiefschwester für die Entführung des Prinzen bezahlen zu lassen, damit Carla Prinzessin werden konnte. Der Zweck heiligte die Mittel. Und sie war mehr als zufrieden mit dem Plan, Juniper zu erledigen.

KAPITEL SIEBEN

Cal versuchte, sich zu sagen, dass er sich bewegen sollte. Vom Bett aufzustehen und sich von June zu entfernen – aber er konnte nicht. Es war, als seien seine Arme an jemand anderem befestigt.

Er hatte den galanten Plan gefasst, sich auf den Boden zu legen, sobald June eingeschlafen war, aber gerade als er sich anschickte, aus dem Bett zu schlüpfen, stieß sie ein leises Wimmern aus, als hätte sie einen Albtraum.

Cal hatte sich bewegt, bevor er überhaupt merkte, was er tat.

Er hatte es gehasst, ihr letzte Nacht den Rücken zuzuwenden, nachdem er ins Bett gegangen war, aber es war für seinen eigenen Verstand. Zum ersten Mal seit Jahren hatte er unter der Dusche masturbiert. In dem Moment, in dem er unter das heiße Wasser getreten war, hatte er daran gedacht, dass June vorhin genau dort gestanden hatte. Nackt, an derselben Stelle, an der er sich befand.

Sein Schwanz war so schnell hart geworden, dass es fast peinlich war. Er hatte sich, ohne nachzudenken, selbst berührt und angesichts der Lust gestöhnt, die durch seinen Körper strömte. Kaum hatte er angefangen, sich zu streicheln, schossen Ströme aus der Spitze seines Schwanzes, als hätte er sich nur zurückgehalten und auf die richtige Frau gewartet ... die, die so unschuldig auf dem Bett auf der anderen Seite der Wand lag.

Er hatte sich schnell gewaschen und dann eine Weile im Badezimmer gestanden, in einer Flanellhose und einem langärmeligen Hemd, während er sich weigerte, in den Spiegel zu schauen. Zu Hause schlief er nackt. Das war die einzige Zeit, in der er sich wohl genug fühlte, um keine Kleidung zu tragen. Er hatte keinen Spiegel in seinem Zimmer und nur einen kleinen im Bad, damit er sich rasieren konnte, ohne sich zu schneiden.

Er hatte June Zeit geben wollen, um einzuschlafen. Aber als er sich schließlich getraut hatte, ins Zimmer zu gehen, wusste er instinktiv, dass sie noch wach war. Er hatte ihr den Rücken zuwenden müssen, weil er kurz davor gewesen war, sie in seine Arme zu ziehen, und er wollte sie auf keinen Fall unter Druck setzen.

Nicht nur das, er wollte sich nicht daran gewöhnen, June in der Nähe zu haben. Sobald sie wieder auf den Beinen war, würde sie sehen, wie kaputt er war. Irgendwann würde sie jemanden finden, der viel besser zu ihr passte als Cal. Jemanden, der so gut und freundlich war wie sie selbst.

Er war nicht dieser Mann.

Es dauerte eine Weile, bis sie einschlief, und als er sich schließlich bewegen konnte, ohne sie zu wecken, machte das Wimmern seine Pläne zunichte. Er war näher an sie herangerückt, legte einen Arm um ihre Taille und zog sie an seinen Körper. Sie hatte ein zufriedenes Geräusch von sich gegeben, seinen Arm festgehalten und ihn nicht mehr losgelassen ... die ganze Nacht.

Jetzt war es Morgen. Der große Pick-up, der vor ihrem Fenster parkte, hatte ihn geweckt, als das Licht durch die

Verdunkelungsvorhänge, die er vor dem Abendessen zuge-
zogen hatte, ins Zimmer schien. Seine Nase war in Junes Haar
vergraben gewesen, ihr Körper perfekt in seine Arme
geschmiegt.

Erstaunlicherweise hatte er selbst gut geschlafen. Er hatte
häufig Albträume und wachte fast immer mindestens einmal
pro Nacht auf, wenn er sich an den Schmerz von Messern erinnerte, die sich in sein Fleisch bohrten. In manchen Nächten,
wenn er nicht wieder einschlafen konnte, wanderte er stundenlang durch sein Haus und versuchte, die Bilder aus seinem
Kopf zu bekommen.

Aber letzte Nacht hatte er wie ein Stein geschlafen,
während er sich an June kuschelte.

Er hatte recht gehabt; je mehr er in ihrer Nähe war, desto
schwerer würde es ihm fallen, sie loszulassen. Das wusste er,
aber er konnte sich trotzdem nicht dazu durchringen, das Bett
zu verlassen.

»Wie spät ist es?«, murmelte sie.

»Es ist noch nicht Zeit aufzustehen«, sagte er. »Geh wieder
schlafen.«

Die Wahrheit war, dass Cal keine Ahnung hatte, wie viel
Uhr es war. Aber er wollte sich nicht bewegen. Je nach Verkehr
würde es nur noch etwa vier Stunden dauern, bis sie in Newton
ankamen, und er war sich nicht ganz sicher, was passieren
würde, wenn sie es taten. Mit Sicherheit würde seine Zeit allein
mit June zu Ende gehen. Er hatte bereits gestern Abend April
angerufen, um zu erfahren, ob sie eine Wohnung für sie finden
konnte. Dann wäre er wieder allein mit seinen gequälten
Gedanken.

»Okay«, sagte sie, ohne zu zögern, bevor sie Cal schockierte,
indem sie sich in seiner Umarmung drehte. Anstatt sich aus
seinen Armen zu lösen, kuschelte sie sich an seine Brust, als
täte sie das schon ihr Leben lang.

Cal drehte sich auf den Rücken und hielt sie an sich

gedrückt. Ihr Haar war in seinen Fingern verheddert und er konnte ihren warmen Atem an seiner Brust spüren, selbst durch sein Hemd hindurch.

Dann erstarrte er plötzlich.

Während er sich auf den Rücken drehte, war sein Hemd leicht hochgerutscht ... und Junes Hand landete auf der nackten Haut seines Bauches.

Er stieß einen zittrigen Atemzug aus und schloss die Augen. Sein Oberkörper hatte die ganze Wut seiner Entführer abbekommen. Es hatte ihnen großen Spaß gemacht, in seinen Körper zu schneiden. Sie stießen ihre Messer so tief in sein Fleisch, dass er sich fragte, ob sie es endlich tun würden, ihm einfach ein Messer ins Herz stoßen und ihn auf der Stelle töten würden. Aber aus Gründen, die er nicht verstehen konnte, hatten sie es nicht getan.

Das Narbengewebe war an manchen Stellen so dick, dass er kaum etwas spüren konnte. Aber in diesem Moment fühlte die Hitze von Junes Hand sich an, als würde sie ihn dort verbrühen, wo sie auf seinem Bauch ruhte, während sie schlief.

Er wollte unbedingt nach ihrer Hand greifen und sie von seiner verletzten Haut wegreißen, aber er wollte sie auch nicht wecken. Je länger er dort lag, den Duft des Hotelshampoos in ihrem Haar und das leichte Gewicht ihres Körpers an ihm, desto mehr entspannte Cal sich schließlich.

Er blieb wahrscheinlich noch etwa eine Stunde im Bett liegen, bevor sie sich wieder zu regen begann. Sie krümmte die Finger, ihre Nägel gruben sich in die Haut seines Bauches.

Cal sog den Atem ein und schloss die Augen.

Bereits vor seiner Kriegsgefangenschaft war er lange nicht mehr intim berührt worden. Ehrlich gesagt hatte er nicht mehr auf diese Weise berührt werden wollen. Aber unerklärlicherweise verspürte er den Drang, eine Hand auf die von June zu legen und sie in seine Haut zu pressen, damit sie sie nicht wegnahm.

June regte sich wieder. »Ähm ... vielleicht sollte ich ...« Ihr Satz verstummte, und sie klang unsicher und peinlich berührt.

Als sie ihre Hand langsam löste, riss Cal die Augen auf und tat genau das, woran er gedacht hatte – er legte eine Hand auf ihre und hielt sie still. »Bleib«, befahl er sanft.

Sie hörte auf, sich zu bewegen, und sie schwiegen für ein oder zwei Minuten, bevor sie sprach.

»Es tut mir leid, wenn ich dich bedrängt habe. Wenn ich dich *jetzt* bedränge. Ich wollte ... Ich habe nicht ... Ich meine, ich habe noch nie mit jemandem geschlafen.«

Cal drehte den Kopf zur Seite in dem Versuch, ihr Gesicht zu sehen. Er war zutiefst schockiert. Wie zum Teufel konnte diese Frau noch *Jungfrau* sein? Waren alle Männer, die sie getroffen hatte, Idioten?

Sie konnte offensichtlich seinen Gesichtsausdruck sehen, denn sie stieß ein leises Schnauben aus. »Nein, ich meine ... *das* habe ich getan. Du weißt schon. Aber ich habe noch nie mit jemandem *geschlafen* geschlafen.«

Ihre Erklärung brachte ihn nicht gerade dazu, seine Meinung über die Männer zu revidieren, die sie in der Vergangenheit gekannt hatte. »Warum nicht?«, fragte er leise.

Sie zuckte mit den Schultern. »Sie waren an nichts anderem interessiert als an Sex? Ich musste zurück ins Haus, bevor ich vermisst wurde? Ich könnte mir wahrscheinlich hundert Gründe einfallen lassen, aber prinzipiell ... wollte ich nicht.«

Cal konnte das verstehen und respektieren. »Du hast mich nicht bedrängt. Ich war derjenige, der dich zuerst in die Arme genommen hat«, gab er zu. »Ich fühle mich zu dir hingezogen, June. Du hast etwas an dir, dem ich einfach nicht widerstehen kann. Ehrlich gesagt ist es verwirrend.«

»Mir geht es genauso«, gestand sie an seiner Brust.

Bei diesem Eingeständnis schien eine schwere Last von seinen Schultern zu fallen, doch im nächsten Moment legte sie sich wieder darauf. Er sollte nicht hier sein. Er sollte nicht so ehrlich sein. Er wollte ihr keine Hoffnungen machen, dass sich zwischen ihnen etwas entwickeln könnte. Nicht weil er sie nicht wollte – Gott, er wollte sie mehr, als er irgendeine Frau in letzter Zeit gewollt hatte. Vielleicht sogar *jemals.* Aber sie könnte es so viel besser haben. Sie könnte einen Mann haben, der weder geistig noch körperlich so kaputt war wie er.

Trotz dieses immerwährenden Mantras in seinem Kopf konnte er sie nicht loslassen. Zum ersten Mal seit Jahren fühlte er sich ... normal. Als sei er kein vernarbter Haufen Fleisch unter seiner Kleidung. Eine unwillkommene Überraschung, die auf jeden wartete, der es wagte, ihm zu nahe zu kommen. Er war definitiv kein Märchenprinz; er war eher wie das Biest aus *Die Schöne und das Biest.* Ungeeignet, in der normalen Gesellschaft gesehen zu werden. Mürrisch. Gebrochen. Verflucht.

»Wir sollten aufstehen, frühstücken und uns auf den Weg machen«, sagte er nach einem Moment, ohne Anstalten zu machen, das Bett zu verlassen.

»Ja«, stimmte June zu, die sich noch mehr an seine Seite zu kuscheln schien, als sie es sagte.

Cals Lippen zuckten, aber er beschwerte sich nicht, sondern zog sie nur etwas fester an sich. Nach einem Moment spürte er, wie sie anfing, den Daumen auf seinem Bauch hin und her zu bewegen. Er verkrampfte sich sofort, zwang sich jedoch zur Entspannung. Es fühlte sich mehr wie ein kleines Kitzeln an als alles andere. Er spürte nicht viel von der leichten Berührung.

»Sie sind die Arschlöcher, weißt du«, sagte sie leise.

Wieder erstarrte alles in ihm.

»Jeder, der Freude daran hat, andere zu verletzen, hat keine Seele. Es ist mir egal, ob sie so geboren wurden oder ob sie ihre Überzeugungen in der Kindheit gelernt haben. Es gibt keine

Entschuldigung dafür, andere zu verletzen, auf sie herabzusehen, ihnen den freien Willen zu nehmen. Ich verstehe nicht, warum ein Mensch Macht über andere haben will. Ihnen zu sagen, was sie tun können und was nicht. Ein Land und seine Menschen mit eiserner Faust zu regieren. Das macht mich traurig. Wir sitzen alle im selben Boot. Wir versuchen, Tag für Tag zu überleben – herauszufinden, wo wir in dieser Welt hingehören.« Sie seufzte.

»Und ich werde *nie* verstehen, warum manche Menschen andere verletzen müssen, um zu bekommen, was sie wollen. Mein Vater hat mir beigebracht, dass man seine Ziele nur erreichen kann, indem man hart arbeitet. Anderen auf ihrem Weg hilft. Nett ist. Und ich weiß, dass dieses Konzept vielen Menschen völlig fremd ist. Sie haben das Gefühl, dass sie auf anderen herumtrampeln müssen, um an die Spitze zu kommen. Aber warum sollte jemand überhaupt dort oben sein wollen? Es scheint, als sei das nur eine Menge Stress und Einsamkeit ... Menschen, die lügen und dich ausnutzen, um zu bekommen, was *sie* wollen. Ich würde lieber unten bleiben, glücklich und zufrieden, als mich mit all dem auseinanderzusetzen.

Verflixt, worauf wollte ich hinaus? Ach ja ... was dir passiert ist, war nicht deine Schuld, Cal. Deine Narben beschämen *sie*, nicht dich. Sie sind ein Beweis für deine Stärke. Die Tatsache, dass du hier bist, ist ein Beweis für deine innere Stärke, deine Hartnäckigkeit. Scheiß drauf, was andere über dich denken. Deine Freunde kennen die Wahrheit – dass du den Hass deiner Entführer auf dich genommen hast, um sie zu schützen.«

Sie sagte nichts, was ihm seine Freunde in den letzten drei Jahren nicht auch gesagt hätten, oder was die Psychiater, die er aufgesucht hatte, nicht auch erzählt hätten. Aber irgendwie, während er hier mit ihr in der Stille des Morgens lag – in dem Wissen, dass sie keine Absichten hatte, dass sie so gut und

durchschaubar war wie jeder andere, den er je getroffen hatte
–, trafen ihre Worte tief in ihm einen Nerv.

Sie nahmen die Scham nicht weg. Sie änderten nicht die
Vergangenheit und machten es nicht leichter, seinen Körper zu
betrachten ... aber sie erleichterten die Last, die er auf seiner
Seele trug, nur ein kleines bisschen.

»Habe ich das Wort richtig benutzt?«

Er blinzelte überrascht. »Welches Wort?«

»Verflixt.«

Er lachte. »Ja, Prinzessin, das hast du.«

»Bin ich nicht, weißt du«, sagte sie nach einem Moment.

»Was nicht?«

»Eine Prinzessin. Ich bin so weit von einer Prinzessin
entfernt, wie man nur sein kann. Und ganz ehrlich? Ich glaube
nicht, dass ich jemals eine sein möchte. Zu viel Druck. Ich bin
einfach ... ich.«

Sie hatte recht. Sie war keine Prinzessin. Das königliche
Leben würde sie zermürben. Es würde sie in eine zynische
Person verwandeln. Sie misstrauisch und argwöhnisch
machen. Und das wollte Cal nicht.

»Verändere dich nicht«, flüsterte er. »Sei, wer du bist. So wie
dein Vater dich erzogen hat. Und scheiß auf jeden, der nicht
sieht, dass du genau so perfekt bist, wie du bist.«

Sie hob den Kopf und lächelte ihn an. »Welche anderen
britischen Schimpfwörter kannst du mir noch beibringen?«

»Ich bin mir nicht sicher, ob ich dir schmutzige Worte
beibringen sollte«, sagte er mit einem kleinen Lächeln.

»Ach, komm schon. Bitte?«

Er konnte dieser Frau nicht widerstehen. Nicht eine
Sekunde lang. »Okay, mal sehen. Da ist *Arsch*, wie in *Arschloch*.
Verflixt, was ziemlich mild ist und als Ausdruck des Erstaunens
verwendet wird. *Verdammt* ist sehr gebräuchlich und wurde
durch Gordon Ramsay berühmt, der ständig ›Verdammte
Scheiße‹ sagt.«

Cal war ein wenig enttäuscht, als June ihre Hand unter seiner wegzog und sich neben ihm aufsetzte. Sie schlug die Beine übereinander und lehnte sich eifrig zu ihm hin. »Was noch?«, fragte sie.

Cal zwang sich in eine sitzende Position und legte, ohne darüber nachzudenken, eine Hand auf ihr Knie. Als ihm bewusst wurde, was er getan hatte, starrte er seine Hand an, als gehöre sie jemand anderem, mit dem Gedanken, er sollte sie wegnehmen. Aber June legte ihre Handfläche auf die *seine*, um ihn festzuhalten.

»*Schwachsinn* bedeutet Unsinn. Ein *Wichser* ist eine verabscheuungswürdige Person.«

»Ist es geschlechtsspezifisch?«, fragte June.

Cal konnte nicht glauben, dass er dieses Gespräch führte. »Nicht wirklich«, erwiderte er achselzuckend.

»Ich könnte also sagen, dass meine Stiefschwester ein Wichser ist?«, fragte sie grinsend.

Cal lachte. »Das könntest du.«

»Cool. Was noch?«

»*Shite* ist eine Abwandlung von *Scheiße*, ein *Trampel* ist ein nerviger Idiot, *lausig* ist wertlos oder ekelhaft. Das ist eine ziemlich milde Umschreibung. *Pfusch* bedeutet Versagen. Und eines meiner persönlichen Lieblingswörter ist *Bugger*. Es kann auf so viele Arten verwendet werden, ähnlich wie die Amerikaner das Wort *Fuck* verwenden. Es kann ein Substantiv für Idiot sein oder ein Verb, das bedeutet, etwas zu ruinieren. Oder es kann ein Ausdruck der Verärgerung sein.«

Junes Augen funkelten. »Cool!«

Cal grinste. »Dein Vater würde sich wahrscheinlich im Grab umdrehen, wenn er wüsste, dass ich dir das alles beibringe«, murmelte er.

»Eigentlich würde er sich genauso freuen wie ich«, konterte June. »Er war wunderbar. Witzig und sarkastisch, aber auch liebevoll und warmherzig.« Sie seufzte. »Ich glaube, so ist er bei

Elaine gelandet. Wahrscheinlich hat sie ihm eine rührselige Geschichte über ihr Dasein als alleinerziehende Mutter aufgetischt, und er ist ihr voll und ganz auf den Leim gegangen.«

»Wie ist er gestorben?«, fragte Cal sanft und drückte leicht ihr Knie.

June senkte den Kopf. »Herzinfarkt. Was keinen Sinn macht, weil er ziemlich gesund war. Er wog ein paar Kilo mehr, weil er gern aß, aber er ging jedes Jahr zum Arzt, hatte keinen hohen Blutdruck oder so etwas und trieb regelmäßig Sport. Ich habe es damals nicht verstanden und verstehe es auch heute nicht. An einem Tag war er noch da, und am nächsten lag er im Krankenhaus im Sterben.«

Cal stellten sich die Nackenhaare auf und ihm drehte sich der Magen um. Er kannte June noch nicht lange, ebenso wenig wie ihre Stieffamilie, aber wenn das, was er hörte, stimmte – wenn ihr Vater gesund gewesen war –, dann schien etwas unglaublich verdächtig. »Was hat die Autopsie ergeben?«

June sah ihn mit einem Stirnrunzeln an. »Nichts. Es hat keine gegeben. Elaine sagte, sie wolle seine Leiche nicht entweihen.«

Der sechste Sinn, der Cal schon mehr als einmal das Leben gerettet hatte, schrie jetzt auf. Er machte sich die geistige Notiz, Nachforschungen anzustellen oder zumindest einen oder zwei Freunde mit mehr Einfluss zu bitten, sich die Sache anzusehen, und wechselte das Thema. »Hast du Hunger?«

Sie schenkte ihm ein kleines Lächeln. »Ich könnte etwas essen.«

»Okay. Aber eine Sache noch«, sagte er, bevor sie sich bewegen konnte.

»Ja?«

»Du wärst eine fantastische Prinzessin. Jede Nation würde sich geehrt fühlen, dich zu haben. Du würdest dich zuallererst um dein Volk kümmern. Du würdest ihr Wohlergehen über alles andere stellen. Du würdest für sie kämpfen, wenn es nötig ist, und sie anfeuern, wenn sie Großes leisten. Du wärst die Art von Prinzessin, der zu Ehren Statuen errichtet werden, und du würdest dir die tiefe und beständige Loyalität deines Volkes verdienen. Und du würdest all das erreichen, ohne jemand anderes zu sein als genau die, die du bist. Die Welt wäre ein besserer Ort, wenn es Prinzessinnen wie dich gäbe.«

Cal konnte normalerweise nicht gut mit Worten umgehen. Er war es gewohnt, den Mund zu halten und seine Familie für sich sprechen zu lassen. Und obwohl ihm die Tränen, die June bei seiner kleinen Rede in die Augen stiegen, nicht gefielen, bereute er nichts von dem, was er gesagt hatte. Jedes Wort war aus seinem Herzen gekommen.

»Geh ruhig zuerst ins Bad. Ich werde meine E-Mails abrufen und meinen Freunden Bescheid geben, dass wir später am Tag da sind, und mich bei April erkundigen, ob sie schon eine Wohnung für dich gefunden hat.«

»Okay.«

Zu seiner Überraschung beugte sie sich vor und küsste erst seine eine, dann die andere Wange.

Cal musste seine ganze Kraft aufwenden, um sie nicht im Nacken zu packen und zu sich heranzuziehen, als sie sich entfernte.

»Habe ich es richtig gemacht?«, fragte sie schüchtern. »Du weißt schon, das mit dem Küssen?«

Beinahe wäre ihm ein Nein herausgerutscht, denn sie hatte seine Lippen verfehlt. Stattdessen zwang er sich zu nicken. »Ja.« Er würde ihr nicht sagen, dass die meisten Menschen das Gegenüber gar nicht mit den Lippen berührten. Sie gaben höfliche Luftküsse, wenn sie andere förmlich begrüßten.

Die Haut an seinem Körper mochte vernarbt sein, so viele Nervenenden waren beschädigt, aber sein Gesicht war schon lange von der Misshandlung geheilt ... und die Wärme ihrer Lippen blieb ihm erhalten.

»Ich werde nicht lange brauchen«, sagte sie mit einem

weiteren kleinen Lächeln zu ihm und schwang die Beine über die Bettkante. Sie verschwand im Bad, nachdem sie sich aus ihrem Koffer Kleidung zum Wechseln geholt hatte, und erst dann wagte Cal es, wieder zu atmen.

Er kannte sie erst ein paar Tage und sie war bereits das Beste, was ihm je passiert war. Er wusste nicht, was ihre Zukunft brachte, aber er würde jede Minute in ihrer Gegenwart genießen, bis sie beschloss, dass Newton zu klein war. Zu abgelegen. Dass sie weiterziehen wollte, um woanders große Dinge in ihrem Leben zu tun. Er hatte keinen Zweifel daran, dass sie ihr Potenzial schon bald ausschöpfen würde, jetzt, da sie nicht mehr unter der Fuchtel ihrer Stieffamilie stand.

Der Gedanke an Elaine verfinsterte seine Miene. Er hatte gewusst, dass sie hinterlistig war, aber nachdem er vom Tod von Junes Vater erfahren hatte, befürchtete er, dass ihre Verderbtheit tiefer ging, als selbst er vermutete.

Mit Mord kannte er sich nicht aus ... das wenige, was er gelernt hatte, stammte aus den gelegentlichen Krimis, die er gesehen hatte. Er würde jemanden anrufen müssen, der wusste, was er tat, um zu sehen, ob eine Untersuchung gerechtfertigt war. Zumindest könnte die Beantwortung von Fragen über den Tod ihres Mannes Elaine davon ablenken, dass ihre Stieftochter ohne ein Wort mit dem Mann abgereist war, von dem sie gehofft hatte, dass er ihre *echte* Tochter heiraten würde.

Der Gedanke an Elaine und Carla hinterließ einen schlechten Geschmack in Cals Mund, und er weigerte sich, einen schönen Tag damit zu verderben, sich über sie Gedanken zu machen. Er griff nach seinem Telefon auf dem Nachttisch. Er musste sich bei JJ melden, sich vergewissern, dass *Jack's Lumber* gut lief, Chappy eine E-Mail wegen der Details seiner Hochzeit schicken und Bob nach Geschenkideen für das glückliche Paar fragen.

Die Zeremonie war eine seltene Gelegenheit für Cal, eine große Geste zu machen. Gott wusste, dass seine Freunde sich geweigert hatten, sein Geld zu verwenden, um ihr Geschäft in Gang zu bringen oder etwas von der Ausrüstung zu kaufen, die sie brauchten. Ja, er hatte einen anständigen Teil beigesteuert, aber JJ hatte darauf bestanden, einen Kredit aufzunehmen und Cal nicht das gesamte Unternehmen finanzieren zu lassen.

Aber Chappy konnte eine gesunde Spende im Namen seiner *Frau* auf keinen Fall ablehnen. Cal wusste genau, dass alles, was Carlise das Leben erleichterte, ohne großes Murren akzeptiert werden würde.

Cal verdankte seinen Freunden so viel. Ohne sie wäre er heute zweifellos nicht hier. Sie hatten ihn bei Verstand gehalten und um sein Leben gekämpft, während sie gefangen gewesen waren. Er hätte aufgegeben, wenn sie nicht da gewesen wären, wenn das nicht bedeutet hätte, dass ihre Entführer ihre Messer einfach auf seine Freunde gerichtet hätten. Er hätte sein Leben für sie gegeben und wusste, dass sie dasselbe getan hätten.

Er hasste, was passiert war, er hasste es, wie er sich jetzt fühlte, aber er würde nichts ändern, wenn das bedeutete, dass seine Freunde an seiner Stelle verletzt würden.

Cal hielt beim Lesen seiner E-Mails inne und lächelte beim Geräusch des Wassers im Badezimmer. June hatte zugegeben, dass sie noch nie ein Bett mit einem Mann geteilt hatte, und er hatte noch nie ein Hotelzimmer mit einer Frau geteilt. Es war intim ... und zumindest mit June hatte er nichts dagegen.

Das Beste an diesem Tag war, dass er noch mindestens vier Stunden mit ihr allein war, während sie weiter nach Norden fuhren. Er hatte keine Ahnung, wohin ihre Gespräche sie führen würden, aber er wusste, dass es ihm nicht langweilig werden würde. Er war begierig darauf, mehr über sie zu erfahren, aber zuerst würden sie auschecken und etwas frühstücken.

Und er würde sich später Gedanken darüber machen, was kommen würde, wenn sie Newton erreichten.

KAPITEL ACHT

June war froh, dass die Angestellte ihnen die beste Zeit für das Frühstück genannt hatte, denn obwohl noch viele Leute in der Eingangshalle waren, konnten sie einen Platz abseits der anderen Gäste finden. Das Essen war nichts Besonderes, aber es würde reichen, bis sie auf ihrem Weg nach Maine zum Mittagessen anhalten konnten.

June betrachtete die Reise als ein großes Abenteuer, von dem sie nicht geglaubt hatte, jemals die Chance dazu zu bekommen. Und noch besser war, dass sie nichts von ihrem mühsam gesparten Geld hatte ausgeben müssen. Sie hatte ein schlechtes Gewissen, weil Cal das Hotel bezahlte, was einer der Gründe war, warum sie sich nicht dagegen gesträubt hatte, ein Zimmer zu teilen. Sie beschwichtigte ihre Schuldgefühle, indem sie sich einredete, dass er auch dann Geld für ein Zimmer ausgegeben hätte, wenn er allein gereist wäre.

Aber der Hauptgrund für ihre Zustimmung – mehr Zeit mit Cal.

Er war anders als alle Männer, die sie je getroffen hatte. Er war beschützend und ein Alpha, doch gleichzeitig konnte sie erkennen, dass er sich unter Menschen unwohl fühlte. Er war ein Prinz. Er sollte es gewohnt sein, unter vielen Menschen zu sein. Aber das war er eindeutig nicht. Sie vermutete, dass das zum großen Teil an dem lag, was er in der Gefangenschaft durchgemacht hatte.

Außerdem war er geduldig und aufmerksam, und es machte ihm nichts aus, wenn jemand sich vordrängelte, weder auf der Straße noch in der Schlange zum Frühstücksbuffet. Er nahm sich selbst nicht allzu ernst, und obwohl sie sicher war, dass er sich, wenn es die Situation erforderte, in den Prinzen verwandeln konnte, zu dem er erzogen worden war, hatte sie noch nicht erlebt, dass er unhöflich oder rücksichtslos zu jemandem war.

Wäre er hochnäsig oder unhöflich zu anderen gewesen, würde June ihn nicht annähernd so sehr mögen, wie sie es tat. Und sie mochte ihn verdammt gern. Mehr, als wahrscheinlich klug war.

Egal was er sagte, sie war *nicht* als Prinzessin geeignet. Sicher, sie würde seine Worte wahrscheinlich immer dann in ihrem Kopf abspielen, wenn sie einen Selbstvertrauensschub brauchte, aber nur das war es – Worte. Sie hatte das Gefühl, wenn er sie mit nach Hause zu seinen Eltern nahm, würden sie sie sofort durchschauen. Sie würden ihrem Sohn klipp und klar mitteilen, dass sie in ihrer privilegierten Familie nichts zu suchen hatte.

Und bei dem Gedanken, jemals dem König und der Königin von Liechtenstein vorgestellt zu werden, wurde ihr übel.

Nein, sie und Cal kamen aus sehr unterschiedlichen Welten, und je eher sie sich das klarmachte, desto besser würde es ihr ergehen. Sie wusste seine Hilfe zu schätzen, aber sie hatte das Gefühl, dass er sich, sobald sie in Maine angekommen waren und er sich wieder in seine Routine eingelebt hatte, fragen würde, was er sich dabei gedacht hatte, sie aus ihrer Situation zu retten und ihr Zugang zu seinem Leben zu gewähren.

In der Zwischenzeit würde sie jedoch die unerwartete Veränderung ihrer Lebensumstände so lange wie möglich genießen. Angefangen bei dem flüssigen Haferbrei, den lauwarmen Eiern und den matschigen Rösti, die vor ihr standen. Es war alles andere als optimal, aber es war auch ein Essen, das sie nicht kaufen oder zubereiten musste und das sie deshalb besonders schätzte.

»Es ist nicht großartig«, sagte Cal, der ihre Gedanken mit einer Grimasse las, nachdem er einen Schluck des Kaffees aus einer großen Karaffe in der Ecke der Eingangshalle genommen hatte.

June konnte sich ein Kichern nicht verkneifen. »Du solltest dein Gesicht sehen.« Sie grinste.

Er lächelte trocken. »Ich kann nicht anders. An den beiden Morgen, die ich in D. C. verbracht habe, habe ich mich an das fantastische britische Frühstück gewöhnt. Aber ich muss sagen, die Gesellschaft hier ist genauso gut wie dort.«

June spürte, wie sie errötete. Dieser Mann. Er hatte eine Art, genau das Richtige zu sagen. Wäre sie weltgewandter, würde sie vielleicht denken, er flirtete mit ihr.

»Igitt«, sagte er, nachdem er einen weiteren Schluck genommen hatte. »Ich kann das nicht trinken. Ich vermisse deinen Pfefferminztee. Ich werde das hier in den Mülleimer werfen und mir einen Saft holen. Willst du etwas, während ich unterwegs bin?«

»Nein danke«, sagte sie, erfreut darüber, dass ihm der von ihr zubereitete Tee geschmeckt hatte.

Sie beobachtete, wie er aufstand und auf den Mülleimer in der Ecke des Raumes zuging. Sie sah, wie mehrere Frauen ihm mit dem Blick folgten, und ihre Lippen verzogen sich zu einem kleinen Lächeln, als er es nicht zu bemerken schien. Der Mann war die nichtsahnendste attraktive Person, die sie je getroffen hatte ... oder vielleicht war sie nur daran gewöhnt, dass Carla sich überall so herausputzte, dass sie *erwartete*, angestarrt zu werden.

June hatte das Gefühl, wenn Cal wüsste, wie viel Aufmerksamkeit ihm zuteilwurde – nicht weil er Prinz Redmon war, sondern weil er ein sehr gut aussehender Mann war –, wäre er entsetzt. Er tat sein Bestes, um in seiner Umgebung nicht aufzufallen, aber es war unmöglich. Selbst wenn er kein Prinz gewesen wäre, hätte er überall, wo er hinging, Respekt und Aufmerksamkeit erregt.

Eine Bewegung auf der linken Seite erregte Junes Aufmerksamkeit. Ein älterer Mann saß allein und versuchte zu essen, aber seine Hand zitterte so sehr, dass er seine Gabel auf den Boden fallen ließ. Sie beobachtete, wie er sie einen Moment lang anstarrte, bevor er seufzte und seinen noch vollen Teller wegschob.

June setzte sich in Bewegung, bevor sie es sich anders überlegen konnte. Sie nahm das zusätzliche Besteck auf dem Tisch – Cal hatte ihr ein Besteck gebracht, ohne zu wissen, dass sie bereits ihr eigenes besorgt hatte – und ging zum Tisch des alten Mannes hinüber. Sie zog sich einen Stuhl heran, setzte sich und sagte: »Hallo! Ich bin June.«

Er sah überrascht auf, schenkte ihr aber ein kleines Lächeln. »Edgar.«

Ohne viel Aufhebens zu machen, packte June das unbenutzte Plastikbesteck aus, während sie sprach. »Ich komme aus Washington, D. C. Ich bin mit meinem Freund hier – er ist da drüben und holt sich einen Saft, weil er ein Teesnob ist.« Den letzten Teil flüsterte sie, als würde sie ein Staatsgeheimnis preisgeben.

Der alte Mann lachte. »Kann man ihm nicht verübeln. Ich habe auch eine Vorliebe für eine heiße Tasse Tee.«

»Sind Sie allein hier?«

»Ja«, sagte er leise.

»Was führt Sie hierher?«, fragte sie, während sie den Teller des Mannes näher an ihn heranschob und einen Löffel Eier aufnahm, bevor sie ihm das Besteck in die Hand legte. Sie hielt seine Hand mit ihrer eigenen und er starrte sie ungläubig an, sein Blick gemischt mit etwas, von dem sie hoffte, dass es Erleichterung und nicht Ärger war.

Sie hielt den Atem an und betete, dass sie das Richtige tat. Sie wollte wirklich nicht unhöflich oder aufdringlich sein, aber sie konnte nicht einen Tisch weiter sitzen und zusehen, wie jemand wegen einer körperlichen Behinderung hungerte.

Schließlich bewegte er das Besteck zu seinem Mund. Sie hielt seine Hand fest, als er seine Lippen um den Löffel legte.

»Ich bin auf dem Weg, die Familie meiner Frau zu besuchen. Sie ist letzte Woche gestorben«, sagte Edgar traurig.

»Oh, das tut mir sehr leid«, erwiderte June sanft und half ihm, einen weiteren Löffel Eier zu essen. »Waren Sie lange verheiratet?«, fragte sie.

»Einundsechzig Jahre«, sagte Edgar stolz. »Sie war die Liebe meines Lebens. Ich weiß nicht, was ich ohne sie tun soll.«

»Oh, das *ist* eine lange Zeit.« June assistierte weiter. Es schien, als sei er in seinen Erinnerungen versunken und merkte kaum, dass er noch aß. »Sie muss Ihnen so sehr fehlen.«

Edgar sah auf und begegnete ihrem Blick. »Sie hat mir immer beim Essen geholfen ... genau wie Sie.«

June schenkte ihm ein zärtliches Lächeln.

»Alles in Ordnung?«, fragte Cal.

June spürte seine Hand auf ihrer Schulter und hob den Kopf, um ihn anzusehen. »Hallo, Cal. Es ist alles in bester Ordnung. Das ist Edgar. Er ist mein neuer Freund.«

»Schön, Sie kennenzulernen«, sagte Cal und drückte June die Schulter. »Darf ich mich zu euch setzen?«

Edgar wies auf den Sitz ihm gegenüber.

Zu ihrer Erleichterung stellte Cal nicht infrage, was sie tat. Er ging einfach zurück zu ihrem vorherigen Tisch, nahm den

Kaffee, den sie getrunken hatte, warf die leeren Teller weg und setzte sich zu ihr und Edgar.

Während sie ihrem neuen Freund beim Essen half, begannen er und Cal ein Gespräch über die Armee. Es stellte sich heraus, dass Edgar ein Veteran war, und er und Cal hatten einander viel zu erzählen. June glaubte nicht, dass Edgar es überhaupt bemerkte, als er sein Frühstück beendete. Sie stand auf, um ihm eine heiße Tasse Kaffee zu holen, wobei sie darauf achtete, sie nicht so voll zu machen, dass sie in seinen zittrigen Händen kleckern könnte, und als sie zurückkam, unterhielten er und Cal sich immer noch.

Sie stützte einen Ellbogen auf den Tisch und das Kinn in die Hand und hörte mit einem kleinen Lächeln auf dem Gesicht zu. Nach einer Weile sah Edgar zu ihr hinüber.

»Tut mir leid, Sie müssen sich zu Tode langweilen.«

»Ganz und gar nicht«, protestierte June. »Ich bin fasziniert.«

»Wie lange sind Sie beide schon verheiratet?«, fragte Edgar.

June ließ ihre Hand sinken und sah Cal verlegen an.

Er zögerte nicht. Er nahm ihre Hand in die seine, führte sie zum Mund und küsste sie, bevor er sagte: »Es kommt mir vor, als sei es eine Ewigkeit her und gleichzeitig erst gestern gewesen, dass wir uns kennengelernt haben.«

Junes Wangen brannten, aber sie konnte den Blick nicht von Cal abwenden. Ihr Herz klopfte heftig in ihrer Brust, und in ihrem Bauch flatterten Schmetterlinge.

Edgar lachte. »So habe ich mich auch bei meiner Betty gefühlt«, sagte er.

June wandte den Blick wieder dem älteren Mann zu, war sich aber sehr bewusst, dass Cal ihre Hand nicht losgelassen hatte. Sie war sich nicht sicher, was in diesem Moment geschah, nur dass es sich ... richtig anfühlte.

Die drei unterhielten sich noch etwa zehn Minuten lang, bis Edgar schließlich auf die Uhr sah und erklärte, dass er gehen müsse. Sie standen alle auf, und Cal trug Edgars Geschirr zu den Mülleimern hinüber.

»Danke«, sagte Edgar feierlich zu ihr. »Sie hätten mir nicht helfen müssen.«

»Natürlich musste ich das«, erwiderte June. »Und es war mir ein Vergnügen. Sie haben mir den Tag versüßt, und ich hoffe, Sie bleiben in Kontakt, wenn Sie dort sind, wo Sie hinwollen?«

»Das würde ich gern«, sagte er schroff.

Cal kehrte zurück und legte eine Hand auf Junes Rücken. Es fühlte sich wie ein Brandzeichen auf ihrer Haut an und sie lehnte sich verstohlen ein wenig an ihn.

Cal reichte Edgar die Hand.

»Sie sind nicht das, was ich erwartet habe«, sagte der alte Mann ernst.

»Sie erkennen mich?«, fragte Cal sichtlich überrascht.

Edgar nickte. »Schon in der Sekunde, in der ich Sie auf der anderen Seite des Raumes sah.« Er deutete mit dem Kopf auf June. »Sie ist einmalig«, sagte er. »Lassen Sie sie nicht gehen.«

Cal nickte. »Sie ist definitiv einzigartig«, stimmte er zu.

»Fahren Sie dorthin, wo sie hinwollen?«, fragte June zögernd. Sie konnte ihn sich nicht hinter dem Steuer eines Fahrzeugs vorstellen, nachdem sie ihm beim Essen hatte helfen müssen.

»Gott, nein«, sagte Edgar. »Mein Schwiegersohn trifft sich in etwa zehn Minuten hier mit mir. Er fährt heute Morgen von Hartford hierher. Meine Tochter hat mich gestern Abend hier abgesetzt.«

»In Ordnung«, sagte June, traurig, dass sie ihn verlassen mussten.

»Ich komme schon zurecht, Kind. Aber ich weiß Ihre Besorgnis zu schätzen. Die meisten Leute hätten keinen zweiten Blick auf mich geworfen.«

»Nun, dann entgeht ihnen etwas«, sagte June entschieden.

»Nochmals danke«, erwiderte Edgar. »Ich werde mich melden.« Er steckte die Visitenkarte ein, die Cal ihm irgendwann gegeben hatte. Dann drehte er sich um und humpelte in Richtung des Flurs, der zur Eingangshalle führte.

»Bist du bereit zu gehen?«, fragte Cal in einem Tonfall, den June nicht deuten konnte.

Sie nickte.

Sie gingen zu ihrem Zimmer und packten ihre Sachen, und June wartete geduldig, während Cal auscheckte. Er nahm ihren Ellbogen in seine große Hand und führte sie zum Parkplatz. Sie verstaute ihre Sachen, dann führte Cal June zur Beifahrerseite des Luxus-Geländewagens. Er öffnete die Tür, und als sie einsteigen wollte, hielt Cal sie auf.

Sie sah ihn an und runzelte die Stirn, als er nichts sagte. Er starrte sie einen langen Moment einfach nur an.

»Was? Habe ich etwas im Gesicht?«, fragte sie verlegen.

Cal schüttelte den Kopf und fuhr mit einer Hand über ihre Wange. »Je mehr ich über dich erfahre, June Rose, desto faszinierter bin ich.«

June schüttelte den Kopf, obwohl sie nicht genau wusste warum.

»Du warst großartig mit ihm«, sagte er.

»Edgar?« June zuckte mit den Schultern. »Er brauchte Hilfe.«

»Er hatte recht, weißt du. Keiner in der Eingangshalle hat ihn zweimal angesehen. Außer dir. Und du hast ihn nicht nur gesehen, sondern auch gesehen, dass er Hilfe brauchte, und du hast gehandelt. Und du schienst seine Gesellschaft sogar zu genießen.«

»Warum sollte ich das nicht?«, fragte sie ein wenig abwehrend. »Er ist alt, nicht krank.«

»Du magst alte Menschen?«

June runzelte verwirrt die Stirn. »Ja, warum?«

»Ich weiß nicht. Manche Leute fühlen sich in ihrer Nähe unwohl.«

»Das ist doch albern. Es sind auch nur Menschen. Und wie du heute herausgefunden hast, haben die meisten von ihnen faszinierende Geschichten zu erzählen, wenn wir nur lange genug innehalten und zuhören. Ich glaube, wir könnten alle viel von unserer älteren Generation lernen, aber meistens sind wir zu sehr mit unseren Gesichtern auf unsere Telefone und andere elektronische Geräte fixiert, zu sehr damit beschäftigt zu tun, zu tun, zu tun, um innezuhalten und mit ihnen zu reden.«

»Der Meinung bin ich auch«, sagte Cal. Sein Daumen streifte knapp ihre Unterlippe.

»Warum hast du ihm nicht gesagt, dass wir nicht ... zusammen zusammen sind?«, platzte sie heraus.

Cal schien von ihrer Frage nicht beunruhigt zu sein. »Es schien mir nicht richtig«, antwortete er leichthin.

Seine Antwort sagte ihr nichts, aber sie kannte ihn bereits gut genug, um zu wissen, dass keine Worte ihn dazu bringen würden, es näher auszuführen, wenn er es nicht erklären wollte.

June atmete tief durch die Nase ein. Sie hätte ewig so dastehen können, während sie Cal anstarrte, seinen sauberen Duft roch, sich sein Gesicht einprägte und versuchte, aus ihm schlau zu werden. Aber das war nicht logisch. Sie hatten ein Ziel, hatten Dinge zu tun. »Fahren wir?«, flüsterte sie.

»Ja«, sagte Cal, aber er trat nicht von ihr zurück.

Sie schenkte ihm ein kleines Lächeln. »Ich bin mir nicht sicher, ob du von da, wo du stehst, fahren kannst.«

Er grinste. »Wahrscheinlich nicht.« Dann beugte er sich langsam vor. Er ließ ihr Zeit, zu protestieren, sich zurückzuziehen, ihn zu fragen, was zum Teufel er da tat.

Aber June hatte nicht vor, irgendetwas von alledem zu tun. Sie wusste, dass das, was in diesem Moment passierte, nicht von Dauer sein konnte. Er würde sich schnell genug mit ihr langweilen. Sie war kein Model wie Carla, und sie war auch nicht gerade der interessanteste Mensch auf der Welt. Sie hatte D. C. noch nie verlassen, hatte noch nie beschissenes Hotelfrühstück gegessen. Und sie war fast vollständig von ihm abhängig.

Er würde ihr helfen, sich einzuleben, daran hatte sie keinen Zweifel – er war zu ehrenhaft, um es nicht zu tun –, aber dann würde er herausfinden, dass alles, was sich zwischen ihnen zusammenbraute, eine Anomalie war, und er würde zu seinem Leben zurückkehren.

Aber *jetzt* war er hier. Er stand so nahe, dass sie seine Körperwärme spüren konnte. Und er lehnte sich immer näher heran, mit einem Funkeln in den Augen, von dem sie sicher war, dass es das in ihrem eigenen Blick spiegelte. Sie hob das Kinn leicht an und wurde mit der Festigkeit seiner Finger belohnt, als ihre Lippen sich trafen.

Zuerst streifte er die ihren nur leicht, flüchtig. Schnell und fast unsicher.

June konnte sich nicht davon abhalten, ihn zu berühren. Sie ließ die Hände auf seiner Brust ruhen, während sie ein leises Geräusch in der Kehle machte.

Dann waren seine Lippen wieder auf ihren, das genaue Gegenteil des letzten Kusses, sie bewegten sich mit einer Sicherheit, die ihr den Atem raubte. Wäre sie eine romantischere Frau gewesen, hätte sie es als fordernd bezeichnet.

Er leckte über ihre Lippen und sie öffnete sich begierig für ihn. Er schmeckte süß, wie der Saft, den er zum Frühstück getrunken hatte. June fühlte sich schwindelig und aus dem Gleichgewicht, als er mit der Zunge die ihre liebkoste, und sie grub die Finger in den Stoff seines Hemdes, während sie ihr Bestes tat, aufrecht zu bleiben. Aber Cal würde sie nicht fallen lassen. Er legte die andere Hand um ihre Taille und zog sie an sich, hielt sie an sich gedrückt, während er den Kopf neigte und den Kuss vertiefte.

June hatte sich noch nie so gefühlt. Als würde sie verschlingen wollen und gleichzeitig verschlungen *werden*. Cals Kuss war leidenschaftlich, aber nicht obszön. Er sabberte nicht auf ihr herum, versuchte nicht, die Zunge in ihren Hals zu zwingen. Er drehte ihren Kopf nicht in die eine oder andere Richtung, sondern bewegte sich ganz natürlich, während sie einander erforschten.

Lange bevor sie bereit war, hob Cal den Kopf, aber er ging nicht weit. Er legte seine Stirn an ihre, während er darum kämpfte, seine Atmung zu verlangsamen und seine Fassung wiederzuerlangen. June war erleichtert, dass sie nicht die Einzige war, die von ihrem Kuss so betroffen war.

»Ich hätte das nicht tun sollen«, sagte er nach einem langen Moment.

Jeder Muskel in Junes Körper spannte sich an. Er bereute es, sie geküsst zu haben?

Gott, wie demütigend. Sie versuchte, sich zurückzuziehen, um etwas Abstand zwischen sie zu bringen, aber Cals Griff wurde fester, als er den Kopf hob und sie anstarrte.

»Ich hätte das nicht tun sollen ... aber ich habe noch nie ein schöneres Geschenk bekommen. Du bist unglaublich, June. Du bist der großzügigste Mensch, den ich je getroffen habe. Schon nach wenigen Tagen fesselst du mich, und ich weiß nicht, ob ich schreckliche Angst haben oder ob ich *dich* fesseln, in den Kofferraum meines Wagens werfen und in eine verlassene Hütte bringen soll, um dich bis ans Ende meiner Tage für mich zu behalten.«

June war so überrascht, dass sie in Gelächter ausbrach. »Du würdest dich in kürzester Zeit zu Tode langweilen«, versicherte sie ihm und leckte sich über die Lippen, da sie es liebte, wie sein Geschmack dort verweilte.

Sein Blick blieb auf ihren Lippen haften und er atmete tief ein.»Das bezweifle ich ernsthaft. Geht es dir gut?«

Sie runzelte die Stirn.»Warum sollte es mir nicht gut gehen?«

Cal zuckte mit den Schultern.»Ich wollte nur sichergehen, dass du es nicht bereust, mit mir gekommen zu sein. Du bist in Sicherheit. Ich werde mich dir nicht aufdrängen. Ich habe nur ... einen Moment lang den Kopf verloren.«

June runzelte die Stirn. Es klang, als sei ihr Kuss eine einmalige Sache gewesen. Dass er sich jetzt unter Kontrolle hatte und ihr sagte, dass es nicht wieder vorkommen würde.

Enttäuschung erfüllte sie, aber sie tätschelte seine Brust und bemühte sich zu lächeln.»Es ist in Ordnung. Ich vertraue dir.«

»Danke, Prinzessin. Sollen wir fahren?«

Sie nickte und zitterte leicht, als er die Hände von ihr löste und sie auf den Beifahrersitz stieg. Er schloss die Tür und sie atmete tief ein in dem Versuch, ihre Gefühle unter Kontrolle zu bringen, während er um den Wagen herumging.

Sie wollte ihn. Mehr als sie je etwas in ihrem Leben gewollt hatte. Sie wäre sogar bereit, zurück nach D. C. zu gehen und eine unbezahlte, nicht gewürdigte Last im Leben ihrer Stiefmutter zu sein, wenn sie dafür eine Nacht mit dem Mann verbringen könnte, der neben ihr auf den Fahrersitz glitt.

Und das nicht, weil er ein Prinz war.

Nicht weil er reich war.

Nicht weil er einen Wagen fuhr, der mehr kostete als die Häuser der meisten Leute.

Sondern weil er Cal war. Die Art von Mann, der sich die Zeit nehmen würde, mit einem älteren Mann zu reden, den er gerade erst kennengelernt hatte. Der eine Frau die ganze Nacht hielt und keine sexuellen Versuche unternahm. Der die Lügen von Carla und Elaine durchschaute und die Wahrheit dahinter erkannte.

SUSAN STOKER

Und weil er sie mit einem bloßen Kuss mehr anmachte, als andere es mit Sex geschafft hatten.

»Und los geht's«, sagte Cal leichthin, als er den Motor startete. June richtete die Aufmerksamkeit auf das Navigationssystem. Sie hatte es am Vortag bedient und ihm gesagt, wo sich die Rastplätze befanden und wann sie sich einem Stau näherten. Er nannte ihr eine Adresse in Newton und sie gab sie ein. Die elektronische Stimme der britischen Dame in der Navi-App, die es schaffte, nicht roboterhaft, sondern kultiviert zu klingen, teilte ihnen mit, dass ihr Ziel noch drei Stunden und dreiundvierzig Minuten entfernt sei.

Ein paar Minuten lang herrschte Schweigen, während Cal auf die Landstraße fuhr. Dann legte er eine Hand mit der Handfläche nach oben auf die Konsole zwischen ihnen. June sah sie an, schaute zu Cal und dann wieder zu seiner Hand. Zwei Sekunden lang kämpfte sie innerlich mit sich, dann seufzte sie im Geiste, bevor sie ihre Hand in seine legte.

Er drückte sie, sagte aber kein Wort.

Sie fuhren Hand in Hand nach Norden und June tat ihr Bestes, um sich einzureden, dass sie sich nicht in den Mann neben ihr verliebte. Das durfte sie nicht. Es war noch zu früh. Sie kannte ihn kaum. Sie war zu unscheinbar. Er war zu ... alles.

Aber egal, wie sehr sie versuchte, mit sich selbst zu argumentieren, ein Teil von ihr wusste, dass es zu spät war. Sie hatte sich bereits bis über beide Ohren verliebt.

June schloss die Augen und lehnte den Kopf an die Stütze. Sie hatte keine Ahnung, was ihre Zukunft bringen würde, aber sie war fest entschlossen, die Zeit mit Cal zu genießen ... denn früher oder später wäre er weg, und sie würde wieder allein sein. Bis dahin würde sie jedes Quäntchen seiner Aufmerksamkeit in sich aufsaugen, und sie nahm sich vor, keine Szene zu machen, wenn er schließlich Abstand zwischen sie brachte. Sie war, wer sie war ... Cal war, wer *er* war. Und das war so weit voneinander entfernt, wie zwei Menschen nur sein konnten.

June blendete den lästigen Teil von ihr aus, der für das zu kämpfen entschlossen war, was sie wollte, der sie davon zu überzeugen versuchte, dass sie Cals genauso würdig war wie jede andere – sicherlich mehr als ihre Stiefschwester es gewesen wäre –, und lenkte ihre Gedanken in eine andere Richtung. Was sie mit sich selbst anfangen würde, wenn sie erst einmal in Maine war. Wie sie ihren Lebensunterhalt verdienen konnte. Sie würde alles tun, was nötig war, um *nicht* nach D. C. zurückkehren zu müssen. Um nicht wieder unter Elaines Fuchtel zu geraten.

Ob sie Erfolg hatte oder nicht, hing von ihrer Fähigkeit ab, auf eigenen Füßen zu stehen, und genau das hatte sie auch vor.

KAPITEL NEUN

Je näher sie Newton kamen, desto unwohler fühlte Cal sich. Er hatte die Zeit allein mit June genossen. Er war egoistisch und wollte sie mit niemandem teilen. Seine Freunde würden alles über sie wissen wollen. April würde sicherstellen wollen, dass sie keine Hintergedanken hatte; sie war wie eine beschützende Löwenmutter, wenn es um »ihre Jungs« ging. Und Carlise würde ihre neue beste Freundin sein wollen.

All das waren gute Dinge, aber Cal wollte June in eine Seifenblase einwickeln und sie für sich behalten. Das machte keinen Sinn. Es war verdammt lächerlich. Und doch konnte er den Gedanken nicht abschütteln.

Als er in die Stadt einfuhr, wurde das Gefühl nur noch stärker, noch drängender. Er musste sich zusammenreißen, um nicht direkt zu seinem Haus zu fahren, sie hineinzuziehen und die Tür hinter ihnen abzuschließen.

Aber June saß auf ihrem Sitz und sah sich mit großen Augen aufgeregt um. Und auf keinen Fall wollte Cal diese Begeisterung dämpfen.

Für ihn war Newton zwar nicht sonderlich aufregend, aber

es war sein Zuhause. Es war eine typische amerikanische Kleinstadt, ein Ort, an dem er sich inzwischen wohl genug fühlte, um er selbst zu sein. Niemand hier behandelte ihn wie Prinz Redmon. Für die Einheimischen war er ein Angestellter von *Jack's Lumber*, der ihnen zu Hilfe kam, wenn ein Baum über eine Straße oder auf ein Haus oder jemandes Grundstück fiel. Er kletterte in Bäume, um Kätzchen – und Kinder – zu retten, die zu weit hochgeklettert waren, um ohne Hilfe sicher herunterzukommen. Er war nicht dort geboren und aufgewachsen, aber er wurde wie einer der Ihren behandelt.

Er wies auf die verschiedenen Gebäude und Geschäfte hin, von denen er annahm, dass sie sie vielleicht würde besuchen wollen. *Granny's Burgers*, den kleinen Supermarkt, den Baumarkt, den einzigen Schönheitssalon der Stadt. June nickte bei jedem und er nahm an, dass sie sich geistige Notizen machte, wo alles war, damit sie in Zukunft nicht würde fragen müssen.

Er hatte gelernt, dass sie nicht gern um Hilfe bat. Er würde darauf achten müssen –

Nein. Cal schüttelte den Kopf. Das würde in Zukunft nicht seine Aufgabe sein. Sie würde jemand anderen finden, der bereit war, auf sie aufzupassen und dafür zu sorgen, dass sie nicht versuchte, alles allein zu bewältigen.

»Das leere Zimmer, das April gefunden hat, ist nicht weit von hier«, zwang Cal sich zu sagen. Sein Ton war etwas schroff, aber er glaubte nicht, dass June es bemerkte. Sie war zu sehr damit beschäftigt, den Anblick zu genießen.

Es war früher Nachmittag und die Sonne schien, obwohl es nicht gerade warm war. Der Frühling kam spät in diesen Teil von Maine und Cal freute sich darauf, wieder mit der Baumpflege beschäftigt zu sein und Wanderer auf dem AT zu führen. Dann hätte er etwas anderes zu tun, als sich mit der Frau neben ihm zu beschäftigen.

»Bist du sicher, dass sie gesagt haben, es müsse keine Kaution hinterlegt werden?«, fragte June beunruhigt. »Das hört sich nicht richtig an.«

»Wenn April es gesagt hat, ist es wahr«, antwortete Cal. Als sie zum Tanken angehalten hatten, hatte er eine E-Mail von April mit der Adresse des Hauses und den grundlegenden Angaben zum Mietvertrag gefunden.

»Okay. Ich habe genug für etwa drei Monatsmieten, wenn die von ihr genannten Kosten stimmen, aber nicht viel mehr. Ich werde mich sofort nach einem Job umsehen.«

Es kostete Cal alles, nicht darauf zu bestehen, dass er ihre Miete bezahlen würde, dass sie sich keine Sorgen machen müsse. June war stolz, was er verstand, aber er würde sie auf keinen Fall hungern oder obdachlos werden lassen, wenn sie keinen Job fand.

»Es wird schon klappen«, sagte er und konzentrierte sich auf die Umgebung. Er war noch nie in dieser Gegend von Newton gewesen und wusste daher nicht genau, wohin er fuhr. Das Navigationssystem wies ihm den Weg – und als es anzeigte, dass sie ihr Ziel erreicht hatten, runzelte Cal die Stirn.

Das konnte nicht richtig sein. Das konnte nicht das Zimmer sein, das April für June gefunden hatte.

Sie parkten vor einem Haus, das schon wesentlich bessere Tage gesehen zu haben schien. Auf der Veranda fehlten ein paar Bretter, im Vorgarten stand ein verrostetes Fahrzeug und das Haus brauchte dringend einen neuen Anstrich.

»Oh ... es ist ... irgendwie niedlich«, sagte June nach einer längeren Pause.

Das war es nicht. Es war eine Katastrophe. June, die June war, versuchte einfach, positiv zu bleiben.

»Ich bin sicher, dass das Zimmer drinnen in Ordnung sein wird.«

Es handelte sich nicht um eine Wohnanlage, sondern nur

um ein einzelnes Zimmer, das der Hausbesitzer vermietete. Cal hatte es gewusst. Mietwohnungen waren in einer so kleinen Stadt selten, und die wenigen Mehrfamilienhäuser waren in der Regel voll. Er wusste, dass es ein angeschlossenes Badezimmer und einen separaten Eingang hatte, da es sich um ein Zimmer im Keller handelte. Als er sich nach einer Küche erkundigt hatte, hatte sie ihm in einer E-Mail etwas von einer Kochplatte und einem kleinen Kühlschrank geschrieben. Nicht ideal, aber er hatte zugesagt, sich das Zimmer anzusehen.

Aber jetzt? Nachdem er das Haus persönlich gesehen hatte? Er wusste genau, wohin er June bringen würde.

Ohne ein Wort zu sagen, legte Cal den Rückwärtsgang ein und fuhr aus der Einfahrt, die mit tiefen Spurrillen übersät war.

»Cal?«, fragte June.

Er antwortete nicht, sondern fuhr einfach vom Haus weg.

»Wohin fährst du? Halt an!«

»Du wirst dort nicht wohnen«, sagte er entschlossen.

»Ich weiß, dass das Haus von außen renovierungsbedürftig ist, aber ich bin sicher, dass das Zimmer völlig ausreichend ist. Zumindest wird es *mir* gehören. Ich muss mich nicht von jemandem herumkommandieren lassen. Ich kann tun, was ich will und wann ich will –«

»Das kannst du auch dort tun, wo ich dich hinbringe«, erwiderte er so ruhig wie möglich.

Er machte einen Fehler. Das wusste er. Je mehr Zeit er mit dieser Frau verbrachte, desto schwerer würde es ihm fallen, sie zu verlassen. Aber er würde sie nicht an einem Ort leben lassen, der ihm nicht sicher erschien. Wo *sie* nicht sicher war.

Vielleicht war er nicht fair, schließlich hatte er das Zimmer nicht gesehen und ihren zukünftigen Vermieter noch nicht kennengelernt. Aber er konnte sie nicht in diesem Drecksloch von Haus zurücklassen. Er konnte es einfach nicht.

»Kennst du ein anderes Zimmer? Hat April dir mehr als einen Ort geschickt, den wir uns ansehen sollen?«

»Ja«, log Cal, ohne auch nur die geringste Reue zu empfinden. Er hatte April einiges zu sagen, aber das konnte warten. Sicher, er hatte ihr nur einen Tag Zeit gegeben, um etwas zu finden, aber er konnte nicht verstehen, warum sie *diesen* Ort überhaupt für geeignet hielt. Er konnte nur vermuten, dass sie das Haus nicht mit eigenen Augen gesehen hatte ... aber das war nicht typisch für ihre Verwaltungsassistentin. Sie war absolut gründlich.

»Okay«, sagte June leise.

Cal brauchte nicht lange, um sein Ziel zu erreichen. Er fuhr in die lange Einfahrt und schaute zu June hinüber.

Sie starrte das Haus mit großen Augen an. »Heiliger Strohsack, Cal. Das ist wunderschön! Das kann nicht richtig sein. Ich kann mir auf keinen Fall die Miete leisten, um hier zu wohnen.«

Zufriedenheit und Erleichterung darüber, dass ihr das Haus gefiel, durchströmten seine Adern. Es war sein ganzer Stolz. Er hatte es gekauft, als er nach Newton gezogen war, und eine Menge Arbeit investiert, um es zu dem zu machen, was es heute war. Im ersten Jahr hatte er jeden wachen Moment damit verbracht, es instand zu setzen, wenn er nicht gerade seinem Job nachging. Das Ergebnis von stundenlangen Online-Anleitungsvideos und einer Menge Blut, Schweiß und Tränen war ein Haus, das er mit Stolz sein Zuhause nennen konnte.

»Das kannst du«, versicherte er ihr, als er den Rolls-Royce anhielt.

June stieg aus dem Geländewagen und starrte weiterhin mit großen Augen auf sein Haus. Normalerweise befand sich auf der umlaufenden Veranda eine Schaukel, aber die war im Moment für den Winter in der Garage. Auf der Holzterrasse standen jedoch ein paar Stühle, und an der Haustür hing sogar ein Kranz – den April für ihn gekauft hatte.

Das zweistöckige Haus sah aus, als käme es direkt aus einer Architekturzeitschrift. Das war einer der Gründe, warum Cal es gekauft hatte. Er liebte die altmodischen Holzarbeiten, auch wenn es die Instandhaltung im rauen Klima von Maine äußerst anstrengend machte.

Das Haus hatte einen offenen Grundriss, hohe Decken, eine Chefküche, Stuck und gelbe Birkenparkettböden. Es gab zwei Kamine, einen im großen Schlafzimmer und einen weiteren im Wohnzimmer.

»Komm, ich führe dich herum.«

»Warte – was?«, fragte June, als sie es schließlich verstand. Aber Cal gab ihr keine Chance, sich zu wehren. Er nahm ihre Hand in seine, ignorierte, wie gut sie sich anfühlte, und zog sie zur Haustür.

»Normalerweise benutze ich die Hintertür, weil sie näher an der frei stehenden Garage liegt, aber ich dachte mir, dass du am meisten von der Besichtigung hast, wenn wir durch die Vordertür reingehen.«

»Warte, Cal, du wohnst hier?«, fragte sie.

»Ja.«

»Und du vermietest Zimmer?«, fragte sie weiter.

»Nein. Normalerweise nicht. Aber anscheinend tue ich es jetzt.«

»Ich kann nicht –«, begann June.

Cal drehte sich zu ihr um, als sie die drei Stufen zur Veranda hinaufgestiegen waren. Er zog sie zu sich heran und ignorierte das leise *Uff*, als sie gegen seine Brust stieß. »Doch, das kannst du. Und das wirst du auch. Ich lasse dich auf keinen Fall in diesem armseligen Exemplar von Haus zurück. Es ist mir egal, ob die Zimmer darin makellos sind. Das Dach ist wahrscheinlich undicht und die Gegend sieht verdammt zwielichtig aus.

Du wirst hier sicher sein. Ich gebe dir mein Wort als Mitglied der liechtensteinischen Königsfamilie. Du kannst auf die Beine kommen, einen Job finden, etwas Geld sparen und dir dann eine eigene Wohnung suchen. Bitte, June ... zwing mich nicht, dich dorthin zurückzubringen. Ich würde nicht schlafen können. Ich würde vor Sorge aufhören zu essen. Ich würde dahinsiechen.« Er trug dick auf, mit einem kleinen Grinsen zu ihren Gunsten ... aber er war auch vollkommen ehrlich.

June rollte mit den Augen. »Ich sollte wirklich nicht«, sagte sie.

»Du solltest«, konterte er. »Sieh es dir wenigstens an. Ich habe ein Gästezimmer im ersten Stock – es hat eine kleine Sitzecke und ein eigenes Bad. Wir müssen uns zwar die Küche teilen, aber wenn dir das unangenehm ist, können wir dir einen kleinen Kühlschrank und alle anderen Geräte besorgen, die du für dein Zimmer brauchst oder willst.«

»Es macht mir nichts aus, eine Küche mit dir zu teilen, Cal«, schnaubte sie. »Meine Güte. Wir haben letzte Nacht miteinander geschlafen. Warum sollte es mich stören, deine Küche zu teilen?«

Sobald die Worte aus ihrem Mund kamen, errötete sie. »Ich meine ... ich ... ähm ... *Mist*.«

Cal ließ sie vom Haken, obwohl ihre Worte die Erinnerung daran, wie er sie festgehalten hatte, in den Vordergrund rückten. »Ich weiß, was du gemeint hast, und ich bin froh darüber. Ich bin nicht unordentlich, ich räume hinter mir auf und es wird Zeiten geben, in denen ich mehrere Tage und Nächte hintereinander nicht hier bin, wenn ich einen Job draußen auf dem AT habe. Die meiste Zeit wirst du nicht einmal wissen, dass ich hier bin.«

Aber er würde ganz sicher wissen, dass *sie* da war.

Widerwillig ließ er sie los, drehte sich zur Tür und steckte seinen Schlüssel ins Schloss. »Sieh es dir wenigstens mal an«, drängte er.

»Na gut. Aber du musst versprechen, es mir zu sagen, wenn du es dir irgendwann anders überlegst«, erwiderte sie.

»Das werde ich«, sagte Cal in dem Wissen, dass er diesen Punkt nie erreichen würde. Er würde sie vielleicht ermutigen, zu gehen, ihre Flügel auszubreiten und zu fliegen, aber er würde sie niemals hinauswerfen, weil er sie nicht mehr um sich haben wollte.

Er hielt den Atem an, als sie sein Haus betrat. Er wollte, dass ihr auch das Innere gefiel, was ein neues Gefühl war. Es war ihm egal, was andere über sein Haus dachten, aber er wollte unbedingt, dass June sich wohlfühlte.

Mit großen Augen schlenderte sie durch das Wohnzimmer und berührte hier und da Dinge, während sie alles erkundete. Als sie in die Küche ging, hörte er, wie sie leise nach Luft schnappte.

»Wow, Cal. Das ist ... Ich weiß nicht einmal, was das ist.«

»Es ist eine Küche«, sagte er trocken.

Er hatte keine Kosten gescheut, als er den Raum umgestaltet hatte. Er war nicht der beste Koch der Welt, aber er wollte eine Küche, die gut organisiert, schön und funktionell war.

Sie hatte eine tiefe Spüle, lange Theken, maßgefertigte Holzschränke, Luxusgeräte, eine kleine Spüle für die Essensvorbereitung, Arbeitsplatten aus Marmor, einen frei stehenden Gasherd von Bertazzoni, einen Doppelkühlschrank, einen Weinkühler, maßgefertigte Stauräume für Töpfe, Pfannen und Deckel und alle anderen Geräte und Küchenutensilien, die der Menschheit bekannt waren.

Jetzt, da er darüber nachdachte, wurde Cal klar, dass er weit über das Ziel hinausgeschossen war. Aber er mochte, was er mochte. In der Küche ließ es sich gut arbeiten und sie sah auch verdammt gut aus.

Sie drehte sich kopfschüttelnd zu ihm um. »Weißt du, bis zu diesem Moment habe ich nicht wirklich darüber nachgedacht,

SUSAN STOKER

dass du reich bist. Ich meine, du hast erwähnt, dass du viel Geld hast. Und ich hätte es herausgefunden, wenn du es nicht getan hättest, mit deinem Wagen und so, aber ... ich habe es wohl verdrängt. Und jetzt? Das zu sehen?« Sie wedelte mit einer Hand und deutete auf die große Küche. »Es trifft mich wirklich. Ich glaube nicht, dass ich all dem hier gerecht werden kann.« Sie sah sich wieder um und runzelte die Stirn, während sie nervös schluckte.

Cal ging auf sie zu. Sie wich zurück, bis sie an der Theke stand und nicht mehr weiter konnte. Er kam nahe genug heran, um sie zu berühren, ohne es tatsächlich zu tun. Aber er bedrängte sie auf jeden Fall.

»Dem nicht gerecht werden? Das tust du doch schon«, beharrte er in der Hoffnung, dass sie die Aufrichtigkeit in seinem Tonfall hören konnte. »Du bist einer der inspirierendsten Menschen, die ich je getroffen habe ... und das, nachdem ich weniger als eine Woche mit dir zusammen war. Deine Loyalität, selbst gegenüber Menschen, die nichts getan haben, um sie zu verdienen, ist überwältigend. Deine Fähigkeit, Empathie für andere zu empfinden, sie mit Freundlichkeit zu behandeln, zu lächeln, wenn die Welt düster ist, Freude im Moment zu finden, bescheiden zu sein – all diese Dinge geben mir das Gefühl, dass ich in dieser ganzen Lebenssache völlig versage.

Diese Küche? Dieses Haus? Mein Wagen, mein Bankkonto und alles andere ... Ich würde das alles sofort aufgeben, wenn ich dafür meine Vergangenheit ändern könnte. Um anonym zu sein. Um nicht nur wegen meiner Herkunft ein Ziel gewesen zu sein. Aber das kann ich nicht. Also habe ich mich hier draußen allein versteckt. Habe dieses schöne Haus gebaut, weil ich dachte, es würde mich zufrieden und glücklich machen.

Erst seit ich dich getroffen habe, weiß ich wieder, dass *Dinge* das nicht können ... nur Menschen können das. In den wenigen Tagen, die ich mit dir verbracht habe, war ich entspannter und ruhiger als in all den Jahren in diesem Haus. Das hast *du* geschafft. Nicht die materiellen Dinge, die ich gesammelt habe, oder der hochtrabende Titel, der über meinem Kopf hängt. Und noch einmal ... Ich würde heute alles aufgeben, wenn ich ein Mensch wie du sein könnte. Um ein Leben frei von Bitterkeit und Feindseligkeit gegenüber meinen Mitmenschen zu führen.«

Cal merkte, dass er plapperte. Er redete über Dinge, die wenig mit der eleganten, teuren Küche zu tun hatten, mit der dieses Gespräch begonnen hatte. Aber in Junes Gegenwart konnte er sich einfach nicht zurückhalten.

Er zuckte leicht zusammen, als sie eine Hand hob, entspannte sich aber, als sie sie an seine Wange legte.

»Cal«, flüsterte sie.

Einen langen Moment sagte sie nichts weiter. Als sie schließlich sprach, lag in ihren braunen Augen so viel Gefühl und Intensität, dass er den Blick nicht abwenden konnte.

»Ich *bin* verbittert«, sagte sie. »Ich bin wütend, weil mein Vater gestorben ist und mich mit Elaine allein gelassen hat. Ich traue so gut wie *nie* jemandem, aber du warst eine Ausnahme. Und deine Familie, deine Erfahrungen ... sie alle haben dich zu dem Mann gemacht, der du heute bist.«

Cal konnte nicht anders, als darüber das Gesicht zu verziehen.

June schüttelte den Kopf. »Nein, das ist nichts Schlechtes. Du bist beschützend und wachsam. Misstrauisch gegenüber anderen Menschen und immer in Alarmbereitschaft. Man könnte meinen, das seien negative Eigenschaften, aber in meinen Augen sind sie ein Geschenk. Ich habe mich so lange auf niemanden verlassen können, außer auf mich selbst. Ich musste auf mich selbst aufpassen, für mich selbst sorgen. Aber in deiner Nähe konnte ich mich entspannen. Ich bin ein bisschen unvorsichtiger geworden, einfach weil ich weiß, dass du da bist. Ich habe auf die Leute um uns herum geachtet, auf die Fahrzeuge, auf den *Raum* selbst. Verstehst du das nicht? Wenn du nicht der wärst, der du jetzt bist, wenn du nicht erlebt hättest, was du erlebt hast ... dann wäre ich nicht hier. Ich hätte dir nicht vertraut, als du sagtest, du wolltest mir helfen. Also schäme dich nicht für deine Vergangenheit. Sie ist da. Sie kann nicht geändert werden, genauso wenig wie meine. Wir können nur für die Lektionen dankbar sein, die wir gelernt haben, und weiter vorwärtsgehen.«

Cal wollte nicken. Er wollte ihr sagen, dass sie weise war und dass er ihr voll und ganz zustimmte. Aber er war immer noch zu sehr von Bitterkeit überwältigt. Von Scham. Ihre Worte fühlten sich gut an, wirklich gut ... aber er war nicht bereit, ihnen vollständig zu glauben. Noch nicht, und vielleicht auch nie.

»Und was diese Küche angeht ... Ich denke, ich könnte mich wahrscheinlich daran gewöhnen«, neckte sie ihn mit einem kleinen Lächeln.

Cal bedeckte ihre Hand auf seiner Wange mit seiner eigenen. Er küsste ihre Handfläche, nachdem er sie angehoben hatte, und hielt ihre Hand fest in seiner. »Du bist keine Putzfrau«, warnte er sie. »Nicht meine Köchin, nicht mein Dienstmädchen. Dies ist dein *Zuhause*. Wenn du deine Schuhe mitten auf dem Boden stehen lassen willst, kannst du das gern tun. Du willst Leute zu Besuch einladen? Nur zu. Ich werde dir einen Schlüssel besorgen, damit du kommen und gehen kannst, wie du willst, und wir werden sehen, was wir tun können, um dir auch ein zuverlässiges Fahrzeug zu besorgen. In der Zwischenzeit kannst du meins benutzen, wenn du willst, und wenn ich irgendwo hinmuss, werde ich mich von einem meiner Freunde mitnehmen lassen. Ich möchte, dass du dich hier wohlfühlst, Prinzessin. Hab nicht das Gefühl, als dürftest du in diesem

Haus nichts anfassen oder benutzen. Das sind alles nur Sachen, verstanden?«

»Warum bist du so großzügig?«, flüsterte sie.

»Das weißt du nicht?«, fragte er.

Sie schüttelte den Kopf.

Es gab so viel, was Cal sagen wollte. So vieles, was er zugeben wollte.

Aber sie würde in Panik geraten, wenn er ihr sagte, dass er sich June mühelos als seine Zukunft vorstellen konnte. Dass er praktisch seine ungeborenen Kinder in ihren Augen sehen konnte. Dass er schon nach wenigen Tagen wusste, dass er ohne sie in seinem Leben nur noch die Hülle eines Mannes wäre.

Und er würde nichts von alledem zugeben, auch wenn sie es zu hören bereit war. Er war nicht gut genug für sie. Geld und ein Titel reichten nicht aus, um das Interesse dieser Frau zu wecken. Um ihre große Persönlichkeit zu befriedigen. Ihr sonniges Gemüt. Er wollte sie nicht verderben. Sie zurückhalten. Sie in seine Finsternis ziehen.

»Weil du so viel mehr verdienst, als du bisher im Leben bekommen hast«, sagte Cal schließlich.

»So wie du«, erwiderte sie leise.

Cal hätte darüber fast gelacht. Neunundneunzig Prozent der Menschen auf der Welt würden ihr nicht zustimmen. Sie würden einen Blick auf sein Bankkonto und seine Familie werfen und annehmen, dass er der verwöhnte reiche Prinz war, den die Medien so gern mit erfundenen Geschichten über sein Leben ausschlachteten.

»Wirst du bleiben?« Er konnte sich die Frage nicht verkneifen. »Auch wenn mein Wagen dir Angst macht und du dich nicht traust, in meiner Küche etwas anzufassen?«

Sie lächelte, und Cal wurde klar, dass er alles tun würde, *alles*, um diesen glücklichen Ausdruck auf ihrem Gesicht zu halten.

»Nun, ich habe den Rest des Hauses noch nicht gesehen, aber ich denke, ich könnte in diese Küche einziehen und auf dem Boden schlafen und wäre vollkommen zufrieden.«

»Das ist also ein Ja?«, drängte er.

»Ja, Cal. Es wäre mir eine Ehre, für eine Weile hierzubleiben.«

Für eine Weile. Gott, er hasste es, diese drei Worte zu hören, aber sie hatte recht. Irgendwann würde sie eine eigene Wohnung haben wollen. Einen guten Mann in ihrem Leben. Vielleicht würde sie sogar Newton nicht mögen und in eine größere Stadt ziehen. Es würde ihn umbringen, sie gehen zu lassen, aber er würde es tun. Er mochte sie mehr als genug, um das Beste für sie zu wollen, und er wusste tief in seinem Herzen, dass das nicht er war.

»Gut. Wenn du nach oben gehen willst, um den Rest des Hauses zu erkunden, hole ich unsere Taschen und stelle den Wagen in die Garage. Ich dachte, ich könnte heute Abend ein paar Steaks grillen, falls du Interesse hast ...«

Cal tat sein Bestes, um lässig zu klingen, aber der einfache Akt, mit dieser Frau zu besprechen, was es zum Abendessen geben sollte, fühlte sich so richtig an.

»Ich kann mit dem Gepäck und dem Essen helfen«, bot sie sofort an.

»Ich weiß, dass du das kannst, aber du musst es nicht tun. Ich mache das schon. Lass dich von mir verwöhnen. Die erste Nacht in deiner neuen Wohnung und so«, sagte er etwas lahm.

»Das alles und bedient zu werden ...«, neckte sie. »Ich bin mir nicht sicher, ob ich jemals wieder gehen will.«

Ein Schmerz traf Cal hart und schnell. Er wollte auch nicht, dass sie ging. Aber er erkannte, dass sie einen Scherz gemacht hatte, also grinste er. »Das Gästezimmer ist oben auf der linken Seite. Lass dir Zeit. Ich bringe deine Koffer in ein paar Minuten nach oben.«

Dann zwang er sich, ihre Hand loszulassen und ihr den Rücken zuzudrehen, während er zur Eingangstür ging.

»Cal?«

Ihre Stimme ließ ihn innehalten und er drehte sich um. »Ja?«

»Danke.«

Dieses eine Wort war geflüstert und so voller Dankbarkeit – und einer anderen Emotion, die er nicht deuten konnte – dass es Cal innerlich schmerzte. Er hasste es, dass so wenige Menschen freundlich zu dieser Frau gewesen waren. Sie hatte in einer Schlangengrube gelebt, und es machte ihn wütend, dass sie so unterschätzt worden war. Er schwor sich, dafür zu sorgen, dass sie sich nie wieder so fühlen würde. »Gern geschehen, Prinzessin. Ich bin im Handumdrehen zurück.«

Er ging weiter zum Eingang und griff nach dem Türknauf. Es kostete ihn jedes Quäntchen Willenskraft, sich nicht umzudrehen und June in die Arme zu nehmen. Sie hier zu haben – in seinem Haus, in seinem Raum – war etwas, von dem er geglaubt hatte, dass er es nie erleben würde. Sein Leben und sein Zuhause mit einer Frau zu teilen. Sie gehörte ihm nicht und die Umstände waren nicht romantisch, aber es fiel ihm schwer, das seinem Herzen mitzuteilen.

Jetzt, da er zu Hause war, musste er einige Anrufe tätigen. Bei seinen Eltern, bei Karl, bei seinen Freunden. Er wollte seine Fühler ausstrecken, um June dabei zu helfen, einen Job zu finden, bei dem sie sich gebraucht fühlte und beschäftigt war. Er wusste bereits, dass sie in dieser Hinsicht genau wie er war – sie mochte es nicht, untätig zu sein.

Außerdem wollte er mit Alfred Rutkey, dem Polizeichef, über das wenige sprechen, das er über Junes Situation wusste. Vielleicht ließ sich nichts gegen den fragwürdigen Tod ihres Vaters unternehmen, aber er konnte nicht ruhen, bevor er der Sache nachgegangen war. Falls Elaine Green dem Mann etwas angetan hatte, wollte er sicherstellen, dass sie nicht ungestraft davonkam.

Nicht nur das, auch die Tatsache, dass die beiden Frauen eine ganze List erfunden und ihn so einfach wegen eines Stalkers angelogen hatten, passte ihm nicht.

Er wollte mit Carlise und Chappy sprechen, die Einzelheiten ihrer Hochzeitszeremonie herausfinden und sehen, ob Carlise oder vielleicht April bereit wären, June bei der Suche nach einem schönen Kleid zu helfen. Ihm selbst war es egal, *was* sie trug, aber er hatte das Gefühl, dass sie für diesen Anlass gut aussehen wollte.

Ja, es gab eine Menge Dinge, die Cal erledigen musste, aber all das würde warten müssen – bis er es schaffte, nicht mehr an die Frau in seinem Haus zu denken.

Er war nach Washington, D. C. gefahren, weil er dachte, er würde seiner Familie einen Gefallen tun, und es hatte sein Leben verändert.

Bereute er es? Nein. Er hatte June aus ihrer Situation herausgeholt und er würde dafür sorgen, dass sie auf eigenen Füßen stehen konnte. Aber er würde nicht ewig in ihrem Leben bleiben. Sie musste fliegen, und das konnte sie nicht, wenn sie an ihn gefesselt war.

Cal vermutete, dass sie das Beste war, was ihm je passiert war ... und wenn er dachte, dass es schmerzhaft gewesen war, gefoltert und geschnitten zu werden, würde das nichts im Vergleich dazu sein, sie gehen zu lassen.

Tim Dotson war die ganze Nacht durchgefahren, um nach Newton zu gelangen, damit er sich die Gegend ansehen und einen Plan machen konnte. Er hatte sich mit genügend Gras eingedeckt, um mehrere Tage durchzuhalten, obwohl er nicht glaubte, dass er so lange brauchen würde, um das zu tun, was er zu tun hatte. Das Geld, das die alte Frau ihm anbot, war zu gut, um die Sache in die Länge zu ziehen.

Er hatte Elaine Green kennengelernt, als sie Koks von einem seiner Bekannten kaufte. Tim war das, was die meisten Leute wahrscheinlich als eine Art Auftragskiller bezeichnen würden. Für viele der Drogendealer, die er kannte, einschließlich Elaines Lieferanten, kümmerte er sich um problematische Kunden. Aber meistens verprügelte er die Leute nur und jagte ihnen für ein kleines Honorar und einen ständigen Nachschub an Gras eine Heidenangst ein.

Er hatte gerade einen Job für einen bestimmten Dealer beendet und kassierte die Bezahlung, als Elaine in das baufällige Haus hineinstolzierte. Sie sah lächerlich deplatziert aus in einem der heruntergekommensten Viertel der Hauptstadt, aber er nahm an, dass sie ihr Geld genauso gut ausgeben konnte wie jeder andere auch.

Trotz ihres Aussehens schien sie sich in der Nähe des Abschaums der Gesellschaft, der im Haus seines Dealers abhing, völlig wohlzufühlen. Tim war von ihrer Arroganz und ihrem Selbstbewusstsein fasziniert. Sie kamen ins Gespräch und sie erzählte ihm, dass sie für ihre Tochter Carla kaufte, ein Model, das offenbar Koks nahm, um schlank zu bleiben.

Als sie nach seiner Nummer gefragt hatte, um in Kontakt zu bleiben, falls sie dringend Kokain brauchte und ihr gemeinsamer Freund nicht verfügbar war, hatte er sie ihr gegeben. Tim war nicht beleidigt, dass sie ihn für einen Dealer hielt. Er mochte es, die Leute auf Trab und im Dunkeln zu halten.

Sie hatte ihn im letzten Jahr ein paarmal angerufen, weil sie verzweifelt etwas für ihre Tochter brauchte. Es war nicht schwer, das zu bekommen, was sie brauchte, um die Täuschung aufrechtzuerhalten, er sei ein Dealer. Und er fügte eine nette »Servicegebühr« für seine Mühe hinzu.

In Wahrheit war Tim ein außerordentlich geschickter

Betrüger. Er war gern bereit, alles zu sein, was jemand wollte oder brauchte ... solange der Preis stimmte.

Zu diesem Zweck hatte Elaine vor ein paar Tagen ange-rufen und ihm ein Angebot gemacht, das er sich nicht entgehen lassen konnte. Es stellte sich heraus, dass ihre Tochter – die sich wie ein erstklassiges Miststück anhörte – plante, einen echten Prinzen zu heiraten, aber es gab Kompli-kationen beim Liebeswerben. Als Tim zwischen den Zeilen ihrer weitschweifigen Geschichte las, erkannte er, dass die alte Frau versucht hatte, den Mann auszutricksen. Es war ihr gelun-gen, ihn unter dem Vorwand, die Tochter hätte einen Stalker, nach D. C. zu locken, aber der Mann hatte schnell gemerkt, dass das alles Blödsinn war. Also musste Elaine Beweise liefern.

Tim seinerseits wurde beauftragt, sich in ihr schickes Viertel zu begeben, um der Tochter einen gehörigen vorge-täuschten Schrecken einzujagen. Er bereitete sich gerade vor, genau das zu tun, als Elaine ein zweites Mal anrief.

Der Prinz hatte offenbar die Stadt verlassen – gestohlen von einer schäbigen Stieftochter. Die Flut von Schimpfwörtern, die die alte Schachtel benutzt hatte, war wirklich beeindruckend. Dann erzählte sie ihm, dass es eine Planänderung gäbe.

Elaine wollte sich rächen.

Sie schien zu glauben, dass die Verletzung der Stief-schwester den Prinzen dazu bringen würde, sich in Carla zu verlieben oder so einen Scheiß. Er war sich über die Einzel-heiten nicht im Klaren, und Tim persönlich hielt die Schlampe für durchgeknallt. Er war kurz davor gewesen, ihr zu sagen, sie solle sich verpissen – für seinen Geschmack wurde das alles zu kompliziert –, bis sie ihm sagte, wie viel Geld sie bereit war zu zahlen, um die Stieftochter loszuwerden.

Es war ein Angebot, das Tim buchstäblich nicht ablehnen konnte. Der Plan, den die alte Frau ausgeheckt hatte, war lächerlich, aber Geld war Geld, also war er einverstanden.

Er hatte sich sofort auf den Weg nach Newton in Maine gemacht, darauf vorbereitet, leichtes Geld zu verdienen. Aber jetzt, da er hier war, wurde ihm klar, dass es doch nicht so einfach werden würde.

Newton war die kleinste Stadt, in der er je gewesen war. Keine Ampeln, überall ältere Häuser. Nicht weit von der Stadt entfernt gab es ein Skigebiet, aber es sah so aus, als sei das dadurch eingebrachte Geld nicht in dieses Kaff gesickert. Es war malerisch, ruhig ... die Art von Ort, an dem jeder jeden und seine Angelegenheiten kannte.

Tim konnte sich auf keinen Fall so einfügen, wie er es geplant hatte. Verdammt, er hatte an einem Burgerladen angehalten, um einen Happen zu essen, da er seit über dreißig Stunden auf den Beinen war und Hunger hatte, und er war von jedem einzelnen Gast *und* der Besitzerin des Ladens gegrüßt worden. Eine Frau, die tatsächlich unter dem Namen »Granny« bekannt war, hatte ihm eine Million Fragen darüber gestellt, wer er war, woher er kam und was ihn in die Stadt geführt hatte.

Er hatte sich spontan irgendwelchen Mist ausdenken müssen – was bei seiner Müdigkeit nicht einfach war. Schließlich platzte er damit heraus, dass er vom Glück verlassen sei und Arbeit suche.

Zu seinem Erstaunen hatte Granny ihm drei Kontaktnummern von Leuten gegeben, die Arbeit anzubieten hatten.

Tim arbeitete nicht gern. Er hasste es, früh aufzustehen. Er mochte es nicht, wenn ihm gesagt wurde, was und wie er Dinge zu tun hatte. Er mochte leicht verdientes Geld, Sex, ab und zu einen Joint und ... das war's. Aber er brauchte einen Grund, um in der Stadt zu bleiben. Irgendeinen niederen Job anzunehmen wäre eine gute Tarnung für den wahren Grund, warum er hier war.

Er hatte sich bei der Frau bedankt und war zurück zu dem Haus mit dem Schild ZIMMER ZU VERMIETEN gefahren, das er gesehen hatte, als er herumgefahren war, um ein Gefühl für den Ort zu bekommen. Das Haus sah zwar beschissen aus, aber es war besser, als in seinem Wagen zu schlafen.

Er dachte kurz über das »Menü« der Dinge nach, das Elaine für die Stieftochter vorgeschlagen hatte. Sie wollte das Mädchen leiden lassen. Je länger er blieb, um die Punkte abzuhaken, desto größer waren seine Chancen, erwischt und in ein kleines Provinzgefängnis gesteckt zu werden.

Aber Elaine Green war nicht hier, und da sie ziemlich dumm war, war ihre Vorstellung von »Beweisen« nicht gerade schlüssig. Sie würde nie erfahren, ob er *wirklich* alles getan hatte, was er behauptete.

Tim hatte in seinem Leben schon einiges getan, was er *fast* bereute, aber eine alte, reiche Frau zu betrügen, die ihre Tochter verwöhnte und glaubte, mit allem durchzukommen, würde nie dazugehören.

Er könnte einen Zettel schreiben, ein Foto davon an seine eigene Tür hängen und es an Elaine schicken. *Ka-ching.* Hundert Mäuse.

Er würde auf eine Wand einschlagen, ein Foto von seinen blutenden Knöcheln machen, behaupten, er hätte die Schlampe ausgeraubt und ihr ins Gesicht geschlagen ... und Elaine würde ihm fünfhundert geben.

Mit der Lüge, die Stieftochter ins Krankenhaus gebracht zu haben, würde er wahrscheinlich nicht durchkommen, aber er würde gern auf das Geld verzichten, um auf die Hauptader zu stoßen. Zehn Riesen für den Mord an ihr? Tim war so was von dabei. Er hatte noch nie so viel Geld auf einmal verdient, und er würde praktisch alles tun, um es zu bekommen.

Vielleicht könnte er zumindest für eine kurze Zeit so tun, als würde er die Stieftochter stalken. Mal sehen, wie oft er die Mutter für hundert Dollar ausnehmen konnte. Ein Hunderter für jede vorgetäuschte Belästigung wäre es wert, ein paar Tage in dieser Provinzstadt zu bleiben.

Es würde ihm auch Zeit geben, der Schlampe zu folgen und ihre Routine herauszufinden. Er würde zuschlagen, wenn sie es am wenigsten erwartete, nach Hause fahren und sein Geld kassieren. Lächelnd nickte Tim vor sich hin. Elaine, das Model oder die ahnungslose Stieftochter waren ihm egal. Ihn interessierte nur ein Leben der Muße. Um einen richtigen Job zu vermeiden und zu gehen, wohin er wollte, wann er wollte, brauchte er Geld. Und wenn er sich in Maine den Arsch abfrieren musste, würde er es tun. Denn die Belohnung wäre die Mühe wert.

Die Tatsache, dass jemand sterben musste, damit er zehntausend Dollar bekam, regte in ihm keinerlei Gewissensbisse.

KAPITEL ZEHN

June zwickte sich, um sicherzugehen, dass sie nicht träumte. Es war noch gar nicht so lange her, dass sie sich den Kopf darüber zerbrochen hatte, wann sie D. C. verlassen konnte und wohin sie gehen würde. Jetzt war sie hier in Maine, mit dem tollsten Mann, den sie je kennengelernt hatte, und mit einem Dach über dem Kopf – einem sehr schicken und komfortablen Dach – und saß mit sechs der nettesten Menschen, die sie je kennengelernt hatte, an einem großen Tisch.

Sie hatte die Nacht zuvor in dem bequemen Gästebett wie ein Stein geschlafen und war heute Morgen mit dem Duft von Speck und Kaffee aufgewacht. Abgesehen vom Hotel konnte sie sich nicht daran erinnern, wann *ihr* das letzte Mal jemand Frühstück gemacht hatte. Sie fühlte sich wahrhaftig verwöhnt. Der einzige Nachteil daran, bei Cal zu wohnen, war ihre Einsamkeit. In dem riesigen Gästezimmer ins Bett zu gehen, allein in dem Doppelbett zu schlafen, fühlte sich ... falsch an.

Es hatte nur eine Nacht in Cals Armen gebraucht, und sie war ruiniert gewesen.

Aber sie würde sich nicht beschweren. Kein einziges Wort des Protests würde je ihren Mund verlassen. Sie würde Cal niemals zu etwas drängen, das er nicht freiwillig geben wollte, auch wenn ihr Herz sich danach sehnte.

Sie hatten den Vormittag damit verbracht, über Newton zu reden, über sein Leben als Kind in England, über den König und die Königin von Liechtenstein, über seinen Job bei *Jack's Lumber*, über seine Freunde und über einige der Touren, die er auf dem Appalachian Trail geführt hatte.

June saugte jeden Fetzen an Informationen auf. Cal war faszinierend und sie liebte es, von seinen Erfahrungen zu hören. Das Einzige, worüber er nicht sprechen wollte, war seine Zeit bei der Armee, aber June verstand das. Seine Militärkarriere hatte so abrupt und schrecklich geendet, dass sie es ihm nicht verübeln konnte, nicht darüber reden zu wollen.

Ihr war es schwerer gefallen, über sich selbst zu sprechen. Im Vergleich zu ihm war sie völlig langweilig. Sie hatte ihr ganzes Leben in D. C. verbracht und nicht das Gefühl, etwas geleistet zu haben. Aber auf sein sanftes Drängen hin hatte sie ihm mehr über ihren Vater erzählt. Sie erinnerte sich nicht an ihre Mutter, erzählte aber, was ihr Vater ihr über die Frau erzählt hatte. Sie hatte von ihrer Liebe zu Kindern und älteren Menschen erzählt. Darüber, was sie am liebsten kochte, wie sie den Winter liebte und die Hitze und Feuchtigkeit des Sommers nicht mochte.

Nach dem Mittagessen war Cal in sein Arbeitszimmer gegangen, um ein paar Telefonate zu führen. June unterhielt sich mit einem der Hunderte von Büchern, die er in seiner Bibliothek hatte. Ein paar Stunden später kam er aus seinem Arbeitszimmer und teilte ihr mit, dass sie zum Abendessen Besuch bekämen. JJ, Bob, Chappy, Carlise und April kamen vorbei.

Sie war sofort in Panik geraten und ihr Gehirn hatte sich mit all den Dingen beschäftigt, die sie tun musste, um die Gäste zu bewirten. Natürlich hatte Cal das bemerkt. Er hatte ihr die Hände auf die Schultern gelegt und sie daran erinnert, dass sie nicht in D. C. war, dass sie nicht mehr für ihre Stiefmutter arbeitete und dass sie nicht dafür sorgen musste, dass alles blitzsauber war, oder ein Vier-Gänge-Menü kochen musste.

Seine Beschwichtigungen gingen zum einen Ohr rein und zum anderen wieder raus. Das waren seine *Freunde*. Sie hatte das Gefühl, dass sie vorbeikamen, um sich davon zu überzeugen, dass sie Cal nicht ausnutzte ... und sie konnte es ihnen nicht verdenken. Er war reich. Und ein Prinz. Und sie war ein Niemand.

Obwohl sie eine erfahrene Köchin war, war die Zubereitung des Essens für June eine neue Erfahrung. Es war lange her, dass sie Hilfe gehabt hatte, und Cal brachte sie ununterbrochen zum Lachen. Ganz zu schweigen davon, dass er sie ständig anstieß und sie streifte. Obwohl die Küche groß war und sie viel Platz zum Manövrieren hatten, war er jedes Mal in ihrer Nähe, wenn sie sich umdrehte. Nicht dass es ihr etwas ausmachte.

Seine Freunde waren gerade eingetroffen, als sie mit den Vorbereitungen für das Essen fertig waren, und nun saßen sie alle um einen großen Tisch in dem offenen Raum zwischen Küche und Wohnzimmer.

»Also, erzähl uns von dir, June«, sagte April mit einem freundlichen Lächeln.

»Nein«, unterbrach Cal, bevor June etwas sagen konnte. »Das werden wir nicht tun.«

»Was tun?«, fragte April unschuldig. »Ich versuche, sie kennenzulernen.«

»Nein, das tust du nicht, du bereitest dich darauf vor, sie zu verhören.«

April lachte. »Wenn ich das täte, würde ich sie nach ihrem Alter, dem Mädchennamen ihrer Mutter, ihrer Sozialversicherungsnummer und ihrem Bankkonto fragen«, sagte sie, ohne auch nur im Geringsten verärgert zu klingen. »Komm schon, Cal, mach dich locker.«

»Ist schon okay«, sagte June und schenkte ihm ein kleines Lächeln.

Chappy lachte unvermittelt und zwinkerte Cal zu. Er saß auf der anderen Seite des Tisches, neben Carlise. Er hatte den ganzen Abend kaum die Augen von seiner Verlobten gelassen, was June einfach liebenswert fand. »Jetzt hat das Blatt sich gewendet, nicht wahr?«, sagte er.

»Halt die Klappe, Kumpel«, knurrte Cal.

Carlise lächelte. »Sie kamen alle zu Riggs' Hütte – ich nenne ihn nicht Chappy, sondern Riggs –, um mich zu überprüfen«, erzählte sie June. »Es gab einen riesigen Schneesturm, und als JJ hörte, dass ich allein mit Riggs dort oben war, ist er ausgeflippt. Sie kamen alle hoch, um sich zu vergewissern, dass ich keine Serienmörderin bin oder ihren Freund foltere. Ich fand das süß, aber Riggs war sehr genervt.«

June verstand. Sie kannten sie nicht. Sie wussten nur, dass Cal wegen einer Art Leibwächter-Auftrag nach D. C. gefahren war, und jetzt war er mit einem blinden Passagier zurück. Sie wollten verständlicherweise wissen, was vor sich ging. Sie war froh, dass Cal so gute Freunde hatte.

»Ich bin keine Serienmörderin«, begann sie. »Mein Name ist Juniper Rose, aber bitte nennt mich June. Der Mädchenname meiner Mutter war Smith. Sie starb, als ich noch klein war; ich erinnere mich nicht wirklich an sie. Meine Stiefschwester war diejenige, die Cal in D. C. beschützen sollte, aber sie und meine Stiefmutter haben über einen Stalker gelogen, und Cal hat das ziemlich schnell herausgefunden. Ich hatte bereits geplant, das einzige Zuhause zu verlassen, das ich je kannte, und Cal bot mir seine Hilfe an. Also ... hier bin ich. Ich habe nicht vor, seine Großzügigkeit auszunutzen. Sobald ich einen Job gefunden habe und auf eigenen Füßen stehe, ist er mich los.«

Sie glaubte, Cal wieder leise knurren zu hören, aber dann sprach er. »April, wir müssen uns mal über die Bruchbude unterhalten, von der du dachtest, sie sei angemessen für June«, sagte er.

»Ganz ruhig, Mann«, murmelte JJ.

June war überrascht, einen Hauch von Warnung in der Stimme des anderen Mannes zu hören. Von dem Moment an, als sie ihn heute Abend kennengelernt hatte, war er nichts als freundlich und zuvorkommend gewesen. Aber jetzt hörte er sich an, als würde er Cal gleich herausfordern.

»Du hast das Haus nicht gesehen, JJ«, sagte Cal, offenbar nicht beunruhigt von dem Tonfall seines Freundes. »Es war praktisch baufällig.«

»Es war im Rahmen des Budgets, das du mir gegeben hast«, argumentierte April. »Und außerdem war es der einzige Ort, der in letzter Minute und ohne Hintergrundüberprüfung verfügbar war.«

»Du hättest mir sagen können, dass es ein Stück Scheiße ist«, gab er zurück, wobei er immer lauter wurde.

June legte, ohne nachzudenken, eine Hand auf seinen Oberschenkel, um ihn zu beruhigen. »Es war nicht so schlimm«, sagte sie ruhig.

»Nicht so schlimm? Es würde mich überraschen, wenn es dort eine Heizung gibt«, brummte Cal.

»Nun, es sieht so aus, als sei am Ende alles gut gegangen«, sagte April achselzuckend.

Cal sah sie mit zusammengekniffenen Augen an und sein Gesichtsausdruck verriet, dass ihm vielleicht gerade etwas klar geworden war ... aber er sagte nichts weiter.

»Ich weiß es wirklich zu schätzen, dass du versuchst zu helfen. Ich meine, du kennst mich doch gar nicht«, fügte June hinzu, um die Unbehaglichkeit zu überspielen. Es gefiel ihr nicht, dass diese langjährigen Freunde nicht einer Meinung waren.

»Was hast du in D. C. gemacht?«, fragte Carlise und füllte

die darauffolgende Stille. »Vielleicht können wir dir helfen, hier etwas für dich zu finden.«

»Nicht *dass* es hier viel zu tun gäbe«, murmelte Bob vor sich hin.

Genau das hatte June befürchtet. Sie liebte die Kleinstadt bereits, das wenige, das sie von ihr gesehen hatte, aber wenn sie keinen Job fand, würde sie wahrscheinlich in eine größere Stadt ziehen müssen. Als sie sich am Tisch umsah, spürte sie, wie ihre Verlegenheit in die Höhe schoss und ihre Wangen warm wurden. Diese Männer und Frauen waren wahrscheinlich viel gebildeter als sie selbst. Sie hatte *nichts* aus ihrem Leben gemacht. Nicht wirklich.

»Ähm«, wich sie aus und überlegte, wie sie das Thema wechseln konnte.

»Sie war eine unbezahlte Dienerin unter der Fuchtel ihrer Stiefmutter«, sagte Cal mit gereizter Stimme. »Sie hat gekocht, eingekauft, geputzt, Besorgungen gemacht – alles.«

June spürte, wie ihre Wangen noch heißer wurden. Es war ihr so peinlich. Es war nicht so, als sei sie eine Gefangene gewesen. Sie hätte jederzeit gehen können. Aber sie hatte sich entschieden zu bleiben. Sie kam sich in diesem Moment unglaublich dumm vor.

April ergriff das Wort und verhinderte damit unwissentlich, dass June die Flucht ergriff. »Hmm, kennt ihr Meg King?«

»Leitet sie nicht *Hill's House*?«, fragte JJ.

»Oh ja, ich wusste, dass mir der Name bekannt vorkommt«, stimmte Bob zu.

»Das ist sie. Ich habe sie letztes Wochenende im Laden getroffen und sie hat mir erzählt, dass es für sie sehr schwierig ist, jemanden zu finden, der die Bewohner tagsüber unterhält«, sagte April.

»*Hill's House* ist eine Art privates Altersheim«, erklärte JJ June. »Dort wohnen nur sechs Leute gleichzeitig. Es gibt eine fest angestellte Mitarbeiterin, die mit ihnen lebt, Meg, die dafür sorgt, dass sie ihre Medikamente nehmen, und sich um alles andere kümmert, was sie vielleicht brauchen. Es handelt sich nicht um ein Pflegeheim. Alle, die dort leben, sind mehr oder weniger selbstständig, sie brauchen nur ein wenig Hilfe, damit sie sicher sind.«

»Oh, das klingt schön«, sagte Carlise.

»Ich war schon dort«, stimmte Bob zu. »Es ist schön. Es riecht nicht so, wie es in vielen Altersheimen riecht.«

»Das ist unhöflich«, sagte April stirnrunzelnd.

»Was?«, wandte Bob ein. »Ich sage nur, dass es ein schöner Ort für Leute ist, die nicht mehr allein leben sollten, aber nicht in ein Pflegeheim oder betreutes Wohnen gehen wollen.«

June hielt ein Grinsen zurück. Sie mochte es, wie ehrlich alle miteinander waren. Abgesehen von JJs Beschützerinstinkt, wenn es um April ging, nahmen sie es nicht übel, wenn jemand anderer Meinung war, und sie scherzten miteinander, wie sie es sich bei Brüdern und Schwestern vorstellen konnte. Früher einmal hatte sie gehofft, eine ähnliche Beziehung zu Carla zu haben, aber das hatte sich natürlich nicht ergeben.

»Wie auch immer«, sagte April und wandte sich wieder June zu. »Meg sagte, dass sie niemanden finden konnte, der bereit war, tagsüber zu kommen und auszuhelfen.«

»Warum nicht?«, fragte Carlise.

April zuckte mit den Schultern. »Ich schätze, es wird nicht viel bezahlt, und die meisten jüngeren Leute hier wollen weg – nach Bangor oder in andere größere Städte, oder im Skigebiet arbeiten. Und die Leute werden komisch, wenn sie mit älteren Menschen arbeiten sollen.«

»Warum?«, platzte JJ heraus.

»Keine Ahnung.«

»Was würde der Job mit sich bringen?«, fragte Cal.

June schaute ihn an, überrascht, wie interessiert er schien. War er so erpicht darauf, sie gehen zu sehen? Sie schluckte schwer und versuchte, ihre Enttäuschung nicht auf ihrem Gesicht erscheinen zu lassen.

»Nichts Medizinisches«, sagte April. »Spiele spielen, mit den Bewohnern reden, vielleicht einen Ausflug mit ihnen machen ... Dinge, die sie beschäftigen, damit sie nicht den ganzen Tag schlafen.«

»Darin wärst du fantastisch«, sagte Cal und wandte sich an June. »Du hattest keine Probleme, im Hotel ein Gespräch mit Edgar anzufangen. Du hast ihm, ohne zu zögern, beim Essen geholfen und ihm das Gefühl gegeben, die wichtigste Person im Raum zu sein.«

Sie starrte ihn an und versuchte, seinen Gesichtsausdruck zu deuten.

»Zumindest könntest du dort arbeiten, während du dir etwas suchst, das dir vielleicht mehr Spaß macht, und gleichzeitig deine Ersparnisse aufstocken. Und wenn du hier wohnst, sparst du dir die Miete.«

June stieß den Atem aus, den sie angehalten hatte, so erleichtert, dass ihr fast schwindelig wurde. Er wollte nicht, dass sie sofort auszog. Gott sei Dank.

»Wenn du meinst, dass du Interesse hast, kann ich dich Meg vorstellen«, sagte April. »Sie ist supernett.«

June riss den Blick von Cal los und sah April an. »Ich glaube, das könnte mir gefallen. Ich danke dir vielmals.«

»Gern geschehen«, sagte April mit einem Lächeln.

June zuckte überrascht zusammen, als sie spürte, wie Cals große Hand die ihre auf seinem Bein bedeckte. Sie hatte gar nicht bemerkt, dass sie ihn immer noch berührte. Er streichelte mit dem Daumen die empfindliche Haut auf ihrem Handrücken, und eine Gänsehaut machte sich auf ihrem Arm breit.

»Hast du in letzter Zeit mit der Übersetzung eines neuen Buches begonnen?«, fragte April Carlise.

»Sie übersetzt Bücher aus dem Französischen ins Englische«, sagte Cal leise in Junes Ohr, als Carlise begann, über das letzte Buch zu sprechen, das sie beendet hatte.

June war beeindruckt. Aber sie fühlte sich auch ein wenig eingeschüchtert. April und Carlise hatten ihr Leben definitiv im Griff. Sie hatten tolle Jobs, und sie ... nun, sie wusste nicht wirklich, wie man irgendetwas tat.

Sie nickte und lächelte an den richtigen Stellen, als Carlise ihre Erzählung über das Buch beendete, das sie gerade abgeliefert hatte.

»Seid ihr bereit, unter die Haube zu kommen?«, fragte Bob, als sie fertig war.

»Ja!«, antworteten Carlise und Chappy gleichzeitig.

Alle lachten.

»Meine Mutter konnte allerdings erst für Samstagmorgen einen Flug bekommen«, sagte Carlise. »JJ holt sie in Bangor ab und bringt sie direkt zu unserer Hütte. Wir werden die Zeremonie dort abhalten, und sie wird bei April unterkommen – vielen Dank dafür! Oh, und nur zur Erinnerung, dies ist keine Hochzeit, bei der man sich herausputzt«, sagte Carlise streng. »Jeans sind völlig in Ordnung.«

»Gott sei Dank«, sagte Bob.

JJ beugte sich vor und gab seinem Freund einen Klaps auf den Hinterkopf, woraufhin alle wieder lachten.

»Es in der Hütte zu veranstalten, in der ihr euch kennengelernt und verliebt habt, ist perfekt«, sagte April. »Und ich für meinen Teil bin dankbar, dass ich kein Kleid anziehen muss. Ich kann mich nicht erinnern, wann ich das letzte Mal eins getragen habe, und ich habe nicht vor, das in nächster Zeit zu ändern.«

»Du würdest gut aussehen, egal was du anhast«, sagte JJ.

June blinzelte angesichts des Untertons von ... nun, sie war sich nicht sicher, *was* sie in JJs Stimme hörte.

Sie hatte keine Gelegenheit, lange darüber nachzudenken, bevor April fragte: »Du kommst doch mit, oder, June?«

»Oh, ähm ...« Cal hatte sie gebeten mitzukommen, aber jetzt war sie sich nicht mehr sicher. Es sollte eine sehr kleine und intime Angelegenheit werden, und sie wollte sich nicht aufdrängen.

»Das tut sie«, antwortete Cal für sie.

»Juhu!«, rief Carlise. »Ich kann es kaum erwarten, dass du Baxter kennenlernst und Riggs' Hütte siehst. Sie ist so süß und fantastisch. Und es ist wunderschön da oben. Du wirst es lieben!«

April fragte Carlise, wie es ihrer Mutter ging, was June die Gelegenheit gab, sich an Cal zu wenden und zu fragen: »Baxter?«

»Ihr Hund. Lange Geschichte, aber er war ein Streuner, der ihr das Leben gerettet hat ... zweimal.«

June blinzelte daraufhin. »Wirklich?«

»Wirklich.«

»Wow. Okay.«

»Und wenn du den Job im *Hill's House* nicht willst, finden wir etwas anderes für dich. Du musst ihn nicht annehmen, nur um höflich zu sein«, sagte er ernst.

»Ich glaube, ich *will* ihn«, versicherte June ihm, »aber ich habe keine Erfahrung mit so etwas.«

»Du bist perfekt dafür. Du bist nett, und jeder, der dich trifft, liebt dich.«

Sie war sich da nicht sicher, aber das Kompliment ließ Wärme in ihr aufblühen.

»Ich werde mir so schnell wie möglich eine Wohnung oder so etwas suchen.« Sie fühlte sich verpflichtet, es zu sagen. »Du bist nicht in der Erwartung nach D. C. gefahren, mit einer Mitbewohnerin nach Hause zu kommen.«

»Keine Eile. Du kannst so lange hierbleiben, wie du willst. Das heißt ... *wenn* du willst.«

June nickte, bevor sie überhaupt darüber nachgedacht hatte. »Ich möchte bleiben.«

Er lächelte sie an. »Gut. Ich möchte auch, dass du bleibst.«

Sie fühlte sich, als würde sie in seinen Augen ertrinken. Seine Hand lag noch immer auf ihrer und sie fragte sich, ob er spüren konnte, wie ihr Blut schneller durch ihre Adern floss. Wenn sie ihr Handgelenk drehte, würden sie Händchen halten. Für einen Moment fühlte es sich so an, als seien sie die einzigen beiden Menschen auf der Welt.

»Was denkst du, Cal?«, fragte JJ.

Er löste den Blick von ihr und wandte sich seinem Freund zu.

June brauchte eine Sekunde, um wieder zur Besinnung zu kommen. Der kurze Moment zwischen ihnen war intensiv, aber sie hatte die Aufrichtigkeit in seinen Augen gesehen, als er ihr gesagt hatte, dass sie sein Haus nicht zu verlassen brauchte. Es hätte unangenehm sein müssen, mit einem Mann zusammenzuleben, den sie kaum kannte, aber sie hatte das Gefühl, Cal schon seit Jahren zu kennen. In seiner Nähe fühlte sie sich sicher ... dasselbe Gefühl, das ihr Vater ihr immer gegeben hatte. Nur dass Cal sich definitiv nicht wie eine Vaterfigur anfühlte.

Die Gespräche am Tisch drehten sich um das Wetter und die bevorstehende Wandersaison. Es schien, als würden die Leute früher als in den letzten Jahren um Reservierungen für Wanderführer auf dem AT bitten. Das bedeutete, dass die Jungs damit beschäftigt sein würden, dafür zu sorgen, dass der Abschnitt des Weges, für dessen Instandhaltung sie zuständig waren, von Schutt befreit wurde und die weißen Farbpunkte an den Bäumen klar und deutlich zu sehen waren. Das bedeutete auch, dass sie öfter weg sein würden und sich bei der Führung der Wanderer abwechselten.

Das Geschäft von Chappy, Cal, Bob und JJ schien äußerst erfolgreich zu sein. Sie hatten eine unglaublich schreckliche Tortur überlebt und waren gestärkt aus der Sache hervorgegangen. June war stolz auf sie, auch wenn sie sie eigentlich gar nicht so gut kannte.

»Das war köstlich«, rief Carlise aus, als sie mit dem Essen fertig waren. Sie tätschelte sich den Bauch. »Wenn ich nicht aufpasse, nehme ich hier noch fünfzig Kilo zu. Es ist ja nicht so, dass ich wandern gehe und Bäume fälle wie andere Leute«, neckte sie.

June errötete unbehaglich. Jedes Mal wenn das Thema Gewicht zur Sprache kam, als sie noch bei ihrer Stiefmutter und ihrer Stiefschwester gewohnt hatte, musste sie sich böse Kommentare anhören. Carla beschwerte sich ständig darüber, dass Junes Gerichte zu kalorienreich seien, und warf ihr vor, sie wolle sie dick machen, so wie June es war. Elaine erwähnte häufig, wie süß June sein könnte – nicht hübsch, wohlgemerkt, sondern einfach nur süß –, wenn sie abnehmen würde. Und zwar eine ganze Menge.

Ihre Mutter war eine kräftige Frau gewesen. June kam nach ihr, und obwohl sie versuchte, auf ihre Ernährung zu achten, und ständig beschäftigt war, schien es ihr nie zu gelingen, die zusätzlichen Kilos loszuwerden. Es war frustrierend, und Carlas Anwesenheit machte ihr noch deutlicher, dass sie nie die Art von Frau sein würde, die die Gesellschaft für akzeptabel hielt.

»Du wärst wunderschön, egal was du wiegst«, versicherte Chappy Carlise. »Und wenn du mit unserem Kind schwanger bist, wirst du noch unwiderstehlicher sein.«

»Warte, bist du schwanger?«, schrie April praktisch.

»Nein, nein, nein. Noch nicht. Es ist erst etwa anderthalb Sekunden her, seit Riggs und ich überhaupt zusammengekommen sind«, erwiderte sie lachend. »Aber ja, wir wollen Kinder«, sagte sie ein wenig verträumt und sah zu ihrem Verlobten auf.

»Das ist so aufregend«, sagte April mit einem breiten Lächeln.

June konnte nicht anders, als ebenfalls zu lächeln. Chappy und Carlise zusammen und so glücklich zu sehen machte sie ein wenig neidisch.

Sie spürte Cals Blick und drehte sich, um zu sehen, wie er sie mit undurchdringlicher Miene anstarrte.

»Was?«, flüsterte sie.

Er schüttelte den Kopf. »Nichts. Ich denke nur nach.«

June hatte keine Gelegenheit, ihn weiter auszufragen, denn die Jungs standen alle auf und begannen, den Tisch abzuräumen.

»Oh, das kann ich übernehmen«, beharrte sie, stand auf und griff nach den Tellern, die Bob in der Hand hielt.

»Wir machen das schon. Du gehst und entspannst dich mit Carlise und April«, befahl Cal.

»Aber –«

»Komm schon«, sagte Carlise, kam an Junes Seite und hakte sich bei ihr ein. »Die Jungs werden sich darum kümmern. Ich möchte mehr mit dir reden. Dich kennenlernen.«

Der Gedanke, nach dem Essen nicht aufzuräumen, war so fremd, dass June sich fast komisch fühlte, als sie einfach nur dastand und die Jungs mit schmutzigen Tellern in Richtung Küche schlurfen sah. Ihre Bereitschaft zu helfen war so ... nett.

In Begleitung von Carlise setzte June sich an das Ende der Couch.

April saß am anderen Ende und lächelte sie sanft an. »Du hast es nicht leicht gehabt, oder?«, fragte sie.

June war einen Moment lang überrascht. Sie hatte gedacht, sie würden mit höflichem Small Talk beginnen. Aber April klang ernst. Sie zuckte mit den Schultern. »Nicht so schlimm wie andere, würde ich sagen.«

»Wann ist dein Vater gestorben?«

»Vor langer Zeit. Ich war fünfzehn, er war etwa ein Jahr mit Elaine verheiratet.«

»Oh, das tut mir so leid. Das muss unglaublich schwer gewesen sein«, sagte Carlise stirnrunzelnd.

»Ja. Er war meine Welt. Ich war eine Zeit lang verloren und habe mich darauf gestürzt, im Haus zu helfen. Ehe ich michs versah, blinzelte ich und wurde dreißig. Das klingt wirklich verrückt, aber es ist wahr. Ich war so sehr damit beschäftigt, Carla mit aufzuziehen und alles zu tun, um meiner Stiefmutter das Leben zu erleichtern, dass ich gar nicht gemerkt habe, wie viel ich von mir selbst verloren hatte.«

»Es ist nie zu spät, sein Leben zu ändern«, sagte April. »Ich bin sechsundvierzig und war mit einem Mann verheiratet, für den alles, was ich tat, selbstverständlich war, und er hat kaum mit der Wimper gezuckt, als ich mich scheiden lassen wollte. Ich habe neu angefangen, und ich kann dir gar nicht sagen, wie viel glücklicher ich jetzt bin.«

»Wie alt ist deine Stiefschwester?«, fragte Carlise.

»Vierundzwanzig.«

»Oh, dann ist sie also ein ganzes Stück jünger als du.«

»Ja.«

»Nun, du bist jetzt hier, und das ist großartig«, sagte April mit Nachdruck. »Nicht zurückblicken.«

June lächelte sie an.

»Deine Familie hat die Sache mit dem Stalker wirklich erfunden?«, fragte Carlise.

»Leider, ja. Carla hatte Cals Cousin irgendwie um den kleinen Finger gewickelt. Dann habe ich zufällig gehört, wie sie darüber sprachen, wie sie sich einen Prinzen ›angeln‹ und was Carla alles tun würde, wenn sie eine Prinzessin wäre«, gab June zu.

Aprils gelassener Gesichtsausdruck wurde hart. »Wussten sie überhaupt, dass Cal praktisch nichts mit der königlichen Familie zu tun hat? Dass er so gut wie nur an solchen Dingen teilnimmt, wenn es eine Krönung oder eine wichtige Hochzeit oder so etwas gibt?«

»Das ist ihnen egal. Carla liebt Aufmerksamkeit. Sie sehnt sich danach. Sie hat beschlossen, dass sie eine Prinzessin sein will, und deshalb werden sie und meine Stiefmutter so ziemlich alles tun, um das zu erreichen«, erklärte June ihnen.

»Ich glaube nicht, dass es so funktioniert«, sagte Carlise. »Ich meine, hat sie etwa gedacht, Cal würde ankommen, Mitleid mit ihr haben, weil sie einen Stalker hat, und ihr einen Antrag machen?«

June zuckte mit den Schultern. »Irgendwie schon. Sie ist sehr hübsch – äußerlich, meine ich. Sie ist schlank, hat schönes blondes Haar und große blaue Augen. Sie ist groß. Oh, und natürlich hat sie auch große Brüste ... unecht, aber groß. Ich bin mir ziemlich sicher, dass sie vorhatte, Sex zu benutzen, um die Sache voranzutreiben.«

June hasste es, sich Carla und Cal auf diese Weise vorzustellen, aber sie hatte kaum Zweifel daran, dass dies ein wichtiger Teil der Strategie ihrer Stiefschwester war. Ihn mit ihrem Körper zu betören und ihm so oft einen zu blasen, bis er nicht mehr geradeaus sehen konnte, als stünde eine Hochzeit der beiden dadurch von vornherein fest.

Obwohl sie davon ausging, dass es viele Männer auf der Welt gab, die man mit gutem Sex umstimmen konnte. Sie sah Cal nur nicht als einen von ihnen an.

»Nun, in dieser Hinsicht war sie zum Scheitern verurteilt«, schnaubte April. »Cal ist zu empfindlich, wenn es um sein Aussehen geht, als dass er sich mit jemandem ausziehen würde. Schon gar nicht mit einer Frau, die er gerade erst kennengelernt hat.«

»Seit ich ihn kenne, habe ich ihn nur in langen Hosen und Hemden gesehen«, sagte Carlise leise.

»Ich habe seinen Rücken gesehen. Ein einziges Mal. Er hat sein Hemd gewechselt, nachdem er und die anderen letzten Sommer bei einem Auftrag in einen Regensturm geraten waren. Es war furchtbar«, sagte April mit einem kleinen Schauder. »Es sah aus, als sei er immer und immer wieder ausgepeitscht worden.«

June fühlte sich nicht wohl dabei, so über Cal zu sprechen. Und zu wissen, dass er empfindlich war, was sein Aussehen anging, war keine Offenbarung. Das hatte sie in der kurzen Zeit, die sie mit ihm verbracht hatte, definitiv selbst herausgefunden.

»Wie auch immer«, sagte sie in dem Versuch, das Thema von seinen Narben abzulenken, »Carla und Elaine sind wahrscheinlich alles andere als glücklich, dass Cal gegangen ist.«

»Und noch weniger darüber, dass du mit ihm gegangen bist, schätze ich«, sagte Carlise.

»Glaubst du, dass sie etwas tun werden, um sich zu rächen?«, fragte April, die Stirn in Falten gezogen.

»Ich denke, Carla wird Cals Cousin kontaktieren, den sie online kennengelernt hat, und versuchen, ihn dazu zu bringen, in ihrem Namen zu intervenieren. Sie und Elaine könnten sogar so weit gehen, Drohbriefe an sich selbst zu schicken, damit es so aussieht, als gäbe es wirklich einen Stalker. Cal hat mitbekommen, wie sie geplant haben, eine Art Beweis zu liefern. Aber ich bezweifle, dass sie den ganzen Weg herkommen, um einem von uns etwas anzutun. Carla wird wahrscheinlich viel weinen und eine ziemliche Show abziehen, um Cal zur Rückkehr zu bewegen.«

»Das wird nicht funktionieren«, sagte April mit einem entschlossenen Kopfschütteln.

»Meinst du nicht?«, fragte June.

»Nein. Wenn Cal fertig ist, ist er fertig. Nichts, was sie sagen, wird ihn dazu bringen, nach D. C. zurückzukehren. Besonders jetzt, da er weiß, wie sie dich behandelt haben.«

»Ich weiß nicht, ob das wichtig ist ...«, murmelte sie.

»Ernsthaft?«, fragte April ungläubig. »Du siehst nicht, wie er dich ansieht?«

June schluckte schwer. »Er hat nur Mitleid mit mir. Er hilft mir, bis ich wieder auf eigenen Füßen stehen kann.«

»Nein«, sagte April kopfschüttelnd. Dann wandte sie sich an Carlise. »Wie viel Zeit genau verging zwischen dem ersten Treffen mit Chappy und seinem Heiratsantrag?«

»Zählen die drei Tage mit, an denen er bewusstlos war oder nicht?«, fragte sie lachend.

»Nein.«

»Etwa elf Tage.«

Junes Augen weiteten sich.

»Siehst du?«, sagte April.

June sah es nicht. Ihr war nicht bewusst gewesen, wie schnell die Beziehung von Carlise und Chappy vorangeschritten war, aber das hatte nichts mit Cal zu tun.

»Die Jungs ... wenn sie sich verlieben, dann bis über beide Ohren. Und Cal ist schon auf halbem Weg dahin. Ich muss ihn nur ansehen, um das zu wissen. Ihr seid doch nicht direkt von D. C. hergefahren, oder?«

»Nein. Wir haben in einem Hotel übernachtet.«

»Ein Zimmer oder zwei?«, fragte April.

Jetzt fühlte June sich definitiv unwohl. »Eins. Es fand eine Art Sportwettbewerb statt, und es gab keine weiteren Zimmer.«

»Gut. Hör zu, ich will ganz offen sein. Ich kenne Cal und die anderen jetzt schon eine Weile. Sie sind gute Männer. Die besten. Nach dem, was sie durchgemacht haben, ist jeder von ihnen auf seine Weise ein wenig gebrochen. Aber Cal ...« Sie hielt inne und schüttelte den Kopf. »Es wäre für jeden schwer, die Mauern zu durchbrechen, die er errichtet hat. Zwischen den Frauen, die ihn wegen seines Geldes oder seines Titels wollen, und wegen der Hölle, die er durchgemacht hat – von der ich nicht einmal viel weiß, weil diese Typen durch und durch loyal sind und nicht darüber reden –, glaube ich, dass Cal vorhatte, für immer allein zu sein. Aber du kannst nicht aufgeben, nicht mit der Art, wie er dich ansieht. Selbst wenn er versucht, dich zu deinem eigenen Besten wegzustoßen. Stoße zurück. Zeig ihm, dass seine Narben keine Rolle spielen. Dass sie dir nicht wichtig sind.«

June rang die Hände vor Aufregung und war jetzt sichtlich verzweifelt. Sie hasste es, hinter seinem Rücken über Cal zu reden, und sie mochte keinen Klatsch. Daraus konnte nie etwas Gutes entstehen. Das hatte sie von Carla gelernt.

»Und jetzt habe ich dich erschreckt. Es tut mir leid«, sagte April reumütig. »Es ist nur ... Ich liebe Cal wie einen Bruder und ich habe noch nie erlebt, dass er von jemandem so gefesselt war wie von dir. Ich will damit nur sagen, dass du ihn nicht aufgeben sollst. Hör nicht auf ihn, wenn er dir zu sagen versucht, dass er nichts Ernstes will. Er will es. Das kann ich dir sagen. Und wenn du ihn genauso willst, musst du ihn festhalten. Verstehst du?«

June war nicht überzeugt, dass April die Realität zwischen ihr und Cal sah. Aber der Gedanke, dass er sie mochte, wenn auch nur ein bisschen, fühlte sich gut an. Wirklich gut. Und wenn sie tatsächlich glaubte, dass Cal sie wollte, sich aber wegen der Überzeugung weigerte, nicht gut genug zu sein, oder weil sie ihn nach dem wegstoßen könnte, was ihm passiert war, dann würde sie sich festhalten, so gut sie konnte.

Für den Moment nickte sie einfach, in der Hoffnung, diese Unterhaltung würde zu Ende gehen.

»Ich weiß, dass es sehr kurzfristig ist, aber hättet ihr Lust, morgen Abend zu Riggs' Wohnung zu kommen und mit mir abzuhängen? Als eine Art Junggesellinnenabschied? Ich kenne hier sonst niemanden, und wenn ich Riggs sage, dass ich einen Mädelsabend veranstalte, kann er ohne schlechtes Gewissen mit seinen Freunden abhängen. Bei uns ging ja tatsächlich alles sehr schnell, und seine Freunde sollen wissen, dass ihre Beziehung immer noch solide ist, auch wenn wir heiraten. Er wird nicht seine ganze Zeit mit mir verbringen und sich nicht mehr mit ihnen treffen.«

»Das würde mir gefallen«, sagte April und fügte trocken hinzu: »Aber bist du dir sicher, dass du jemanden, der so alt ist wie ich, auf deinem Junggesellinnenabschied haben willst?«

»Du bist nicht alt!«, schimpfte Carlise.

»Mädchen, du könntest meine Tochter sein«, gab April zurück.

»Wohl kaum«, schnaubte Carlise. »Du bist sechzehn Jahre jünger als ich. Meine Bemerkung steht.«

»Gut, aber ernsthaft, April, es ist nicht so, als stündest du mit einem Fuß im Grab, und du bist noch nicht reif, in *Hill's House* zu ziehen.«

»Manchmal fühle ich mich in der Nähe der Jungs uralt«, sagte April leise und schaute zur Küche hinüber, wo die vier Freunde lachten und sich unterhielten, um den Mädchen offensichtlich Zeit zu lassen, selbst zu plaudern.

June sah, dass ihr Blick auf einen bestimmten Mann gerichtet war. »JJ sieht nicht viel jünger aus als du«, wagte sie zu sagen.

April drehte den Kopf und lachte, obwohl es für June gezwungen klang.

»Sicher. Männer mögen jüngere Frauen, Punkt. Geschichten über ältere Frauen, die junge, heiße Typen abkriegen, gibt es nur in Liebesromanen.« Sie wandte sich an Carlise. »Um wie viel Uhr sollen wir morgen dort sein? Und was müssen wir mitbringen?«

»Ich dachte an so um die Abendessenszeit? Um sechs oder so? Wir könnten essen und dann die Drinks auspacken. Bringt einfach ein Getränk mit, das euch schmeckt. Wir können abhängen, Filme gucken, reden, was auch immer.«

»Klingt gut«, sagte April. »Ich freue mich für dich, Carlise. Du und Chappy seid das perfekte Paar.«

»Danke.«

»Ich glaube, ich gehe jetzt«, verkündete April. »Ich sehe

euch beide morgen Abend. Es war so schön, dich kennenzulernen, June, und ich werde mit Meg über den Job in *Hill's House* sprechen und euch beide in Kontakt bringen. Hast du ein Handy?«

June runzelte die Stirn. »Nein. Ich hatte eins, aber ich habe es in D. C. gelassen, weil ich nicht wollte, dass Elaine oder Carla mich erreichen können. Sie würden nur schreien, mich beleidigen und darauf bestehen, dass ich zurückkomme, um ihnen Frühstück zu machen und ihre Wäsche zu waschen.«

»Clever. Okay, ich sage ihr, dass sie sich mit Cal in Verbindung setzen soll, damit ihr eine Zeit und einen Ort ausmachen könnt, an dem ihr euch treffen und über die Stelle sprechen könnt«, sagte April.

June war nicht überrascht, dass sie so gut in ihrem Job war. Sie wirkte unglaublich organisiert und entschlossen.

Nachdem sie alle aufgestanden waren, umarmte April Carlise kurz und beugte sich zu Junes Überraschung zu ihr vor, um sie ebenfalls zu umarmen.

»Gehst du?«, fragte JJ April, als er sich ihr näherte.

»Ja, es ist schon spät und ich möchte morgen früh im Büro anfangen.«

»Ich werde dir nach Hause folgen«, sagte JJ.

»Nicht nötig«, erwiderte April.

»Ich werde es trotzdem tun. Sehen wir uns morgen?«, fragte JJ die Männer.

»Ich muss zur Hütte fahren, um zu sehen, ob dort alles bereit ist«, sagte Chappy.

»Ich habe mir überlegt, mit June nach Rumford zu fahren, um die notwendigen Dinge einzukaufen, die sie nicht mitnehmen konnte«, erklärte Cal.

June blinzelte daraufhin überrascht. Er hatte nicht mit ihr darüber gesprochen, irgendwo hinzufahren. Nicht dass es ihr etwas ausgemacht hätte – es gab tatsächlich einige Dinge, die sie gebrauchen konnte und die sie nicht mitgebracht hatte.

Aber sie hatte nicht erwartet, dass er den Tag mit ihr verbringen wollte, nachdem er ein paar Tage weg gewesen war.

»Ich werde wie immer im Büro sein«, sagte Bob grinsend.

»April und June haben gesagt, dass sie für einen Junggesellinnenabschied vorbeikommen«, erzählte Carlise ihrem Verlobten. »Ihr könnt also morgen Abend zusammen abhängen und ... Männersachen machen.«

»Juhuuuu! Stripperinnen!«, neckte Bob. Als niemand lachte, zuckte er mit den Schultern. »Das war ein Scherz, meine Güte! Es ist ja nicht so, als gäbe es hier irgendwelche Stripperinnen. Und da ich der einzige Alleinstehende bin, würde es auch keinen Spaß machen.«

June runzelte die Stirn. Bob war nicht der einzige alleinstehende Mann. Da war noch JJ – obwohl er bei näherem Nachdenken sehr an April interessiert schien. Und dann war da noch Cal. Sie sah zu dem fraglichen Mann und stellte fest, dass er Bob anfunkelte.

»Gut, also ... wo sollen wir uns treffen?«, sagte Chappy mit einem Grinsen.

»Wir können hier abhängen«, bot Cal an.

»Cool«, sagte Chappy und klopfte ihm dann auf den Rücken. »Das ist ein Plan. Ich bringe das Bier mit. Wenn ihr etwas anderes wollt, seid ihr auf euch allein gestellt.«

»Bier hört sich gut an«, sagte Bob.

»Ich werde der Fahrer sein«, sagte Chappy zu seinen Freunden.

»Immer der Beschützer«, sagte Carlise lächelnd und kuschelte sich an seine Seite.

»Es ist dein Junggesellenabschied«, protestierte Bob. »Du solltest etwas trinken können.«

Aber Chappy zuckte nur mit den Schultern. »Ich bin nicht wirklich daran interessiert, mich in der Nacht vor meiner Hochzeit zu besaufen.«

»Oh, na gut. In diesem Sinne mache ich mich auch auf den

Weg«, sagte Bob. Dann lächelte er und wandte sich an June. »Es hat mich gefreut, dich kennenzulernen.« Zu ihrer Überraschung beugte er sich vor und küsste sie auf die Wange, dann küsste er die andere.

»Bob«, knurrte Cal praktisch.

»Was? Das ist doch die englische Art, oder?«

Grinsend näherte JJ sich und tat dasselbe.

Chappy folgte ihm schnell.

June wusste, dass sie rot wurde, aber es kam nicht jeden Tag vor, dass sie sechsmal von drei extrem gut aussehenden Männern geküsst wurde.

»Ihr Jungs seid Arschlöcher«, murmelte Cal.

Seine Freunde schienen sich von der Beleidigung nicht beeindrucken zu lassen. Sie winkten einfach zum Abschied und gingen alle zur Tür hinaus.

Als alle gegangen waren, schaute sie Cal an, nachdem er die Tür hinter ihnen geschlossen hatte. »Bist du sauer?«

»Nein.«

»Du *siehst* aber sauer *aus*«, bemerkte sie. Und das tat er. Seine Stirn war gerunzelt und seine Mundwinkel waren nach unten gezogen.

»Sie haben mich verarscht«, antwortete er.

»Wie das?«

»Indem sie dich so geküsst haben.«

»Oh. Aber sie haben doch nur deine Bräuche befolgt, nicht wahr?«

»Ja und nein. Sie haben dich vor allem geküsst, weil sie wussten, dass es mich nerven würde.«

June schüttelte den Kopf. »Warum sollte dich das nerven?«, fragte sie.

»Weil ich nicht will, dass dich jemand anderes küsst als ich«, erklärte er unverblümt.

June starrte ihn ungläubig an ... und ein wenig erregt. »Das hatte nichts zu bedeuten«, sagte sie leise.

»Ich weiß. Aber es hat mir trotzdem nicht gefallen.« Cal trat näher und hob eine Hand, um mit dem Daumen über eine ihrer Wangen zu streichen, als könnte er die Berührung eines anderen wegwischen.

Sie fühlte sich mutig, ohne zu wissen, woher es kam, und legte die Hände auf seine Brust. Wenn es um diesen Mann ging, wollte sie anders sein. Sie wollte die Art von Frau sein, mit der er eine Beziehung in Betracht ziehen würde. »Vielleicht solltest du etwas tun, um das Gefühl ihrer Lippen auf meinen Wangen auszulöschen.«

»Wie?«, fragte er mit einem Grinsen und einer hochgezogenen Augenbraue.

June zuckte mit den Schultern. »Vielleicht ihre Küsse mit deinen eigenen bedecken?«

Sie hielt den Atem an, als sie auf seine Antwort wartete. Zu ihrem Entsetzen bewegte er sich einen langen Moment nicht.

Gerade als die Demütigung einzusetzen begann, trat er noch näher an sie heran. Er sprach nicht, sondern senkte nur ganz langsam den Kopf.

June hielt den Atem an, als seine Lippen ihre rechte Wange streiften. Dann strich er ihr das Haar aus dem Weg und sie spürte, wie er die empfindliche Haut unter ihrem Ohr küsste. Sie legte den Kopf schief, eine Hand umklammerte den Stoff seines T-Shirts. Ein kleiner, verzweifelter Laut entrang sich ihrer Kehle.

Cal wanderte zu ihrer anderen Wange und küsste sie auch dort. Er legte eine Hand in ihren Nacken, hielt sie fest und küsste sie auf die Stirn. Dann ihre Nase, dann wieder die erste Wange.

Sie atmete schnell und ein Kribbeln schoss durch ihren Körper. Überall, wo seine Lippen sie berührten, fühlte sie sich gebrandmarkt. Sie war schon öfter geküsst worden, aber *so* hatte es sich noch nie angefühlt. Als könnte die Vorfreude sie umbringen.

»Cal«, flüsterte sie – und dann lagen seine Lippen auf ihren. Er knabberte daran, aber er drang nicht in ihren Mund ein. Obwohl der Kuss keusch war, spürte sie ihn bis in die Zehenspitzen. Es war der romantischste Kuss, den sie je bekommen hatte, und June wollte mehr.

Er hob den Kopf, bevor sie ihn anflehen konnte weiterzumachen. Sein Atem klang wie ein Seufzen über ihr, als er fragte:»So?«

Sie öffnete die Augen und starrte zu Cal hinauf.»Hm?«

»Spürst du noch ihre Küsse auf deiner Haut?«

Sie konnte nichts außer Cal spüren. Sie schüttelte den Kopf.

»Gut. Hattest du ein nettes Gespräch mit April und Carlise?«

June wollte darauf bestehen, dass sie nicht über die anderen Frauen sprechen wollte ... über *gar nichts*. Dass sie nur das fortsetzen wollte, was sie gerade taten. Dass sie seine Zunge in ihrem Mund haben wollte, seine Hände an ihrem Körper. Sie wollte alles. Aber sie schluckte schwer und antwortete heiser:»Ja.«

»An einem Punkt sah es sehr intensiv aus. Du hast so sehr die Stirn gerunzelt, dass ich fast rübergekommen wäre, um zu sehen, ob es dir gut geht.«

Der Gedanke, dass er sich um sie sorgte, fühlte sich gut an.»Es war in Ordnung. Wir haben über Elaine und Carla geredet.« Sie hatte das Gefühl, dass es nicht das war, was für ihr Stirnrunzeln gesorgt hatte. Es waren Aprils Enthüllungen über Cal, die ihr sowohl ein schlechtes Gewissen machten als auch ihren Beschützerinstinkt weckten.

»Du musst dir keine Sorgen mehr um sie machen. Ich werde mich um sie kümmern.«

June nickte.

Er hatte sich nicht von ihr wegbewegt, hatte immer noch seine Hand in ihrem Nacken. Es fühlte sich erstaunlich besitzergreifend an, und June hatte sich noch nie so sicher gefühlt wie in diesem Moment.

Er starrte sie einen langen Augenblick an. Dann zog er sie langsam in eine Umarmung.

June ließ sich bereitwillig darauf ein und vergrub die Nase an seinem Hals, während er sich über sie beugte. Sie war von ihm eingehüllt, und sie war sich nicht sicher, was diese kleine Intimität ausgelöst hatte, aber sie würde diesen Moment so lange genießen, wie er dauerte.

»Was machst du mit mir?«, murmelte er in ihr Haar.

Sie hatte keine Gelegenheit zu antworten, auch wenn er das wahrscheinlich nicht erwartet hatte, denn Cal zog sich zurück und schenkte ihr ein zärtliches Lächeln. »Ich gehe nach oben, um zu duschen. Die Küche ist aufgeräumt, die Türen sind abgeschlossen. Ich sehe dich morgen früh, okay?«

Überrascht, weil es noch ziemlich früh war, konnte June nur erneut nicken.

Er ließ sie los und wandte sich der Treppe zu, die in den ersten Stock und zu den Schlafzimmern führte. June kam es so vor, als würde er davonlaufen, auch wenn er sich nicht beeilte. Aber wovor? Vor ihr? Das schien unmöglich. Sie war völlig harmlos.

Es war verwirrend, in Cals Nähe zu sein. In der einen Sekunde küsste und umarmte er sie, und in der nächsten tat er so, als könnte er es nicht ertragen, im selben Raum zu sein.

Seufzend ging June in die Küche. Er hatte gesagt, dass alles weggeräumt war, aber sie musste es selbst überprüfen. Sie wischte die bereits sauberen Arbeitsflächen ab und sah sich nach etwas anderem um, das sie tun konnte. Da sie nichts fand, ging sie ins Wohnzimmer und nahm das Buch zur Hand, das sie vorhin gelesen hatte.

Sie hörte, wie oben das Wasser aufgedreht wurde, und sofort verloren die Worte auf der Seite jeden Reiz. Sie konnte nur an Cal denken, der nackt in seiner Dusche stand.

Aprils Worte über die Narben auf seinem Rücken kamen ihr in den Sinn und June merkte, wie ihre Augen sich mit Tränen füllten. Sie hasste den Gedanken, dass Cal verletzt war. Noch mehr hasste sie es, dass er wegen dem, was andere getan hatten, weniger von sich halten könnte. Wusste er denn nicht, dass er der unglaublichste Mann war, den sie je getroffen hatte? Dass es ihr völlig gleichgültig war, wie er unter seiner Kleidung aussah?

Wahrscheinlich nicht. Sein ganzes Leben hatte sich um Äußerlichkeiten gedreht, etwas, das June besser verstand als die meisten Menschen. Ein Mitglied der königlichen Familie zu sein bedeutete, im Rampenlicht zu stehen und anderen Maßstäben entsprechen zu müssen. Jede Unvollkommenheit konnte als Makel angesehen werden, als etwas, das kritisiert wurde. Sie hasste das für ihn und schwor sich, alles in ihrer Macht Stehende zu tun, um ihm klarzumachen, dass sie ihn für *nichts* verurteilen würde.

Nachdem das Wasser abgestellt worden war, wartete June, ob Cal vielleicht zu ihr nach unten kommen würde. Als er dies nicht tat, ging sie schließlich nach oben in ihr eigenes Zimmer. Sie hatte es genossen, seine Freunde kennenzulernen, und sie freute sich darauf, mehr Zeit mit April und Carlise und den Jungs zu verbringen, aber der einzige Mensch, den sie besser kennenlernen wollte, war der Mann, mit dem sie zusammenlebte ... und der im Moment eine Million Kilometer weit weg zu sein schien.

KAPITEL ELF

Cal machte sich Vorwürfe, mit June einkaufen gefahren zu sein. Es war nicht so, dass er keine Zeit mit ihr verbringen wollte – im Gegenteil, er wollte seine *ganze* Freizeit mit ihr verbringen. Aber je mehr er in ihrer Nähe er war, desto mehr wollte er es auch sein.

Am Abend zuvor war er nach oben geflüchtet, bevor er etwas tat, das sie zu Tode erschrecken würde. Zum Beispiel, sie hochzuheben, auf die Couch zu werfen und auf der Stelle mit ihr zu schlafen. Seine Lippen auf ihr zu spüren, war Himmel und Hölle zugleich. Sie hatte so weiche Haut, und die kleinen Geräusche, die sie in der Kehle machte, während er sie küsste, ließen seinen Schwanz aufmerksam werden. Es hatte ihn all seine Kraft gekostet, sich zu beherrschen und nicht noch weiter zu gehen.

Sie war isoliert gewesen, misshandelt worden, und jetzt durfte sie endlich ihre Flügel ausbreiten. Auf keinen Fall wollte Cal sie unterdrücken. Sie konnte jetzt jeden Mann haben, den sie wollte. Er durfte nicht egoistisch sein und ihr nicht die Chance geben, sich zu verabreden, sich zu verlieben ... glücklich zu sein.

Aber allein der Gedanke, dass sie mit einem anderen Mann zusammen war, löste in ihm den Wunsch aus, sie an sich zu reißen und wegzusperren. Sie gehörte *ihm*, verdammt noch mal.

Nur dass sie es nicht tat.

Seine Freunde waren ihm mit ihrer Aktion vergangenen Abend absichtlich unter die Haut gegangen. Sie küssten sie direkt vor seinen Augen. Scheiß auf Bräuche – so hatten sie nie jemanden geküsst, noch nie. Und die Sache war die, dass ihre Mätzchen funktionierten. Er hatte es gehasst, ihre Lippen auf ihr zu sehen. Chappy war vergeben, und JJ war es vielleicht auch, so wie er den Blick nicht von April abwenden konnte, aber das war egal.

Cal war begeistert gewesen, als June ihm vorschlug, ihre Küsse mit seinen eigenen zu bedecken. Sie war schüchtern, aber nicht auf lähmende Weise. Und sie hatte sich in seinen Armen so verdammt perfekt gefühlt. Genau wie in der Nacht im Hotel, als er sie während des Schlafens gehalten hatte.

Aber so sehr er sie auch wollte, er konnte nicht mit ihr zusammen sein, wie ein normaler Mann mit einer Frau zusammen sein sollte. Er konnte es nicht ertragen, sich im Spiegel zu betrachten; wie konnte er June sein zerstörtes Fleisch zeigen? Eher würde er sterben, als einen Blick des Ekels oder des Mitleids in ihren Augen zu sehen.

Also quälte er sich jetzt damit, den Tag mit ihr in Rumford zu verbringen. Ausgerechnet beim Einkaufen. Er war kein Mann, der einkaufte. Wenn er etwas brauchte, bestellte er es online. Außer für Lebensmittel konnte er sich nicht daran erinnern, wann er das letzte Mal in ein richtiges Geschäft gegangen war.

»Das macht Spaß«, sagte sie neben ihm und riss ihn aus seinen Gedanken.

Cal sah zu ihr hinüber und bemerkte, dass June lächelte. Ihre Wangen waren vom Spazieren in der kühlen Luft gerötet und ihre Augen funkelten. Es brauchte so wenig, um sie glücklich zu machen. »Ja?«, fragte er.

Sie nickte. In Rumford gab es kein Einkaufszentrum. Keine Designerläden. Nichts, was mit den Läden vergleichbar war, in denen sie in D. C. einkaufen konnte. Aber das schien keine Rolle zu spielen. June genoss es, einfach nur draußen in der Welt zu sein, ein Konzept, das Cal weitgehend fremd war. Abgesehen von den gelegentlichen ruhigen Wanderungen war es sehr lange her, dass er das einfache Leben genossen hatte.

Als June zu ihm hinübersah, blieb sie plötzlich stehen und legte eine Hand auf seinen Arm, um ihn ebenfalls aufzuhalten. »Cal?«, fragte sie.

Er legte den Kopf schief und ballte die Fäuste, um nicht einen Arm um ihre Taille zu legen und sie an sich zu ziehen.

»Geht es dir gut?«

»Natürlich.«

»Ich meine, du hast wahrscheinlich wichtigere Dinge zu tun, als mit mir herumzuhängen. Wir können zurück nach Newton fahren.«

Cal trat sich innerlich in den Hintern. Er wollte nicht, dass seine unruhige Stimmung auf sie abfärbte, aber anscheinend hatte sie das getan. »Nein, ich habe im Moment nichts Besseres zu tun«, beruhigte er sie.

Sie runzelte die Stirn, während sie ihn beobachtete. Schließlich sagte sie: »Ich habe ein Leben lang Menschen studiert. Ich habe herausgefunden, was sie wollen, ohne dass sie es sagen müssen. Ich weiß, wenn jemandem nicht schmeckt, was ich ihm zum Abendessen serviert habe, wenn er schlechte Laune hat ... oder wenn er einfach nur höflich ist und tief im Inneren irgendwo anders sein möchte als dort, wo er ist. Du musst mich nicht anlügen, Cal. Ich weiß, dass du dich beim Einkaufen unwohl fühlst.«

Sie atmete tief ein, als wollte sie den Mut aufbringen, ihre nächsten Worte auszusprechen. »Und ich merke auch, dass du dich in *meiner* Nähe unwohl fühlst. Bring mich zurück und ich bleibe dir für den Rest des Tages vom Hals. Ich werde heute Abend mit April sprechen, wenn ich zu Chappy gehe, und sehen, ob sie mir helfen kann, eine andere Wohnmöglichkeit zu finden.«

Cal bewegte sich, bevor sie ihren letzten Satz beendet hatte. Er drängte June zwei Schritte zurück, bis sie an die Backsteinmauer hinter ihr gedrückt war. Sie befanden sich auf einer ziemlich belebten Straße – Leute gingen und fuhren vorbei –, aber für Cal fühlte es sich an, als seien sie in diesem Moment die einzigen beiden Menschen auf der Welt.

Er hatte es ordentlich vermasselt. Er hasste es, dass sie ihre Begeisterung von eben verloren hatte.

»Es liegt nicht an dir«, sagte er inbrünstig. »Es ist nur … wenn ich mit dir zusammen bin und sehe, wie du von einem verdammten Kissen mehr begeistert bist als von irgendetwas anderem in den letzten Jahren … wird mir klar, wie viel ich in meinem Leben verpasst habe. Du freust dich an allem, was dich umgibt, und ich kann mich nicht erinnern, wann ich das letzte Mal auch nur ein Quäntchen dieser Emotion gespürt habe.«

»Es tut mir leid«, flüsterte sie und sah ihn mit besorgter Miene an.

»Nein«, sagte er und schüttelte sofort den Kopf. »Das muss es nicht.«

»Etwas hat sich geändert, als wir nach Newton kamen«, sagte sie leise. »In D. C. war alles in Ordnung, und dann, als wir unterwegs waren. Aber seit wir in Maine sind, scheint es dir schwerzufallen, in meiner Nähe zu sein. Ich weiß nicht, was ich getan habe, aber wenn du es mir sagst, werde ich damit aufhören.«

Cal rutschte das Herz in die Hose. Es brachte ihn um, dass sie so dachte. Aber sie hatte auch nicht unrecht. Was sich geändert hatte, war die Tatsache, dass sie in seinem Haus war – und sie fühlte sich dort so richtig an. Er war erst seit zwei Tagen zu Hause und hatte schon angefangen, von der Zukunft zu träumen. Davon, sie dauerhaft bei sich zu haben. Davon, ihr Leben zu teilen. Aber er konnte sich einfach nicht vorstellen, dass das wirklich passierte.

Er streckte die Hände aus und umfasste ihren Kopf. Sofort legte sie ihre eigenen Hände an seine Taille und umklammerte seine Jacke, während sie darauf wartete, dass er etwas sagte.

Cal hatte vorgehabt, ihr zu sagen, dass es vielleicht tatsächlich das Beste sei, wenn sie mit April über eine Wohnung sprechen würde. Es wäre weniger schmerzhaft, wenn sie jetzt ginge, als wenn sie sich weiter annäherten.

Aber was aus seinem Mund kam, war etwas ganz anderes. Gedanken und Gefühle, die er seit Jahren verdrängt hatte.

»Es ist nicht so, dass ich nicht in deiner Nähe sein möchte. Ich will es. Mehr als du je wissen könntest. Aber schon in der Sekunde, in der du über meine Schwelle getreten bist, wollte ich die Tür verriegeln und dich nie wieder gehen lassen. Du bringst Licht und gute Energie in mein Haus, die es seit dem Tag, an dem ich eingezogen bin, nicht mehr gegeben hat. Aber das kann ich dir nicht antun. Nicht, wenn du gerade erst aus einem Haus entkommen bist, das eher ein Gefängnis war.

Verstehst du nicht, June? Ich versuche, dir den Raum und die Freiheit zu geben, die du bisher nicht hattest. Ich habe Angst, dass meine verkorkste Psyche dir schaden wird. Dich von allem abhalten wird, was du sein kannst.«

Cal schloss die Augen und holte tief Luft. Verdammt, das lief nicht so, wie er wollte. Er wollte ihr versichern, dass er *gern* mit ihr zusammen war, dass es *sein* Leben war, das zu verkorkst war, um damit fertigzuwerden. Stattdessen hatte er Worte erbrochen, die er nie hatte sagen wollen.

Sie bedeckte eine der Hände, die immer noch auf ihrem Gesicht ruhten. Er öffnete die Augen und starrte in ihre schönen braunen Iriden.

»Darf ich ehrlich sein?«

»Ich wäre verärgert, wenn du es nicht wärst«, erwiderte er.

»Ich habe Angst.«

Cal runzelte die Stirn und spannte sich sofort an. »Wovor?«

»Vor allem«, gab June zu. »Ich habe das Geld für vielleicht ein paar Monatsmieten. Ich habe keinen Wagen. Ich habe nur zwei Koffer voller Habseligkeiten. Ich habe keine Freunde. Ich bin völlig auf dich angewiesen. Meine Stiefmutter und meine Stiefschwester hassen mich abgrundtief, und es würde mich nicht wundern, wenn sie in diesem Moment versuchen würden, mich zu finden, um mich dafür bezahlen zu lassen, dass ich sie verlassen habe.

Und ich habe noch *nie* für jemanden so viel empfunden wie für dich. Es ist, als würde ich in eine Million Stücke zerbrechen und davonschweben, wenn ich dich nicht sehen, dich nicht berühren kann. Ich weiß, dass ich zu unscheinbar bin, dass die Leute mich nicht zweimal ansehen. Ich bin klein, übergewichtig und habe überhaupt keinen Sinn für Mode. Aber meinem Herzen ist es egal, dass ich nie in deine Welt passen werde. Es will einfach ... was es will.«

Cals Mund war so trocken, dass er nicht einmal schlucken konnte. »Was will es?«, flüsterte er und hielt den Atem an, während er auf ihre Antwort wartete.

Und June war nun mal June, sie versuchte nicht, sich zu zieren. Sie wich nicht aus. Sie hatte die Kraft und den Mut zu sagen, was sie auf dem Herzen hatte.

»Dich. Es will *dich*, Cal.«

Eine Flut von Gefühlen überwältigte ihn fast. Freude. Genugtuung. Besitzgier. Das Bedürfnis, diese Frau mit nach Hause zu nehmen, sie in sein Bett zu zerren und ihr genau zu zeigen, wie sehr er sie bewunderte, respektierte und sich nach ihr sehnte.

»Aber wenn es dir keinen Spaß macht, Zeit mit mir zu verbringen – und lüg nicht, ich merke, dass du gerade keinen

Spaß hast –, dann ist das schon in Ordnung. Ich werde nicht die Art von Frau sein, die bettelt, schluchzt und durchdreht. Oder einen Stalker erfindet, um zu versuchen, dich dazu zu bringen, mich zu mögen«, beendete sie trocken.

Cals Finger spannten sich leicht an, als er sich vorbeugte. »Ich werde dich jetzt küssen«, informierte er sie.

Sie runzelte verwirrt die Stirn, aber sie wich nicht zurück. Sagte ihm nicht, dass er sich lächerlich machte oder ihr mit seinen Stimmungsschwankungen ein Schleudertrauma bescherte. Nein, die Hand an seiner Taille verkrampfte sich, als sie versuchte, ihn näher an sich zu ziehen, und sie hob das Kinn wenige Millimeter an.

Dieser Kuss war nicht wie die sanften Küsse des vergangenen Abends. Er ging es nicht langsam an. Es gab kein zärtliches Streifen der Lippen. Er nahm sie mit all der Verzweiflung, die er in seiner zerrissenen Seele spürte. Er sollte sie gehen lassen, aber er brauchte sie in seinen Armen, in seinem Bett, in seinem Leben.

Er nahm ihren Mund, als sei er ein hungernder Mann, und sie war die Nahrung, die er zum Überleben brauchte. Und seine June erwiderte es. Sie begnügte sich nicht damit, passiv zu akzeptieren, was er ihr gab. Sie neigte den Kopf, um den Kuss zu vertiefen, scheinbar genauso verzweifelt wie Cal.

Ihre Zungen duellierten sich, sie knabberten mit den Zähnen, und leises Stöhnen der Lust entlud sich in ihrem Kuss. Cal legte eine Hand schützend auf Junes Hinterkopf, während er sie mit seinem Körper fester gegen die Backsteinmauer drückte. Die andere ließ er unter ihre Jacke und ihr Hemd gleiten und legte sie auf ihr Kreuz.

Sobald seine kalten Finger ihre warme nackte Haut berührten, wölbte sie sich heftig und wurde in seinen Armen ein wenig verrückt. Sie grub die Finger in sein Haar und zog an den Strähnen, was seiner Leidenschaft ein kleines Element des Schmerzes hinzufügte und sein Verlangen noch mehr steigerte.

Mit der anderen Hand machte sie es ihm nach, ließ sie zu seinem Rücken wandern und fand ihren Weg unter seine Kleidung zu seinem Fleisch.

Er spürte ihre Berührung nicht wirklich, aber das Gefühl ihrer kalten Finger auf seiner vernarbten Haut war wie ein Eimer eiskalten Wassers für seine Libido. Sein Schwanz, der eben noch steinhart gewesen war, erschlaffte, und er löste keuchend seinen Mund von ihrem.

Sie atmeten beide schwer, und Cal konnte nicht umhin zu bemerken, wie er mit der Hand ihr Haar zerzaust hatte. Sie sah so aus, wie er es sich vorstellte, nachdem sie den Kopf auf seinem Kissen hin und her geworfen hatte, während sie miteinander schliefen.

»Cal?«, sagte sie nach einem Moment zögernd.

Er war sich sehr bewusst, dass sie ihre Hand nicht von seinem Rücken genommen hatte, aber er hatte auch seine nicht bewegt. Sie waren ineinander verschlungen wie zwei Reben, die in der Wildnis wuchsen.

»Ich ... Kannst du bitte deine Hand von meinem Rücken nehmen?«, flüsterte er.

Sie nickte, und als sie seine Haut nicht mehr berührte, hatte er das Gefühl, wieder atmen zu können. Erfüllt von Scham und Schwäche atmete er tief durch, legte den Kopf in den Nacken und blickte in den Himmel, während er versuchte, seine Gefühle zu kontrollieren.

Nach einer gefühlten Ewigkeit, die aber wahrscheinlich nur eine Minute dauerte, blickte er wieder zu June hinunter. Sie hatte sich nicht aus seinen Armen losgerissen. Sie hatte nicht infrage gestellt, was passiert war, oder gefragt, warum er nicht von ihr berührt werden wollte. Ihr wissender Blick haftete an seinem und er hatte das Gefühl, dass sie so lange bei ihm bleiben würde, wie er es brauchte.

»Ich –«, begann er, aber sie schüttelte den Kopf.

»Es tut mir leid. Ich hätte es besser wissen müssen, als dich zu berühren. Cal, was dir passiert ist, war furchtbar. Absolut entsetzlich. Und etwas, das ich nie werde verstehen können. Aber wie ich dir schon gesagt habe – und ich werde es dir so lange sagen, bis du es glaubst –, deine Narben sind eine Schande für *sie*, nicht für dich. Ich werde nicht so ignorant sein und sagen, dass du sie mit Stolz tragen solltest. Aber sie sind jetzt ein Teil von dir. Deine Geschichte. Was dich zu Cal Redmon macht.

Und sie ändern absolut nichts an meinen Gefühlen für dich. Warte – nein, das stimmt nicht. Zu wissen, was passiert ist, was sie getan haben, und den Mann zu sehen, der heute vor mir steht? Diese Narben lassen mich dich noch mehr bewundern. Du warst bereits jemand, der mich sehr beeindruckt hat. Aber mit dem, was ich über deine Geschichte weiß, über das, was du überlebt hast? Ich habe Ehrfurcht vor dir.«

Cal schüttelte den Kopf. »Du hast keine Ahnung, wie schlimm es ist«, sagte er.

»Du hast recht, das habe ich nicht. Aber es ist mir trotzdem egal.«

Cal glaubte das nicht. Konnte es nicht. Es wäre ihr *nicht* egal. Wenn sie sehen würde, wie verunstaltet seine Haut war. Wie ekelhaft die Narben aussahen. Es wäre ihr nicht egal. Wie könnte es auch anders sein?

»Würde es einen Unterschied machen, wenn die Rollen vertauscht wären, wenn mein Körper mit Narben übersät wäre?«

Alles in Cal rebellierte bei dem Gedanken, dass die Frau in seinen Armen auch nur einen Bruchteil der Folter durchmachen musste, die er ertragen hatte. Übelkeit stieg in ihm auf und er konnte nur noch heftig den Kopf schütteln.

»Warum denkst du dann, dass es für mich einen Unterschied macht?«, fragte sie leise.

Cal schloss wieder die Augen und schluckte schwer. Er wollte glauben, dass ihre Anziehungskraft und ihre Lust noch genauso groß wären, wenn sie ihn ohne seine langärmeligen Hemden und eine lange Hose sah, aber er hatte Angst, dieses Risiko einzugehen. Wenn sie zurückschreckte, würde ihn das zerstören.

Er spürte, wie June sich auf die Zehenspitzen stellte, und er spannte sich an, damit sie stabil stand. Sie streifte mit den Lippen seine Wange, bevor sie ihm ins Ohr flüsterte.

»Ich will dich, Cal. Auch wenn ich weiß, dass ich deine Erwartungen nie erfüllen werde. Auch wenn du um Lichtjahre besser bist als ich. Ich will dich auf mir, über mir, in mir. Wenn du die Dunkelheit brauchst, um das zu erreichen, oder wenn du vollständig bekleidet sein musst, ist das für mich in Ordnung. Ich nehme dich so, wie ich dich kriegen kann.«

Und einfach so erwachte Cals Schwanz wieder zum Leben. Er riss die Augen auf und zog den Kopf zurück, um ihr Gesicht zu sehen. Sie wurde wieder rot, was so verdammt liebenswert war. Aber er konnte die Gewissheit und die Lust in ihrem Blick sehen.

»Nichts an dir könnte mich jemals anwidern«, fuhr sie fort und sah ihm dabei direkt in die Augen. Diese Frau war definitiv mutiger, als er es je sein würde. »Du bist der attraktivste Mann, den ich je getroffen habe. *Punkt.* Du bist großzügig, loyal, fleißig, beschützend ... kurz gesagt, alles, was ich mir von einem Mann erträumt habe, aber nie dachte, dass es in einer Person existiert.«

»Du hast reich und ein Prinz vergessen«, neckte er.

June war ernst, als sie sagte: »Nein, das habe ich nicht. Weil mir diese Dinge völlig egal sind. Ich habe gesehen, was Geld aus Menschen machen kann – zum Beispiel aus meiner Stiefmutter –, und ich würde dich auch wollen, wenn du nichts weiter als ein Holzfäller wärst. Und ... um ehrlich zu sein, ist das Dasein als Prinz das Einzige an dir, was in mir den Drang auslöst, den Schwanz einzuziehen und wegzulaufen. Dem kann ich nicht gerecht werden. Ich könnte nie den Erwartungen deiner Familie gerecht werden. Und ich will keine Prinzessin sein. Ich wäre schrecklich. Ich will *dich*, Cal. Den Mann, bei dem ich mich zum ersten Mal in meinem Leben sicher und frei fühle.«

Wie konnte er dem widerstehen?

Er konnte es nicht. Er würde sie haben.

Dann würde er sie gehen lassen. Es wäre beschissen von ihm und vielleicht das Schwierigste, was er je getan hatte. Selbst die Folter, die er ertragen hatte, wäre nicht so schmerzhaft, wie sie gehen zu lassen. Aber er würde es tun müssen, um Junes willen.

Cal beugte sich hinunter und küsste sie erneut. Diesmal war es ein süßer, zärtlicher Kuss. »Ein Stück die Straße entlang gibt es einen niedlichen kleinen Geschenkeladen, der dir sicher gefallen wird«, sagte er. »Dann können wir ins Kaufhaus gehen und die anderen Dinge besorgen, die du brauchst. Ich würde auch gern noch einen Abstecher in den Baumarkt machen. Danach können wir nach Hause fahren und du kannst dich für Carlises Junggesellinnenabschied fertig machen. Ist das in Ordnung?«

Sie starrte ihn einen langen Moment an, bevor sie nickte. »Wenn du dir sicher bist, dass ich dich nicht nerve.«

»Du nervst mich nicht. Nicht einmal im kleinsten, entferntesten Sinne des Wortes. Ich bin es nicht gewohnt, einkaufen zu gehen, ohne ein wirkliches Ziel vor Augen zu haben, was ich kaufen muss, aber Zeit mit dir zu verbringen ist ... alles. Ich genieße es.«

»Okay.«

»Okay«, stimmte er zu.

Dann ließ er langsam seine Hand aus ihrem Haar gleiten und trat zurück. Aber er griff nach ihrer Hand, legte sie in seine Ellenbeuge und drückte sie an seine Seite, als sie wieder losgingen.

Sie lehnte sich an ihn und es war das schönste Gefühl der

Welt, sie so nahe bei sich zu haben. Cal hatte keine Ahnung, wie er von einem standhaften Single, der sich mit diesem Status quo abgefunden hatte, dazu gekommen war, eine Frau so sehr zu wollen, dass jeder Knochen in seinem Körper vor Verlangen schmerzte. Aber selbst das Wissen, dass der Schmerz seine Seele zermalmen würde, wenn es Zeit war, sich zu trennen, hielt ihn nicht davon ab, alles anzunehmen, was sie ihm bot.

Bald.

Er würde es vorziehen, ihnen Zeit zu geben, die Vorfreude wachsen zu lassen, das Werben um sie zu genießen. Aber Cal hatte das Gefühl, dass keiner von ihnen lange würde warten können. Und die Tatsache, dass sie bereit war, ihm das zu geben, was er brauchte – nämlich die Dunkelheit –, nur um ihn zu haben, machte es noch deutlicher, dass diese Frau perfekt für ihn war.

Heute Abend würde sie mit ihren neuen Freundinnen abhängen und er würde mit seinen Kumpeln zusammen sein. Morgen wären sie mit der Hochzeit beschäftigt. June würde sich bald mit Meg treffen und wahrscheinlich anfangen zu arbeiten, und er musste seinen Teil der Arbeit bei *Jack's Lumber* erledigen. Aber irgendwie würden sie schon eine Zeit finden, sich zu verbinden. Daran hatte Cal keinen Zweifel.

Genauso wie er keinen Zweifel daran hatte, dass er nie wieder derselbe sein würde, sobald er June berührte, sobald sie ihn in ihren Körper ließ.

KAPITEL ZWÖLF

June schaute zu Carlise hinüber und lächelte ein wenig beschwipst. Sie hatte nicht vorgehabt, heute Abend zu trinken, sondern April und Carlise kennenzulernen. Aber April hatte einen fantastischen Drink mit Ananassaft, aromatisiertem Rum, Sprite und wer weiß was noch alles zubereitet. Sie konnte den Alkohol in dem Getränk überhaupt nicht schmecken, und ehe sie sichs versah, hatte sie zwei Becher davon getrunken und war jetzt bei ihrem dritten.

»Oh! Bevor ich es vergesse, ich habe Meg angerufen und sie kann es kaum erwarten, dich kennenzulernen«, sagte April aufgeregt. »Und wenn es in Ordnung ist, möchte sie, dass du am Montag zu *Hill's House* kommst und dich mit ihr triffst.«

»So bald?«, fragte June.

»Ja. Sie hat gerade einen neuen Hausmeister eingestellt, aber sie sucht schon seit Monaten nach der richtigen Person für die Stelle als Unterhaltungskoordinatorin und ist schon ganz aufgeregt, dass du da bist.«

»Sie kennt mich doch gar nicht. Ich meine, will sie denn keinen Lebenslauf oder Referenzen oder so etwas?«, fragte June.

April wedelte mit einer Hand in der Luft und schüttelte den Kopf. »Nicht unbedingt. Ich habe ihr alles über dich erzählt. Wo du vorher warst, was du gemacht hast. Du wirst perfekt sein.«

»Aber was ist, wenn es ihr dort nicht gefällt und sie den Job nicht annehmen will?«, fragte Carlise. Auch ihre Worte waren ein wenig gelallt. Sie waren alle angeheitert, aber nicht sturzbetrunken. Keine wollte bei der Hochzeit am nächsten Tag verkatert sein.

»Warum sollte es ihr nicht gefallen?«, fragte April.

»Ich weiß nicht. Aber Vorstellungsgespräche sind doch für beide Seiten gedacht. Und wir alle wissen, dass Cal sie so lange bleiben lässt, wie sie will, damit sie sich keine Sorgen ums Geld machen muss.«

»Ich bin kein Schnorrer«, sagte June ein wenig energischer als beabsichtigt.

»Oh, das wollte ich nicht andeuten«, sagte Carlise stirnrunzelnd.

»Sie meint nur, so wie Cal dich ansieht, könntest du ihm sagen, dass du einen Düsenjet willst, und er würde ihn dir nicht nur kaufen, sondern auch einen Hangar und eine Landebahn in seinem Garten bauen«, sagte April mit einem breiten Grinsen im Gesicht.

»Das ist nicht wahr«, protestierte June.

»Mädchen, bitte«, sagte Carlise, nachdem sie einen Schluck von ihrem Getränk genommen hatte. »Er sieht dich an, als hättest du den Mond aufgehängt und würdest die Sterne kontrollieren.«

Die Worte der anderen Frau lösten bei June Freude aus. Trotzdem ...

»Wir kennen uns doch erst seit ein paar Tagen«, protestierte sie.

Carlise brach in Gelächter aus. »Müssen wir das noch einmal durchgehen?« Sie hob einen Arm und schaute auf ihr nacktes Handgelenk, wobei sie so tat, als würde sie die Uhrzeit überprüfen. »Riggs und ich kennen uns seit äußerst kurzer Zeit, und wir werden morgen *heiraten*. Die Zeit spielt keine Rolle, es geht darum, wie du dich mit ihm innerlich fühlst. Wenn dein Bauch Purzelbäume schlägt, wenn du ihn siehst. Wenn seine Stimme dich feucht zwischen den Beinen werden lässt, und die Art, wie er dich ständig beobachtet, als hätte er Angst, dass jeden Moment kleine grüne Männchen vom Himmel kommen und dich entführen.«

»Ist das bei dir und Chappy so?«, fragte April.

Ein verträumter Blick huschte über Carlises Gesicht. »Oh ja. Und wenn er mich küsst und ... *ihr wisst schon* ... ist es, als gäbe es niemanden auf der Welt außer uns beiden. Hat Cal dich schon geküsst, June?«

Sie konnte nicht anders, als sich über die Lippen zu lecken und sich an den wunderbaren und leidenschaftlichen Kuss zu erinnern, den sie an diesem Tag geteilt hatten. Sie nickte.

»Und hat die Erde sich bewegt?«

»Auf jeden Fall.«

»Und der Sex?«

June errötete und schüttelte den Kopf.

»In Ordnung, nun ... es wird passieren. Bald, da bin ich sicher. Denn Cal ist genau wie mein Riggs. Er macht keine halben Sachen, wenn es darum geht, was er will. Und dieser Mann will *dich*. Er sabbert praktisch, wenn du in der Nähe bist.«

»Oh, das war ein schönes Bild ... nicht«, sagte April mit einem Augenrollen.

»Ich meinte es im positiven Sinne. Er will sie«, sagte Carlise. Dann grinste sie. »Und sollten wir über dich und JJ sprechen?«

April verschluckte sich an dem Getränk, an dem sie nippte. Sie drehte sich zu Carlise um und schüttelte den Kopf. »Wir werden nicht darüber reden.«

»Warum nicht? Ich meine, so wie Cal June ansieht, ist es

offensichtlich, dass er sie will, so wie es offensichtlich ist, wie JJ dich ansieht.«

»Er sieht mich in *keiner* Weise an«, sagte April stur.

Diesmal rollte Carlise mit den Augen. »Du machst Witze, oder? Der Mann kann den Blick nicht von dir lassen. Und Riggs hat mir alles darüber erzählt, wie dieser Fremde neulich ins Büro kam und dich belästigt hat, und JJ hat fast den Verstand verloren. Seine Stimme wurde ganz knurrig und furchterregend, und er hat den Kerl verjagt.«

»Das war keine große Sache. Er hat überreagiert«, beharrte April, aber sie sah weder June noch Carlise in die Augen.

»Ich will damit nur sagen, dass der Mann dich mag, April«, sagte Carlise in einem sanfteren Ton. »Wenn du ihm auch nur das kleinste Zeichen gibst, dass du interessiert bist, wird er sich darauf stürzen ... und auf dich.« Sie kicherte über ihren eigenen Scherz.

»Ich bin zu alt für ihn«, beharrte April.

»Was?«, fragte June, nicht sicher, ob sie richtig gehört hatte.

»Ich bin fast fünfzig«, erwiderte sie wehmütig.

»Ich dachte, du seist fünfundvierzig oder sechsundvierzig«, sagte Carlise verwirrt.

»Sechsundvierzig. Das ist fast fünfzig«, seufzte April.

»Oh mein Gott, nein, ist es nicht«, entgegnete Carlise kopfschüttelnd. »Außerdem wird JJ bald vierzig. Ich glaube, sein Geburtstag ist in einem Monat oder so.«

Daraufhin hob April den Kopf. »Wirklich?«

»Wie kannst du das *nicht* wissen?«, fragte Carlise mit einem Lachen. »Ich meine, du weißt doch alles über alles. Ich kann gar nicht mehr zählen, wie oft Riggs gesagt hat, dass *Jack's Lumber* ohne dich scheitern würde. Du hältst sie alle im Zaum, organisierst die Arbeitspläne, und du hast sogar angefangen, ihre AT-Wanderungen zu planen. Wieso weißt du nicht, wie alt JJ ist?«

»Ich dachte, er sei Anfang dreißig«, sagte April. »Ich meine, hast du ihn gesehen? Er ist in fantastischer Form. Und er hat überhaupt keine grauen Haare.«

»Das hat nichts zu bedeuten. Die grauen Haare, meine ich«, sagte Carlise. Dann stellte sie ihr Getränk ab und beugte sich zu April vor. Sie saß im Schneidersitz auf dem Boden vor dem Sofa, auf dem June und April gesessen hatten, bevor sie es sich auf der Couch bequem gemacht hatten. »Du bist für niemanden zu alt. Es ist mir egal, ob JJ zweiunddreißig *wäre* oder so. Sieh dich an – du bist wunderschön. Und klug. Und du lässt dir seinen Mist nicht gefallen, was er, glaube ich, wirklich braucht.«

»Er sieht mich als Mutterfigur«, protestierte April.

June konnte sich das Lachen nicht verkneifen, das ihr über die Lippen kam.

»Was? Das *tut* er!«, beharrte April. »Er nennt mich sogar manchmal ›Mom‹.«

»Damit neckt er dich nur«, erklärte Carlise ihr.

»Wenn JJ dich für eine Mutterfigur hält, rufe ich Elaine an, sage ihr, wo ich bin, und erkläre mich bereit, für den Rest meines Lebens kostenlos für sie zu arbeiten«, sagte June feierlich. »Und da sie der letzte Mensch ist, den ich jemals wiedersehen möchte, bin ich mir meiner Sache *sicher*.«

April starrte sie mit so viel Hoffnung in ihrem Blick an, dass June das Herz wehtat.

»Sieh mich an«, argumentierte sie. »Ich bin klein, fett, war nie auf dem College und habe mein ganzes Leben lang im selben Haus gewohnt. Und irgendwie ist ein milliardenschwerer Prinz an mir interessiert. *Mir.*« June schüttelte den Kopf. »Und nicht nur das, aus irgendeinem Grund macht er sich Sorgen, dass ich seine Narben als abstoßend empfinde, was ich nicht verstehe.

Aber ich will ihn, also werde ich ihn haben. Es wird wahrscheinlich nicht von Dauer sein, und es ist unmöglich, dass er mich jemals heiraten will, aber ich bin nicht bereit, mir diese

Gelegenheit entgehen zu lassen, weil ich Angst habe. Und die habe ich. Ich habe schreckliche Angst. Aber ich weiß, dass ich es für den Rest meines Lebens bereuen werde, wenn ich kneife, wenn ich nicht tue, was ich will. Und das wirst du auch, April, wenn du JJ keine Chance gibst.«

Sie war fast außer Atem, als sie fertig war, aber sie wollte wirklich, dass April sie anhörte.

»Du bist nicht fett. Oder klein. Und ... ich werde darüber nachdenken«, sagte April.

»Sagt die Frau, die eins fünfundsiebzig ist und wahrscheinlich noch nie ein Kleidungsstück mit einem X vor der Größe tragen musste«, murmelte June.

Zu ihrer Überraschung stellte April ihr Glas auf dem kleinen Tisch neben dem Sofa ab und stürzte sich praktisch auf June.

Sie schaffte es gerade noch, ihr Getränk nicht zu verschütten, als April sie fest umarmte.

»Hey, ich will bei diesem Umarmungsfest dabei sein!«, protestierte Carlise, als sie sich auf Junes andere Seite drückte.

»Ich fühle mich wie ein zerquetschter Käfer«, sagte June lachend, als sie von den beiden Frauen umarmt wurde.

Carlise zog sich zurück und lächelte sie an. »Ich mag dich, June.«

»Ich auch«, stimmte April zu.

»Und ich mag euch. Ich hatte eigentlich noch nie richtige Freundinnen. Ich hatte nie Zeit, und die Mädchen, die ich in der Highschool kannte, haben nach unserem Abschluss alle ihr Leben ohne mich weitergeführt.«

»Deine Stiefmutter klingt wie ein totales Miststück«, sagte April entschieden.

»Das ist sie auch«, erwiderte June achselzuckend.

Sie lachten alle. Carlise setzte sich wieder auf ihren Platz auf dem Boden und nahm einen weiteren Schluck von ihrem

Getränk, während April sich auf ihre Seite der Couch zurückzog.

»Ich kann nicht glauben, dass du in der Hütte heiratest, in der du fast gestorben wärst«, sagte April fast beiläufig. »Ich weiß nicht, ob ich an deiner Stelle jemals wieder dorthin gehen würde.«

»Warte, *was?*«, schrie June beinahe. »Du wärst fast *gestorben?*«

Carlise zuckte mit den Schultern. »Ja. Aber Baxter hat mich gerettet.« Sie streckte eine Hand aus und streichelte den schwarzen Pitbull, der ihr den ganzen Abend über durch die Wohnung gefolgt war und sich erst beruhigt hatte, als Carlise es getan hatte.

»Fang am Anfang an!«, beharrte June. Sie konnte sich nicht erklären, warum sie so aufgebracht war über die Erkenntnis, dass ihre neue Freundin fast gestorben wäre. Vielleicht lag es daran, dass sie so ... voller Leben zu sein schien. Der Gedanke, sie nicht zu kennen, war schmerzhaft.

June saß da und hörte mit großen Augen zu, als Carlise ihr erklärte, was einen Monat zuvor geschehen war. Wie sie zuerst in einen Sturm geraten war und Baxter Chappy direkt zu ihr geführt hatte. Dann, wie ihre beste Freundin sie gestalkt hatte und schließlich nach Maine und in die Hütte gekommen war und versucht hatte, sie zu entführen und zu töten. Der Rest der Geschichte handelte von einem Bunker, einer Lawine und Baxter, der ihr wieder einmal das Leben rettete.

»Es ist ja nicht so, dass wir im Bunker heiraten«, sagte Carlise zu April, als sie die Geschichte ihrer Tortur zu Ende erzählt hatte. »Wir machen es draußen vor der Hütte. Und glaub mir, ich habe eine Menge *sehr* guter Erinnerungen an diese Hütte und kann es kaum erwarten, noch mehr zu machen, nachdem Riggs mich geheiratet hat.« Sie hatte ein zufriedenes Lächeln im Gesicht.

»Gott, können wir bitte nicht über Sex reden, wenn ich keinen bekomme?«, bettelte April.

»Das könntest du, wenn du endlich in die Gänge kommen und JJ grünes Licht geben würdest«, feuerte Carlise zurück.

»Nein, nicht schon wieder. Darüber haben wir heute Abend schon gesprochen«, sagte April kopfschüttelnd.

»Du warst diejenige, die mit Sex angefangen hat«, erinnerte Carlise sie.

»Wie auch immer.«

June konnte sich ein Lächeln nicht verkneifen.

»Ich weiß nicht, worüber *du* lächelst«, murmelte April. »Du bekommst auch keinen.«

»Noch nicht«, sagte sie kokett.

Carlise kicherte. »Ein Bett«, sagte sie.

»Was?«, fragte June stirnrunzelnd.

»Bei mir hat es funktioniert. Und du hast gesagt, dass du dir mit Cal ein Bett geteilt hast, als ihr hierher nach Maine gekommen seid. Ich habe das Gefühl, dass er stur sein wird, und wenn du es irgendwie schaffst, zum Schlafen wieder in sein Bett zu kommen, wird er sich nicht lange von dir fernhalten können.«

»Das ist kein schlechtes Argument«, bemerkte June.

»Ich weiß. Es ist diese Sache mit der erzwungenen Nähe«, sagte Carlise entschlossen.

»Die was?«, fragte April.

»Das ist ein Sprachbild. Ich habe ein paar Liebesromane übersetzt, in denen es vorkommt. Wenn der Held und die Heldin gezwungen sind, Zeit miteinander zu verbringen, vor allem in einem Bett, passieren oft Dinge. Hey! Wie können wir JJ und April in ein gemeinsames Bett bekommen? Ich schätze, eine Pritsche in sein Büro zu stellen und dann irgendwie das Schloss zu zerstören, wenn April mit ihm drin ist, wäre ein bisschen zu offensichtlich?« Carlise schien von der Idee, ihre Freunde zusammen einzusperren, allzu begeistert zu sein.

»Als sei JJ nicht in der Lage, einen Weg zu finden, sich zu befreien. Er war in einer Spezialeinheit, weißt du«, sagte April achselzuckend. »Er würde uns innerhalb von fünf Minuten befreien.«

»Hmm, da hast du wahrscheinlich recht. Ich muss mir etwas anderes einfallen lassen«, überlegte Carlise.

June fand es bezeichnend, dass April nicht sofort gegen Carlises Idee im Allgemeinen protestierte. Sie machte sich die geistige Notiz, später mit Carlise zu reden – wenn sie nicht gerade heiratete und wenn sie beide nicht beschwipst waren. Es musste doch irgendetwas geben, was sie tun konnten, um April und JJ zusammenzubringen, vor allem wenn es so aussah, als mochten die beiden sich.

Sie kannte diese Frauen zwar erst seit gestern, aber sie waren so freundlich und einladend, dass es ihr vorkam, als kannte sie sie schon viel länger. Es schien nicht einmal seltsam zu sein, über ihr Liebesleben zu sprechen oder ihre Freunde zu verkuppeln.

»Bleibt noch Bob«, sagte June.

»Was ist mit ihm?«, fragte Carlise.

»Wir müssen jemanden finden, mit dem wir ihn verkuppeln können«, sagte June.

»Oh! Du hast recht. Aber ich glaube nicht, dass er an jemandem hier interessiert ist«, sagte Carlise stirnrunzelnd.

»Vielleicht eine der Personen, die einen Führer für den AT brauchen?«, überlegte April. »Die meisten Anfragen kommen von Frauen. Ich könnte sie ein wenig genauer überprüfen und ihm Frauen zuweisen, die ihm ins Auge fallen könnten.«

»Tolle Idee!«, sagte June ein wenig zu enthusiastisch. »Aber dieser Name ... Bob ... Ich bin mir nicht sicher, ob das so ein sexy Name ist.«

Carlise und April lachten beide schallend.

»Sein richtiger Name ist Kendric«, informierte April sie.

»Oh mein Gott, das ist so viel besser! Warum in aller Welt nennt er sich Bob?«, fragte June.

»Kendric ist ein typischer Name für einen Liebeshelden«, stimmte Carlise zu. »Und ich weiß nicht, warum alle ihn Bob nennen.«

»Sein Nachname lautet Evans«, ergänzte April.

Sowohl June als auch Carlise sahen sie ausdruckslos an.

»Meine Güte, Leute. Bob Evans? Das Restaurant?«

»Oh!«, rief Carlise.

June schüttelte nur den Kopf. »Jungs. Ich schwöre, sie sind Kindsköpfe.«

Alle kicherten.

»Ich könnte der Kundin, die ich ihm zuweise, sagen, dass er Kendric heißt. So würde sie nichts von der Sache mit Bob erfahren, es sei denn, er sagt es ihr. Aber bis dahin würde sie ihn in ihrem Kopf schon Kendric nennen.«

»Ja, wie bei Riggs und mir. Er hat mir gesagt, dass sein Name Riggs ist, und war dann drei Tage lang weggetreten. Als JJ dann anrief und wissen wollte, was ich mit Chappy gemacht hatte, war ich völlig verwirrt. Bis heute kann ich ihn nur Riggs nennen.«

»Klingt nach einem Plan«, stimmte June zu. »April wird Bob ... äh ... Kendric mit einer alleinstehenden Frau zusammenbringen, die die Natur liebt – denn warum sollte sie sonst einen Wanderführer wollen? –, und sie werden sich verlieben, sie zieht nach Newton und sie leben glücklich bis an ihr Lebensende.«

June wusste, dass sie sich albern verhielt, aber der Alkohol in ihren Adern und das Glücksgefühl, das sie beim Zusammensein mit ihren neuen Freundinnen verspürte, ließen sie glauben, dass alles perfekt funktionieren würde. »Ich frage mich, was die Jungs machen«, überlegte sie.

»Sollen wir sie anrufen?«, fragte Carlise ein wenig zu eifrig.

»Nein! Es ist zu früh. Wir wollen, dass sie sich fragen, was *wir* machen«, entgegnete April lächelnd.

»Aber wir hängen doch nur rum«, sagte Carlise achselzuckend.

»Das müssen sie nicht wissen. Vielleicht denken sie, wir machen eine wilde Party oder so.«

June war sich da nicht so sicher, aber sie gab keinen Kommentar ab. Sie nahm einfach einen weiteren Schluck von ihrem köstlichen Getränk und lächelte. Sie war glücklich, fast schon beängstigend glücklich, und weigerte sich, an die anderen Zeiten in ihrem Leben zu denken, in denen sie zufrieden war und in denen die Dinge normalerweise beschissen wurden. Das würde hier nicht passieren. Zumindest hoffte sie das.

KAPITEL DREIZEHN

»Was denkt ihr, was die Mädchen machen?«, fragte JJ. Cal hatte die Feuerstelle in seinem Garten angezündet, und sie saßen alle drumherum und genossen die kühle Luft. Jeder von ihnen hatte zuvor ein oder zwei Bier getrunken, war dann aber auf Wasser umgestiegen, damit sie später nüchtern genug waren, um zu fahren.

Es war ihm nicht entgangen, dass JJ wahrscheinlich fragte, weil er sich für eine bestimmte Frau interessierte.

»Wahrscheinlich sind sie eingeschlafen«, sagte Chappy lachend. »Carlise war in letzter Zeit erschöpft, weil sie sich wegen der Zeremonie gestresst hat, obwohl ich bewusst versucht habe, sie so einfach wie möglich zu gestalten, damit sie sich keine Sorgen macht. Aber ...« Er verstummte.

Cal konnte nicht anders, als die morgige Zeremonie mit einigen Hochzeiten seiner eigenen Familie in der Vergangenheit zu vergleichen. Weil sie waren, wer sie waren, plante seine Familie Hochzeiten, von denen erwartet wurde, dass es traditionelle, riesige, teure Feiern waren. Er hatte diese Art von Aufmerksamkeit immer gescheut, sogar bevor er Kriegsgefangener gewesen war. Und als er versuchte, sich vorzustellen, wie

June ein aufwendiges Kleid mit einer meterlangen Schleppe und einem langen Schleier vor tausend Gästen in einer sehr alten Kirche in Liechtenstein trug ... konnte er es einfach nicht tun. Sie würde es hassen. Wäre wie gelähmt vor Nervosität. Und er konnte es ihr nicht verdenken. Seine Eltern waren nicht gerade die einfachen Eltern von nebenan.

Aber wenn er mit der Tradition brach und auf die von Paparazzi überschwemmte Zeremonie verzichtete, die seine Landsleute zu lieben schienen, konnte er vielleicht doch einen Kompromiss finden. Er könnte June etwas bieten, bei dem sie sich wie die Prinzessin fühlen würde, die sie geworden war, ohne dass sie völlig ausflippte.

Er konnte nicht leugnen, dass er gern mit June angeben würde. Die Menschen in seinem Land sehen lassen, wie toll sie war. Er konnte auch nicht umhin, über seine eigene Situation nachzudenken. Das Bedürfnis, seinen Landsleuten zu zeigen, dass er über alles, was er durchgemacht hatte, hinausgewachsen war. Zu beweisen, dass er sich von dem gequälten Mann, der in den schrecklichen Videoclips zu sehen war, die die Terroristen mit der Welt geteilt hatten, weit entfernt hatte.

Es dauerte einen Moment, bis ihm der Inhalt seiner Tagträume wirklich bewusst wurde. Als es das tat und ihm klar wurde, dass er tatsächlich seine und Junes fiktive Hochzeit plante, seufzte er tief, plötzlich von Kummer überwältigt.

»Cal? Was denkst du?«

Er zuckte zusammen und stellte fest, dass er das Gespräch um ihn herum völlig ausgeblendet hatte. »Tut mir leid, ich habe nicht zugehört. Was denke ich worüber?«

Seine drei Freunde lachten.

»Egal. Viel wichtiger ist, an was hast du gedacht? Oder sollte ich sagen, an wen?«, fragte Chappy mit einem Lächeln.

Cal war normalerweise niemand, der über seine Gefühle sprach, aber es machte ihm nichts aus, ein wenig mit seinen Kumpeln zu reden. Er war sogar erleichtert, einige seiner verwirrenden Gedanken über June loszuwerden. »Sie macht mich verrückt«, gab er zu.

»Müssen wir uns einen Grund einfallen lassen, warum sie nicht mehr bleiben kann?«, fragte JJ. »Denn das werden wir. Du brauchst nur ein Wort zu sagen, und sie ist weg.«

»Nein!«, schrie Cal praktisch. Dann holte er tief Luft. »Nein. Ich will nicht, dass sie geht. Das ist ja das Problem.«

»Ah«, sagte JJ nickend.

»Es ist nur so, dass ... wir uns erst seit Kurzem kennen. Und ihre Stiefmutter und ihre Stiefschwester, die haben sie wie Dreck behandelt. Sie hatte keine Chance zu leben. Und jetzt habe ich sie *hierher*geschleppt. Nach Newton. Wo nichts passiert und wo es nicht einmal einen richtigen Laden gibt, in den sie gehen kann, wenn sie ein neues Outfit braucht.«

»Wie ist das Einkaufen heute gelaufen? Hat sie sich geärgert, dass es in Rumford nicht genügend Damenboutiquen oder so gibt?«, fragte Bob.

»Nein, überhaupt nicht. Es lief gut. Ich schwöre, sie war von den kleinsten Dingen begeistert. Wenn man mit ihr zusammen ist, ist es, als sei man mit jemandem zusammen, der gerade aus dem Gefängnis gekommen ist, nachdem er jahrzehntelang drinnen war, und alles ist glänzend und neu«, sagte Cal.

»So ist es wahrscheinlich auch für sie«, erwiderte Chappy. »Nach dem zu urteilen, was du uns über ihre Lebensumstände erzählt hast.«

»Versteht mich nicht falsch, sie weiß über die Welt Bescheid, musste alle Einkäufe für ihre Familie erledigen und so. Aber sie wirkt immer noch so ... unschuldig im Vergleich zu mir.« Cal wusste, dass er sich nicht gut ausdrückte.

»Scheint sie hier glücklich zu sein?«, fragte JJ.

»Ich denke schon.«

»Dann hör auf, dir Sorgen zu machen.«

»So einfach ist das nicht«, protestierte Cal.

»Doch, das ist es. Du magst sie, sie scheint dich zu mögen. Mach einfach mit«, sagte Bob achselzuckend.

»Ihr habt mich gesehen«, platzte Cal heraus. »Ihr *wisst*, was diese Arschlöcher mit mir gemacht haben. Wie zum Teufel kann ich sie dem aussetzen? Ihr den physischen Beweis für das Böse in dieser Welt zeigen? Jeder Zentimeter meines Körpers ist ein Wrack.« *Darüber* sprach er nicht. Niemals. Aber sein Bedürfnis, June jede Art von Schmerz zu ersparen, brachte ihn dazu, das einzige Thema anzusprechen, das tabu war. Seine Narben.

Chappy beugte sich vor und starrte Cal von der anderen Seite des Feuers aus aufmerksam an. »Glaubst du, sie schert sich um deine Narben?«

»Wie könnte sie das nicht? Sie sind verdammt abscheulich«, sagte Cal.

»Sind sie *nicht*«, sagte Chappy hitzig. »Du hast diese Narben bekommen, weil du uns beschützt hast. Und wenn sie auch nur die Nase darüber rümpft, werde ich sie persönlich aus diesem Haus eskortieren, weg von Newton, und ihr sagen, dass sie nie wiederkommen soll.«

Cal wollte dankbar sein. Chappy war immer der Beschützer der Gruppe gewesen. Es hatte Cal gefallen, diese Rolle für kurze Zeit übernehmen zu können, als sie gefangen gewesen waren, seine Freunde einmal zu beschützen, aber die Instinkte saßen tief in seinem Kumpel, und Cal liebte ihn dafür umso mehr.

»June wird sich einen Dreck um deine Narben scheren«, sagte Bob, bevor Cal Chappy antworten konnte. »Die Frau ist bis über beide Ohren in dich verliebt.«

Cal starrte seinen Freund ungläubig an.

»Es ist offensichtlich«, sagte er und rutschte in seinem Stuhl hin und her. »Ihr Blick ist stets auf dich gerichtet, ganz weich und schmachtend und so weiter. Ich glaube, sie würde sich dem Teufel höchstpersönlich stellen, wenn es darum ginge, dich davor zu bewahren, verletzt zu werden.«

Die Sehnsucht, die Cal überkam, überraschte ihn. Er *wollte*, dass June ihn liebte. Denn so albern es auch schien, er war sich ziemlich sicher, dass er *sie* bereits liebte.

»Es ist einfach für uns, hier zu sitzen und zu sagen, dass deine Narben keine Rolle spielen«, sagte JJ sachlich. »Aber die Wahrheit ist, dass du der Einzige bist, der sich mit den physischen Beweisen für das Geschehene abfinden muss, Cal. Mein Instinkt ist die Empfehlung, jeden zum Teufel zu schicken, der nicht mit den Konsequenzen umgehen kann, dass du uns das Leben gerettet hast. Denn das ist es, was du getan hast. Du hast uns das verdammte Leben gerettet, und es vergeht kein Tag, an dem ich dir dafür nicht dankbar bin.

Aber ich hasse es, dass es einen solchen Tribut für deine Psyche gefordert hat. Wir sind für dich da. Was immer du brauchst, wann immer du es brauchst, wir sind da. Wenn das bedeutet, dass wir dich davor beschützen müssen, von einer Frau verletzt zu werden, dann werden wir das tun. Wir richten uns nach dir, verstehst du?«

Cal holte tief Luft. Er war sich nicht sicher, ob er seinen Freunden wirklich das Leben gerettet hatte, aber während seiner Folter hatte er sich geweigert, auch nur einen Laut von sich zu geben, denn er wusste, dass seine Entführer sich gegen Chappy, JJ und Bob wenden würden, wenn er zusammenbrach.

Sie hatten alle auf ihre eigene Weise gelitten, auch körperlich, und so sehr Cal die ganze Erfahrung hinter sich lassen wollte, er konnte es nicht. Denn jedes Mal, wenn er in den Spiegel sah, wurde er direkt dorthin zurückversetzt. In dieses Höllenloch. Er hatte den Spott ihrer Entführer gehört. Wie sie ihm sagten, dass er nie wieder »Prettymon« sein würde, wie die Presse ihn genannt hatte. Dass er ein schwaches, erbärmliches Stück Scheiße sei.

»Cal? Hast du das verstanden?«, fragte JJ.

»Verstanden«, sagte er zu seinem Freund.

»Gut. Wenn es weitergeht und du dich vor der Frau entblößt ... und June dich mit *irgendetwas* anderem als der Liebe und dem Respekt ansieht, den wir in ihren Augen sehen, wenn du vollständig bekleidet bist, ist sie nicht die Richtige für dich. Punkt. Ende. Ein einziger Blick genügt, und du wirst es wissen. Es wird zwar beschissen sein, wenn es passiert, aber wenigstens hast du dann deine Antwort. Du kannst einen von uns anrufen, und wir holen sie ab, bringen sie in einer Wohnung oder einem Zimmer unter, und du kannst dein Leben weiterführen.

Aber wenn sie sich nicht beirren lässt, wenn die Liebe in ihren Augen nicht nachlässt, wenn ihr allein und splitterfasernackt seid, dann gib dir die Erlaubnis, ihre Liebe zu erwidern – und halte an ihr fest, als hinge dein Leben davon ab.«

Cal nickte. Er wollte das. So sehr. Aber er hatte schreckliche Angst, es auf die eine oder andere Weise herauszufinden.

»Gut, können wir jetzt aufhören, über Cals Nacktheit zu reden?«, scherzte Bob. »Ich meine, Narben hin oder her, das ist nichts, was wir auf einem verdammten Junggesellenabschied besprechen sollten. Nackte *Frauen*, klar, aber Cals haariger Hintern? Nein danke.«

Alle lachten, und Cal fühlte sich plötzlich erschöpft. Er war erleichtert, dass sie nicht mehr über ihn und seine mentalen Probleme sprachen.

»Bist du bereit für morgen?«, fragte JJ Chappy.

»Ja. Ich bin mehr als bereit, Carlise meinen Ring an den Finger zu stecken.«

»Irgendwelche Pläne für die Flitterwochen?«, fragte Bob.

»Nicht sofort. Carlise hat einen Abgabetermin, den sie einhalten muss, und wir wollen, dass ihre Mutter ein paar Tage hier verbringt. Ich habe daran gedacht, sie an einen warmen Ort zu bringen. Ich meine, so sehr ich es auch liebe, mit ihr in der Hütte zu kuscheln, hätte ich nichts dagegen, sie im Badeanzug im Meer herumtollen zu sehen.«

Alle grinsten. Das Gespräch drehte sich bald um die besten tropischen Orte, an die Chappy Carlise bringen könnte. Aber nach einer Weile kreiste das Gespräch unweigerlich wieder um Cal und June.

»Also ... hast du etwas von dem Stiefmonster und ihrer Tochter gehört?«, fragte JJ.

»Nein. Aber ich habe von Tex, der ihre Online-Aktivitäten immer noch überwacht, gehört, dass Carla offenbar Karl ihre Brüste zeigt, weint und ihm sagt, wie viel Angst sie hat. Sie hat ihm sogar eine Nachricht gezeigt, die sie vermeintlich nach meiner Abreise von ihrem angeblichen Stalker erhalten hat.«

»Sie hat geweint und gleichzeitig ihre Titten gezeigt? Wie soll das denn gehen? Ich meine, wenn Frauen aufgebracht sind, denken sie meistens nicht wirklich daran, zufällig ihre Brüste aus dem BH fallen zu lassen«, sagte Bob und rollte mit den Augen.

»Eben. Ich habe noch nicht mit Karl gesprochen, aber das steht auf meiner Agenda. Ich habe mit meinen Eltern geredet und ihnen die ganze Situation erklärt, und sie sagten, dass sie alles tun würden, um ihn zu zügeln und ihn dazu zu bringen, die Verbindung abzubrechen«, sagte Cal.

»Hältst du das für klug?«, fragte JJ. »Vielleicht ist es das Beste, wenn dein Cousin ein Auge auf sie hat. Diese Carla giert offensichtlich nach Aufmerksamkeit, und wenn sie ihr Herz an dich gehängt hat und du nicht mehr erreichbar bist, würde sie dann etwas Drastisches tun?«

»Zum Beispiel?«, fragte Chappy.

»Ich weiß es nicht. Zum Beispiel diesen falschen Stalker in die Realität umsetzen?«

»Sollte sie sich *selbst* stalken?«, fragte Cal.

»Ich dachte eher daran, jemanden zu engagieren, der es so aussehen lässt, als würde sie belästigt werden. Du sagtest, du hättest gehört, wie sie und ihre Mutter über so etwas gesprochen haben, richtig?«

»Zu welchem Zweck? Ich werde nicht zurückgehen«, sagte Cal. »Sie und ihre schreckliche Mutter könnten den ganzen Tag lang jemanden anheuern, der ihnen Nachrichten hinterlässt, und es würde keinen Unterschied machen.«

»Hmm.«

»Was soll ›hmm‹ bedeuten?«, fragte Cal.

»Du hast erwähnt, dich mit dem Tod von Junes Vater zu befassen«, antwortete JJ nach einem Moment. »Also ... hör mir einfach zu. Wenn eine Frau verrückt genug ist, ihren Ehemann zu töten und seiner ahnungslosen Tochter das Haus und das Versicherungsgeld zu stehlen, und sie kommt damit durch, warum sollte sie dann nicht etwas ebenso Drastisches tun, um einen unglaublich reichen Ehemann – noch dazu einen mit königlichem Blut – für ihre eigene Tochter zu bekommen?«

»Sie kann mich nicht zwingen, diese dumme Kuh zu heiraten«, sagte Cal wütend.

»Vielleicht nicht – aber sie könnte alles Mögliche tun, um jede Konkurrenz loszuwerden.«

Cal starrte seinen Freund an und sein Magen verdrehte sich. Er respektierte und vertraute JJ. Er war ihr Teamleiter bei der Armee gewesen und seine Erfolgsbilanz war verdammt gut. »Sie weiß nicht, wo June ist.«

»Aber sie könnte *dich* finden«, argumentierte Chappy. »Du bist zwar nicht mehr der Medienliebling, der du einmal warst, aber es ist kein Geheimnis, dass wir hier in Newton ein Unternehmen gegründet haben.«

»Und wenn sie dich findet, wird es nicht lange dauern, bis sie herausfindet, dass du eine neue Mitbewohnerin hast«, fügte Bob hinzu.

»Scheiße«, fluchte Cal. »Dieses Miststück wird June kein einziges Haar mehr krümmen. Ich bringe sie mit bloßen Händen um, wenn sie es auch nur versucht!«

»Ganz ruhig, Bruder«, sagte Bob.

»Ich denke, wir müssen sie bremsen, bevor sie auf großartige Ideen kommt«, schlug JJ vor.

»Wie?«

»Wenn sie tatsächlich ihren Mann umgebracht hat und wir das beweisen können, hat sie größere Probleme, als zu versuchen, ihre Tochter zu verheiraten oder ihre Stieftochter zu finden«, sagte Cal.

»Ich rufe Tex für dich an«, sagte Bob. »Du brauchst June nicht zu erschrecken, wenn sie dein Telefonat belauscht. Tex kennt Leute. Sehr viele Leute. Er kann bei einem Detective in D. C. einen Samen pflanzen. Meinst du, June wäre mit einer Exhumierung einverstanden?«

Cal presste die Lippen aufeinander. Er wollte gar nicht daran denken, so etwas mit June besprechen zu müssen. Ihren geliebten Vater für eine Autopsie auszugraben, auch wenn er bereits darüber nachgedacht hatte, den Tod des Mannes untersuchen zu lassen. »Wenn es bedeutet zu beweisen, dass Elaine ihn getötet hat, ja – aber ich hoffe, dass es nicht so weit kommt.«

»Lasst uns nichts überstürzen. Ich denke, der erste Schritt ist, die Polizei dazu zu bringen, sich unsere Theorien anzuhören. Und Elaine so nervös zu machen, dass sie dich und June vergisst«, sagte JJ.

Cal war damit mehr als einverstanden.

»Ich rufe Tex morgen an, vor der Hochzeit«, versprach Bob.

»Ich weiß das zu schätzen«, sagte Cal.

Bob schüttelte den Kopf. »Das tun wir eben. Du würdest es für mich tun.«

Er hatte nicht unrecht.

Danach drehte das Gespräch sich um die Arbeit. Sie redeten über die bevorstehende Wandersaison, das Wetter und darüber, ob weitere Stürme vorhergesagt waren.

Cal schaute immer wieder heimlich auf die Uhr, um die

Zeit zu überprüfen. Es war nicht so, dass er den Abend nicht gern mit seinen Kumpeln verbrachte, aber er wollte unbedingt June sehen. Um nach ihr zu sehen, um sicherzugehen, dass die Dinge zwischen ihr und Carlise und April nicht unangenehm waren. Nicht dass er das erwartet hätte, aber er wusste, dass sie wegen heute Abend ein wenig nervös gewesen war.

Als es halb elf wurde und niemand etwas von den Frauen gehört hatte, war er mehr als erleichtert, als Chappy zum Telefon griff und murmelte:»Scheiß drauf.« Etwa eine Minute später blickte er lächelnd auf und verkündete:»Die Mädels sind startklar.«

JJ stand so schnell auf, dass Cal nur verwundert blinzeln konnte.»Willst du, dass ich June hierher zurückfahre, wenn ich April abhole?«, fragte er.

»Nein, das liegt nicht auf deinem Weg. Ich fahre hin und hole sie. Trotzdem danke.« Cal wusste, dass er sich lächerlich machte; es war nicht so, als sei Newton sehr groß. JJ würde höchstens vier Minuten länger brauchen, um June zu seinem Haus zu fahren. Aber das waren vier zusätzliche Minuten, bevor Cal sie sehen konnte, um sich zu vergewissern, dass alles in Ordnung war.

»Ihr seid erbärmlich«, sagte Bob kopfschüttelnd, während er half, Wasser und Sand auf die Feuerstelle zu schütten, bevor sie sich auf den Weg machten.

»Warte nur«, sagte Chappy zu ihm.»Wenn du deine Frau gefunden hast, wirst du genauso sein.«

»Wie auch immer«, erwiderte er.»Die Liebe überlasse ich euch.«

»Wer hat etwas von Liebe gesagt?«, protestierte JJ.

Cal schnaubte, während Chappy und Bob lachten.

Innerhalb von fünf Minuten war das Feuer aus, die Türen waren verschlossen und alle vier Männer fuhren Cals Einfahrt hinunter. Bob bog ab, als sie an seiner Straße ankamen, und die anderen drei fuhren weiter zu Chappys Apartmentgebäude.

Zehn Minuten später half Cal der beschwipsten und verdammt liebenswerten June in seinen Geländewagen.

»Ich hatte *so* viel Spaß«, schwärmte sie fröhlich.

»Das freut mich, Prinzessin.«

»Carlise und April sind so nett. Und Baxter ... er ist ein Held! Hast du gehört, was er getan hat? Wie er Carlise *zweimal* gerettet hat?«

»Das habe ich«, sagte er und lehnte sich zu ihr, um ihren Sicherheitsgurt zu schließen.

Als er fertig war, konnte er sich nicht überwinden zurückzutreten. Er blieb dicht bei ihr, eine Hand auf dem Sitz neben ihrer Hüfte. Ihr Kopf ruhte an der Stütze, ihre Wangen waren gerötet und sie lächelte ihn träge an.

»Was?«, fragte sie. »Ich bin angeschnallt«, informierte sie ihn, als hätte er sie nicht selbst angeschnallt. »Außerdem bin ich bei dir sicher. Ich brauche nicht einmal das hier«, erklärte sie und zog an dem Gurt über ihrer Brust. »Wenn etwas passieren würde, würdest du deinen superstarken Arm herüberstrecken und mich auffangen, bevor ich mit dem Gesicht in die Windschutzscheibe ... das Fenster ... wie auch immer du es nennst, knallen könnte.«

Er würde es sicher versuchen. Aber das würde kein Problem sein, denn ohne Sicherheitsgurt würde sie nirgendwo hinfahren. »Wie fühlst du dich?«, fragte er.

Sie zog eine Augenbraue hoch. »Gut. Warum?«

»Dreht sich die Welt? Ist dir übel? Glaubst du, du musst dich übergeben?«

»Hast du Angst, dass ich deinen sündhaft teuren Wagen versaue?«, kicherte sie.

»Das ist mir egal. Ich mache mir mehr Sorgen um *dich*, June.«

Sie starrte ihn einen langen Moment an, bevor sie seufzte.

»Ich kann mich nicht erinnern, dass sich jemals jemand mehr Sorgen um mich gemacht hat als um seinen Wagen.«

Ihre Worte machten ihn traurig, aber Cal hob einfach eine Hand und berührte ihre Wange mit den Fingerrücken. »Du hast die Frage nicht beantwortet«, erinnerte er sie.

»Es geht mir gut. Ich bin beschwipst, aber nicht betrunken.«

»Gut. Ich bringe uns im Handumdrehen nach Hause.« Dann trat Cal zurück und schloss ihre Tür. Als er auf dem Fahrersitz saß, waren Junes Augen geschlossen. Er dachte, sie schliefe bereits, bis er den Wagen startete und rückwärts aus der Parklücke fuhr.

»Cal?«

»Ja?«

»Danke.«

»Wofür?«

»Für alles. Dass du mich mitgenommen hast, als du D. C. verlassen hast. Dass du nicht angenommen hast, ich sei wie Carla. Dass ich bei dir bleiben darf. Dass du mich bis zur Besinnungslosigkeit geküsst hast. Dass du so wunderbar bist. Dass du mich an deinen Freunden teilhaben lässt ... für alles.«

Cal grinste. »Nichts zu danken.«

»Ich habe das Gefühl, als hätte ich nichts anderes getan, als von dir zu nehmen, seit wir uns kennengelernt haben.«

»Das ist nicht wahr«, erwiderte er ehrlich. »Du hast mir mehr gegeben, als du je wissen wirst.«

»Was zum Beispiel?«

»Meinen Glauben an die Menschheit.«

Sie riss erschrocken die Augen auf.

Er schüttelte den Kopf. »Mach die Augen zu, Prinzessin. Wir sind bald zu Hause und du kannst etwas schlafen.«

Sie seufzte erneut und tat, was er vorschlug. Sie schloss die Augen, hielt ihm aber das Gesicht zugewandt.

Cal teilte seine Aufmerksamkeit zwischen June und der

Straße, bis er in seine Einfahrt fuhr. Zum Glück war in Newton nicht viel los, was den Verkehr betraf.

Sie öffnete die Augen und rief:»Oh! Das ging aber schnell.«

»Ich sage dir immer wieder, dass Newton nicht so groß ist.«

»Ich weiß, aber es hat nur zwei Sekunden gedauert, um herzukommen.«

»Ein wenig länger als das«, sagte Cal lachend. Er fuhr in die Garage und stellte den Motor ab.»Bleib hier. Ich komme rüber«, befahl er.

June nickte, und er sprang heraus und joggte zu ihrer Seite. Sie war noch angeschnallt, als er die Tür öffnete. Er schnallte sie ab und hielt ihren Ellbogen fest, als sie vom Sitz sprang. Sie stolperte sofort und wäre gestürzt, wenn er sie nicht festgehalten hätte.

»Langsam.«

»Tut mir leid. Der Boden bewegt sich.«

Cal lachte.»Klar. Nur beschwipst, hm?«

June hob eine Hand, wobei ihr Daumen und Zeigefinger sich fast berührten. Er lachte wieder. Verdammt, er hatte in den letzten fünf Minuten mehr gelacht als den ganzen Abend über.

Er begleitete sie ins Haus und steuerte sofort auf die Treppe zu. An der Tür zu ihrem Zimmer hielt er inne ... dann entschied er sich in Sekundenschnelle, sie stattdessen weiter in Richtung des großen Schlafzimmers zu führen.

»Cal?«, fragte sie.

»Du hast ziemlich viel getrunken. Ich fühle mich nicht wohl dabei, dich allein zu lassen. Dir könnte mitten in der Nacht schlecht werden und du könntest ersticken. Wenn es dir nicht zu unangenehm ist, würde ich es vorziehen, wenn du in meinem Zimmer schläfst.«

»Okay.«

»Okay?«, fragte er, um sich zu vergewissern, dass sie wirklich mit dem Vorschlag einverstanden war.

June nickte. Sie waren bereits an der Seite seines Bettes,

und sie purzelte fröhlich auf die Matratze, drehte sich auf die Seite und vergrub die Nase in einem seiner Kissen. Nach einem Moment drehte sie das Gesicht und lächelte zu ihm hoch. »Es riecht nach dir.«

Cal lächelte zurück. Sie war so verdammt süß. »Ich hole dir ein Hemd zum Schlafen«, sagte er, bevor er sich zwang, sich abzuwenden.

Er brachte ihr ein T-Shirt und eine Jogginghose. Sie würden ihr viel zu groß sein, aber die Alternative wäre, ihre Beine nackt zu lassen, und er war sich nicht sicher, ob er dafür genügend Selbstbeherrschung hatte. Er ließ sie für ein paar Minuten allein, während er nach unten ging, um die Schlösser zu überprüfen und ein Glas Wasser und ein paar Kopfschmerztabletten zu holen.

Als er zurückkam, lagen die Kleider, die June getragen hatte, in einem Haufen auf dem Boden neben seinem Bett, und sie lag unter seiner Decke. Er bemerkte die Jogginghose, die noch auf der Matratze lag. »June?«, fragte er.

Sie antwortete nicht. Sie war bereits fest eingeschlafen.

Er sollte sie wirklich aufwecken und sie dazu bringen, die Jogginghose anzuziehen. Zumindest sollte er dafür sorgen, dass sie das Wasser trank und die Tabletten nahm. Aber als er ihren BH auf dem Kleiderstapel sah – und ihren Slip –, war er kurzzeitig platt.

Sie war praktisch nackt ... in seinem Bett ... und trug nichts als sein T-Shirt.

Cal stand einen langen Moment da, sein Schwanz pochte, seine Kontrolle entglitt ihm. Aber natürlich würde er die Situation nicht ausnutzen. Egal wie sehr er sie auch begehrte.

Im Badezimmer ließ er sich Zeit, putzte sich die Zähne und mied den kleinen Spiegel, während er die Jogginghose, die er June gegeben hatte, und ein T-Shirt anzog. Die Narben an seinen Unterarmen waren sichtbar und es kostete Cal seine ganze Selbstbeherrschung, kein langärmeliges Hemd anzuziehen. Aber er wollte seine Arme nicht annähernd so sehr verstecken, wie er June an sich spüren wollte, Haut an Haut, selbst auf die kleinste Weise.

Er ging zurück in sein Schlafzimmer und schaltete die Nachttischlampe aus, bevor er unter die Bettdecke kroch. June murmelte sofort etwas im Schlaf und drehte sich zu ihm. Sie legte eines ihrer Beine über seinen Oberschenkel, während sie einen Arm über seinen Bauch gleiten ließ. Sie drückte ihre Nase an seinen Hals und seufzte, als sei sie endlich zufrieden.

»June?«, flüsterte er.

Sie antwortete nicht, sondern drückte sich fester an ihn, als dachte sie, er würde sie wegstoßen.

Als ob.

Das würde nicht passieren.

»Gute Nacht«, sagte er, drehte den Kopf und küsste ihre Stirn.

»Nacht«, flüsterte sie schläfrig.

Es dauerte über eine Stunde, bis Cal einschlief, einfach weil er es zu sehr genoss, die Frau in seinen Armen zu halten, um etwas so Banales zu tun. Er wollte keine Minute dieses Erlebnisses verpassen. Aber schließlich schaltete sein Körper ab.

Er erinnerte sich noch daran, den blumigen Duft von Junes Shampoo einzuatmen und zu wissen, dass er nie wieder an einer Blume würde riechen können, *ohne* an diesen Moment zu denken.

KAPITEL VIERZEHN

June hatte einen wunderschönen Traum. Sie und Cal waren verheiratet und hatten ein kleines Mädchen. Jetzt versuchten sie, ein zweites Kind zu bekommen, und er war äußerst eifrig bei seinen Versuchen, sie erneut zu schwängern. Sie lagen gerade im Bett, verschwitzt und gesättigt nach einer besonders heftigen Runde, und sie fühlte sich fantastisch.

June bewegte sich und lächelte, als sie Cal an sich spürte. Sie drehte sich um und küsste seine Brust ... dann runzelte sie die Stirn. Statt der warmen Haut, die sie gerade gestreichelt hatte, spürte sie Stoff unter ihren Lippen.

Es dauerte einen Moment, bis sie so weit aufgewacht war, dass sie wusste, wo sie war.

Das erste Gefühl, das sie überkam, war Enttäuschung. Sie und Cal waren nicht verheiratet, sie hatten kein Kind und sie versuchten es auch keine Sekunde lang.

Dann wurde ihr bewusst ... dass sie und Cal zwar kein Paar sein mochten, sie aber in seinem Bett lag, praktisch auf ihm.

Die Erinnerungen an die letzte Nacht kamen blitzschnell zurück. Ihr Abend mit Carlise und April, der köstliche Ananas-

Rum-Drink, von dem sie viel zu viel getrunken hatte. Cal, der auftauchte, um sie zu seinem Haus zu fahren.

Sie wusste gar nicht mehr, wie sie in seinem Bett gelandet war. June leckte sich über die Lippen und hob den Kopf – nur um einem grinsenden Cal ins Gesicht zu sehen.

»Guten Morgen. Wie geht's dir?«

»Ähm ... gut.«

»Keine Kopfschmerzen? Du bist nicht verkatert?«

June zuckte mit den Schultern. »Nein, mir geht's gut. Ich sollte aufstehen«, sagte sie, fühlte, wie ihre Wangen warm wurden, und war sich sicher, dass ihr Gesicht knallrot war.

»Keine Eile«, antwortete Cal und hielt sie fester.

June senkte vorsichtig den Kopf, sodass er wieder auf seiner hemdbedeckten Brust lag. Eines ihrer Beine war über das seine geworfen und sie konnte seine Jogginghose an ihrer Haut spüren. Gott, sie trug keine Hose! Konnte das noch peinlicher werden?

Er streichelte mit den Fingern träge ihren Rücken, wo er sie festhielt, und seine andere Hand bedeckte den Arm, der über seinem Bauch lag. Sofort bildete sich eine Gänsehaut, wo er sie berührte.

»Ist dir kalt?«, fragte er.

Ja, das *konnte* noch peinlicher werden. Um zu verbergen, dass die Reaktion ihres Körpers nicht von der Kälte herrührte, sondern weil er sie berührte, sagte June: »Ein wenig.«

Er bewegte sich unter ihr und sie konnte spüren, wie jeder seiner Muskeln sich anspannte und zusammenzog, als er nach der Decke griff, die sie wahrscheinlich irgendwann in der Nacht heruntergetreten hatte. Er deckte sie beide zu.

Toll, jetzt waren sie in einem intimen kleinen Kokon ... in seinem Bett.

»Hast du dich gestern Abend amüsiert?«, fragte er.

June nickte. »Carlise und April sind fantastisch. So nett. Mir kommt es vor, als würde ich sie schon ewig kennen.«

»Das wundert mich nicht. Du bist sehr sympathisch, June.«
Das Kompliment breitete sich in ihr aus. Sie war es nicht
gewohnt, so etwas zu hören. Elaine und Carla wiesen sie lieber
auf ihre schlechtesten Eigenschaften hin.

»Ich bin am Montag mit Meg vom *Hill's House* verabredet«,
erzählte sie ihm.

»Das ist gut. Ich bin sicher, sie will, dass du sofort anfängst,
aber du musst den Job nicht annehmen«, warnte Cal. »Du wirst
hier immer einen Platz haben, also wenn es dir nicht passt oder
du Meg oder die Bewohner nicht magst, fühl dich nicht
verpflichtet, Ja zu sagen, selbst wenn sie dich einstellen will.«

»Das hat Carlise auch gesagt.«

»Das ist ein guter Rat«, bestätigte Cal.

June musste an den anderen Rat denken, den ihre neuen
Freundinnen ihr gegeben hatten. Über Cal. Darüber, das zu
tun, was sie wollte. Sie fühlte sich immer noch unzulänglich,
aber sie war immerhin in seinem Bett. Aus irgendeinem Grund
hatte er sie gestern Abend entweder hergebracht oder sie
zumindest nicht rausgeschmissen, als sie in sein Bett gekro-
chen war. Sie mochte sich nicht ganz sicher sein, ob es auf
Dauer mit ihnen funktionieren würde, aber sie war auch keine
Idiotin. Männer taten so etwas nicht. Sie ließen sich nicht auf
Small Talk ein und verlängerten ihre Zeit im Bett, wenn sie
nicht wenigstens ein bisschen an der Frau interessiert waren,
mit der sie kuschelten.

Und das war es, was sie und Cal taten. Sie hätte nie gedacht,
dass dieser Mann – dieser umwerfende, wunderschöne, reiche
Prinz – ein Kuschler war. Und schon gar nicht mit *ihr*. Aber
seine Entschlossenheit, sie genau dort zu halten, wo sie war,
war nicht zu übersehen.

Genauso wie zuvor, als sie zusammen im Hotel aufgewacht
waren.

Sie dachte daran, was sie gestern Abend zu Carlise und
April gesagt hatte. Wie sie beschlossen hatte, sich die Gelegen-

heit, mit Cal zusammen zu sein, nicht entgehen zu lassen. Dass sie keine Reue empfinden wollte. Jetzt schien ein guter Zeitpunkt zu sein, den ersten Schritt zu tun, um das zu bekommen, was sie wollte ... nämlich Cals Liebhaberin zu sein, solange er sie haben wollte.

June stützte sich auf einen Ellbogen und starrte auf ihn herab. Sein Haar war zerzaust und er hatte Bartstoppeln in seinem hübschen Gesicht. Der Blick aus seinen braunen Augen war auf sie gerichtet, und sie fühlte sich in diesem Moment wie die einzige Frau auf der Welt.

»June?«, fragte er, die Augenbrauen besorgt zusammengezogen. »Ist alles in Ordnung mit dir?«

»Ich will dich«, platzte sie heraus – und bereute prompt ihre Unverblümtheit.

Zu ihrer Erleichterung wies Cal sie nicht zurück.

»Ich will dich auch«, sagte er leise.

Sie starrte ihn an und fragte sich, wie sie das anstellen sollte. Sie hatte noch nie den ersten Schritt gemacht. Und obwohl sie halb nackt in seinem Bett lag, in seinen Armen, fühlte sie sich noch immer unbeholfen und unsicher.

Er drehte sich plötzlich, und June quietschte überrascht auf, als sie sich auf dem Rücken wiederfand und Cal über ihr schwebte. Sie leckte sich über die Lippen und runzelte dann die Stirn. So ein Mist. Sie hatte sich noch nicht die Zähne geputzt. Ihr Haar war wahrscheinlich völlig zerzaust, und plötzlich musste sie pinkeln.

Cal lachte. »Warum siehst du so aus, als würdest du bereuen, was du mir gerade gesagt hast?«

»Ich bereue es nicht an sich. Aber mein Mund schmeckt, als sei da etwas hineingekrochen und gestorben. Ich würde für einen Schluck Wasser töten, ich muss auf die Toilette und wahrscheinlich duschen, und ich ... ich will dir keinen Grund geben ... ähm ... irgendetwas zu bereuen.«

»Nicht möglich. Und obwohl ich dich mehr will, als ich je

eine andere Frau wollte, denke ich, dass jetzt nicht gerade der beste Zeitpunkt ist.«

June war erleichtert, aber auch ein wenig traurig.

»Schau nicht so«, sagte Cal mit einem kleinen Lächeln. »Jetzt, da ich weiß, dass du bei dieser Sache ... mit uns ... dabei bist, wird es passieren. Aber vielleicht nicht, nachdem du mit deinen Freundinnen getrunken hast. Und ich brauche etwas Zeit, um ... mit den Dingen klarzukommen.«

»Klarzukommen? Cal, wenn du dir nicht sicher bist, oder wenn du nur zustimmst, weil ich dir leidtue oder so, dann will ich nicht –«

Cal unterbrach sie, indem er sich zu ihr herabbeugte und ihren Hals küsste. Ihre Worte verstummten, als hätte er ihr den Stecker gezogen. June atmete tief ein, als er mit den Lippen über die empfindliche Haut ihres Kiefers streichelte. Sie neigte den Kopf, um ihm mehr Raum zu geben.

Sie spürte eine seiner Hände auf ihrem Bein, wie er an der Außenseite ihres Oberschenkels bis zu ihrer Hüfte hinaufglitt und sie dann unter ihr Hemd schob. Sie zog den Bauch ein, sich der Tatsache bewusst, wie *nicht* flach oder straff sie war.

Cal hob den Kopf und sagte: »Ich bin mir sicher. Und es gibt keinen Grund für mich, Mitleid mit dir zu haben«, sagte er entschlossen. »Deine Haut ist so weich, so warm. Und deine Reaktion auf meine Berührung zu spüren, deine Gänsehaut, ist das schönste Kompliment, das ich je bekommen habe.«

June rümpfte die Nase. »Mir war kalt?« Es klang mehr wie eine Frage als die Widerlegung, die es eigentlich sein sollte.

Er grinste, dann beugte er sich vor und küsste ihre Nase. »Du reagierst auf meine Berührungen stärker als jede andere zuvor. Das macht mich total an, Prinzessin. Aber ich bin nicht so«, sagte er ernster. »Ich habe so viel Narbengewebe, dass es mir schwerfällt, an manchen Stellen etwas zu fühlen. Ich will dich, aber ich bin nervös, wie es laufen wird. Ich war seit meiner Gefangenschaft mit niemandem mehr zusammen.«

Junes Herz blutete für diesen Mann. »Es wird schon gut gehen«, sagte sie entschlossen. »Wir werden es so angehen, wie du es brauchst, und ich habe dir schon gesagt, dass wir das Licht nicht anschalten müssen, wenn du nicht willst. Aber du solltest wissen, Cal, ob mit oder ohne Narben, du bist der schönste Mann, den ich je getroffen habe. Und es ist nicht nur dein Aussehen, das umwerfend einfach ist. Es ist, wer du als Mann bist. Es ist deine Persönlichkeit. Freundlichkeit kommt bei mir viel weiter als ein heißer Körper oder ein hübsches Gesicht – aber zu meinem Glück hast du alle drei Eigenschaften.«

Er starrte sie einen langen Moment an. »Du bist zu gut für mich«, sagte er.

June lachte und rollte mit den Augen. »Wie auch immer. Ich weiß, was ich bin und was ich nicht bin. Aber wir sind zwei Menschen, die sich zueinander hingezogen fühlen, und die Chemie stimmt auch.«

»Das ist sehr wahr. Und um die Wahrheit zu sagen, der andere Grund, warum jetzt kein guter Zeitpunkt für uns ist, um diese Verbindung zu erkunden, ist, dass ich keine Kondome habe.«

June blinzelte zu ihm auf. »Oh, daran habe ich gar nicht gedacht.«

»Ich bin gesund«, fuhr er fort. »Es war kein Scherz, dass ich seit Jahren mit niemandem mehr zusammen war, aber ich will nicht riskieren, dass du schwanger wirst.«

So ein Gespräch hatte sie noch nie mit einem Mann geführt. Sie wusste, dass es klug und erwachsen war, aber es war ihr auch unangenehm. Zum Glück war es nie zur Sprache gekommen, denn die wenigen Männer, mit denen sie geschlafen hatte, benutzten Kondome.

»Ich ... ich bin geschützt«, erklärte June ihm schüchtern. »Nicht weil ich wilden Affensex mit Fremden hatte oder so, aber ich wollte meine Periode regulieren. Es ist schön, genau zu wissen, wann sie kommt, und die Pille hilft mir gegen meine Krämpfe.«

»Wilder Affensex?«, erwiderte Cal grinsend.

June lächelte ihn an und zuckte mit den Schultern.

Er wurde wieder ernst. »Ist es für dich in Ordnung, keine Kondome zu benutzen?«, fragte er.

»Vertraust du mir, wenn ich dir sage, dass ich die Pille nehme?«, konterte sie. »Ich kann mir vorstellen, dass es viele Frauen gibt, die, in der Hoffnung schwanger zu werden, lügen würden, wenn sie dafür etwas von deinem Geld bekommen und vielleicht eine Prinzessin werden könnten.«

»Du gehörst nicht zu ihnen«, sagte Cal ohne jeden Zweifel.

Sein Vertrauen in sie brachte June beinahe zum Weinen. »Nein, das tue ich nicht. Ich kann dir meine Pillen zeigen, wenn du willst.«

Cal schüttelte den Kopf. »Nicht nötig. Und allein der Gedanke, nackt in dir zu sein und jeden Zentimeter von dir zu spüren, ist verdammt erregend. Aber June, ich sollte dich warnen. Meine Entführer ... sie haben mich ... da unten nicht verschont. Ich werde vielleicht nicht lange hart bleiben können.«

Anstatt Mitleid mit Cal zu haben, war sie wütend auf die Männer, die meinten, sie hätten das Recht, einem anderen Menschen auf diese Weise wehzutun. »Das spielt keine Rolle«, sagte sie. »Wir werden es schon hinbekommen, während wir es tun.«

Er starrte sie mit einem Ausdruck an, den sie nicht deuten konnte. Dann murmelte er: »So liebenswert.«

June öffnete den Mund, um ihm zu sagen, dass sie nicht immer so nett war. Dass sie gemein sein konnte, wenn die Situation es rechtfertigte, aber die Worte gingen verloren, als er seine Hand wieder bewegte.

Sein Blick blieb auf ihrem Gesicht haften, als er eine ihrer Brüste unter ihrem Hemd betastete. Nun ja ... seinem Hemd.

June atmete scharf ein und grub die Fingernägel in seinen Bizeps. Zum ersten Mal bemerkte sie, dass er kurze Ärmel trug. Sie hatte ihn noch nie in etwas anderem als langärmeligen Hemden gesehen. Sie hatte keine Zeit, darüber nachzudenken, denn er zwickte ihre Brustwarze, was sie erneut nach Luft schnappen ließ.

»Du bist empfindlich«, bemerkte er.

June nickte.

»Bist du jemals allein durch die Stimulation deiner Brustwarzen gekommen?«, fragte er.

Bei jedem anderen Menschen, in jeder anderen Situation, wäre June rot geworden und hätte versucht, vom Bett zu fliehen. Aber dies war Cal. Sie liebte ihn.

Die Erkenntnis traf sie – hart. Sie lag unter ihm, er berührte sie zum ersten Mal intim ... und sie wusste bereits, dass sie ihn mehr liebte als das Leben selbst. Verspätet schüttelte sie den Kopf als Antwort auf seine Frage.

»Jetzt ist nicht der richtige Zeitpunkt, aber sei versichert, dass ich das zu meiner Lebensaufgabe machen werde«, neckte er. Er ließ den Blick auf ihre Brust sinken, beobachtete seine Hand unter dem dünnen Hemd, und seine Atmung beschleunigte sich, während er mit ihrer Brustwarze spielte.

»Cal!«, wimmerte sie.

Er seufzte. »Ich weiß, ich bin nicht fair. Aber dich die ganze Nacht an mich gepresst zu haben, deinen blumigen Duft zu riechen, davon zu träumen, dich unter mir zu haben, genau so ... das hat mich erregt.«

June konnte *spüren*, wie er erregt war. Sein Schwanz drückte gegen ihren Oberschenkel. Er fühlte sich lang und heiß an und ...»Du bist so hart«, flüsterte sie.

Er grinste. »Ja. Aber ich bin mir nicht sicher, wie lange es anhalten wird. Meine Erektion scheint zu kommen und zu gehen ... kein Wortspiel beabsichtigt. Aber sie hat definitiv ihren eigenen Kopf, wenn es um dich geht. Es ist nur ... ich bin

mir nicht sicher, was passieren wird, wenn ich ... nackt bin. Ich
—«

»Schhhh«, murmelte June. »Wir kümmern uns darum,
wenn die Zeit gekommen ist.«

»Ja«, stimmte er zu. »Bald. Ich will diese Schönheiten
sehen«, sagte er und drückte ihre Brust. »Sie kosten. An ihnen
saugen.«

June war ein wenig überrascht über seine unverblümten
Worte, aber das hätte sie wohl nicht sein sollen. Er war ein
Mann, der wusste, was er wollte. Die Tatsache, dass er gerade
sie wollte, war ein Geschenk. Eines, das sie nicht verschwenden
würde. Sie würde alles nehmen, was er ihr bereitwillig gab, und
es für den Rest ihres Lebens in Ehren halten.

Ihr Traum schoss ihr durch den Kopf, aber sie verdrängte
ihn schnell. Sie und Cal würden keine Kinder haben. Sie
würden nicht wie in den Filmen glücklich bis ans Ende ihrer
Tage leben. Sie konnte ihm niemals auf Dauer genügen. Also
würde sie sich einfach mit einer glücklichen Gegenwart zufriedengeben.

Mit einem Seufzer zog Cal seine Hand unter ihrem Hemd
hervor und June runzelte unglücklich die Stirn.

»Ich weiß«, sagte er. »Es ist schon zu lange her für mich. Ich
würde dir am liebsten das Hemd vom Leib reißen und dich
stundenlang in diesem Bett gefangen halten, um die verlorene
Zeit aufzuholen. Aber wir müssen aufstehen und uns fertig
machen. Die Zeremonie ist in ein paar Stunden, und ich habe
Chappy gesagt, dass wir früher zur Hütte fahren, falls er oder
Carlise Hilfe braucht.«

Seine Loyalität und Rücksichtnahme trafen June wieder
einmal hart. Davon hatte sie in ihrem Leben bisher nicht viel
gehabt, und dies bei dem Mann zu sehen, den sie liebte, war
alles.

Sie griff nach seinem Handgelenk. »Cal?«

»Ja?«

June war sich nicht sicher, was sie sagen wollte. Danke? Nicht aufhören? Wann können wir beenden, was wir angefangen haben? Schließlich murmelte sie nur: »Ich freue mich darauf, den Tag mit dir und deinen Freunden zu verbringen.«

»Unseren Freunden«, sagte er mit einem kleinen Lächeln.

»Unseren Freunden«, stimmte sie zu.

Dann beugte Cal sich zu ihr hinunter und küsste sie auf die Stirn. »Ich werde dich gebührend begrüßen, sobald wir beide angezogen sind und uns die Zähne geputzt haben.«

»Abgemacht«, sagte sie sofort.

Er lächelte wieder, dann rollte er sich zur Seite und stand auf. June nahm ihn in sich auf. Er war wirklich ein schöner Mann.

Als er ihr die Hand hinhielt, wurde ihr klar, dass sie halb angezogen vor ihm würde aufstehen müssen. Die Tatsache, dass ihre Oberschenkel einander beim Gehen streiften, dass sie nicht schlank und rank war, ließ sie für einen Moment in Panik geraten.

Bis ihr klar wurde, dass Cal sich ihr gegenüber absichtlich verletzlich zeigte.

Sein Unterarm war vollständig zu sehen, ohne die übliche Kleidung, die ihn bedeckte. Auf den ersten Blick war es schwer, ihn zu erfassen. Die Narben zogen sich von seiner Hand den Arm hinauf und schlängelten sich unter den Ärmel seines T-Shirts.

Ohne nachzudenken, kniete June auf der Matratze und nahm seine Hand in ihre. Langsam beugte sie sich vor und küsste sein Handgelenk. Dann seinen Unterarm. Sie fuhr mit den Fingern über das vernarbte Fleisch, streichelte es leicht und küsste jeden Zentimeter, während sie sich nach oben bewegte.

Cal war näher ans Bett getreten, um sie tun zu lassen, was sie wollte, und sie wusste, dass das ein weiteres Geschenk war. Als sie zu seinem Bizeps kam und die hässliche kreisförmige

Narbe dort sah, konnte sie den kleinen verzweifelten Laut nicht unterdrücken, der ihre Kehle verließ.

»Zigarre«, sagte Cal mit keinerlei Emotion in der Stimme. June legte die Lippen direkt auf den obszönen Fleck auf seinem Fleisch und strich leicht mit der Zunge darüber. Ohne aufzublicken, sagte sie mit einer Stimme, die sie kaum als ihre eigene erkannte: »Ich hoffe, dass derjenige, der dir das angetan hat, einen schrecklichen, schmerzhaften Tod gestorben ist, mit herausgerissenen Augen und aus dem Körper quellenden Eingeweiden, an denen sich hundert hungrige Aasgeier gütlich taten.«

Sie wurde durch Cals lautes Lachen in die Gegenwart zurückgerissen. Sie sah zu ihm auf und befürchtete, zu weit gegangen zu sein. Dass sie seine Narben vielleicht ganz hätte ignorieren sollen.

»Ich hoffe, ich werde dich nie verärgern«, sagte er mit einem etwas verwunderten Gesichtsausdruck.

Erleichtert, dass er nicht verärgert zu sein schien, zuckte June mit den Schultern. Sie setzte sich auf den Hintern, bevor sie aufstand. Cals Hand war da, um sie zu stützen. Als sie auf den Beinen war, brachte sie den Mut auf, ihn anzusehen. Sie war sich äußerst bewusst, dass sie keinen BH trug, dass ihre Brüste nicht gerade klein genug waren, um jemals als prall bezeichnet zu werden, dass ihre Beine gänzlich zu sehen waren ...

»Verdammt, Frau. Du bist dafür gemacht, Miniröcke zu tragen. Diese Beine – sie sind tödlich.« Er schluckte schwer. »Ich werde duschen. Willst du etwas Besonderes zum Frühstück, bevor wir losfahren?«

Die Art und Weise, wie er nicht aufhören konnte, ihre Beine anzustarren, trug viel dazu bei, Junes Selbstvertrauen zu stärken. »Mir ist alles recht.«

Er nickte und holte tief Luft. »Lass dir Zeit, wir haben noch etwa eine Stunde, bevor wir uns auf den Weg machen müssen.« Dann drehte er sich um und machte sich auf den Weg ins Bad.

June lächelte und machte sich unbeirrt von seinem abrupten Abgang auf den Weg in ihr eigenes Zimmer. Dieser Morgen war überraschend, und das nur zum Teil, weil sie in seinem Bett aufgewacht war. Sie hatte ein wenig mehr Zuversicht, dass sie und Cal tatsächlich irgendwann zusammenkommen würden. Sie würde immer noch vorsichtig sein, denn sie wusste besser als die meisten anderen, dass das Leben eine Vorliebe für unerwartete Wendungen hatte, aber vielleicht, nur vielleicht, würde sie bekommen, was sie wollte ... zumindest für eine Weile.

KAPITEL FÜNFZEHN

»Willst du, Riggs Chapman, diese Frau zu deiner rechtmäßig angetrauten Ehefrau nehmen? In guten wie in schlechten Zeiten, in Reichtum und in Armut, in Krankheit und Gesundheit, sie lieben und ehren, bis dass der Tod euch scheidet?«

»Ich will«, sagte Chappy inbrünstig.

Die Standesbeamte wandte sich an Carlise, die eine Jeans und einen weißen Mantel, eine weiße Mütze und ein Paar weiße Handschuhe trug. »Willst du, Carlise Edwards, diesen Mann zu deinem rechtmäßig angetrauten Ehemann nehmen? In guten wie in schlechten Zeiten, in Reichtum und in Armut, in Krankheit und Gesundheit, ihn lieben und ehren, bis dass der Tod euch scheidet?«

»Auf jeden Fall, ja«, sagte sie mit einem breiten Lächeln.

»Ich erkläre euch nun zu Mann und Frau. Sie dürfen die Braut küssen«, sagte die strahlende Frau zu ihnen.

Cal sah zu, wie sein Freund seine frisch angetraute Frau über seinen Arm beugte und sie lange, intensiv und gründlich küsste. Alle jubelten und klatschten, als er sie aufrichtete und sich ihnen zuwandte.

Es waren nicht viele Leute anwesend – ihr Freundeskreis,

Carlises Mutter und Alfred Rutkey. Und natürlich Baxter, der neben Carlise saß und all die Leute um sie herum unruhig ansah, aber nicht von der Seite seines Lieblingsmenschen weichen wollte.

Das Wetter war perfekt für eine Hochzeit. Es war kühl, aber die Sonne schien. Es lag noch etwas Schnee auf dem Boden, aber die sechzig Zentimeter, die beim letzten Schneesturm gefallen waren, waren fast vollständig geschmolzen.

Cal war mit June früher angekommen, die in der Hütte verschwunden war, um Carlise zu helfen. Er und Chappy hatten es sich zusammen mit ihren Freunden in der frei stehenden Garage gemütlich gemacht, wo ein prasselndes Feuer für Wärme sorgte. Sie hatten die paar Stunden dort verbracht und auf den Beginn der Zeremonie gewartet, hatten in Erinnerungen geschwelgt, wie sie dorthin gekommen waren, wo sie jetzt waren, und darüber spekuliert, was wohl passiert wäre, wenn sie irgendwo anders als in Maine gelandet wären.

Carlise war wunderschön und strahlte vor Glück, aber Cal konnte sich des Eindrucks nicht erwehren, dass June alle in den Schatten stellte. Sie trug eine figurbetonte Jeans und ein lilafarbenes, langärmeliges Hemd mit V-Ausschnitt, das sie beim Einkaufen mitgenommen hatte. Ihre Wangen waren rosig von der kühlen Luft und der Aufregung über den Anlass, und sie hatte ein fast permanentes Lächeln im Gesicht.

Cal hatte sie den ganzen Tag über in Ruhe gelassen, damit sie mit den Frauen abhängen und ihre Freundschaft vertiefen konnte, aber er konnte sich nicht länger von ihr fernhalten. Als sich alle auf den Weg zur Hütte und zum Essen machten, auf dem Carlise bestanden hatte, bevor sie zurück nach Newton fuhren, legte er einen Arm um Junes Taille.

»Das ist gut gelaufen«, stellte er fest.

»Es war perfekt«, rief sie und sah mit einem breiten Lächeln zu ihm auf. »Carlise war wunderschön und Chappy konnte den

Blick nicht eine Sekunde von ihr abwenden. Sogar die kleine Fliege, die Baxter trug, war hinreißend!«

Cal war früher auf vielen Hochzeiten gewesen. Nicht so viele in letzter Zeit, aber bevor er gefangen genommen worden war, hatte er zu fast allen königlichen Hochzeiten seiner Familie gehen müssen. Sie waren prunkvoll und übertrieben, aber keine ließ sich mit der intimen, einfachen Zeremonie vergleichen, die er heute hatte miterleben dürfen.

Chappy und Carlise waren offensichtlich wahnsinnig verliebt, und sie hatten eine schreckliche Tortur überlebt, um dorthin zu gelangen, wo sie jetzt waren. Es war eine Ehre, sie zu feiern. Manche würden spotten und sagen, dass es nie halten würde. Dass sie sich nicht lange genug kannten, um eine bedeutungsvolle Verbindung oder eine langfristige Beziehung einzugehen. Aber Cal sah das anders.

Er hatte miterlebt, wie seine Cousins Leute heirateten, mit denen sie seit Jahren zusammen waren, und wie die Dinge in die Brüche gingen, kaum dass sie ihren Ehepartnern den Ring angesteckt hatten. Die Art, wie Chappy Carlise ansah und umgekehrt, machte ihn sicher, dass sie für immer zusammen sein würden.

»Ich werde ihnen jetzt gratulieren. Ich bin gleich wieder da«, sagte June und eilte zu Carlise hinüber.

Cal beobachtete, wie sie die andere Frau umarmte. June war von Natur aus gut, und jedes Mal, wenn er daran dachte, wie ihre Stiefmutter und ihre Stiefschwester sie behandelt hatten, wollte er sofort zurück nach Washington fahren und ihnen die Meinung sagen.

»Warum der finstere Blick?«, fragte JJ. »Freust du dich nicht für sie?«

Cal wischte sich den gereizten Blick aus dem Gesicht und schüttelte den Kopf. »Nein, ich bin überglücklich. Ich habe Chappy noch nie so glücklich und zufrieden gesehen. Ich habe gerade über Junes Situation nachgedacht.«

JJ nickte. »Ja. Ich denke, ihre Familie nimmt es wahrscheinlich nicht auf die leichte Schulter, dass sie ihnen ihren Prinzen vor der Nase weggeschnappt hat.«

Cal warf seinem Freund einen bösen Blick zu. »Sie hätte niemanden stehlen müssen, der ihr gehören wollte. Und ich habe Carla nie gehört, egal was sie sich in ihre dummen Köpfe gesetzt hatten.«

»Ich habe es nicht so gemeint«, erwiderte JJ locker. »Obwohl es mich freut zu hören, dass die Dinge zwischen dir und June gut laufen.«

Cal schnaubte. Er war direkt in diese Falle getappt, auch wenn sich das Eingeständnis, dass er zu June gehörte, nicht gerade wie eine Falle *anfühlte*. »Weißt du, ich habe mich mein ganzes Leben lang davor gefürchtet, mich zu verlieben. Es schien mir immer ein Haufen Ärger zu sein. Die Zustimmung des Königs und der Königin zu bekommen, das Werben, der Umgang mit den Medien, die Planung einer riesigen, extravaganten Hochzeit, die viel zu viel kostet, und Leute unterhalten zu müssen, die ich nicht einmal kenne und die mir definitiv egal sind. Ich werde nie König sein, nicht einmal annähernd, und es schien mir einfach zu viel Arbeit zu sein, mich mit all dem zu beschäftigen.«

»Aber die Liebe findet dich, ob du es willst oder nicht«, beendete JJ für ihn.

»Ja.« Cal fühlte sich nicht im Geringsten komisch dabei zuzugeben, dass er in June verliebt war. Wie sollte er auch? Es fühlte sich zu richtig an, um es zu verbergen oder zu leugnen.

»Also ... wirst du sie dem König und der Königin vorstellen?«, fragte JJ entspannt.

Cal zuckte zusammen. Es war nicht so, dass er nicht wollte oder dass er nicht stolz auf sie war. Zwischen ihnen war einfach noch so viel offen. Und er wusste ganz genau, dass ein Treffen mit den Anführern seines Landes June völlig aus der Bahn werfen würde. Außerdem ... war es für all das noch viel zu früh.

Plötzlich wurde Cal klar, dass er nicht mehr dachte, es sei das Beste für June, sie gehen zu lassen, dass sie etwas Besseres haben konnte als ihn. Er wollte für immer mit ihr zusammen sein. Er liebte die Frau. Vielleicht war auf der Hochzeit seines Freundes zu sein und zu sehen, wie glücklich er mit seiner Braut war, unbewusst in seine eigene Psyche eingedrungen.

»Irgendwann«, sagte er schließlich zu JJ.

Sein Freund strahlte und klopfte ihm auf den Rücken. »Ich freue mich für dich, Bruder.«

Cal freute sich auch, obwohl er durchaus besorgt war. Er wollte June. Alles von ihr. Aber es widerstrebte ihm immer noch, seinen Körper zu entblößen. Obwohl die Art, wie sie seine Narben geküsst hatte, und ihre Reaktion auf die Verbrennung an seinem Bizeps ihm das Gefühl gaben, dass sie vielleicht, nur vielleicht, auf den Rest von ihm nicht so reagieren würde, wie er es angenommen hatte. Sie war darüber verärgert gewesen. Und wenn er sich daran erinnerte, wie sie das Arschloch, das ihn verbrannt hatte, ausweiden wollte, linderte das ein wenig den Schmerz, den er in seinem Herzen trug.

Es gab Zeiten, in denen er davon geträumt hatte, jeden einzelnen seiner Entführer zu finden und ihn so zu foltern, wie er ihn gefoltert hatte, aber das hätte ihn genauso schlecht gemacht. Er hatte zu viel Stolz, um so tief zu sinken.

Und außerdem ... hatte die Rettungseinheit dafür gesorgt, dass diese Mistkerle nie wieder jemandem etwas antun würden.

Aber zu wissen, dass June einen Bruchteil von dem empfand, was er empfand, das Bedürfnis nach Rache, ließ ihn vermuten, dass sie für ihn bestimmt war.

»Cal! JJ! Kommt hierher! Sie wollen die Torte anschneiden!«, rief April vom anderen Ende des Raumes.

JJ verdrehte die Augen. »Sie ist so herrisch«, beschwerte er sich neckend.

»Und du liebst es«, sagte Cal.

JJ antwortete nicht, sondern tat, was April verlangte, und ging in ihre Richtung. Alle standen um den Tisch herum, auf dem eine einfache zweistöckige Torte stand. Sie hatte weißen Zuckerguss und war ein wenig schief auf dem Ständer. Chappy nahm Carlises Hand, und sie umfassten ein Messer. Sie schnitten in die Torte, aber offensichtlich mit etwas zu viel Druck, denn das ganze Ding kippte, und der obere Teil fiel vom Sockel und plumpste auf den Boden. Alle standen wie erstarrt und starrten einen langen Moment darauf, bis Baxter sich schließlich bewegte. Entspannt schnappte er sich das ganze Stück und zog sich auf sein Kissen neben dem Kamin zurück, um seinen unerwarteten Leckerbissen zu genießen.

Cal befürchtete, Carlise würde sich ärgern, aber sie fing plötzlich so sehr an zu lachen, dass Chappy sie aufrecht halten musste.

Cal zuckte zusammen, als jemand einen Arm um seine Taille legte, und schaute nach unten, wo er June fand, die sich an ihn schmiegte und über die Szene lächelte. Er zog sie sofort näher an sich heran, während sie zusahen, wie ihre Freunde ein weiteres Stück Kuchen anschnitten und es sich gegenseitig erfolgreich fütterten. Carlise in ihrer Jeans und ihrem weißen Pullover. Chappy ebenfalls in Jeans und einem schwarzen Hemd. Sie waren wie Yin und Yang zusammen und sahen wie das perfekte Paar aus.

Der Unterschied zwischen dieser Hochzeit und all den anderen, die er besucht hatte, wurde Cal wieder einmal bewusst. Eine Torte dieser Größe wäre für die königliche Familie unvorstellbar. Sie hatten immer mindestens zwei Torten, jede mehrstöckig, tadellos verziert und genug, um Hunderte von Gästen zu füttern. Bei den Zeremonien schien nie etwas schiefzugehen. Das königliche Protokoll wurde stets eingehalten, alles lief mit strenger Präzision ab, und niemand wagte es, in etwas anderem als der neuesten Couture-Mode zu erscheinen.

»Das muss ganz anders sein als das, was du gewohnt bist, oder?«, fragte June.

Ihre Frage war der Beweis dafür, dass sie beide auf der gleichen Wellenlänge lagen. »Ja. Aber weißt du was? Das hier ist so viel besser«, sagte er und meinte jedes Wort ernst.

»Ja«, stimmte sie zu.

»Wir werden jetzt einen Toast ausbringen«, verkündete Carlise mit einem breiten Lächeln. Sie wartete, bis jeder ein Glas in der Hand hatte. »Auf die besten Freunde, die man haben kann«, sagte sie, während sie ein Glas Champagner hochhielt.

»Hört, hört!«, sagten alle und nahmen einen Schluck von ihren Getränken.

»Auf Schneestürme!«, fügte Chappy hinzu.

Alle nahmen einen weiteren Schluck.

»Auf einen streunenden Hund, den irgendein Idiot ausgesetzt hat und der am Ende mein Schutzengel war«, sagte Carlise.

Cal lachte in sein Glas. Bei diesem Tempo würden sie den ganzen Nachmittag dort verbringen.

Er hatte nicht ganz unrecht. Alle sprachen einen Toast auf das Paar aus und wünschten ihm alles Gute. Die Stimmung war fröhlich, festlich und voller Liebe. Es wurden jede Menge Fotos gemacht und alle strahlten, während sie den besonderen Tag ihrer Freunde teilten.

Schließlich schaltete April eine Stereoanlage in der Ecke ein und ein kitschiges Tanzlied aus den Achtzigern begann zu spielen.

»Juhu! Zeit zum Tanzen!«, verkündete Carlise.

Das Sofa wurde zurückgeschoben und schon bald tanzten April, Carlise, June und Carlises Mutter in der Mitte des Raumes.

Chappy sah ihnen mit einem albernen Gesichtsausdruck zu, und wieder einmal dachte Cal, dass dies die beste Hochzeit und der beste Empfang waren, an denen er je teilgenommen hatte. Zeit mit seinen Freunden zu verbringen war etwas, das er schon immer genossen hatte, aber mit den Frauen machte es noch mehr Spaß. Sie ermutigten die Männer, sich zu entspannen und sich mehr gehen zu lassen, als sie es jemals getan hätten, wenn sie sich selbst überlassen gewesen wären.

Sie alle tanzten, lachten und tanzten irgendwann sogar Limbo. Cal konnte sich nicht erinnern, jemals einen besseren Tag erlebt zu haben.

Die Standesbeamtin und der Polizeichef fuhren kurz nach Beginn des Tanzes nach Hause, und die Frauen waren wieder einmal beschwipst, als die Party zu Ende ging.

»Es war schön, dass ihr alle hier wart, aber es ist Zeit für euch zu gehen«, verkündete Chappy gegen sieben. Draußen wurde es gerade dunkel und es war mehr als offensichtlich, dass er seine Hochzeitsnacht in Gang bringen wollte. Da die Hütte nur ein Zimmer hatte, konnte er das nicht wirklich tun, wenn seine Freunde und seine neue Schwiegermutter im Wohnbereich feierten.

JJ fuhr April, Carlises Mutter und Bob zurück in die Stadt, womit Cal wieder einmal mit June allein blieb. Es machte ihm nichts aus, nicht im Geringsten.

Sobald sie auf ihrem Sitz in seinem Geländewagen Platz genommen hatte, griff sie nach seiner Hand und hielt sie fest, während er nach Newton fuhr.

»Das war großartig«, sagte sie seufzend. »Obwohl mir die Füße wehtun, meine Ohren von der lauten Musik klingeln und ich wahrscheinlich heiser vom Singen sein werde.«

»Du weißt doch, dass du keinen Ton halten kannst, oder?«, fragte Cal mit einem Lachen.

June kicherte. »Ja, aber wen kümmert's? Das hat Spaß gemacht. Ich freue mich so für Carlise und Chappy.«

»Ich mich auch.«

Mit einem Lächeln im Gesicht wandte sie sich ihm zu. »Damit das klar ist, ich bin nicht betrunken«, informierte sie ihn.

»Aber du bist beschwipst. Ich dachte, die Trinksprüche würden nie zu Ende gehen.«

Sie lachte wieder, und Cal gefiel es, den unbeschwerten Klang zu hören. Er wusste bereits, dass sie in ihrem Leben jahrelang nicht genügend gelacht hatte. »Nicht wahr? Ich meine, als sie anfingen, auf Generatoren und Erdnussbutter-Marmeladen-Sandwiches anzustoßen, dachte ich schon, dass es zu weit gegangen war.«

Cal lächelte bei dieser Erinnerung.

»Ich will damit sagen, dass ich vielleicht beschwipst bin, aber nicht so sehr, dass ich nicht mehr weiß, was los ist«, informierte June ihn.

Er blickte zu ihr hinüber und stellte fest, dass sie ihn aufmerksam anstarrte. »Okay?«

»Du scheinst die Art von Mann zu sein, die zu ehrenhaft ist, um eine Frau auszunutzen, wenn sie zu viel getrunken hat. Deshalb sollst du wissen, dass ich zwar noch die Wirkung des Champagners spüre, das Tanzen aber gut dazu beigetragen hat, dass ich ein wenig nüchterner geworden bin. Ich weiß, was ich sage ... und was ich will.«

Cal begriff endlich, worauf sie hinauswollte – und sein Schwanz erwachte sofort zum Leben, auch wenn die Angst ihn übermannte. Es war das Seltsamste überhaupt, gleichzeitig erregt und nervös zu sein.

Er wollte das, sie, aber aus irgendeinem Grund hatte er gedacht, er hätte mehr Zeit, um sich vorzubereiten. Sich mental darauf vorzubereiten, dass sie seinen geschändeten Körper sehen würde.

»Aber wenn du nicht willst, ist es okay«, sagte sie leise, als er nicht antwortete.

»Nein!«, platzte er heraus. »Doch, ich will, es ist nur ... June, ich kann nicht anders, als mir Sorgen zu machen, dass du mich sehen wirst.«

»Cal, glaubst du nicht, dass ich dieselben Sorgen habe? Ich bin nicht dünn. Tatsächlich bin ich das, was die meisten Leute als dick bezeichnen würden. Ich versuche, in Form zu bleiben, aber ich habe die Gene meiner Eltern geerbt. Ich werde immer schwer sein. Aber denkst du nicht, dass ich für dich schlank sein *will*? Die Art von Frau sein, auf die an deiner Seite zu haben zu stolz wärst? Mit der du es nicht erwarten kannst, allein zu sein und ihr die Kleider vom Leib zu reißen? Das bin ich einfach nicht.«

»Wenn du glaubst, dass ich dir nicht diese hautenge Jeans von den Beinen reißen und mein Gesicht die ganze Nacht zwischen deinen Schenkeln vergraben will, bist du verrückt«, knurrte Cal fast.

»Oh«, sagte sie nach einer längeren Pause.

Es war verdammt niedlich.

»Für unser erstes Mal lassen wir das Licht aus«, sagte Cal. »Auf diese Weise ist der Druck von uns beiden genommen.«

»Okay«, sagte June atemlos.

»Ich *will* dich«, versicherte Cal ihr mit all den Gefühlen, die er in seiner Seele spürte. »Ich habe noch nie jemanden auch nur halb so sehr gewollt. Wir werden es schaffen, June. Ich weiß es.«

»Ich auch«, stimmte June zu.

Ein oder zwei Minuten vergingen, bevor sie fragte: »Kannst du noch schneller fahren?«

Diesmal lachte Cal, und er trat etwas fester aufs Gas. »Ungeduldig?«, neckte er.

»Du hast ja keine Ahnung. Meine Finger oder ein Spielzeug zu benutzen ist ja schön und gut, aber ich habe das Gefühl, dass du mich für jede Art der Selbststimulation ruinieren wirst.«

Ihre Worte ließen seinen Schwanz vollständig anschwellen. Es war verdammt schmerzhaft, da er in seiner Jeans gefangen war. Er bewegte sich in seinem Sitz in dem Versuch, seinem Schwanz etwas Platz zu verschaffen, aber es war hoffnungslos. »Verdammte Scheiße, Frau, du bist tödlich.«

Sie grinste und drückte seine Hand. »Ich würde ja anbieten, dir dabei zu helfen«, sagte sie und deutete mit dem Kopf auf seinen Schoß, »aber diese Konsole zwischen uns ist zu groß.«

»Ich verkaufe morgen diesen Wagen und kaufe mir eine alte Kiste mit einer durchgehenden Sitzbank«, sagte er trocken.

Junes Kichern ließ seinen Schwanz noch härter werden. »Nein, das wirst du nicht«, schimpfte sie. »Außerdem bin ich wahrscheinlich nicht einmal gut darin.«

»Du hast noch nie einen Blowjob gegeben?«, platzte Cal heraus.

Sie zuckte mit den Schultern. »Das war nie etwas, was ich wirklich machen wollte ... bis jetzt.«

»Verdammt, du bringst mich um.«

»Ich freue mich darauf, Cal«, sagte sie ernst.

»Ich mich auch«, versicherte er ihr. »Und jetzt sei ein braves Mädchen und setz dich still hin, bevor ich in meiner Hose komme«, bat er.

»Das wäre schade«, stichelte sie.

Cal lächelte und merkte, dass er noch mehr Spaß hatte als bei der Hochzeit. In einer Million Jahren hätte er nicht gedacht, dass er lachen und necken würde, bevor er sich zum ersten Mal seit seiner Gefangennahme mit einer Frau auszog.

In der Vergangenheit war Sex fast schon ... verhalten gewesen. Ja, er war angenehm, aber er hatte sich immer Sorgen über die Motive der Frau gemacht. Ob sie sich einen Heiratsantrag erhoffte oder ihm Geld abknöpfen wollte. Bei June hatte er keine dieser Sorgen. Er hatte sogar das Gefühl, dass seine Sorgen eher darin bestanden, dass sie nicht *genügend* von ihm verlangte. Dass sie nicht auf Dauer mit ihm zusammen sein wollte.

Aber hatte er nicht bereits beschlossen, dass es mit ihnen nicht auf Dauer funktionieren würde? Dass er ihr Raum zum Fliegen geben würde? Verdammt. Vielleicht hatte die Hochzeit seinen Kopf auf eine Weise durcheinandergebracht, auf die er nicht vorbereitet gewesen war.

In seinem Herzen gehörte sie bereits zu ihm. Aber er durfte nicht egoistisch sein. Er musste sie gehen lassen, oder? Sie alles erleben lassen, was die Welt zu bieten hatte?

Sein Schwanz erschlaffte ein wenig.

Heute Abend jedoch gehörte sie ihm ganz allein – und er würde alles in seiner Macht Stehende tun, um sicherzustellen, dass sie wusste, wie sexy und begehrenswert sie für ihn war. Wie umwerfend. Wie absolut perfekt. Mit der Zukunft würde er sich später befassen. Heute Abend wollte er einfach nur die Frau lieben, die neben ihm saß.

KAPITEL SECHZEHN

June war aufgeregt. Es war wirklich so weit. Sie hatte sich weit aus dem Fenster gelehnt und Cal wissen lassen, dass heute Nacht die Nacht sein sollte, und er hatte zugestimmt!

Sie dachte nicht darüber nach, dass sie aus so unterschiedlichen Welten kamen, oder über den Druck, den sein königlicher Titel ausübte, oder darüber, dass sie körperlich so gar nicht zusammenpassten. Oder wie sauer ihre Stiefschwester sein würde, dass sie in Cals Bett lag und Carla nicht. Sie konnte sich nur darauf konzentrieren, wie sehr sie ihn liebte ... und dass sie bald die Gelegenheit haben würde, es ihm zu zeigen.

Er fuhr in die Garage und war aus dem Wagen ausgestiegen und an ihrer Seite, bevor sie auch nur blinzeln konnte. Kichernd ließ sie sich von ihm hinaushelfen, und als er einen Arm um ihre Taille legte und sie an sich zog, schmiegte sie sich glücklich an ihn.

Ehe sie sichs versah, waren sie hinter seiner verschlossenen Tür, und er drückte sie gegen die Wand, wo er sie einen langen Moment festhielt und musterte, als könnte er ihre Gedanken lesen.

»Küss mich, Cal«, flüsterte sie, da sie unbedingt von ihm berührt werden wollte.

Ohne ein Wort senkte er den Kopf, und als seine Lippen auf ihren landeten, war sie hin und weg. Wimmernd drückte June sich an ihn und hob eines ihrer Beine.

»Ganz ruhig«, sagte Cal und zog sich zurück. »Wir haben die ganze Nacht Zeit.«

»Ich brauche dich«, jammerte sie.

Zu ihrer Überraschung lächelte er ... und June war ein wenig verwirrt, weil sie nicht im Geringsten witzig zu sein versuchte.

»Du wirst mich haben, so wie ich dich haben werde ... aber ich will das nicht überstürzen.«

June seufzte. Sie wollte Cal genauso verzweifelt wie sie, aber es schien, als sei er ebenso entschlossen, sich Zeit zu lassen. Verdammt.

Er drehte sich um und begleitete sie zur Treppe. Sie war mehr als bereit, dorthin zu gehen, wohin er sie führte, vor allem wenn es zu seinem Bett war. Sie stolperte in ihrer Eile, die Treppe hinaufzusteigen, aber Cal war zur Stelle, um sie aufzufangen, bevor sie auf dem Gesicht landete.

Er hatte eine Hand auf ihren Rücken gelegt und June fühlte sich von ihm fast gebrandmarkt. Sie konnte sich nicht vorstellen, wie sie sich fühlen würde, wenn sie ihn erst einmal in ihren Körper aufgenommen hatte.

Er ging direkt in sein Zimmer und schloss die Tür hinter ihnen. »Du kannst zuerst ins Bad«, sagte er.

June wollte nicht einmal eine Minute von ihm getrennt sein. Sie wollte nichts riskieren, was das aufhalten könnte, was gleich geschehen würde. Aber sie nickte widerwillig und machte sich auf den Weg ins Bad.

Drinnen angekommen, runzelte sie die Stirn. Alle ihre Sachen befanden sich in dem an das Gästezimmer angeschlossenen Bad. Sie hatte keinen Make-up-Entferner und nicht einmal ihre eigene Zahnbürste dabei. Und auf keinen Fall würde sie seine benutzen. Ekelhaft.

Als sie sich umsah, war sie überrascht, dass es nicht den üblichen großen Badezimmerspiegel gab, sondern nur einen kleinen, den er wahrscheinlich zum Rasieren benutzte. Und einfach so überkam sie die Traurigkeit und ließ einen Teil des Verlangens schwinden, das ihren Körper durchströmt hatte.

Sie hatte gewusst, dass Cal wegen seines Aussehens verunsichert war, aber dass er so weit gegangen war, den Badezimmerspiegel zu entfernen ... das machte es noch deutlicher.

Ein Klopfen an der Tür erschreckte June so sehr, dass sie fast umfiel, als sie bei dem Geräusch zusammenzuckte.

»June? Ich bin rübergegangen und habe ein paar deiner Sachen aus dem Badezimmer geholt ... wenn du sie haben willst.«

Ihr Herz schmolz dahin. Cal Redmon war ein guter Mann. Rücksichtsvoll. Und heute Nacht gehörte er ganz ihr. In Gedanken schwor sie sich, die Beste zu sein, die er je gehabt hatte, auch wenn sie keine Ahnung hatte, wie sie das anstellen sollte, und griff nach dem Türknauf.

Cal stand da, sah besonders köstlich aus und hielt ihre kleine Tasche mit Toilettenartikeln in der Hand.

»Danke«, sagte sie mit einem Lächeln.

»Gern geschehen.« Dann schlüpfte er an ihr vorbei, schnappte sich seine Zahnbürste und Zahnpasta und grinste. »Ich dachte mir, ich bringe meine Sachen schon mal in das andere Bad, damit wir unseren Abend so bald wie möglich fortsetzen können.«

Wenn sie in der Vergangenheit angedeutet hatte, dass sie Sex mit einem Mann haben wollte, hätte er sie direkt ins Bett gebracht. Dann hätte es diese Vorbereitungen vor dem Bett gar nicht gegeben. Aber genau wie die Sache mit dem Spiegel verstand sie auch das. Er zögerte es hinaus. Er tat, was er konnte, um das Ausziehen zu verzögern.

»Ich hätte einfach in mein eigenes Bad gehen und dir dieses hier überlassen können. Das wäre schneller gegangen.«

»Ich mag dich hier drin. In meinem Bereich.« Cal zuckte mit den Schultern. »Treffen wir uns im Bett?«

Wow, June hatte keine Ahnung, wie fünf Worte sie dazu bringen konnten, sich in eine Pfütze aus Glibber zu verwandeln.

»Der Letzte ist ein faules Ei«, stichelte sie.

Cal lachte. Dann ging er rückwärts auf die Badezimmertür zu, ohne sie aus den Augen zu lassen. Natürlich stieß er gegen den Türpfosten, weil er nicht aufpasste, wohin er ging, und June kicherte.

Er lächelte sie an, dann drehte er sich um und ließ sie stehen, wo sie auf seinen knackigen Hintern starrte, während er den Flur entlang zu ihrem Zimmer ging.

Sobald er außer Sichtweite war, setzte June sich in Bewegung. Sie entfernte in aller Eile ihr Make-up und putzte sich die Zähne. Sie benutzte etwas von dem Mundwasser, das auf dem Tresen stand, und dann die Toilette. Als sie damit fertig war, ihr langweiliges braunes Haar zu bürsten, holte sie tief Luft.

Nach einem Moment des Zögerns schob sie ihre Jeans über die Hüften und ließ sie auf dem Badezimmerboden liegen. Manche Frauen wären mutiger, würden sich wahrscheinlich ganz ausziehen, aber June brachte nicht den Mut auf, so weit zu gehen.

Was albern war, wenn sie bedachte, was sie und Cal vorhatten, aber ein ganzes Leben, in dem sie sich fett und unzulänglich gefühlt hatte, konnte nicht mit ein bisschen Champagner und der Vorfreude auf eine Nacht mit dem Mann, den sie liebte, besiegt werden.

Sie atmete noch einmal tief durch und machte sich auf den Weg ins Schlafzimmer – und blieb stehen, als sie auf das Bett blickte. Cal war schon da. Sie hatte ihn nicht zurückkommen hören.

Im Licht des Badezimmers konnte sie sehen, wie er im Bett lag, noch immer mit seinem langärmeligen Hemd. Die Decke war über seine Beine gezogen und ein Arm lag hinter seinem Kopf, während er sie träge anlächelte.

»Du bist wohl das faule Ei«, scherzte er.

June zögerte nicht einmal. Sie schaltete das Licht aus, lief auf das Bett zu und sprang, wobei sie ziemlich genau auf Cal landete. Er stieß ein *Uff* aus, erholte sich aber sofort und rollte sich, bis sie unter ihm lag und die Decke sich um seine Beine gewickelt hatte.

»Hallo«, sagte sie wie ein großer Trottel.

Cal schien sie nicht allzu lächerlich zu finden. »Hey«, erwiderte er grinsend. Trotz der Dunkelheit im Zimmer erlaubte ihr das gedämpfte Licht der Fenster, den Glanz seiner Augen und das Weiß seiner Zähne zu sehen, wenn er lächelte.

»Du bist so schön«, sagte er mit tiefer, ernster Stimme.

June ließ den Blick zur Seite huschen, über seine Schulter. Sie wusste nie, wie sie auf Komplimente reagieren sollte, schon gar nicht auf solche, von denen sie wusste, dass sie nicht wahr waren.

»Sieh mich an«, forderte Cal.

June richtete den Blick wieder auf ihn.

»Du. Bist. Schön«, sagte er langsam.

»Du musst mir nicht schmeicheln«, scherzte sie. »Ich bin eine sichere Sache.«

Aber er fuhr fort, als hätte sie nicht gesprochen. »Ich konnte mich heute Abend nur schwer beherrschen, dich nicht aus Chappys Hütte zu zerren. Du warst völlig entspannt. Lachend, lächelnd, tanzend. Ungehemmt.«

June rümpfte die Nase. Sie war sich nicht sicher, ob das ein Kompliment war oder nicht.

»Du hast keine Ahnung, wie schön das für mich ist. Wenn

du auch nur auf einer der Hochzeiten oder Partys gewesen wärst, die ich im Laufe der Jahre besuchen musste, würdest du das verstehen«, sagte er leise. »Frauen stehen herum, schlürfen Tee, tratschen über die Kleidung der anderen, erheben nie ihre Stimme, singen nie, sehen nie so aus, als würden sie sich amüsieren. Ihre Vorstellung von Tanzen besteht darin, sich hin und her zu wiegen, während sie versuchen, sich auf der Tanzfläche zurechtzufinden.

Und dann gibt es dich ... du hast Spaß, genießt das Leben in vollen Zügen, amüsierst dich ... das war alles, von dem ich nie wusste, dass ich es vermisse, und jetzt, da ich es weiß, kann ich nicht mehr zurück.«

June war sich nicht sicher, was er mit dem letzten Teil meinte, aber sie war erleichtert, dass sie sich nicht lächerlich gemacht hatte.

»Ich werde Liebe mit dir machen, Juniper Rose. Ich werde mein Bestes tun, um dich für alle anderen zu ruinieren. Ich will mich in deinen Körper und in deine Psyche einprägen. Denn ich weiß jetzt schon, dass das mit mir passieren wird. Ich will so tief in dir drin sein, dass du nicht weißt, wo ich aufhöre und du anfängst. Ich bete, dass mein Körper mich nicht im Stich lässt, aber wenn doch, werde ich dafür sorgen, dass du zufrieden bist.«

»Ich bin schon zufrieden«, antwortete sie ehrlich. »Selbst wenn das alles ist, was wir tun, in den Armen des anderen liegen und uns die ganze Nacht halten. Möchte ich dich in mir spüren? Ja. Aber wenn das nicht passiert, ist das auch in Ordnung.«

Er presste die Lippen aufeinander und schüttelte den Kopf.

»Schhhh, hör auf, so viel zu denken«, schimpfte sie. »Dies ist nicht einer deiner spießigen Bälle. Hier geht es um dich und mich. Bei uns gibt es keine Regeln. Wir sind Rebellen und gehen die Dinge spontan an. Und du solltest wissen ... du hast mich bereits für alle anderen ruiniert, Cal«, sagte sie ohne die Absicht, ihr Herz vor diesem Mann zu verbergen.

Es gab noch mehr, was sie sagen wollte, aber alle Worte flogen ihr aus dem Kopf, als er den Kopf senkte und ihre Lippen grob beanspruchte. Und sie erwiderte es. Sie liebte diese aggressive Seite von Cal.

Er drehte sie erneut, wobei er sich von der Decke befreite, und zum ersten Mal spürte June die nackte Haut seiner Beine an ihrer eigenen.

Er drückte sie aufrecht, sodass sie rittlings auf seinem Bauch saß und seine harte Erektion an ihrem Hintern spüren konnte. Er fragte nicht, sondern griff nur nach dem Saum ihres Hemdes und schob es nach oben.

Erregt von seinem Eifer zog June den Stoff über ihren Kopf. Als sie bis auf Slip und BH nackt auf ihm saß, errötete sie. Sie war dankbar für das schwache Licht im Raum.

Ohne ein Wort legte er einen Arm um sie und drückte auf ihr Kreuz, um sie näher an sich zu ziehen. Mit der freien Hand zog er eines der Körbchen ihres BHs nach unten, bevor er die Lippen auf ihre Brustwarze legte.

»Oh!«, rief June aus und fing sich mit einer Hand auf der Matratze ab. Sie konnte nicht anders, als sich in seine Berührung zu krümmen. Es war schon so lange her, dass jemand sie sexuell berührt hatte. Und niemand hatte sich so sehr bemüht, sie zu befriedigen, wie Cal es jetzt tat. Er hatte recht gehabt, als er sagte, ihre Brüste seien empfindlich. Das waren sie ... sehr sogar.

»Cal«, stöhnte sie, als ihre Brustwarzen kribbelten und sie spürte, wie sie zwischen den Beinen feucht wurde.

»So verdammt schön«, murmelte Cal, bevor er ihr das verbliebene BH-Körbchen herunterzog und sich ihrer anderen Brustwarze widmete.

Sie wand sich auf ihm und wollte mehr, während sie gleichzeitig nicht wollte, dass er jemals mit dem aufhörte, was er tat.

Sie zuckte zusammen, als sie spürte, wie er die Hand auf ihrem Rücken unter den Gummi ihrer Unterhose schob und eine ihrer Pobacken umfasste. Für den Bruchteil einer Sekunde konnte sie nicht anders, als daran zu denken, wie groß ihr Hintern war, aber alle Gedanken an ihre Größe verschwanden, als er mit den Fingern von hinten ihre nassen Schamlippen streifte.

Seine Hand war verschwunden, bevor sie Zeit hatte, seine Berührung voll zu genießen. Er drehte sie so, dass sie wieder flach auf dem Rücken lag und zu ihm aufblickte. Er sagte nichts, schwebte einfach über ihr und starrte sie an.

»Cal?«, fragte sie.

»Du bist so feucht.«

June errötete. »Ich dachte, das sei das Ziel«, scherzte sie.

»Nein, ich meine, du bist völlig *durchnässt*. Du könntest mich in dieser Sekunde nehmen, oder?«

Unfähig, seinen Tonfall zu deuten, fragte June: »Bist du ... wütend?«

»Nein.«

»Du klingst wütend«, sagte sie verwirrt.

Cal stieß einen Laut aus, der wie ein Lachen klang, und lehnte seine Stirn an ihre. Er atmete schwer, und obwohl noch immer Erregung in Junes Adern schwamm, wartete sie geduldig darauf, dass er fortfuhr.

»Ich war noch nie mit einer Frau zusammen, die so schnell feucht geworden ist.«

June öffnete den Mund, um sich zu entschuldigen, immer noch unsicher, worauf er hinauswollte, aber er hob den Kopf und hielt ihre Worte mit einem Blick auf.

»Frauen schlafen mit mir, weil sie einen Prinzen wollen. Einen Milliardär. Noch nie war eine Frau *so* erregt, mit mir zusammen zu sein«, sagte er, fasste ihr an die Muschi und drückte besitzergreifend zu. »Und jetzt wollen sie sicher keinen vernarbten, verkorksten Ex-Soldaten, der seine Zeit lieber damit verbringt, Bäume zu fällen, als sich in die Politik und den Lebensstil zu vertiefen, in den er hineingeboren wurde.«

Alle Verlegenheit darüber, wie sehr sie diesen Mann wollte, verschwand. »Ich will nur dich, Cal. *Dich.* Ich würde dich auch wollen, wenn du nur ein Holzfäller wärst. Aber ... du wirst nie ›nur‹ etwas sein. Du bist zu freundlich und großzügig. Zu sexy, egal wie du dich selbst siehst. Gott, du hast mich mehr erregt, als ich es für möglich gehalten hätte, nur mit deinen Lippen auf meiner Brust. Ich bin mir nicht einmal sicher, ob ich noch viel mehr ertragen kann.«

»Oh, das kannst du«, sagte er mit einem kleinen Lächeln.

June legte eine Hand an seine Wange und streichelte sie leicht, bevor sie die Finger in sein Haar schob und die weichen Strähnen umfasste. »Hör auf, so viel zu denken«, befahl sie. »Sex soll Spaß machen. Zumindest habe ich das gehört.«

»Ich werde das so verdammt gut für dich machen«, sagte er.

June war sich nicht sicher, ob das eine Drohung oder ein Versprechen war, aber es war eigentlich auch egal. Sie wusste, was immer dieser Mann tat, sie würde es lieben und um mehr betteln.

»Ich werde dasselbe für dich tun«, erwiderte sie und hielt sein Haar fester. »Küss mich, Cal. In diesem Bett gibt es niemanden außer uns beiden ... verstanden?«

»Ja«, sagte er feierlich und starrte ihr noch einen Moment in die Augen, bevor er den Kopf senkte.

Er küsste sie erneut, lange und heftig.

June hielt den Atem an, als er seine Lippen von ihren löste, dann ging sie auf die Knie, griff nach dem Saum seines Hemdes und zog es aus. Er verlagerte sein Gewicht auf eine Hüfte, schob seine Boxershorts herunter und warf seine Kleidung auf den Boden, bevor er sich wieder auf sie legte.

Selbst in der Dunkelheit des Raumes konnte June einen flüchtigen Blick auf seine geschundene Haut erhaschen. Sie kam nicht dazu, etwas zu sagen oder ihn auch nur zu berühren, denn er hatte sie schon wieder umgedreht.

»Aus. Zieh deine Unterwäsche aus«, befahl er mit schroffer Stimme.

So hatte sie sich die Sache nicht vorgestellt. Sie hatte angenommen, dass sie aufgrund seiner Zurückhaltung in Sachen Nacktheit etwas langsamer vorgehen würden. Aber June machte seine Bewegungen gern mit und zog ihre Unterwäsche aus. Sie griff hinter sich, um den Verschluss ihres BHs zu öffnen, und atmete scharf ein, als Cal ihre Brüste umfasste.

Sie hielt inne und starrte auf seine riesigen Hände auf ihrem Fleisch.

»Eine perfekte Handvoll«, sagte er ehrfürchtig, während er mit ihr spielte.

June schaffte es, ihren BH auszuziehen, und warf ihn über die Bettkante, ohne sich darum zu kümmern, wo er landete. Sie konnte nur an das Gefühl von Cals schwieligen Handflächen auf ihrer glatten, empfindlichen Haut denken.

»Beug dich nach unten«, flüsterte er, und June konnte nicht anders, als ihm zu gehorchen. Sie schwebte über ihm, praktisch auf Händen und Knien, ihre schweren Brüste hingen, während er sie drückte und streichelte.

»Sie sind so üppig, so verdammt herrlich«, flüsterte er.

June wollte sich beschweren, dass sie zu groß waren, zu schlaff, aber sie konnte kein Wort herausbringen, während er ihre Brustwarzen zwickte.

Sie spürte, wie ihre Muschi praktisch tropfte, und sie wand sich auf ihm.

»Komm her«, sagte er, ließ ihre Brüste los, griff nach ihren Hüften und zog sie auf seinen Oberkörper. Sie bewegte sich nach vorn und hielt sich am Kopfteil fest, als er sie drängte, sich auf die Knie zu setzen.

Als sie seine Absicht erkannte, war es zu spät, um zu protestieren.

Er stöhnte tief in der Kehle, als er über ihre Schamlippen leckte. »So verdammt feucht. Und das ist alles für mich, nicht wahr, Prinzessin?«

June konnte nicht sprechen. Es war ihr peinlich, denn sie wusste, dass Cal jeden Zentimeter zusätzlichen Fleisches um ihre Mitte herum sehen konnte. Und Gott bewahre, sie wollte nicht riskieren, ihn zu ersticken. Aber schließlich konnte sie sich nicht beschweren, konnte keine Worte finden. Sie konnte *nichts* anderes tun, als sich verzweifelt festzuhalten, während Cal sie verschlang wie ein Verhungernder.

Er hielt ihre Hüften fest umklammert und verhinderte, dass sie sich wegbewegte, aber June ging nirgendwo hin. Alles, was er tat, fühlte sich zu gut an. So etwas wie das Vergnügen, das er ihr bereitete, hatte sie noch nie erlebt, und ihre Verlegenheit verschwand, als er leckte, saugte und so tief in sie eindrang, wie es seine Zunge vermochte.

Seine Nase streifte ihre Klitoris und June zuckte in seinen Armen zusammen.

»Das gefällt dir«, murmelte er zwischen ihren Beinen.

»Ja«, flüsterte sie und konnte nicht anders, als sich über ihm zu bewegen, auf der Suche nach mehr Stimulation an ihrer Klitoris.

»So ist es gut, Prinzessin ... reite mein Gesicht«, befahl er.

Es klang so schmutzig. So *fleischlich*. Aber als er mit der Zunge ein weiteres Mal über ihre Klitoris strich, bewegte Junes Körper sich ohne jeglichen Befehl ihres Gehirns, auf der Suche nach dem Orgasmus, der knapp außer Reichweite war.

Als sie merkte, dass sie sich schamlos auf seinem Gesicht wand in dem Versuch, mehr Druck auf ihre Klitoris auszuüben, erstarrte sie beschämt – und so verzweifelt auf einen Orgasmus aus, dass sie nicht wusste, was sie tun sollte.

Aber Cal wusste genau, was sie brauchte. Er packte ihre Hüften so fest, dass sie sich sicher war, dass sie am nächsten

Morgen blaue Flecke haben würde, und zog sie noch fester auf sein Gesicht.

Ihre Innenschenkel brannten von der ungünstigen Position und June hielt den Atem an, als er ihre Klitoris zwischen seine Lippen nahm und ... heftig saugte. Ein peinlich lauter Schrei drang über ihre Lippen, als June kam. Sie rieb sich verzweifelt an seinem Gesicht, während ihre Oberschenkel sowohl vor Erregung als auch der Anstrengung zitterten, nicht mit ihrem ganzen Gewicht auf ihm zu landen.

Ihr Herz schlug wie wild, ihr Körper schwitzte mehr, als ihr lieb war, und June bekam kaum mit, wie Cal sie wieder nach unten schob und sie eng an sich drückte, sodass sie auf ihm lag. Es dauerte ein oder zwei Minuten, bis sie wieder zu sich kam und den Kopf hob, um ihn anzusehen.

Er ließ ihr keine Zeit, etwas zu sagen, sondern küsste sie einfach gierig. June konnte sich selbst auf seinen Lippen und seiner Zunge schmecken, was ihr Verlangen nur noch verstärkte. In der Vergangenheit war sie nach ihrem Orgasmus fertig gewesen. Bereit zu schlafen. Aber an Schlaf dachte sie im Moment nicht im Entferntesten. Sie wollte diesem Mann alles geben, was er ihr gegeben hatte.

Sie bewegte sich, ohne nachzudenken, löste ihre Lippen von seinen und glitt sofort seinen Körper hinunter. Sie leckte und küsste sich in Richtung seiner Leistengegend, wobei sie die Erhebungen und Beulen seines zerstörten Fleisches mehr fühlte als sah. Dass er ihr überhaupt erlaubte, seine Narben zu berühren, war eine Überraschung, und sie wollte verweilen ... aber nichts würde sie von ihrem Ziel ablenken.

Als sie zwischen seinen Beinen war, blickte sie schließlich auf. Sie konnte gerade noch das Stirnrunzeln auf Cals Gesicht sehen, die geballten Fäuste an seiner Seite. Einen Moment lang zweifelte sie an sich selbst. Es sah nicht so aus, als würde er ihre Berührung genießen. Aber sie war fest entschlossen, dies für ihn zu tun. Ihm zu zeigen, wie sehr sie ihn liebte.

»Sag mir, wenn ich es falsch mache«, bat sie, bevor sie seinen Schwanz in die Hand nahm.

»Was meinst du?«, fragte er.

Junes Wangen glühten und sie war wieder einmal froh über die Dunkelheit im Raum. »Ich habe das noch nie gemacht, also wirst du mir sagen müssen, wenn ich etwas tue, was dir nicht gefällt.« June öffnete den Mund, leckte die Spitze seines Schwanzes und stöhnte, als sich ein salziger, moschusartiger Geschmack in ihrem Mund ausbreitete.

»Ich kann nicht glauben, dass ich das vergessen habe. Du hast mir im Wagen gesagt ... Du hast wirklich noch nie den Schwanz eines Mannes in den Mund genommen?«

»Nein«, sagte sie und leckte sanft an der Spitze.

»Verdammte Scheiße!«, fluchte er.

Sie zögerte, nicht sicher, was der Fluch bedeutete. Sie spürte, wie er eine Hand in ihr Haar schob. Er zog sie nicht weg, aber er drückte sie auch nicht auf sich.

»Ich fühle mich geehrt, dein Erster zu sein«, flüsterte er. »Ich bin wahrscheinlich wegen des Narbengewebes weniger empfindlich als die meisten Männer, aber trotzdem ... keine Zähne. Okay?«

Jetzt, da er etwas gesagt hatte, konnte sie dünne Rillen auf ihrer Handfläche spüren, die dort nicht sein sollten, als sie seinen harten Schaft auf und ab streichelte.

In ihrem Herzen kochte der Hass auf die Männer hoch, die ihm wehgetan hatten, aber sie verdrängte ihn. Für diese Art von Gefühlen war jetzt kein Platz. Sie wollte nur Cal gefallen.

»Die Unterseite ist am empfindlichsten«, fuhr er fort. Tief in ihrem Inneren liebte June es, Anweisungen zu erhalten. Es nahm den Druck von ihr. Wenn er ihr sagte, was sie tun sollte, konnte sie es nicht vermasseln ... hoffentlich.

»Nimm die Spitze in den Mund – scheiße, ja, genau so. Jetzt saug, erst sanft, dann fester. Verdammte Scheiße, Frau, du bist ein Naturtalent.«

Sie lächelte, als sie tat, was er ihr befahl. Sie begann, auf und ab zu wippen, und ahmte die Frauen nach, die sie in Pornovideos gesehen hatte. Mit einer Hand streichelte sie ihn dort, wo ihr Mund nicht hinkam, und sie spürte, wie er in ihrem Mund wuchs. Es war ein unbestreitbar mächtiges Gefühl.

Sie ging auf die Knie, um mehr Druck auszuüben. Ihre Brustwarzen streiften seine Oberschenkel, während sie sich bewegte, und die Reibung fühlte sich erstaunlich gut an.

»Sauge, wenn du hochkommst und dich von meinem Schwanz löst. Ja! Genau so. Drück fester mit deiner Hand, während du mich streichelst, bewege ihn mit deinem Mund ... Oh Gott, das fühlt sich so gut an.«

Ein wenig Sperma füllte ihren Mund und June war sich nicht sicher, ob sie schlucken sollte oder nicht. In ihrem Moment der Unentschlossenheit lief etwas davon auf seinen Schwanz zurück und schmierte ihre Hand, während sie ihn streichelte.

Ihr Herz schlug schnell in ihrer Brust und sie fühlte sich, als sei sie auf dem Gipfel der Welt. Sie legte den Kopf schief und sah Cal an, dessen Blick auf das geheftet war, was sie gerade tat.

»Ich kann nicht glauben, dass ich das sage, aber ich bedaure, dass das Licht nicht an ist«, keuchte er. »Ich wette, du siehst mit deinen Lippen an meinem Schwanz so verdammt sexy aus.«

Instinktiv nahm June den Mund von ihm und leckte über die Unterseite seines Schwanzes, wobei sie spürte, wie die Nässe an ihre Wange schmierte.

»Saug an meinen Hoden«, bat er.

June drückte seinen Schwanz gegen seinen Bauch und beugte sich hinunter, um einen seiner Hoden in den Mund zu nehmen. Er war weich und warm, und er wölbte den Rücken, als sie daran saugte.

»Verdammt. *Verdammt!*«, fluchte er, als sein Hintern sich vom Bett löste. »Dein Mund ist einfach himmlisch! Komm her.«

Verwirrt ließ June ihn los, als er sie hochzog und von seinem Schritt entfernte. Er drehte sie wieder um, sodass sie unter ihm lag.

»War das nicht ... Hat es dir nicht gefallen?« Sie konnte sich die Frage nicht verkneifen.

»Nicht gefallen? Frau, ich war zwei Sekunden davon entfernt, auf meinen Bauch zu kommen«, sagte er.

June konnte nicht verhindern, dass sich ein kleines Lächeln auf ihrem Gesicht bildete.

»Stolz auf dich?«, fragte er.

Sie zuckte mit den Schultern. »Ja. Für mein erstes Mal ... war ich nicht allzu schlecht, oder?«

»Du bist perfekt«, flüsterte er. »Und ich werde früher oder später in deinem Mund kommen. Auf deinen Titten. Über deiner ganzen Muschi. Ich will dich mit meinem Sperma bedecken, dich so gründlich markieren, dass du mich nicht mehr von deiner Haut bekommst. Aber nicht heute Nacht. Heute Nacht muss ich in dir sein. Dich ausfüllen. Dich von innen heraus markieren.«

Seine Worte erregten sie so sehr, dass June sich unter ihm bewegte, seinen Bizeps packte und die Fingernägel in ihn grub. »Tu es, Cal. Bitte. Ich brauche dich.«

Er erhob sich über ihr und June betrachtete ihn gierig. Selbst in der Dunkelheit war er so verdammt perfekt, dass sie kaum atmen konnte, allein seine Silhouette war beeindruckend. Sie konnte nicht glauben, dass ein Mann wie er an ihr interessiert war. »Mach mich zu der Deinen«, flüsterte sie, während sie unter ihm lag.

Er hielt einen Moment inne, bevor er stöhnte und sich in Bewegung setzte.

»Mach mich zu der Deinen.«

Ihre Worte bohrten sich in seine Seele und Cal konnte nur den Bruchteil einer Sekunde lang auf sie hinunterstarren. Sie war alles, was er sich je von einer Frau gewünscht hatte. Kurvig, weich, so unglaublich leidenschaftlich. Als er sie geleckt hatte, hatte sie seine Haut durchnässt. Und als sie an seinem Gesicht gekommen war, war es das Befriedigendste und Fleischlichste, was er je erlebt hatte ... bis sie ihn schüchtern daran erinnert hatte, dass sie noch nie einen Blowjob gegeben hatte.

Er war ihr Erster, und das war etwas, das er immer schätzen würde. Es hatte nicht lange genug gedauert. Wenn sie ihn noch einmal in den Mund genommen hätte, nachdem sie an seinen Hoden gesaugt hatte, wäre er sofort explodiert.

Er glaubte nicht, dass sie dafür bereit war. Und er hatte nicht gelogen, als er ihr sagte, dass er in ihr sein wollte, wenn er zum ersten Mal kam.

Cal konnte kaum glauben, wie kurz er vor der Explosion stand. Er hatte geglaubt, diese Art von Vergnügen gehöre der Vergangenheit an. Nachdem seine Entführer ihre Messer an seinem Schwanz angesetzt hatten, war er nicht sicher gewesen, ob er jemals wieder einen hochkriegen oder ein normales Sexualleben haben würde. Und bis er June traf, hatte er geglaubt, recht zu haben.

Aber jetzt war er so hart, so bereit zu kommen, dass er sich nur mit Mühe zurückhalten konnte.

Er stöhnte tief in der Kehle und umfasste den Ansatz seines Schwanzes, während er ihre Beine mit den Knien weiter spreizte. Er starrte auf sie herab und wünschte sich zum zehnten Mal, er könnte ihre Muschi im Licht sehen. Natürlich bedeutete das, dass sie *ihn* auch würde sehen können, wozu er nicht bereit war.

Er bewegte sich nach vorn, und in der Sekunde, in der seine Schwanzspitze ihre Schamhaare berührte, schoss weiteres Sperma aus ihm heraus.

»Verdammt«, fluchte er. Er war zwei Sekunden davon entfernt zu kommen, und er hatte sich nicht einmal vergewissert, dass sie bereit für ihn war. Ja, sie war vorhin so feucht gewesen, aber das bedeutete nicht unbedingt, dass sie ihn aufnehmen konnte.

Mit einer Hand an seinem Schwanz griff Cal zwischen ihre Schamlippen und tastete sie sanft ab. Die Erleichterung überwältigte ihn fast. Sie war immer noch unglaublich feucht. Sie tropfte sogar. Er fuhr mit dem Daumen über ihre Klitoris und sie zuckte zusammen.

»Cal«, protestierte sie. »Bitte!«

Mit einer Hand packte sie seinen Oberschenkel, und er ergriff die andere mit seiner freien Hand und führte sie hinunter zu seinem Schwanz. »Mach du es. Steck mich in dich hinein, June. Steck mich dahin, wo du mich haben willst.«

Er musste sich beherrschen, um nicht zu explodieren, als sie ihre weiche Hand um seinen Schwanz legte und die Beine noch weiter spreizte. Sie bewegte ihn zwischen ihre Beine und flüsterte: »Komm in mir, Cal.«

Stöhnend drang er mit einem langen, harten Stoß in sie ein. Dann erstarrte er. *Verdammt.* Das hatte er nicht vorgehabt. Er wollte es langsam angehen, ihr Zeit geben, sich anzupassen. Aber er konnte keinen einzigen Moment warten.

Zu seiner Erleichterung gab sie ein bezauberndes Quietschen von sich, warf den Kopf zurück und schlang die Beine um ihn. Er konnte spüren, wie sie die Fersen in seinen Hintern grub.

»Geht es dir gut?« Er konnte sich die Frage nicht verkneifen, während er sich mit den Unterarmen auf der Matratze abstützte.

»Gut. Perfekt. Fantastisch!«, sagte sie. Ihre Brüste bebten, während sie unter ihm keuchte. »Du bist so groß.«

Er lächelte. Das waren Worte, die jeder Mann von seiner Frau zu hören wünschte.

Und sie war eng. *Wirklich* eng. Sie umklammerte ihn mit ihren inneren Muskeln und er sah Sterne. Er konnte sich nur schwer beherrschen, sich nicht zu bewegen.

Als Cal nach unten blickte, konnte er schwach sehen, wie ihre Schamhaare sich miteinander vermischten. Es war verdammt erotisch, und er wollte diesen Ort nie wieder verlassen. Er wollte dortbleiben, tief in ihr, für den Rest seines Lebens. Aber seine Instinkte gewannen die Oberhand, und er spannte die Hüften an und zog sich einen Zentimeter zurück, bevor er nach vorn stieß.

»Oh ja ... Cal! Das fühlt sich fantastisch an. Mehr!«

Er legte ein langsames und gleichmäßiges Tempo vor, entschlossen, das Ganze so lange wie möglich auszudehnen. In seinem Kopf drehte sich alles, ihm wurde schwindelig und die Lust war fast überwältigend. Diese Frau war perfekt. Wie geschaffen für ihn.

Sie lächelte verträumt, während er mit ihr Liebe machte.

Ihr langsames und leichtes Tempo dauerte nur ein paar Minuten, bevor sie ihm bei jedem Stoß mit den Hüften entgegenkam.

»Willst du mehr?«, fragte er.

»Ja. Bitte!«

Seine June war so höflich.

Sein nächster Stoß war ein wenig härter – ein Test, sozusagen –, und als sie stöhnte und die Fingernägel in seinen Bizeps grub, lächelte er.

Er stieß wieder in sie hinein. Und noch einmal. Härter, schneller. Bis das Knallen ihres Fleisches im Raum widerhallte. Er konnte an den Geräuschen zwischen ihren Beinen hören, wie feucht sie war. Er konnte ihre Säfte an seinen Hoden spüren. Jedes Mal wenn er in ihr innehielt, wurden sie mehr und mehr von der Nässe überzogen, die aus ihrem Körper sickerte.

Sein Herz klopfte so heftig, dass er es in seinen Fingerspitzen spüren konnte. Da er nicht wollte, dass es zu Ende ging, umklammerte Cal mit einer Hand Junes Hintern und drehte sich, sodass sie oben lag. Sie setzte sich auf und beide stöhnten, als die Bewegung ihn noch tiefer drückte.

»Cal?«, keuchte sie.

»Du bist dran«, sagte er mit rauer Stimme. »Nimm mich, June.«

»Ich ... das ist wieder so ein Ding, das ich noch nie gemacht habe«, gab sie zu.

Besitzgier durchflutete ihn. »Bist du schon einmal geritten?«, fragte er grinsend.

»Nein.«

Jetzt konnte er nicht mehr aufhören zu lächeln. »Gut. Beweg dich einfach, Prinzessin. Schaukeln, hüpfen ... mach, was immer sich gut anfühlt. Du hast das Sagen.«

»Ja, klar. Ich glaube nicht, dass ich das Sagen hatte, seit ich dich kennengelernt habe«, hauchte sie.

Cals Lächeln erstarb und Lust überflutete seine Adern, als June sich zu bewegen begann. Zuerst war sie etwas unkoordiniert und es dauerte eine Weile, bis sie den Dreh raushatte, um ihr Vergnügen zu finden. Aber als sie es schaffte, raubte sie ihm den Verstand.

Sie lächelte ihn an, während sie die Hände auf seiner Brust abstützte. Er merkte nicht einmal, dass sie seine Narben berührte. Er konnte nur zwischen ihre Körper blicken und zusehen, wie sein Schwanz in sie hinein- und wieder hinausglitt, wobei ihre Säfte im schwachen Licht glitzerten.

»Schneller«, flehte er.

Sie gehorchte. Schon bald klatschte ihr Hintern gegen seine Schenkel, während sie ihn heftig ritt. Ihre Brüste hüpften und wackelten, während sie sich bewegte, und Cals Mund wurde wässrig vor Verlangen, an den prallen Rundungen zu lecken. Er war noch nie mit einer Frau zusammen gewesen, die einen so großen Vorbau hatte ... zumindest keinen natürlichen.

Und es gab einen großen Unterschied zwischen falschen Titten und den üppigen, natürlichen Schönheiten, die seine June hatte.

Cal war bereit zu kommen. Er war kurz davor, aber er wollte, dass sie zuerst kam. An seinem Schwanz. Er wollte, dass sie ihn mit ihrer Essenz durchtränkte. Er griff nach ihren Hüften, um ihre Bewegungen zu stoppen.

»Was ist los?«

»Bleib genau da«, befahl er. »Beweg dich nicht. Ich will spüren, wie du an meinem Schwanz kommst.«

»Ich bin mir nicht sicher – oh!«, rief sie aus, als Cal eine Hand zwischen ihre Beine schob. Bei jeder Berührung ihrer Klitoris spürte er, wo sie miteinander verbunden waren. Sie zuckte an ihm und umklammerte sein Handgelenk mit einem Todesgriff. »Ich weiß nicht ... Ich kann nicht ...«

»Tue ich dir weh?«, fragte er schroff.

Sie schüttelte den Kopf.

Cal bewegte seine Finger noch einmal, aber sie ließ sein Handgelenk nicht los. Es fühlte sich an, als würde sie ihm helfen, als würde sie sich selbst mit seiner Hand streicheln. »So ist es gut, Prinzessin, lass es geschehen. Mach die Augen zu und lass dich überwältigen.«

Sie tat sofort, was er befahl, und eine weitere Welle der Besitzgier überschwemmte Cal. Er konnte spüren, wie ihr Orgasmus in ihr aufstieg. Er spürte es an der Art, wie ihre Muskeln sich um ihn herum anspannten, wie sie seinen Schwanz tief in ihrem Körper festhielt. Wenn er es schon für intim gehalten hatte, als sie an seinem Gesicht kam, dann war das hier noch tausendmal besser.

»Cal! Ich ... *oh!*«

Ihre Muskeln zogen sich so fest um seinen Schwanz zusammen, dass Cal nicht sicher war, ob er jemals wieder herauskommen würde. Noch während sie kam, drehte er sie auf den Rücken und begann, wie ein Besessener zu stoßen.

Den Mund weit geöffnet, starrte June ihn mit glasigen Augen an, während er sie heftig fickte.

Es brauchte nur noch ein paar Stöße und er war so weit. Cal vergrub sich tief in ihrem Körper und ließ los. Eine Welle nach der anderen entlud sich in ihr. Es war fast schmerzhaft, aber er zog sich nicht zurück. Er wollte das. Er *brauchte* es.

Schließlich bewegte er sich unter Anstrengung, stützte sich mit einem Ellbogen neben ihrem Kopf ab und schob dann seine andere Hand zwischen sie. Er war unersättlich, musste wieder spüren, wie sie kam. Es war ein Gefühl, von dem er nie genug bekommen würde. Er zwickte grob an Junes Klitoris und sie zuckte zusammen, als er ihrem Körper einen weiteren Orgasmus entlockte.

Sie wimmerte und stieß mit den Hüften, biss in seinen Arm, als sie erneut über den Abgrund stürzte. Ihre Muskeln zuckten um ihn herum, diesmal etwas schwächer, aber er genoss ihren Kontrollverlust, ihre extreme Lust ... mit ihm.

Cal war noch nie ohne Kondom mit einer Frau zusammen gewesen, und er war so froh, dass er nicht aufstehen und eines entsorgen musste. Stattdessen blieb er tief in ihrem Körper, während sein Schwanz weicher wurde.

Er stützte sich auf, wobei er darauf achtete, June nicht zu zerquetschen, und Cal war stolz wie ein Höhlenmensch auf das verschwitzte Chaos, das er aus ihr gemacht hatte. Ihr Gesicht glitzerte und Strähnen ihres Haares klebten an ihrer Stirn und ihren Wangen. Sie atmete schwer und hatte ihn immer noch im Todesgriff. Als er auf seinen Arm blickte, bemerkte er, dass er immer noch die Zahnabdrücke in seinem Fleisch spürte und sie in dem schwachen Licht schwach sehen konnte.

Zum ersten Mal in seinem Leben musste er lächeln, als er eine Markierung auf seinem Körper sah, die jemand anderes ihm zugefügt hatte.

»Du hast mich umgebracht«, sagte sie müde.

Cal lachte, und die Bewegung ließ seinen Schwanz tief in ihr zucken.

»Das war fantastisch«, sagte er, beugte sich hinunter und küsste ihre Stirn. »Danke.«

Sie öffnete die Augen. »War es gut für dich?«

»Gut? Prinzessin, wäre es noch besser gewesen, wäre *ich* tot.«

Sie lächelte. »Ja. Ähm ... was war mit dem einen Teil?«

»Welcher Teil?«, fragte er immer noch lächelnd. Er hatte das Gefühl zu wissen, wonach sie fragte, aber er wollte sie dazu bringen, es zu sagen.

»Dass ... ich sehr empfindlich war, und ich dachte nicht, ich könnte ... du weißt schon.«

»Habe ich dir wehgetan? Hast du es gehasst?«

»Nein. Und nein. Ich war nur überrascht. Normalerweise bin ich ein Ein-Orgasmus-Mädchen.«

»Jetzt nicht mehr. Ich konnte nicht anders«, gab Cal zu. »Ich habe es geliebt zu spüren, wie du um mich herum kommst, und ich wollte es noch einmal spüren.«

Sie schaute ihn schüchtern an. »Du konntest es spüren?«

Cal begann zu nicken – dann hielt er inne. Das hatte er tatsächlich getan. Er hatte es gespürt. Obwohl sein Schwanz so verkorkst war, hatte er jeden Druck, jede Kontraktion, die heiße Flut ihres Kommens gespürt. »Ja«, flüsterte er. »Ich habe alles gespürt.«

»Gut«, sagte sie, die Genugtuung in ihrem Tonfall deutlich zu hören. »Wenn du das noch einmal fühlen willst, gebe ich dir einen Freibrief zu tun, was du tun musst.«

Cal stieß ein Lachen aus. Er war verblüfft. Diese Frau haute ihn um. Er war sich nicht sicher, ob sie den letzten Orgasmus wirklich genossen hatte, aber sie gab ihm dennoch die Erlaubnis, es noch einmal zu tun.

Er ließ sich auf sie sinken und ließ den Kopf neben ihrem auf dem Kissen ruhen. »Erdrücke ich dich?«, fragte er.

Er versteifte sich für einen Moment, als sie mit den Händen seinen Rücken streichelte, aber er atmete tief durch und zwang sich, sich zu entspannen. »Nein. Ich liebe es, dich auf mir zu spüren. In mir.«

Er wollte ihr sagen, dass das eine gute Sache war, weil dies sein neuer Lieblingsplatz auf der ganzen Welt war, aber er wollte sie nicht verängstigen. »Ich werde mich bald bewegen. Ich möchte nur eine Weile hierbleiben.«

»Das ist in Ordnung«, beruhigte sie ihn.

Erst in diesem Moment wurde ihm bewusst, wie sehr er die menschliche Berührung vermisste. Ihre Haut auf seiner Haut zu haben, von Kopf bis Fuß, fühlte sich an wie eine Heimkehr. Zum ersten Mal seit Jahren fühlte er sich wieder völlig menschlich. Er hatte das gebraucht. *Sie* gebraucht.

Er schlief mit dem Duft von süßem Shampoo und Sex in der Nase ein. Und er hatte nie besser geschlafen.

KAPITEL SIEBZEHN

June wachte auf und zuckte zusammen, als die aufgehende Sonne ihre Augen traf. Sie drehte den Kopf und wurde sich langsam bewusst, wo sie war ... und was in der Nacht zuvor geschehen war. Sie hatte Muskelkater zwischen den Beinen, aber es war ein herrliches Gefühl. Sie lag an Cal, ihre Wange an seiner Brust, einen Arm um seinen Bauch. Aber etwas war anders.

Als sie den Kopf hob, sah sie den Unterschied sofort. Sie und Cal waren heute Morgen völlig nackt.

Als sie sein Gesicht betrachtete, sah sie, dass er noch schlief. Kein Wunder. Letzte Nacht hatte er sie nach scheinbar nur wenigen Minuten geweckt und im Dunkeln nach ihr gegriffen. Sie waren bis spät in die Nacht aufgeblieben, um sich wieder zu lieben, zu reden und zu lernen, was der andere an erotischen Berührungen mochte. June hatte mehr Orgasmen gehabt als je zuvor, und doch wollte sie diesen Mann immer noch. Es war fast wie ein Zwang.

Die Decke war nach unten gerutscht, und als June den Blick an seinem Körper hinunterschweifen ließ, konnte sie jeden

Zentimeter sehen. Sein Schwanz war schlaff, aber selbst weich war er beeindruckend.

Aber das war natürlich nicht das, was ihre Aufmerksamkeit am meisten erregte. Es waren die vielen Narben, die fast jeden Zentimeter seines Körpers bedeckten. Sie hatte sie in der Nacht zuvor gespürt. Wie sollte sie auch nicht, wenn sie mit den Händen über ihn gestrichen hatte? Aber als sie sie im Tageslicht sah, verstand sie zum ersten Mal die Hölle, die ihr Mann durchlebt hatte. Sie verstand, warum er sich ihr gegenüber nur widerwillig entblößte. Warum er das Licht ausgeschaltet lassen wollte.

Aber was *er* nicht verstand, war, dass sie ihn beim Anblick seines zerstörten Körpers nicht weniger, sondern *mehr* liebte.

Sie empfand kein Mitleid für Cal. Keinen Abscheu. Sie spürte nur ein überwältigendes Gefühl von Stolz. Er hatte ertragen, was die meisten Männer gebrochen hätte. Und er war nicht gebrochen, nicht einmal annähernd. Gebeugt vielleicht, aber definitiv nicht gebrochen.

Sie bewegte sich an seinem Körper hinunter, schaffte es, sich aus seinem Griff zu befreien, ohne ihn zu wecken, und kniete sich zwischen seine Beine, so wie sie es in der Nacht zuvor getan hatte. Sie hatte es genossen, ihn in den Mund zu nehmen. Sie war sich nicht so sicher, ihn auf diese Weise zum Höhepunkt zu bringen, aber sie wusste, ohne darüber nachdenken zu müssen, dass er sie niemals dazu zwingen würde, oder zu irgendetwas anderem, was sie nicht tun wollte.

Sie begann, mit seinem Schwanz zu spielen, fuhr mit einem Finger leicht an der Seite entlang und runzelte die Stirn, als sie die Narben auf seinem empfindlichen Fleisch sah. Sie verdrängte den in ihr aufsteigenden Hass auf seine Entführer und konzentrierte sich darauf, ihm ein gutes Gefühl zu geben.

Schließlich nahm sie ihn in den Mund und saugte behutsam. Es dauerte nicht lange, bis er sich zu verhärten begann.

»June?«, krächzte er heiser, als er sich regte. »Was tust du da?«

»Wonach fühlt es sich an?«, konterte sie.

Er ließ sie noch eine Minute oder so spielen, bevor er sich auf sie stürzte und sie auf Händen und Knien von ihm wegdrehte. Er vernaschte sie von hinten, bis sie tropfte, dann nahm er sie hart und schnell.

Erst als sie wieder auf dem Rücken auf dem Bett lagen und sie sich an seine Brust schmiegte, schien er zu merken, wie hell es im Zimmer war.

Cal versuchte, aus dem Bett zu schlüpfen, aber June bewegte sich, bevor er es konnte. Sie setzte sich rittlings auf seinen Bauch und blickte stirnrunzelnd auf ihn herab. »Nein«, sagte sie nachdrücklich.

»Lass mich aufstehen«, sagte Cal, ohne ihren Blick zu erwidern.

»Siehst du das?«, fragte sie und schluckte ihr Unbehagen hinunter, um ihren Mann aufzumuntern.

Er ließ den Blick zu der Stelle wandern, an der sie das zusätzliche Fleisch ihres Bauches zusammenpresste.

»Ich bin fett. Das ist *Fett*, und es ist hässlich, aber egal, wie viele Sit-ups ich mache – was zugegebenermaßen nicht viel ist –, es geht nicht weg. Und die hier?«, fuhr sie fort, ihre Brüste in den Händen. »Sie sind schlaff. Wenn ich keinen BH trage, sieht es so aus, als hingen sie um meinen Bauchnabel herum, und das, glaub mir, ist kein schöner Anblick. Und die«, sie zeigte auf ihre Nase, »ist zu groß.«

»Hör auf«, befahl Cal.

»*Nein*. Wir sind alle fehlerhaft«, sagte sie.

Er schnaubte. »Der Unterschied ist, dass du üppig bist. Ich bin entsetzlich«, erwiderte er, wobei er völlig niedergeschlagen klang.

»Blödsinn«, sagte sie wütend.

Er starrte überrascht zu ihr auf. Dann zuckten seine Lippen. »Blödsinn?«, wiederholte er.

Sie zuckte mit den Schultern. »Ich dachte mir, wenn ich eines deiner Worte benutze, würde es vielleicht besser ankommen. Cal, du bist wunderschön. Nein – sieh nicht weg von mir. Ich meine es ernst. Weißt du, was ich sehe, wenn ich deine Narben sehe?«

»Abscheulichkeit?«, sagte er trocken.

June ignorierte ihn. »Mut. Tapferkeit. Loyalität. Stärke und ein Wille, den ich mir nicht einmal vorstellen kann. Du bist durch die Hölle gegangen, und du bist immer noch hier. Du bist ein lebendes Beispiel dafür, wie das Gute über das Böse triumphieren kann. Ich weiß, dass du denkst, deine Narben seien abstoßend, aber das sind sie nicht. Nicht für mich.«

»Ich hasse Mitleid«, erwiderte er.

»Gut, denn von mir bekommst du keins. Willst du wissen, welche Gefühle ich jetzt gerade empfinde, wenn ich dich zum ersten Mal sehe?«

Er bewegte sich nicht unter ihr. Er war völlig regungslos.

»Ich bin wütend. So verdammt *wütend*, dass irgendjemand meint, das Recht zu haben, dir das anzutun, dass ich in ein Flugzeug steigen und denjenigen jagen möchte.«

Seine Lippen zuckten wieder, und June war noch nie so erleichtert gewesen, als sie seine Hände an ihren Hüften spürte.

»Das würde ich dir nicht raten. Es würde dir da drüben nicht gefallen. Es ist heiß. Richtig heiß.«

»Wie auch immer. Ich würde es für dich tun, wenn ich könnte. Aber Spaß beiseite, wenn ich dich ansehe, dich im Licht sehe, erinnere ich mich an all die Dinge, die du letzte Nacht mit mir gemacht hast. Wie deine Hände sich angefühlt haben, deine Zunge, dein Schwanz tief in meinem Körper vergraben. Du machst mich mehr an als jeder andere, den ich je getroffen habe, Cal. Deine Narben sind nicht die Summe deiner selbst; sie haben einfach dazu beigetragen, dich zu dem Mann zu machen, der du heute bist. Ein Mann, den ich mehr will, als ich atmen will. Ein Mann, der mich zum Lächeln bringt. Bei dem ich mich sicher fühle. Dem ich vertraue. Der mich dazu bringt, all meine Sorgen und Ängste beiseitezulegen und mit ihm in das große Unbekannte zu springen.«

June sprach zu schnell, aber Cal musste sie verstehen. Er musste wirklich verstehen, dass sie sich einen Dreck um seine Narben scherte.

Er starrte sie so lange an, dass sie sich unwohl zu fühlen begann. Immerhin saß sie nackt auf seinem Schoß, und das war nicht gerade etwas, das sie vollständig genoss.

»Hast du Schmerzen?«, fragte er.

June runzelte die Stirn. Das war nicht das, was sie nach ihrer kleinen Rede von ihm erwartet hatte. Nicht einmal annähernd. »Was?«

»Hast du Schmerzen?«, wiederholte er. »Weil ich dich wieder brauche. Jetzt sofort.«

»Aber wir haben doch gerade ...« June verstummte, als Cal sie auf seinen Oberschenkeln ein wenig nach hinten drückte, zwischen seine Beine griff und seinen nun harten und einsatzbereiten Schwanz streichelte. »Ähm ... nein?«

»Ich weiß, ich verhalte mich wie ein Arschloch, aber ich muss in dir sein, June. Genau in dieser Sekunde. Im Licht. Wo ich meinen Schwanz sehen kann, wie er in deine Muschi stößt.«

Er redete wieder schmutzig, aber da es June noch mehr erregte, beschwerte sie sich nicht. Sie richtete sich auf und Cal führte die Spitze seines Schwanzes zwischen ihre Schamlippen. Sie tat ihr Bestes, um nicht zusammenzuzucken, als er in sie eindrang, denn ehrlich gesagt hatte sie tatsächlich Schmerzen. Aber Cal brauchte sie, und sie würde sich ihm immer hingeben.

Sie seufzte tief, als er ganz in ihrem Körper war.

»Das wird schnell gehen«, murmelte er, den Blick zwischen ihre Beine gerichtet.

»Okay«, sagte sie.

Und das tat es auch. Aber Cal vergaß nicht, dafür zu sorgen, dass sie genauso viel Vergnügen empfand wie er. Er stieß von unten in sie hinein und sah zu, wie sein Schwanz wieder und wieder verschwand, während er mit dem Daumen ihre Klitoris massierte. Als sie beide wieder gekommen waren, war sie vollkommen erschöpft.

»Gut, dass heute Sonntag ist«, sagte sie, ihre Worte ein wenig undeutlich.

»Schlaf, Prinzessin«, befahl Cal und küsste ihre Schläfe.

»Bleibst du noch eine Weile bei mir?«, fragte sie und umklammerte Cals Arme. Sie fühlte sich verschwitzt und wollte duschen, aber sie war zu müde und erfüllt, um sich zu bewegen.

»Ja.«

Das war alles, was sie hören musste, um loszulassen. Um wieder einzuschlafen, glücklicher als je zuvor in ihrem Leben.

Cal sah June beim Schlafen zu. Er konnte nicht glauben, dass er da lag, völlig nackt im Tageslicht, mit einer Frau, die sich an ihn kuschelte.

Er hatte schreckliche Angst gehabt, als er schließlich aufgewacht war und festgestellt hatte, dass June jeden Zentimeter seines Körpers sehen konnte. Zuerst war er zu sehr abgelenkt gewesen, als er mit ihrem Mund an seinem Schwanz aufgewacht war, um zu begreifen, dass es Morgen und sein Körper sichtbar war. Erst als sie sich wieder in den Armen lagen, kam er zur Besinnung.

Er hatte eigentlich nie vorgehabt, dass June ihn sah. Er hatte geplant, das Licht im Bett ausgeschaltet zu lassen, solange sie zusammen waren. Aber das hatte er offensichtlich von Anfang an vermasselt.

Wieder einmal war er von ihrer Wut wegen seiner Erlebnisse überrascht. Er glaubte wirklich, wenn sie wüsste, wie sie an die Männer herankommen könnte, die ihm wehgetan hatten, würde sie ihnen nachgehen. Sie waren schon lange tot, getötet bei dem Überfall, um ihn und seine Freunde zu befreien, aber ihr Bedürfnis nach Rache in seinem Namen fühlte sich ... gut an.

June war so anders als alle Frauen, die er je gekannt hatte. Er bekam das Bild nicht aus dem Kopf, wie sie rittlings auf ihm saß und ihn auf ihre eigenen Fehler hinwies ... als würde er sich dadurch wegen seines geschundenen Körpers besser fühlen. Für Cal war June eine Göttin. Er würde ihre Brüste und ihren Bauch und all die anderen Dinge, die sie an sich selbst nicht mochte, jederzeit seinen Narben vorziehen.

Sie bewegte sich in seinen Armen, und Cal grinste. Sie war ein wahres Durcheinander ... aber er lächelte nur noch breiter bei dem Gedanken. *Er* hatte dafür gesorgt. Und er konnte nicht anders, als sich darüber zu freuen.

Allerdings war ihm ihr leichtes Zucken nicht entgangen, als er in sie eingedrungen war, und er machte sich eine geistige Notiz, es eine Weile mit ihr ruhig angehen zu lassen. Er hasste es, ihr wehgetan zu haben, und die Tatsache, dass sie verstanden hatte, dass er dieses letzte Mal in ihr sein musste, ließ ihn sie umso mehr lieben.

Liebe.

Verdammte Scheiße.

Er hatte sich so schnell in sie verliebt. Fast schon in dem Moment, in dem er sie zum ersten Mal in D. C. sah. Er hatte JJ bereits seine Gefühle gestanden und wusste, dass der Rest seiner Kumpel es auch sehen konnte. Aber ... er konnte diese Frau nicht behalten. Sie war zu Größerem und Besserem bestimmt als zu einem Leben mit einem geschädigten Mann.

Trotz dieser Tatsache konnte er sich nicht dazu durchringen, sich von ihr zu lösen. Jetzt, da er die Leidenschaft in ihr gesehen, sie selbst erlebt hatte ... konnte er nicht loslassen. Noch nicht.

Er würde warten, bis sie wieder auf den Beinen war. Bis sie genügend Geld gespart hatte, um sich selbst durchzuschlagen. Und er würde einen Weg finden, ihr Bankkonto weiter aufzustocken, wenn irgend möglich. Gott wusste, dass er mehr Geld hatte, als er jemals in seinem Leben ausgeben konnte. Aber sie hatte eine Menge Stolz, und er wollte sie nicht herabsetzen oder ihr das Gefühl geben, dass er ihr nicht zutraute, auf sich selbst aufzupassen.

Wie lange Cal im Bett lag und die schlafende June hielt, wusste er nicht. Aber irgendwann meldete sich seine Blase. Er musste aufstehen, Frühstück machen und die Nachforschungen über ihre Stiefmutter und Stiefschwester in Angriff nehmen. Auf keinen Fall wollte er, dass die beiden sich wieder in ihr Leben einmischten. Aber er hatte das ungute Gefühl, dass JJ recht hatte. Carla würde nicht so einfach aufgeben, eine Prinzessin zu werden.

Er betete jedoch, dass sie und ihre Mutter nur ein Ärgernis und nichts Gefährliches sein würden.

Er schlüpfte unter Junes Körper hervor und lächelte, als sie im Schlaf protestierte. Cal blieb neben seinem Bett stehen und starrte eine ganze Minute lang auf sie hinunter. Sie war wunderschön, und sie gehörte ihm ganz allein ... für den Moment.

Er richtete die Decke, die ans Ende des Bettes gerutscht war, und zog sie über sie, bevor er sich hinunterbeugte und sie noch einmal auf die Schläfe küsste.

Er ging zum Badezimmer und schnappte sich auf dem Weg dorthin ein paar Klamotten. Als er vor der T-Shirt-Schublade zögerte, wählte Cal zu seiner eigenen Überraschung ein kurzärmeliges *Jack's-Lumber*-Hemd anstelle eines der vielen langärmeligen Hemden, die er normalerweise trug. Er hatte nicht vor, in nächster Zeit Shorts zu tragen und sich in der Stadt zur Schau zu stellen, aber als er die kleinen Zahnabdrücke von ihrem Biss auf seiner Haut sah, musste er lächeln. Ja, seine Narben würden sichtbar sein, aber er würde sie so gut es ging ignorieren und sich stattdessen auf die Erinnerungen an die letzte Nacht konzentrieren.

Tim Dotson nahm das Wegwerfhandy, das er gekauft hatte, bevor er gen Norden nach Maine gefahren war, und wählte die einzige gespeicherte Nummer.

»Ich hoffe, Sie haben gute Nachrichten für mich«, sagte die Frau am anderen Ende anstelle einer Begrüßung.

»Ihnen auch einen schönen Sonntag, Elaine«, sagte er.

»Wie auch immer. Ich habe verdammt großen Hunger. Ich musste mir mein Frühstück selbst machen, das verbrannt ist. Das ist kein guter Morgen«, knurrte sie. »Jetzt sagen Sie mir, dass Sie Neuigkeiten haben.«

»Ich habe Neuigkeiten«, erwiderte Tim grinsend.

»Sprechen Sie«, befahl Elaine.

»Sie ist hier, wie Sie vermutet hatten. Und sie und der Prinz schienen sich gestern Abend sehr gut zu verstehen.«

»Verdammt noch mal!«, fluchte Elaine. »Was ist passiert?«

»Nun, die Einheimischen sagen, sie waren gestern auf der Hochzeit eines Freundes. Irgendwo oben in den Wäldern. Sie lächelten sich an und schienen sich gut zu verstehen, als sie in die Stadt zurückkamen.« Er stalkte die Frau nicht, wie Elaine annahm. Es war reiner Zufall, dass er gerade *Granny's* verließ, als der süße Wagen des Prinzen an einer Ampel anhielt. Er konnte sehen, wie sich das Paar mit verliebten Augen anschaute, ohne auf die anderen zu achten.

»Nein! Das kann nicht sein! Bitte sagen Sie mir, dass Sie etwas getan haben«, flehte Elaine.

»Natürlich habe ich das«, log Tim. Das war der erste von vielen Anrufen, die seine Taschen ein wenig voller machen würden. »Während sie gefeiert haben, bin ich zum Haus des Prinzen gegangen und habe ein kleines Geschenk für Ihre liebe Tochter dagelassen.«

»Stieftochter«, korrigierte Elaine sofort. »Was war es? Hat sie es gesehen? Hatte sie Angst?«

»Nur eine kleine Nachricht. Ich will nicht gleich von Anfang an zu heftig sein. Da stand nur, dass sie sich vorsehen soll. Und dass Carlas *Verehrer*, da er nicht an sie herankommt, vielleicht erst noch ein bisschen mit ihrer Schwester spielen möchte.«

Elaine kicherte, und Tim konnte nicht anders, als den Kopf zu schütteln, amüsiert und angewidert zugleich. Er war nicht der aufrichtigste Mensch auf der Welt, aber er verstand wirklich nicht, dass diese Schlampe das Bedürfnis hatte, ihre Stieftochter zu terrorisieren, mit der sie fast zwei Jahrzehnte zusammengelebt hatte.

»Oh, ich wünschte, ich hätte ihr Gesicht – und das des Prinzen – sehen können, als ihnen klar wurde, dass Carla wegen ihres Stalkers nicht gelogen hat.«

Tim rollte mit den Augen, unterbrach sie aber nicht.

»Okay, das ist gut. Sie müssen noch eine Nachricht hinterlassen. Vielleicht eine, in der steht, dass er denkt, er hätte sich die falsche Schwester ausgesucht. Dass er die Muschi kosten muss, der der Prinz offenbar nicht widerstehen kann.«

Tim hätte fast geschnaubt. Diese Frau war verrückt. Das würde die Schlampe nicht dazu bringen, zurück nach D. C. zu laufen. Nach dem zu urteilen, was er über die Dynamik von Elaines Familie und die Beziehung zwischen Carla und ihrer Stiefschwester wusste, würde das die Tussi wahrscheinlich nur noch mehr in die schützenden Arme des neuen Freundes treiben.

Er ließ seine Skepsis nicht in seine Stimme einfließen, als er sagte:»Klingt gut. Aber zuerst ... müssen wir über die Bezahlung sprechen. Sie haben gesagt, für alles, was ich hinterlassen habe, bekomme ich einen Hunderter.«

»Richtig. Und das werden Sie auch. Aber ich brauche einen Beweis. Woher soll ich wissen, dass Sie mich nicht betrügen?«

Das alte Weib war genauso dumm, wie er gedacht hatte. »Das tue ich nicht«, log er.»Aber um es zu beweisen, habe ich den Zettel an der Tür des Prinzen fotografiert, damit Sie ihn sehen können.« Für das Bild hatte er ein gefaltetes Blatt Papier an seine eigene Tür geklebt, aber das konnte Elaine nicht wissen.

Sie lachte wieder.»Das wird perfekt funktionieren. Ich weiß es einfach. Wenn ich Ihren Beweis habe, schicke ich Ihnen das Geld über die App, über die wir gesprochen haben.«

»Ich schicke es rüber, sobald wir mit dem Telefonat fertig sind«, versicherte Tim ihr.

»Also noch mehr Nachrichten, und was dann? Ein totes Tier als Nächstes?«, fragte Elaine.

»Sicher«, stimmte Tim zu und überlegte bereits, wo er etwas Totes zum Fotografieren finden könnte. Er vermutete, dass er am Straßenrand ein Tier finden könnte, das von einem Wagen getroffen worden war.

Elaine gackerte wieder.»Gut. Ich hoffe, diese undankbare Schlampe hat riesige Angst. Aber viel wichtiger ist, dafür zu sorgen, dass der Prinz ein schlechtes Gewissen hat, weil er an meiner Carla gezweifelt hat. Ich werde einen Maskenbildner engagieren, der es so aussehen lässt, als hätte sie ein blaues Auge oder so. Ein Abschiedsgeschenk, bevor ihr Stalker nach Maine ging. Dieser zweitklassige Junge, der Cousin des Prinzen, wird sofort zu Prinz Redmon laufen, sobald er das sieht, und er wird wieder hier sein, um sie zu beschützen, bevor wir auch nur blinzeln können.«

»Sicher«, sagte Tim, wobei er versuchte, den Unglauben aus seinem Tonfall herauszuhalten. Nach allem, was er über Cal Redmon gehört hatte, war der Mann klug. Er mochte ein Einsiedler sein und in einer kleinen Stadt wie Newton leben, aber er war nicht dumm. Er war ein Soldat der Spezialeinheit gewesen, verdammt noch mal. Er hatte Elaines List in weniger als zwei Tagen durchschaut. Die alte Schachtel hatte Wahnvorstellungen, und keine ihrer Ideen ergab einen Sinn. Aber solange er bezahlt wurde, konnte sie denken, was sie wollte.

Nein. Seiner Meinung nach würde der Kerl nicht so bald nach D. C. zurückkehren, vor allem nicht, wenn er vermutete, dass Juniper Rose in Gefahr war. Nicht dass er eine Ahnung hätte. Nein. Tim würde niemanden auf seine Anwesenheit aufmerksam machen, bevor er die Stieftochter ausschaltete. In der Zwischenzeit konnte der Prinz sie in glückseliger Unwissenheit weiter ficken.

Fette Mädels waren nicht Tims Ding, aber er nahm an, dass Muschis nun mal Muschis waren, vor allem wenn man in so einer kleinen Stadt lebte. Der Prinz wollte wahrscheinlich nur seinen Schwanz feucht machen, solange er konnte. Tim würde noch ein wenig warten, bis es so aussah, als sei er mit der Frau fertig, bevor er sie umlegte, um seinen großen Zahltag von Elaine zu bekommen.

Er fühlte sich geradezu großmütig, dass er dem Prinzen Zeit gab, flachgelegt zu werden und die Schlampe abzuservieren, bevor Tim sie umbrachte.

»Oh! Und Carla hatte eine Idee ...«

Tim hörte grinsend zu, als Elaine ihm eine Geschichte über einen Streich erzählte, den Carla ihrer Stiefschwester in ihrer Kindheit gespielt hatte. Es war keine schlechte Idee, aber er würde darüber nachdenken müssen. Vielleicht könnte es sogar nutzen, um die Tussi zu töten, aber es müsste einen Weg geben, viel näher an die Schlampe heranzukommen, damit Elaines Vorschlag funktionierte.

»Ich werde sehen, was ich tun kann«, sagte er.

»Gut. Wir werden bald wieder telefonieren. Ich kann es kaum erwarten, das Bild zu sehen – und zu erfahren, was Sie sich noch einfallen lassen.«

»Solange ich das versprochene Geld bekomme, wird sie riesige Angst haben«, erwiderte Tim.

»Zu wissen, dass sie tot ist und Carlas Mann nie wieder stehlen kann, kann mir nicht schnell genug gehen«, zischte Elaine.

Tim erschauderte tatsächlich. Bis jetzt hatte er diesen Job als ein Kinderspiel betrachtet. Aber als er die Verrücktheit in Elaines Stimme hörte, zweifelte er zum ersten Mal an seiner Meinung über ihre Intelligenz.

Es war zu spät, um jetzt noch auszusteigen. Er war zu sehr involviert. Er hatte kein Geld, um nach D. C. und in sein normales Leben zurückzukehren. Er musste weitermachen.

Mit einem innerlichen Achselzucken beschloss er, dass es egal war, ob die Schlampe starb. Sie war fett und hässlich. Niemand würde sie vermissen, wenn sie den Löffel abgab.

Bereit, das Telefonat mit der verrückten alten Frau zu beenden, verabschiedete Tim sich abrupt und brach die Verbindung ab. Er schickte das Bild von der »Nachricht«, die er angeblich an der Tür des Prinzen hinterlassen hatte, per E-Mail und atmete tief durch.

Nachdem er einen Joint geraucht hatte, saß er in seinem gemieteten Zimmer und seufzte. Er musste einen Weg finden, näher an seine Zielperson heranzukommen. Es war immer besser, sich mit Leuten anzufreunden, bevor man sie tötete, denn so waren sie nicht so misstrauisch. Er konnte sie überraschen. Es war anstrengend, in ein Haus einbrechen zu müssen. Er zog es vor, freiwillig hereingelassen zu werden oder seine

Zielperson unvorsichtig werden zu lassen, da sie nicht davon ausging, er würde ihr etwas antun. Dieser Job erwies sich nicht als so einfach, wie er gehofft hatte. Die Bezahlung war gut – das war der einzige Grund, warum er ihn angenommen hatte. Er musste nur weiterhin allem zustimmen, was Elaine sagte, ihrer Stieftochter weiter nachstellen und den Geldzug am Laufen halten. Irgendwann würde er mehr tun müssen, als Nachrichten und tote Tiere zu fotografieren, aber bis dahin würde er die Sache so lange wie möglich ausnutzen.

Wenn die Zeit gekommen war, würde er sich um die Stieftochter kümmern, seine große Auszahlung kassieren und in den Süden in ein wärmeres Klima ziehen.

KAPITEL ACHTZEHN

June fühlte sich, als würde sie schweben. Sie war am späten Sonntagmorgen aufgewacht und entspannt sowie aufgeregt über die Richtung, in die sich ihr Leben entwickeln würde. Sie duschte, zog sich an und schlenderte die Treppe hinunter, wo Cal mit einem riesigen selbst gemachten Frühstück auf sie wartete. Es spielte keine Rolle, dass es schon fast Mittag war. Den Rest des Tages und den Abend verbrachten sie damit, fernzusehen und zu reden. Sie taten Dinge, die jedes andere Paar auch tun würde.

In der vergangenen Nacht hatte June einen Moment lang überlegt, wo sie schlafen sollte, aber Cal hatte ihr die Entscheidung abgenommen, als er sie in sein Schlafzimmer geführt hatte. Sie hatten keinen Sex; er hatte sich geweigert und gesagt, er wisse, dass sie wund sei, und er sei entschlossen, sie ausruhen zu lassen, aber in seinen Armen zu schlafen war genauso gut ... fast.

June hatte keine Ahnung gehabt, dass Sex so überwältigend und fantastisch sein konnte. Es war ein Klischee, was sie getan hatten, so zu beschreiben, aber ihr Verstand blieb regelmäßig leer, wenn sie an alles dachte, was sie getan hatten.

Heute brachte Cal sie zu Meg in *Hill's House* zu ihrem Vorstellungsgespräch. Sie war nervös, denn sie hatte noch nie ein Vorstellungsgespräch gehabt. Cal gab ihr ein paar Tipps, aber jeder einzelne schien ihren Kopf zu verlassen, als er vor dem niedlichen Haus anhielt. Im Hof hing ein handgefertigtes Schild mit der Aufschrift HILL'S HOUSE, aber das war der einzige Hinweis darauf, dass es sich um ein Unternehmen und nicht um ein Privathaus handelte.

»Du schaffst das schon«, sagte Cal.

June holte tief Luft. »Ja.«

»Ich meine es ernst. Wenn Meg dich nicht einstellt, ist sie eine Idiotin. Aber so oder so, du hast einen Platz ... bei mir. Zumindest so lange, bis es dir langweilig wird und du allein losziehen willst.«

June runzelte die Stirn. »Du langweilst mich nicht, Cal. Ganz im Gegenteil.«

Er zuckte mit den Schultern. »Du bist noch nicht einmal eine Woche hier. Und in Newton gibt es nicht gerade viel zu tun. Wie auch immer, sei einfach du selbst, du wirst das schon hinkriegen.«

June wollte das Gespräch fortsetzen und ihn fragen, ob er glaubte, dass *er* sich mit *ihr* langweilen würde, aber Cal sagte, er müsse ein paar Telefonate führen, während sie bei ihrem Vorstellungsgespräch war, und sie wollte ihn nicht aufhalten.

»Danke«, sagte sie. »Wird schon schiefgehen.«

Bevor sie die Tür öffnen konnte, griff Cal nach ihr und legte eine Hand in ihren Nacken. Er zog sie zu sich heran und küsste sie lange und intensiv. Ihre Lippen kribbelten und ihre Wangen waren gerötet, als er sich zurückzog.

»Ein Kuss als Glücksbringer«, flüsterte er.

Sie lächelte. »Mit so einem Kuss ist es ausgeschlossen, dass ich den Job *nicht* bekomme«, neckte sie.

Cal starrte sie einen Moment lang an, bevor er seine Hand von ihrer Haut gleiten ließ.

Sie nahm das als ihr Zeichen auszusteigen und griff nach der Tür. Sie winkte Cal zu und atmete dann tief durch, als sie sich der Veranda zuwandte.

Das Haus war zweistöckig und ziemlich groß. Die Veranda verlief um die ganze Vorderseite herum und an einer Seite des Hauses. Die Tür war rot gestrichen, was June für eine nette Idee hielt. Sie klopfte an und wurde fast sofort von einer Frau begrüßt, die unmöglich Meg sein konnte. Sie war etwa so groß wie June, etwas gebückt und hatte hellviolettes Haar. Außerdem war sie etwa dreißig Jahre älter als das, was June über Meg gesagt worden war.

»Hallo! Ich bin Jara! Willkommen in *Hill's House*. Hill war der Name des Mannes, der sein Haus zum ersten Mal für die Bewohner der Gegend öffnete, die in die Jahre gekommen waren und niemanden hatten, der sich um sie kümmern konnte. Und jetzt, achtzig Jahre später, ist *Hill's House* immer noch da. Hereinspaziert, hereinspaziert. Du siehst aus wie ein kräftiges Mädchen, was gut ist. Manchmal fallen wir hin und brauchen Hilfe beim Aufstehen.«

»Jara! Ich habe dir doch gesagt, du sollst mich die Tür aufmachen lassen«, schimpfte eine Frau, die auf die beiden zustürmte, sobald sie drinnen waren.

»Ich bin alt, nicht hilflos«, brummte Jara, als sie die Tür schloss. »Außerdem warst du damit beschäftigt, dich mit Austin zu unterhalten.«

Die andere Frau schüttelte den Kopf über Jara und wandte sich dann an June. »Hi, ich bin Meg. Jara kennen Sie ja schon, sie ist eine unserer Bewohnerinnen.«

»Die Matriarchin«, korrigierte Jara. »Ich bin mit vierundneunzig Jahren die Älteste, also habe ich das Recht auf diesen Titel.«

»Es freut mich sehr, Sie beide kennenzulernen«, sagte June, die sich ein Lächeln nicht verkneifen konnte. »Und Sie sind auf keinen Fall vierundneunzig, Sie sehen keinen Tag älter als siebzig aus.«

Jara strahlte. »Das liegt an den Haaren«, sagte sie wissend. »Ich habe sie gerade neu machen lassen. Früher hatte ich Rosa, aber das Lila gefällt mir viel besser.«

»Es ist umwerfend«, lobte June, und sie log nicht. Jara hatte langes, dichtes Haar, das geradezu nach einer strahlenden Farbe schrie.

»Ich mag dich«, verkündete Jara. Sie drehte sich zu Meg um. »Ich mag sie«, wiederholte sie.

»Ich habe dich gehört. Ich habe gesehen, wie Banks und Sofia im Esszimmer eine Runde Cards Against Humanity vorbereiten. Warum gehst du nicht zu ihnen, während ich mich mit Miss Rose unterhalte?«

»Ooooh«, hauchte Jara. »Cards Against Humanity, wieso hat mir das niemand gesagt?« Dann drehte sie sich um und machte sich langsam auf den Weg in den anderen Raum.

»Es tut mir so leid«, sagte Meg mit einem leichten Kopfschütteln. »Ich wollte nach Ihnen Ausschau halten, aber Austin und ich haben uns über Scotts Bein unterhalten – er ist ein anderer Bewohner. Austin ist unser Krankenpfleger. Er ist jeden Tag hier, und ehrlich gesagt wären wir ohne ihn nicht in der Lage, diesen Ort zu führen. Kommen Sie rein. Ich habe allen gesagt, sie sollen sich von ihrer besten Seite zeigen, während wir uns unterhalten, aber da sie dieses Spiel spielen, weiß ich nicht, wie lange wir haben.«

Meg lehnte sich verschwörerisch vor. »Sie werden ein bisschen laut, und Banks ist sehr ehrgeizig, sodass jedes Spiel, das er spielt, in der Regel endet, wenn er jemanden des Schummelns beschuldigt, aber es sollte sie wenigstens ein bisschen beschäftigen.«

June mochte Meg sofort. Sie war quirlig und freundlich und schien ihre Arbeit zu mögen. June folgte ihr in ein kleines Büro und setzte sich auf einen Stuhl vor einem Schreibtisch, der mit Papieren überquoll.

»Tut mir leid wegen der Unordnung. Ich wollte eigentlich aufräumen, aber es kommt immer etwas dazwischen. Wenn Sie den Job annehmen, habe ich sicher mehr Zeit, um hier aufzuräumen und zu organisieren. Das ist eine gute Überleitung, um Ihnen zu sagen, was der Job mit sich bringt. Sie werden kein Dienstmädchen sein. Oder Köchin. Oder Krankenschwester. Ihre Aufgabe wird es sein, die sechs Bewohner zu unterhalten, was Sie, glauben Sie mir, mehr als beschäftigen wird.

Im Moment leben hier drei Männer und drei Frauen. Sie haben Jara kennengelernt, und wie sie sagte, ist sie vierundneunzig, aber so rüstig und lebendig wie jemand in den Sechzigern. Ihr Mann starb vor etwa acht Jahren, und obwohl sie eigentlich nicht an einem Ort wie diesem leben muss, war sie einsam und wollte nicht von Newton nach Florida ziehen, wie ihre Kinder es ihr nahelegten.

Brenda ist siebenundsiebzig Jahre alt und ziemlich ruhig, sie war nie verheiratet und hat keine Kinder. Sie ist vor ein paar Jahren gestürzt und wurde zwei Tage lang nicht gefunden, und das hat sie so erschreckt, dass sie herziehen wollte. Und Sofia ist vierundachtzig und liebt das Lesen und die Gartenarbeit, obwohl sie Letzteres nicht mehr oft tun kann. Aber wir versuchen, viele Pflanzen im Haus zu haben, um die sie sich kümmern kann.

Was die Männer betrifft, so ist Banks mit seinen zweiundachtzig Jahren der Spaßvogel in der Runde. Er liebt es, Geschichten zu erzählen, und ist immer eine Stimmungskanone. Jeremy ist fünfundsiebzig und mürrisch ... aber auf eine nette Art. Ich weiß, dass das nicht wirklich Sinn macht, aber ich glaube, er mag es einfach, Leuten zu widersprechen, um zu sehen, was sie tun werden. Und schließlich ist da noch Scott. Er ist neunzig und einer der nettesten Menschen, die ich je getroffen habe.

Oh, und wir haben gerade einen neuen Hausmeister eingestellt. Das ist kein Vollzeitjob. Tim arbeitet spät nachmittags
und bis in den frühen Abend hinein. Zu seinen Aufgaben
gehört es, zu wischen, zu fegen, den Müll rauszubringen, alle
Oberflächen im Haus abzuwischen und generell für Ordnung
zu sorgen. Als Bonus hat er gesagt, dass er schon einige hand-
werkliche Arbeiten erledigt hat, also werden wir ihn auch
andere kleine Aufgaben erledigen lassen. Und glauben Sie mir,
in einem so alten Haus wie diesem gibt es *ständig* Dinge, die
repariert werden müssen.«

June hörte mit einem kleinen Lächeln im Gesicht zu. Ihr
gefiel die Zuneigung, die sie in Megs Stimme hörte, wenn sie
über die Männer und Frauen sprach, die dort lebten. Es war
leicht zu erkennen, dass dies nicht nur ein Job für sie war,
sondern dass sie den Umgang mit den Bewohnern wirklich
genoss.

»Ihre Aufgabe wäre es, für die Bewohner etwas zu finden,
das sie unternehmen können. Karten spielen, Ausflüge, die
nicht zu anstrengend sind, Geburtstagsfeiern planen, mit den
Verwandten der Bewohner zusammenarbeiten, wenn sie zu
Besuch kommen wollen, und im Grunde genommen einfach
Dinge finden, die die Tage verschönern. Ihre Arbeitszeiten
wären in der Regel von zehn bis fünfzehn Uhr, von Montag bis
Samstag. Ich weiß, dass das kein Vollzeitjob ist, aber es ist das,
was unser Budget zulässt. Ich bin aber sehr flexibel, wenn Sie
also während der Arbeitszeit etwas zu tun haben, können wir
uns immer etwas einfallen lassen.

Oh, und es könnte auch sein, dass Sie manchmal länger
hier sein müssen. Wie zum Beispiel an Halloween. Der Höhepunkt des Jahres für unsere Bewohner ist es, auf der Veranda
zu sitzen und all den Kindern in ihren Kostümen zuzusehen.
Außerdem schmücken wir das Haus von oben bis unten, und
oft wollen die Bewohner sich auch verkleiden. Mist, ich plap-
pere. Haben Sie noch irgendwelche Fragen?«

June fragte nach dem Gehalt und ihre Augen weiteten sich bei der Zahl. Vielleicht lag es daran, dass sie noch nie einen bezahlten Job gehabt hatte, aber das Gehalt, das Meg nannte, war viel höher als gedacht. Vor allem für das, was sie tun würde. In D. C. hatte sie sich zwölf oder mehr Stunden am Tag den Hintern aufgerissen und keinen Cent bekommen.

Sie sprachen über die Aktivitäten, die den Bewohnern Spaß machten, und June dachte sofort an all die lustigen neuen Dinge, die sie planen konnte. Meg erkundigte sich nach ihrem beruflichen Werdegang und June öffnete sich der freundlichen Frau gegenüber mit ihrer Vergangenheit. Sie erzählte, dass sie nie einen »richtigen« Job gehabt hatte, aber für jeden Teil der Haushaltsführung verantwortlich gewesen war, als sie noch bei ihrer Stiefmutter und ihrer Stiefschwester lebte.

Nach einem fünfundvierzigminütigen Gespräch bot Meg June die Stelle offiziell an, und sie nahm freudig an.

»Wann können Sie anfangen?«, fragte Meg.

»Oh, na ja ... jetzt gleich, wenn Sie mich brauchen.«

»Wirklich? Das wäre großartig! Es gibt einige Formulare, die Sie ausfüllen müssen, aber sobald Sie das getan haben, können Sie mit uns zu Mittag essen. Wir haben noch eine andere Dame, die für uns kocht, aber Sie werden sie wahrscheinlich nicht oft sehen, denn sie geht durch die Hintertür rein und raus und bleibt für sich. Margaret ist ein Juwel, aber sie ist nicht sehr gesellig.«

»Du schummelst!«, rief eine tiefe Stimme von der anderen Seite der geschlossenen Tür.

Meg seufzte. »Ich schwöre, an manchen Tagen sind sie wie ein Haufen Kleinkinder. Ich werde nach ihnen sehen, und wenn Sie mit dem Papierkram fertig sind, kommen Sie raus und setzen sich zu uns.«

»Kann ich kurz telefonieren?«

»Aber natürlich. Ich wünsche zwar nicht, dass die Mitarbeiter den ganzen Tag mit der Nase am Handy kleben, aber Sie können durchaus Zeit für sich haben, wenn es nötig ist.«

»Ich habe kein Handy«, gab June zu. »Ich habe vor, mir eins zu besorgen, aber ich bin noch nicht dazu gekommen.«

»Keine Sorge. Benutzen Sie ruhig das Telefon auf dem Schreibtisch. Wir sehen uns in fünfzehn Minuten oder so.«

Als im anderen Zimmer noch mehr Geschrei zu hören war, umarmte Meg sie kurz und sagte: »Willkommen in der Familie«, und verschwand durch die Tür.

June lächelte. Ja, so fühlte dieser Ort sich an. Eine große Familie. Eine, in der nicht alle immer miteinander auskamen, aber es gab immer noch Liebe ... etwas, zu dem sie schon immer hatte gehören wollen und von dem sie nicht gewusst hatte, wie sehr sie es vermisste, bis sie nach Newton kam.

Sie legte die Papiere, die Meg ihr gegeben hatte, beiseite und griff nach dem Telefon. Sie hatte sich Cals Nummer eingeprägt und wählte sie nun schnell.

»Cal«, sagte er, als er abnahm.

»Hi, ich bin's«, sagte sie und stellte fest, dass es das erste Mal war, dass sie mit ihm am Telefon sprach. Seit sie Washington, D. C. verlassen hatten, war sie praktisch jede Minute des Tages mit ihm zusammen gewesen.

»Hallo«, sagte er, seine Stimme voller Wärme. »Bist du fertig? Wie ist es gelaufen?«

»Ich bin mit dem Vorstellungsgespräch fertig, sie hat mir den Job angeboten und ich dachte, ich bleibe noch eine Weile. Ist das in Ordnung?«

»Natürlich ist es das. Glaubst du, dass es dir gefallen wird? Du nimmst den Job doch nicht nur an, weil du glaubst, dass du es musst?«

»Ich habe noch nicht alle Bewohner kennengelernt, aber Meg mag ich sehr gern. Und die Bezahlung ist fantastisch.« Sie erzählte Cal, wie viel Meg bot, dann rümpfte sie die Nase, plötzlich unsicher. »Ist es das nicht?«

Cal lachte. »Es klingt überdurchschnittlich für das, was du tun wirst, ganz sicher.«

June seufzte erleichtert. »Meine Arbeitszeiten sind normalerweise von zehn bis fünfzehn Uhr, könntest du mich also heute Nachmittag abholen?«

»Auf jeden Fall. Ich freue mich schon darauf, deine neuen Schützlinge kennenzulernen. Ich bin sicher, dass du sie um den kleinen Finger gewickelt hast, wenn ich später komme.«

June lachte. »Da bin ich mir nicht so sicher. Sie scheinen ganz schön anstrengend zu sein.«

»Du wirst schon klarkommen. Und June?«

»Ja?«

»Ich bin stolz auf dich. Du bist noch nicht einmal eine Woche in der Stadt und hast schon einen Job gefunden, in dem du bestimmt großartig sein wirst.«

»Nun, dank April weiß ich überhaupt davon.«

»So laufen die Dinge im Allgemeinen. Bei der Jobsuche geht es darum, wen man kennt, und es geht darum, zur richtigen Zeit am richtigen Ort zu sein, nicht unbedingt um den Lebenslauf.«

»Das ist auch gut so, denn ich *habe* nicht einmal einen Lebenslauf«, sagte June trocken.

Cal lachte. »Meg ist offensichtlich eine kluge Frau, die weiß, dass sie in dir ein Juwel gefunden hat. Viel Spaß, und wenn du irgendetwas brauchst oder möchtest, dass ich dich früher als um drei abhole, sag mir einfach Bescheid. Ich würde vorschlagen, den heutigen Tag als Probetag zu nutzen. Wenn es dir nicht gefällt oder es nicht so ist, wie du es dir vorgestellt hast, kannst du Meg immer noch sagen, dass du nicht glaubst, dass es funktioniert.«

June seufzte. Das wollte sie nicht tun. Es wäre unhöflich. Aber sie war es leid, ausgenutzt zu werden. Sie war es leid, ihre Zeit mit etwas zu verbringen, das sie hasste. Sie hatte es geschafft, der Fuchtel ihrer Stiefmutter zu entkommen, und sie

würde nicht noch einmal so leben. Auch wenn es nur ein Teil-
zeitjob war, würde sie doch eine ganze Weile hier verbringen.
»Okay.«

»Wir sehen uns später.«

»Bis später«, wiederholte June. Sie legte auf und starrte
einen Moment ins Leere, während sie über ihr Glück nachdachte, dann griff sie nach den Papieren, die sie ausfüllen
musste, und nahm einen Stift zur Hand.

Cal stützte das Kinn auf eine Hand und hörte mit einem
kleinen Lächeln zu, als June ihm von ihrem Tag erzählte.

»Banks ist urkomisch. Er hat alle möglichen Geschichten
auf Lager. Ich bin mir nicht ganz sicher, was wahr ist und was
er sich ausdenkt. Heute hat er mir erzählt, dass er einmal den
Mittelgewichtstitel im Boxen hatte. Ich weiß nicht, was das ist,
aber er erzählte immer wieder von den Kämpfen, Matches oder
was auch immer er früher gemacht hat. Er behauptete, er sei
ein Frauenheld gewesen und nie zweimal mit demselben
Mädchen in sein Hotel zurückgekommen ... was ich glaube,
weil er ständig mit allen flirtet. Sogar mit Margaret, der Köchin.

Sofia hat mir später erzählt, dass Banks nur Unsinn erzählt
und niemand ihm seine Geschichten glaubt, aber da es
harmlos ist, ihn immer weiter erzählen zu lassen, sprechen sie
ihn normalerweise nicht darauf an. Brenda sagte, sie habe
früher mit den Händen gearbeitet, aber sie sagte nicht genau,
was sie getan hat. Scott ist neunzig, und er gibt die unglaub-
lichsten Geschichten über seinen Vater zum Besten, der im
Zweiten Weltkrieg gekämpft hat. Ich glaube, er hat in Vietnam
gedient, aber er spricht nicht darüber. Meinst du, du könntest
eines Tages kommen und mit allen über deinen Dienst in der
Armee sprechen? Nicht über die Einzelheiten, denn ich weiß,

dass du darüber nicht wirklich sprechen kannst, aber im Allgemeinen?«

Cals Lächeln wurde breiter.»Klar.«

»Großartig! Ich glaube nicht, dass es schwer sein wird, Unternehmungen zu finden. Ich meine, alle sechs Bewohner scheinen für alles offen zu sein, auch wenn einige im Vergleich zu den anderen ziemlich ruhig sind. Ich habe mir überlegt, einen thematischen Filmnachmittag zu veranstalten, an dem wir uns ein paar Oldies aus den sechziger und siebziger Jahren ansehen könnten. Und vielleicht eine Art Sock-Hop veranstalten. Und ich möchte mit dem Direktor der Grundschule sprechen, um zu sehen, ob ich die Bewohner mitbringen kann, damit die Kinder ihnen vorlesen. Ich habe schon oft gehört, dass es für ältere Menschen sehr gesund ist, mit jüngeren Kindern zusammen zu sein, und umgekehrt.«

Cal stieß sich vom Tisch ab und riss June von ihrem Platz.

»Cal?«, fragte sie. Aber er blieb nicht stehen, während er sie in Richtung Treppe drängte.

»Das Geschirr«, rief sie mit einem kleinen Lachen, während sie ihr Bestes tat, um mit ihm Schritt zu halten.

Je mehr er in der Nähe dieser Frau war, desto mehr brauchte er sie.

Er hatte den ganzen Tag damit verbracht, mit einem Detective in D. C. über Elaine Green zu sprechen – und war nicht weitergekommen. Es gab einfach keine Beweise dafür, dass Elaine etwas Unrechtes getan hatte. Nichts, was den Detective dazu veranlassen würde, seine wertvolle Zeit von anderen Fällen abzuziehen, um einen siebzehnjährigen Todesfall zu untersuchen, der als Herzinfarkt eingestuft worden war. Allerdings wies er darauf hin, dass June den ganzen bürokratischen Aufwand und die hohen Kosten für eine Exhumierung auch allein bewältigen könnte.

Cal war frustriert und verärgert gewesen, aber sobald er

June von *Hill's House* abgeholt hatte, war seine schlechte Laune verflogen. Er fühlte sich besser, wenn er nur in ihrer Nähe war. Es war jedoch ein gefährlicher Präzedenzfall, mit ihr zu schlafen. Früher oder später würde sie ihn verlassen. Sie würde merken, wie viel von der Welt sie erleben wollte, und sie würde unruhig werden, sich vom Leben in Newton erdrückt fühlen. Cal wusste, dass er sie gehen lassen sollte, bevor er sich zu sehr an sie band, aber heute Abend konnte er es nicht. Er brauchte sie.

Er schloss seine Schlafzimmertür und sie drehte sich zu ihm um. Er machte einen Schritt vorwärts und sie machte einen zurück. Dann wieder. Es war wie eine eigene Form des Vorspiels.

»Cal?«, fragte sie und sah mit einem verschmitzten Lächeln zu ihm auf.

»Ja?«

»Bist du müde? Willst du schlafen gehen?«

»Nein.«

»Tun dir die Füße weh und du musst sie hochlegen?«, stichelte sie.

Sie war so weit zurückgegangen, wie sie konnte, und stand nun an der Kante seines Bettes.

»Nein.« Dann schockierte er sich selbst – und sie, wenn man ihrem Gesichtsausdruck Glauben schenken durfte –, als er sich das Hemd über den Kopf zog.

Sie ließ den Blick direkt auf seine Brust wandern, und er hatte einen perversen Moment der Genugtuung, als ein wütender Ausdruck über ihr Gesicht huschte. Ihm war es viel lieber, dass sie sich seinetwegen ärgerte, als dass sie sich vor seinen Narben ekelte ... oder schlimmer noch, ihn bemitleidete.

»Du hast mich vorher gesehen und bist nicht ausgeflippt. Du bist nicht weggelaufen, und du hattest definitiv eine Chance. Ich will dich wieder im Licht. So oft wie möglich. Ich will alles von dir sehen, und im Gegenzug gebe ich dir alles von mir. Das heißt ... wenn du mich immer noch so willst.«

Sie bewegte sich sofort, trat nahe heran und küsste eine besonders knorrige Narbe auf seiner Brust. Sie verlief von seinem Brustbein bis hinunter zu seiner Leiste. Cal erinnerte sich lebhaft an das Arschloch, das ihm das angetan hatte, wie er ihm gedroht hatte, ihn vom Hals bis zum Schwanz auszuweiden.

»Ich will dich«, versicherte sie ihm. Sie kämpfte einen Moment lang mit dem Knopf seiner Jeans, bevor er ihre Hände wegstieß und selbst den Knopf und den Reißverschluss öffnete.

Sie lächelte ihn an und ging auf die Knie. Schüchtern zog sie ihm Hose und Boxershorts herunter, und Cal stieß sie mit dem Fuß beiseite. Er war noch nie mit jemandem so nackt gewesen, im übertragenen Sinne, wie mit June. Er hatte sich mit Frauen ausgezogen, ja. Vor seiner Gefangenschaft. Aber er war noch nie in seinem Leben so verletzlich gewesen.

Sie leckte sich die Lippen, beugte sich vor und griff nach seinem schlaffen Schwanz. Sofort zuckte er. Ihre ganze Konzentration lag auf seinem Schwanz. Sie schien nicht einmal zu bemerken, wie entstellt seine Oberschenkel waren. Oder die Unvollkommenheiten am Schwanz selbst.

Sie beugte sich vor und nahm ihn ganz in den Mund. Cal stöhnte und vergrub sofort die Hände in ihren Haaren, mehr um sich festzuhalten, als um sie zu kontrollieren. Er liebte ihre enthusiastischen, unkoordinierten Bewegungen. Die Tatsache, dass sie das so offensichtlich noch nie mit jemand anderem gemacht hatte, machte ihn ein wenig verrückt.

Er wuchs in ihrem Mund, und schon bald bewegte sie sich auf der Hälfte seiner Länge auf und ab, als sei sie dazu geboren worden. Irgendwann sah sie zu ihm auf, seinen Schwanz im Mund, und grinste.

Das war mehr, als er ertragen konnte. Cal wollte explodieren, wollte, dass sie alles schluckte, was er ihr gab, aber er musste mehr in ihr sein.

Er hob sie mühelos hoch und zog sie in Rekordzeit aus. Er warf sie praktisch auf die Matratze und sie kicherte.

Die nächsten zwanzig Minuten waren voll von Seufzern, Stöhnen und Schreien ... und mehr Lust, als Cal je erlebt hatte. Aber als sie beide zufrieden waren und June sich an seine Seite schmiegte, machte sich schnell Panik breit.

Jedes Mal wenn er sie hatte, ging sie ihm noch mehr unter die Haut. Er brauchte sie *mehr*, nicht weniger. Er wusste, je länger sie hier lebte, in seinem Bett schlief, je mehr Zeit er in ihren heißen, feuchten Tiefen verbrachte, desto schwieriger würde es sein, sie zu verlieren. Irgendwann würde er an einen Punkt kommen, an dem er sich so etwas nicht mehr vorstellen konnte. Wahrscheinlich würde er einer dieser Männer werden, die einer Ex nachstellten und erklärten, wenn er sie nicht haben könne, dann könne es niemand.

Er schloss die Augen, als June tief atmete, da sie bereits eingeschlafen war.

Er liebte sie. Vielleicht würde er nie wieder eine Frau so lieben – aber er musste sie gehen lassen. Zu ihrem eigenen Besten. Am Anfang würde sie verärgert sein, aber irgendwann wäre sie dankbar. Er würde nicht egoistisch sein. Er würde sie gehen lassen, damit sie ihren Platz in der Welt finden konnte, an einem Ort, der so wundervoll und lebendig war wie June selbst.

Newton, Maine war es einfach nicht.

Eine ihrer Hände ruhte auf seiner Brust, direkt über seinem Herzen, und selbst im Schlaf bewegte sie die Finger und streichelte ihn. Er brauchte sie mehr als die Luft zum Atmen, aber er wollte verdammt sein, wenn er irgendetwas tat, was sie von ihrem vollen Potenzial abhielt.

KAPITEL NEUNZEHN

Fast eine Woche später wurde June das Gefühl nicht los, dass mit Cal etwas nicht stimmte. Es war nichts, was er gesagt hatte, aber es war offensichtlich, dass etwas vorgefallen war ... oder dass er einen plötzlichen Sinneswandel gehabt hatte.

Seit dem Morgen, nachdem sie den Job in *Hill's House* angenommen hatte und sie wieder in seinen Armen aufgewacht war, war er anders gewesen. Ruhiger. Er verbrachte weniger Zeit mit ihr.

Er distanzierte sich, und sie hatte keine Ahnung warum.

Vielleicht dachte er darüber nach, wie schnell ihre Beziehung fortgeschritten war. Vielleicht bereute er, sie gebeten zu haben, bei ihm einzuziehen. Vielleicht hatte er beschlossen, dass sie seinen Schutz nicht brauchte, weil er nichts von ihrer Stiefmutter oder Stiefschwester gehört hatte.

Vielleicht war der Sex nicht gut für ihn und er hatte beschlossen, dass er nicht mehr mit ihr zusammen sein wollte.

Was auch immer es war, June hatte sich noch nie so deprimiert gefühlt.

Es fing richtig an, als er sie an ihrem dritten Tag von *Hill's House* nach Hause fuhr – ohne ein Wort zu sagen – und ihr dann mitteilte, dass er einen großen Baum fällen musste, der auf eine Straße gestürzt war. Er war erst nach Hause gekommen, als sie schon schlief.

Am nächsten Abend sagte er, er sei nicht müde und sie solle ins Bett gehen. June ging schließlich in das Gästezimmer, das sie in der ersten Nacht in Newton benutzt hatte, da sie sich zu unsicher fühlte, um eine zweite Nacht in Folge ohne ihn im großen Schlafzimmer zu verbringen. Als Cal nicht aufgetaucht war oder sie geweckt hatte, um sie in sein Bett zu bringen, fühlte sie sich äußerst unwohl dabei, wieder dort zu schlafen ... es sei denn, sie wurde ausdrücklich eingeladen.

Und so ging es weiter. Jeden Abend hatte er irgendeine Ausrede, um länger aufzubleiben, und da June nicht dumm war, begriff sie den Wink und ging weiterhin Stunden vor ihm nach oben, um im Gästebett zu schlafen.

Gestern Abend schließlich hatte er ihr gesagt, dass er heute ein Stück des Appalachian Trails wandern und einige Wartungsarbeiten durchführen müsse und über Nacht weg sein würde. Er hatte mit Bob vereinbart, dass er sie zur Arbeit bringen und danach wieder abholen würde.

June beschloss, dass sie fertig war. Sie war eine Expertin darin zu wissen, wann sie erwünscht war und wann nicht. Sie hatte von der Besten gelernt, ihrer Stiefmutter. So sehr es auch schmerzte, sie würde nicht länger in Cals Haus bleiben, wenn es offensichtlich war, dass er sie dort nicht mehr haben wollte.

Ihr Herz schmerzte. Dabei hatte alles so vielversprechend ausgesehen. Natürlich hätte sie es besser wissen müssen. Die Dinge waren mit Lichtgeschwindigkeit fortgeschritten. Cal hatte sich wahrscheinlich von der Aufregung seiner ersten körperlichen Beziehung seit Jahren mitreißen lassen, von dem Nervenkitzel, sie aus ihrer schrecklichen Situation zu retten.

Jetzt, da der Staub sich gelegt hatte, wurde ihm eindeutig klar, dass sie eine Last war – genau wie ihre Stiefmutter immer behauptet hatte.

Es war beschissen. June liebte Cal bereits sehr. Sie wünschte sich nur, sie sei ... attraktiver? Besser? Klüger? Irgendetwas. Sie wünschte, sie hätte sein Interesse länger als eine Woche aufrechterhalten können.

Sie dachte, sie hätten sich wirklich verbunden, sofort und zutiefst. Und der Sex war, zumindest für sie, überirdisch gut gewesen. Sie konnte sich nicht vorstellen, dass es noch besser sein könnte. Andererseits hatte sie nicht viel Erfahrung, auf die sie zurückgreifen konnte. Sie musste selbst nicht so gut gewesen sein, wenn er sie so leicht fallen lassen konnte.

Nach allem, was sie getan hatten, nachdem er sich vor ihr entblößt hatte, nachdem sie gedacht hatte, sie hätte endlich die extrem dicken Schilde durchbrochen, die er um sich herum aufgebaut hatte, war es offensichtlich, dass er fertig war. Und es tat weh. Sehr sogar.

Sie musste April anrufen oder vielleicht mit Meg reden, um zu sehen, welche Möglichkeiten sie hatte. Sie konnte nicht weiter in Cals Haus bleiben, wenn sie wusste, dass er sie nicht wirklich dort haben wollte. Es war eine Qual, ihn jeden Tag zu sehen und trotzdem so distanziert zu sein.

Es würde immer noch schmerzhaft sein, in Newton zu leben und ihn zu sehen, aber sie liebte diese kleine Stadt und die Menschen dort. Sie liebte ihre Arbeit. Sie kannte die Bewohner erst seit kurzer Zeit, aber sie waren ihr so wichtig wie Großeltern ihren Angehörigen. Sie waren lustig, fürsorglich und unglaublich interessant. Sie konnte sich nicht vorstellen, zu kündigen und in eine große Stadt zu ziehen, wo sich niemand um einen kümmerte und alle immer in großer Eile waren. In Washington, D. C. hatte sie sich immer wie ein winziger, unbedeutender Käfer gefühlt, aber hier ... überall, wo sie hinkam, grüßten die Leute sie und schienen sich wirklich dafür zu interessieren, wie es ihr ging.

Es musste doch eine Wohnung oder ein Zimmer geben, das zu mieten sie sich leisten konnte.

Cal war zu seiner Nachtwanderung auf dem AT aufgebrochen, bevor sie aufwachte, und das Haus fühlte sich ohne ihn leer und einsam an. Sie frühstückte allein, und es war fast beängstigend, wie schnell ähnliche Erinnerungen an D. C. auftauchten, wie June allein aß, während sie darauf wartete, dass Elaine und Carla aufwachten und anfingen, sie herumzukommandieren.

Viertel vor neun konnte nicht schnell genug kommen, und als Bob schließlich vor Cals Haus hielt, war June mehr als bereit zu gehen. Sie schloss die Tür sorgfältig hinter sich ab und stieg mit einem gezwungenen Lächeln in Bobs Wagen.

»Guten Morgen«, sagte sie zu ihm.

»Morgen«, erwiderte er, während er darauf wartete, dass sie sich anschnallte. Dann fuhr er die Einfahrt zu Cals Haus hinunter.

»Kann ich dich etwas fragen?«, fragte sie.

»Natürlich.«

»Geht ... geht es Cal gut?« Sie hatte das eigentlich nicht ansprechen wollen, weil es ihr peinlich wäre, wenn Cal erführe, dass sie hinter seinem Rücken über ihn redete. Aber Bob war einer seiner besten Freunde, und wenn etwas nicht in Ordnung war, würde er es wissen.

Bob wirbelte mit dem Kopf herum, um sie anzusehen. »Warum? Hat er etwas gesagt?«

»Es ist nur ... ich meine, ich kenne ihn noch nicht so lange, aber er scheint ... ich weiß nicht ... seltsam zu sein?«

Bob konzentrierte sich weiterhin auf sie und die Straße, während er fuhr. »Er scheint mir in Ordnung zu sein.«

Und da war es. Cal ging es gut. Nur in *ihrer* Gegenwart benahm er sich seltsam. Das tat noch mehr weh. »Okay. Ich bin sicher, ich sehe nur etwas, das nicht da ist«, sagte sie so lässig wie möglich.

Aber Bob schüttelte den Kopf. »Nein, wenn du denkst, dass etwas nicht stimmt, dann stimmt auch etwas nicht. Du warst in letzter Zeit mehr mit ihm zusammen als der Rest von uns. Ich werde mit ihm reden, mal sehen, ob ich ihn dazu bringen kann, mir zu sagen, was los ist.«

»Nein!«, platzte June heraus und erntete dafür einen weiteren durchdringenden Blick von Bob. »Ich denke nur ... Ich glaube, es liegt an mir. Dass er bereit ist, mich gehen zu lassen, und nicht weiß, wie er es mir sagen soll. Dass er es bereut, mich überhaupt gebeten zu haben zu bleiben. Ich wäre dir also dankbar, wenn du nichts erwähnen würdest. Aber kennst du jemanden, der ein Zimmer vermietet? Oder vielleicht eine Wohnung?«

June war noch nie so froh gewesen, dass die Fahrt zum *Hill's House* so kurz war. Bob hielt in der Nähe des Weges, der zur Veranda führte, an und drehte sich zu ihr um.

»Er will nicht, dass du gehst«, sagte Bob entschlossen.

June schüttelte den Kopf und öffnete den Mund, um ihm zu widersprechen, aber er ließ ihr keine Gelegenheit.

»Ich meine es ernst, June. Er will das nicht. Ich habe Cal noch nie so ... gefestigt gesehen. Er war schon immer ein wenig nervös, und ich kann es ihm nicht verdenken nach allem, was passiert ist. Aber neulich hat er tatsächlich ein kurzärmeliges T-Shirt zur Arbeit getragen! Ich kann mich nicht erinnern, wann er das letzte Mal seine Arme oder einen anderen Teil von sich vor dem Team entblößt hat. Nein, das ist nicht wahr. Das kann ich. Das war, bevor wir Kriegsgefangene waren. *Du* hast das getan, June. Irgendwie hast du dich unter die Mauer gemeißelt, hinter der er sich versteckt. Er will definitiv nicht, dass du gehst«, beendete er.

»Du verstehst nicht«, flüsterte June.

»Dann *hilf* mir zu verstehen«, sagte Bob ruhig.

June wollte nicht unbedingt zugeben, dass sie offenbar nicht sehr gut im Bett war, aber sie musste mit jemandem reden. »Es war gut. Großartig eigentlich. Dann, nachdem wir ... Sex hatten ... änderte sich alles. Nach dem zweiten Mal begann er, sich zu distanzieren. Sehr schnell. Er fand Dinge, die er abends tun konnte, und schickte mich ohne ihn ins Bett. Oder er blieb lange aus, um zu arbeiten. Und in der letzten Woche hat er kaum ein Dutzend Wörter mit mir gesprochen, auch nicht, wenn er mich zur Arbeit fuhr.

Offensichtlich war es wirklich schlecht für ihn, oder vielleicht kam ich ihm zu leichtfertig und aufdringlich vor oder so. Und jetzt ist er zu einer zweitägigen Wanderung aufgebrochen. Ich bin einfach ... Ich liebe ihn«, gab June leise zu. »Und ich hasse es, ihm Unbehagen zu bereiten ... ich *hasse* es, ihn aus seinem eigenen Haus zu verjagen.«

»Ich bin beschissen in so was«, sagte Bob seufzend. »Hör mal, Cal hat sich nicht mehr verabredet, seit wir aus der Armee ausgeschieden sind. Seit er gefoltert wurde. Selbst davor habe ich ihn noch nie so ... lebhaft ... wie mit dir erlebt. Was auch immer passiert ist, es ist nicht deine Schuld, June. Das weiß ich ganz sicher.

Cals Leben war nicht einfach. Er stand sein ganzes Leben lang unter dem Druck, der perfekte Sohn zu sein. Von der königlichen Familie, von den Medien. Es spielt keine Rolle, dass jeder weiß, dass er nie König sein wird, er hat den Druck trotzdem ertragen. Und nachdem er mit diesen Videos gequält und öffentlich gedemütigt wurde, hat er sich völlig verändert. Er hat sich in seinen Kopf zurückgezogen. Er verbrachte viel Zeit mit Wandern und Alleinsein.

Seit du da bist, ist er geselliger. Fröhlicher. Was auch immer in seinem Kopf vorgeht, es ist nichts, was du getan hast. Das kann ich dir versichern. Aber ... gib ihn nicht auf«, flehte Bob. »Er braucht dich, June. Ich kann nicht in die Zukunft sehen. Ich weiß nicht, ob ihr heiraten, eine Familie gründen und glücklich bis ans Ende eurer Tage leben werdet. Aber es ist in kurzer Zeit viel auf ihn eingestürmt, und ich bin sicher, dass er das alles erst einmal verarbeiten muss. Rede mit ihm. Lass nicht zu, dass er dich wegstößt, denn nach dem, was du beschrieben hast, ist es offensichtlich, dass er genau das tut. Er versucht wahrscheinlich, nobel zu sein oder so. Lass das nicht zu.«

June starrte Bob an. Was er sagte, ergab tatsächlich einen Sinn. Die Dinge hatten sich so schnell entwickelt, und wenn Cal es gewohnt war, Menschen auf Abstand zu halten, dann war die Geschwindigkeit, mit der die Dinge sich zwischen ihnen entwickelt hatten, wahrscheinlich ein ziemlicher Ruck.

Sie liebte den Mann und sie wollte, dass die Dinge zwischen ihnen funktionierten. Sie war sich nicht sicher, ob es so sein würde. Aber sie war hartnäckig – man denke nur daran, wie lange sie an dem Haus festgehalten hatte, in dem sie mit ihrem Vater gelebt hatte – und sie wollte ihr und Cal wenigstens eine Chance geben, glücklich zu sein.

»Okay«, sagte sie nach einem langen Moment.

»Okay?«, fragte Bob. »Du wirst dich mit ihm hinsetzen und mit ihm reden?«

»Ja.«

»Gott sei Dank! Du bist gut für ihn, June. Und glaub mir, ich würde das nicht sagen, wenn ich es nicht bis auf die Knochen glauben würde. Der Mann hat schon genug durchgemacht, und wenn ich denken würde, dass du nur eine vorübergehende Laune bist, ein Weg, um ein Bedürfnis zu stillen, würde ich dich nicht ermutigen, ihn zur Rede zu stellen. Ich würde so schnell eine Wohnung für dich finden, dass dir schwindelig wird. Aber dass er dieses T-Shirt bei der Arbeit trägt ... das spricht Bände. Er braucht dich.«

June schüttelte den Kopf. »Er braucht mich nicht. Wenn überhaupt, dann brauche ich *ihn*.«

»Gut, dann braucht ihr euch gegenseitig. Wie auch immer. Sprich einfach mit ihm. Lass dich von ihm nicht abschrecken. Zieh dich nackt aus und stolziere vor ihm herum. Tu alles, was nötig ist.«

June lachte zum ersten Mal seit Tagen. »Das wird nicht passieren«, sagte sie.

»Ich bin sicher, es würde ihn ablenken.« Er grinste.

»Ich muss reingehen«, antwortete sie und schüttelte reumütig den Kopf.

»Okay. Ich bin um fünfzehn Uhr zurück und hole dich ab. Sag mir einfach Bescheid, wenn ich früher oder später kommen soll.«

»Mache ich.«

»Hab einen schönen Tag.«

»Du auch. Und danke, Bob«, sagte June feierlich, dann stieg sie aus seinem Wagen. Als sie zur Haustür ging, wurde ihr wieder einmal bewusst, wie glücklich Cal sich schätzen konnte, in Bob einen so guten Freund zu haben. Und JJ und Chappy natürlich auch. Die vier Männer waren wirklich wie Brüder, und sie war nicht im Geringsten eifersüchtig. Sie war froh, dass Cal das hatte.

»Guten Morgen!«, sagte Banks laut, der die Tür öffnete, als sie sich näherte. »Wir haben schon auf dich gewartet. Wir sind alle bereit für unser Sackloch-Turnier heute! Wir haben unsere Dehnübungen gemacht und ich kann es kaum erwarten, allen in den Hintern zu treten. Ich meine, ich habe jahrelang trainiert, als ich ein Boxer war.«

June widerstand dem Drang, mit den Augen zu rollen. Sie konnte nicht glauben, dass Banks auch nur die Hälfte der Dinge getan hatte, die er behauptete, aber da er amüsant war, machte sie mit, wie alle anderen auch. »Ich weiß nicht«, stichelte sie. »Ich denke, Sofia ist wahrscheinlich ein Geheimfavorit.«

Banks schnaubte, als er die Tür hinter ihr schloss. »Niemals, ich werde sie begraben!«

Sie war davon überrascht gewesen, wie mörderisch alle im Haus waren, wenn es um Spiele ging. Sie mochten zwar älter sein, aber an Wettbewerbsgeist mangelte es ihnen nicht. Egal, ob es darum ging, Uno zu spielen, eine Wortsuche als Erster zu beenden oder beim Sacklochspiel zu gewinnen, jeder wollte an der Spitze stehen. Es war eigentlich ganz niedlich.

»Banks, lass June etwas Luft zum Atmen«, schimpfte Meg, als sie in den Eingangsbereich kam, um sie zu begrüßen. »Die arme Frau ist doch gerade erst angekommen. Vielleicht will sie eine Tasse Kaffee oder so. Und sie will sicher erst einmal alle anderen begrüßen, bevor du sie in den Garten zerrst. Außerdem haben wir uns alle darauf geeinigt, dass wir ein paar Stunden warten, bis es etwas wärmer geworden ist. Wir wollen nicht, dass Scotts Finger von der Kälte abfallen.«

»Es werden nicht seine Finger sein, die abfallen. Es wird sein Tallyho sein«, murmelte Banks.

June konnte sehen, wie Meg versuchte, nicht zu lachen, als sie sagte: »Das ist nicht nett, Banks.«

Aber Banks schien nicht im Geringsten geläutert zu sein. »Komm schon, June, lass uns die Begrüßung hinter uns bringen, damit wir mit dem Tag weitermachen können.«

June ließ sich weiter ins Haus ziehen. Meg sah ihr in die Augen und murmelte: »Tut mir leid«, aber June konnte nur lächeln. Sie liebte das hier wirklich. Sie liebte es, dass jeder Tag anders war. Sie liebte es, wie eifrig die Bewohner waren. Sie schienen sich jeden Morgen aufrichtig zu freuen, sie zu sehen, und das machte den ganzen Unterschied aus. Es machte ihr nichts aus, hart zu arbeiten, und es machte ihr nichts aus, tagsüber keine Pause zu machen, denn es gab immer jemanden, der mit ihr reden wollte, der ihr etwas erzählen wollte, was er in der Vergangenheit getan oder gesehen hatte, und sie fühlte sich gebraucht.

Wenn es zwischen ihr und Cal nicht funktionierte, würde sie nirgendwo hingehen. Sie konnte sich nicht vorstellen, einen besseren Job als diesen zu finden. Oder einen, der sie noch glücklicher machte.

Natürlich war June, so sehr sie ihre Arbeit auch liebte, um

fünfzehn Uhr immer müde. Heute war es nicht anders. Das Sackloch-Turnier war ein großer Erfolg gewesen und sie plante bereits weitere Aktivitäten im Freien, sobald es wärmer wurde. Es war schön zu sehen, wie die Bewohner an die frische Luft gingen, ihre Muskeln trainierten und sich amüsierten. Am Ende gewann Banks, aber zu Junes Überraschung war Jara gar nicht so weit abgeschlagen.

Sie war gerade in der Küche, um das Geschirr von den Snacks abzuwaschen, die alle genossen hatten, als Tim hereinkam. Er war der Hausmeister, den Meg eingestellt hatte, und er kam jeden Tag kurz vor Junes Feierabend. Sie wusste nicht viel über ihn, aber er war immer freundlich zu ihr und den Bewohnern, wodurch er in ihren Augen in Ordnung war.

»Hey«, sagte er, als er den Raum betrat. »Wie war das Turnier?«

June kicherte. »Gut, obwohl ich zwei Beinahekämpfe beenden musste und jeder jeden mindestens einmal des Schummelns beschuldigt hat.«

Tim lachte. »Klingt typisch. Ich habe dir etwas mitgebracht«, sagte er und hielt ihr einen mit Folie bedeckten Teller hin. »Ich meine, da wir beide neu in der Stadt sind und so, dachte ich mir, es wäre eine nette Geste von einem Neuling zum anderen. Ich kann zwar nicht gut kochen, aber keine meiner Ex-Freundinnen hat sich jemals über meine superleckeren Schokoladenbrownies beschwert.«

June starrte den Teller einen Moment lang an. »Ähm ... Ich treffe mich irgendwie mit jemandem«, erklärte sie ihm, damit er nicht auf irgendwelche Ideen kam.

»Oh, das ist keine Anmache«, sagte er schnell. »Ich habe mich von einer Frau getrennt, kurz bevor ich in die Stadt gezogen bin, also will ich mich nicht auf eine weitere Beziehung einlassen. Ich habe sowieso vor, im Sommer nach New York zurückzukehren. Ich dachte mir nur, da du so hart arbeitest ... würdest du dich vielleicht über eine Leckerei freuen. Alle Frauen mögen doch Schokolade, oder?«

»Richtig«, sagte June, die sich im Hinblick auf seine Absichten besser fühlte.

Sie brachte es nicht übers Herz, ihm zu sagen, dass sie die Brownies nicht essen würde. Sie unterdrückte einen kleinen Schauer, als sie an den Grund dafür dachte.

»Wenn du sie nicht willst, kann ich sie den Bewohnern überlassen, nehme ich an.«

»Nein! Ich will sie. Ich danke dir, Tim. Das war wirklich nett von dir«, sagte June, als sie einen Schritt nach vorn trat.

Er lächelte sie an und ihre Finger berührten sich, als er ihr den Pappteller reichte. Zum ersten Mal, seit sie ihn kennengelernt hatte, fühlte June sich plötzlich unwohl. Sie hatte eigentlich keinen Grund für dieses Gefühl, aber sie hatte schon immer ein gutes Gespür gehabt. Sie nahm den Teller entgegen und wich zurück. »Nochmals danke.«

»Willst du nicht mal probieren?«, fragte er mit einem schiefen Grinsen.

»Nicht jetzt«, wehrte sie ab. »Wir hatten gerade erst einen Snack. Ich hebe sie mir für heute Abend nach dem Essen auf.«

»Okay«, sagte Tim achselzuckend. »Wir sehen uns dann morgen.«

»Da ist Sonntag. Ich habe frei«, erinnerte June ihn.

»Ach, stimmt ja. Dann sehen wir uns am Dienstag, da ich am Montag freihabe«, sagte Tim leichthin. »Ich wünsche dir ein schönes restliches Wochenende.«

»Dir auch«, sagte June, bevor sie aus der Küche ging. Sie winkte Jeremy und Brenda zum Abschied zu, die sich Wiederholungen von *Jeopardy* ansahen und im Verlauf des Spiels verfolgten, wer das meiste Geld hatte. Sie winkten zurück und widmeten ihre Aufmerksamkeit wieder dem Fernseher. Die anderen Bewohner waren nirgends zu sehen und June vermutete, dass sie nach dem ereignisreichen Tag wahrscheinlich ein Nickerchen machten.

Meg erschien und hielt den Teller mit den Brownies, während June ihre Jacke anzog.

»Die sehen gut aus«, sagte sie und hob den Rand der Folie an.

»Tim hat sie für mich mitgebracht. Er sagte, es sei von einem Neuling zum anderen«, erzählte June ihr.

»Das war nett von ihm. Genieße deinen Sonntag. Aber das muss ich *dir* sicher nicht sagen. Nicht, wenn du mit Cal Redmon zusammenlebst.« Sie grinste. »Der Typ ist köstlich. Und so höflich und rücksichtsvoll. Du hättest keinen besseren Mann finden können.«

»Danke«, sagte June. Sie wünschte, sie würde sich darauf freuen, zu einem glücklichen und einladenden Cal nach Hause zu kommen, aber er schlief irgendwo in der Wildnis, wahrscheinlich um ihr aus dem Weg zu gehen. Der Gedanke war ätzend.

Als sie nach draußen ging, wartete Bob am Straßenrand. Sie stieg in seinen Wagen und lächelte zu ihm hinüber. »Danke noch mal, dass du mich fährst. Ich brauche wirklich einen Wagen, aber ich kann mir im Moment keinen leisten. Vielleicht kaufe ich mir ein Fahrrad«, überlegte sie.

»Das ist doch keine große Sache. Es ist ja nicht so, als würde ich dreißig Minuten Umweg fahren oder so. Es dauert höchstens fünf Minuten, um dich nach Hause oder zur Arbeit zu bringen.«

Er hatte nicht unrecht, aber June hasste das Gefühl, eine Last zu sein. Sie waren still, während sie zu Cals Haus fuhren.

Als Bob in die Einfahrt bog und so nahe wie möglich an der Veranda anhielt, nickte er zu dem Teller auf ihrem Schoß. »Was ist das?«

»Brownies.«

»Hast du die heute bei der Arbeit gemacht?«, fragte er.

June schüttelte den Kopf. »Nein. Tim, der Hausmeister, hat sie für mich mitgebracht.«

Bob sah überrascht aus.

June schüttelte den Kopf, da er nicht den falschen Eindruck bekommen sollte. »Er ist nicht an mir interessiert. Wegen meines Gewichts denken die Leute immer, dass Essen das beste Geschenk ist. Nicht dass ich in meinem Leben schon so viele Geschenke bekommen hätte. Es ist nur so, dass er neu hier ist und ich auch, und er wollte etwas tun, um mich in der Stadt willkommen zu heißen, schätze ich. Ich werde sie nicht einmal essen«, fügte sie hinzu, wobei Bobs Gesichtsausdruck ihr nicht gefiel. Sie wollte nicht, dass er auch nur einen Moment lang dachte, sie würde Cal in irgendeiner Weise betrügen. »Ich esse kein Essen, das andere zubereitet haben. Ich meine ... nicht so etwas wie das hier. Ich esse in Restaurants, weil sie sicher sind.«

»Sicher?«, fragte Bob mit einer hochgezogenen Augenbraue.

»Ja. Ich weiß nicht, wie das Umfeld war, in dem diese Brownies gemacht wurden«, wich sie aus. »Hat Tim vielleicht hundert Katzen, die über die Arbeitsflächen laufen? Hat er eine Kakerlakenplage? Kann er den Unterschied zwischen Salz und Zucker nicht erkennen? Es ist einfach nicht immer sicher, Lebensmittel zu essen, die aus der Küche eines anderen stammen. Aber ich habe sie genommen, weil ich nett sein und seine Gefühle nicht verletzen wollte. Willst du sie?«

Bob zuckte zurück. »Nach dem, was du gerade gesagt hast? Nein danke. Aber ... wie wäre es, wenn du mir jetzt den *wahren* Grund sagst?«

»Wofür?«, fragte sie.

»Was ist passiert, dass du so misstrauisch gegenüber Backwaren von anderen Leuten bist?«

June starrte ihn einen Moment lang an. Sie wollte nicht

darüber reden, aber nachdem sie ihm heute Morgen ihr Herz ausgeschüttet hatte, nahm sie an, dass sie Bob vertraute.

Sie seufzte. »Es ist dumm.«

»Wenn es dich misstrauisch gemacht hat, ist es nicht dumm«, sagte Bob. »Und jetzt raus damit.«

»Es ist schon ein paar Jahre her. Carla hat Kekse gebacken, als ich Besorgungen gemacht habe, und als ich zurückkam, sagte sie mir, sie wolle einen Waffenstillstand. Dass es ihr nicht gefiel, dass wir uns in letzter Zeit so oft gestritten hatten. Ich war eigentlich froh darüber, denn früher, als mein Vater noch lebte, standen wir uns irgendwie nahe. Sie drängte mich, ein paar zu essen, und ich tat es, weil sie so stolz auf sich schien, sie gebacken zu haben.«

»Und?«, fragte Bob, als June eine Pause machte.

»Sie hatte sie mit einem synthetischen Marihuana versetzt. Am Ende hatte ich schreckliche Halluzinationen, und Carla und ihre Freundinnen haben sich darüber lustig gemacht, wie versteinert ich war. Sie filmten mich, wie ich mich in eine Ecke kauerte und hysterisch weinte. Sie fanden es zum Totlachen und gaben das Video an alle ihre Freundinnen weiter, und sie veröffentlichte es sogar in ihren sozialen Medien.

Ich dachte wirklich, ich würde sterben. Es war furchtbar. Und ich habe mir geschworen, nie wieder etwas zu essen, was jemand für mich gekocht hat, wenn ich denjenigen nicht dabei beobachtet habe.«

June starrte auf den Teller in ihrem Schoß, während sie ihre Geschichte erzählte, aber als sie fertig war und Bob nach einem langen Moment nichts sagte, schaute sie zu ihm hinüber. Er hatte das Lenkrad so fest umklammert, dass sie das Weiße seiner Fingerknöchel sehen konnte. Ein Muskel in seinem Kiefer spannte sich wiederholt an und seine Lippen waren zusammengepresst.

Er holte tief Luft und drehte sich dann zu ihr um. »Hast du Cal diese Geschichte erzählt?«

»Nein«, sagte sie mit einem leichten Kopfschütteln.
»Tu es nicht«, stieß er hervor. »Er würde buchstäblich den Verstand verlieren, wahrscheinlich nach D. C. zurückfahren und etwas tun, was dazu führen würde, dass wir die Kaution stellen müssen.«

Der Gedanke, dass Cal ins Gefängnis kommen könnte, war etwas, worüber June nicht nachdenken wollte. »Okay«, sagte sie.

Bob schüttelte ein wenig den Kopf. »Cal ist ein Idiot, dass er heute Nacht in der Kälte schläft, anstatt in einem warmen Bett mit dir zu liegen«, sagte er. »Sprich mit ihm, wenn er morgen zurückkommt. Versprich es mir.«

»Das werde ich. Aber es würde mich nicht wundern, wenn er beschließt, noch eine weitere Nacht auf dem Trail zu verbringen«, sagte sie, womit sie zum ersten Mal ihre Sorge aussprach.

»Das wird er nicht. Und wenn ich ihn selbst holen muss, er wird zu Hause sein«, versprach Bob.

June betrachtete den Mann an ihrer Seite einen langen Moment. Sie war nicht in romantischer Hinsicht an ihm interessiert, denn sie war bis über beide Ohren in Cal verliebt, aber sie war sich sicher, dass er für eine Frau ein fantastischer Mann sein würde. Nach außen hin wirkte er fröhlich und unbekümmert. Er gab sich alle Mühe, die Stimmungskanone zu sein und alle zum Lachen zu bringen. Aber schon nach der kurzen Zeit, die sie heute mit ihm verbracht hatte, nach den kurzen Gesprächen, die sie geführt hatten, hatte June das Gefühl, dass in diesem Mann viel mehr steckte, als er dem Rest der Welt zeigte.

»Danke«, sagte sie.

»Schlaf gut. Und wenn du etwas brauchst, zögere nicht, mich anzurufen. Soll ich die Brownies mitnehmen, damit du sie nicht entsorgen musst?«, fragte er.

»Nein. Ich werde sie wegwerfen.«

»Okay. June?«

»Ja?«

»Ich habe es schon einmal gesagt, und ich sage es wieder. Cal braucht dich. Was auch immer in seinem Kopf vorgeht ... es hat nichts mit dir zu tun, okay?«

»Okay.«

»Und jetzt raus. Ich habe noch was zu erledigen. Ich muss in Klubs gehen, in Fünf-Sterne-Restaurants essen, Kunstgalerien besuchen ... du weißt schon. So Zeug.«

June lachte. Als hätte Newton irgendetwas von diesen Dingen. »Sicher. Viel Spaß.«

»Ich habe ernst gemeint, was ich gesagt habe. Wenn du etwas brauchst, ruf an. Ich werde sauer, wenn du es nicht tust.«

»Ich komme schon klar. Aber danke.«

»Bis dann, June.«

»Bis dann.«

June erreichte die Tür, schloss sie auf, drehte sich um und winkte Bob zu, der sich noch nicht vom Haus entfernt hatte, um sich zu vergewissern, dass sie auch wirklich hineinkam. Sie schloss die Tür hinter sich und seufzte. Das Haus fühlte sich ohne Cal zu groß an.

Sie zog ihre Schuhe aus und ging in die Küche. Sie stellte den Teller mit den Brownies auf den Tresen und ging dann nach oben, um sich Leggings und einen von Cals Pullovern anzuziehen. Sie war sich nicht sicher, ob Cals veränderte Einstellung wirklich mit ihm zu tun hatte und nicht mit ihr, wie Bob beharrte. Aber so konnte sie definitiv nicht weitermachen. Sie musste herausfinden, was mit ihm los war. Selbst wenn das, was sie erfuhr, ihr das Herz brach, würde sie es wenigstens wissen.

Und wenn Bob recht hatte und Cal versuchte, nobel zu sein, oder sich wegen seiner eigenen Unsicherheiten zurückhielt, würde sie ihn zurechtweisen ... und vielleicht könnten sie wieder glücklich werden.

Entschlossen und mit einem leichteren Gefühl, als sie es für möglich gehalten hätte, wenn man bedachte, dass sie die Nacht zum ersten Mal seit Jahren allein in einem Haus verbringen würde, ging June wieder nach unten.

Tim konnte sich ein Grinsen nicht verkneifen. Er wünschte, er könnte dabei sein, wenn June nach dem Verzehr der Brownies im Vollrausch war. Ihre Stiefmutter hatte ihm ein Video geschickt, auf dem zu sehen war, wie sie in Fötusstellung lag und unkontrolliert weinte, während sie nach dem Verzehr von Keksen, die ihre Stiefschwester für sie gebacken hatte, im Rausch war. Elaine war begeistert von der Vorstellung, dass sich das wiederholen könnte, und hatte ihn gedrängt, eine Ladung Brownies für June zu backen.

Also hatte er es getan ... für nur dreihundert Mäuse. Tim würde alles tun, was die Schlampe von ihm verlangte, solange sie bereit war, ihn mit Scheinen zu belohnen.

Offenbar hatte das Gespräch über das heimliche Unterjubeln von Marihuana Elaines Zunge gelockert, denn sie sprach immer wieder davon, wie man ihre Stieftochter am besten umbringen könnte. Auf eine Art und Weise, die ihr den größten Schmerz zufügte. Sie wollte wirklich, dass er sie vergiftete. Sie hatte ihm von all den schmerzhaften Nebenwirkungen bestimmter Medikamente erzählt.

Er hatte angefangen zu fragen, woher sie so viel darüber wusste, aber das musste er gar nicht. Die verrückte Schlampe erzählte ihm sogar, dass sie zu viel Succinylcholin genommen hatte, als sie ihren Mann vergiftete! Wer, verdammt noch mal, gab so eine pikante Information weiter? Die Fehlberechnung führte dazu, dass er viel schneller starb, als sie beabsichtigt hatte. Sie murmelte etwas von Glück, dass die Symptome einem Herzinfarkt ähnelten.

Er mochte Elaine für dumm gehalten haben, aber Tim war

immer noch schockiert, dass sie so beiläufig zugab, ihren Mann umgebracht zu haben. Er beharrte darauf, dass es nicht funktionieren würde, June mit demselben Gift zu töten, weil er es nicht zuverlässig und methodisch dosieren konnte. Sie grunzte, stimmte aber schließlich zu.

Ehrlich gesagt war das nicht der Grund, warum Tim June nicht vergiften wollte. Er wäre nicht in der Lage, ein Medikament wie Succinylcholin in die Finger zu bekommen. Er hätte etwas wie Frostschutzmittel verwenden müssen, das zwar leicht zu beschaffen war, aber zu lange dauern würde. Er wollte sein Geld, und June Woche für Woche krank zu machen würde bedeuten, dass er für wer weiß wie lange kein Geld mehr bekäme. Ihm war etwas Schnelles und Einfaches lieber ... das sie nicht gleich für einen Haufen Tests ins Krankenhaus bringen würde.

Er war sich immer noch nicht sicher, wie er es anstellen wollte, aber es würde bald geschehen. Er hatte die Nase voll von dieser Stadt. Er hasste seinen Job – obwohl er sein Glück nicht fassen konnte, als June nur wenige Tage nach ihm eingestellt wurde. Besonders hasste er alte Menschen. Sie waren langsam, stinkend und streitsüchtig. Und in *Hill's House* von ihnen umgeben zu sein war nicht seine Vorstellung von Spaß. Außerdem war Arbeit im Allgemeinen nicht gerade sein Ding. Er zog es vor, so wenig wie möglich für sein Geld zu tun.

Er belog Elaine weiterhin darüber, was er hier in Newton tat und wie das Stalking verlief. Er schickte ihr ein weiteres Bild von einem Drohbrief an einer Tür, dann ein totes Eichhörnchen mit einem Messer im Kopf auf einer Fußmatte. Er hatte gezögert, seine eigene Hand zu verletzen, aber schließlich beschlossen, dass das Geld es wert war, also schlug er gegen eine Wand, um sich die Knöchel aufzuschürfen, und schickte Elaine den »Beweis«, dass er June von hinten niedergeschlagen hatte, als sie eines Tages nach Hause ging.

Elaine war verdammt leichtgläubig, und was noch wichtiger war, sie zahlte pünktlich. Dies war einer der einfachsten Jobs, die Tim je gemacht hatte. Er war sogar ein wenig enttäuscht, dass sein Geldsegen bald enden würde. Aber er hatte es satt, in der Provinz zu leben, also war es fast an der Zeit, das zu tun, wozu er geschickt worden war – Juniper Rose auszuschalten und seine zehntausend Dollar zu bekommen.

»Es ist nichts Persönliches«, murmelte er, während er den Kopf gegen die Lehne der Couch stützte. Er war heute früh von der Arbeit gegangen, da ihm nicht danach war. Er hatte zufällig gehört, wie June einem der alten Weiber, die in *Hill's House* wohnten, erzählte, dass der Prinz die Nacht auf dem AT verbrachte. Es wäre die perfekte Gelegenheit, zu dem Haus zu gehen und ihr einen gehörigen Schrecken einzujagen ... aber ehrlich gesagt war er zu faul. Und er wollte ihr keinen Grund geben, vorsichtiger zu werden.

Seiner Meinung nach war Elaines ganzer Plan von Anfang an mangelhaft gewesen. Wenn er wirklich ein Stalker wäre, würden der Prinz und seine militärischen Freunde sich nach nur einer Nachricht mit Sicherheit zusammenschließen. Die Reihen um June schließen, damit er keine Chance hatte, in ihre Nähe zu kommen. Das würde den Kerl dazu bringen, *mehr* Zeit mit June zu verbringen, anstatt zu der anderen Tochter zurückzulaufen.

Elaines Blödsinn würde irgendwann nach hinten losgehen, und sie würde wahrscheinlich versuchen, Tim etwas anzuhängen.

Was nicht passieren würde.

Nein. Tim würde nichts tun, um June oder dem Prinzen einen Grund zur Vorsicht zu geben. Er würde hart, schnell und aus heiterem Himmel zuschlagen. Sie würde keine Ahnung haben, was auf sie zukam, was in jeder Hinsicht besser war. Was nach ihrem Tod geschah, ging ihn nichts an. Solange er sein Geld bekam, wäre Tim glücklich.

Vielleicht würde der Prinz tatsächlich nach D. C. zurückkehren, wie Elaine gehofft hatte ... aber er bezweifelte es. Ihr Vorschlag, nach dem Mord an June eine letzte Nachricht zu hinterlassen, in der angedeutet wurde, Carla sei die Nächste, würde nicht funktionieren. Der Mann würde Elaines Plan leicht durchschauen. Aber wie dem auch sei, Tim würde so oder so verschwinden und um zehntausend Dollar reicher sein.

KAPITEL ZWANZIG

June war nervös. Sie hatte in der Nacht zuvor beschissen geschlafen. Zum Teil, weil sie sich bewusst war, dass sie allein im Haus war, und zum Teil, weil sie nervös war, mit Cal zu reden, wenn er heute nach Hause kam.

Sie war ruhelos und wusste nicht, was sie mit einem ganzen freien Tag anfangen sollte. Sie hatte bereits gesaugt, gefegt, Staub gewischt und eine Ladung schmutziger Wäsche aufgesetzt. Da sie nicht wusste, wann Cal nach Hause kommen würde, konnte sie nur versuchen, sich zu beschäftigen, bis er eintraf.

June nahm an, sie sollte sich entspannen – ein Buch lesen oder einen Film ansehen –, aber sie konnte nicht. Also ging sie durch das Haus und sammelte den ganzen Müll ein. Sie packte ihn zusammen und ging nach draußen zu den Mülleimern, die sich in der frei stehenden Garage befanden. Cal hatte ihr gesagt, dass er die Tonnen dort aufbewahrte, um sie vor den wilden Tieren in der Gegend zu schützen.

June war auf halbem Weg über den Hof zur Garage, als sie rechts von sich etwas hörte. Als sie sich umdrehte, erstarrte sie in ihren Bewegungen.

Ein großer Schwarzbär schlenderte in dieselbe Richtung, in die sie gegangen war.

Er beachtete sie nicht, aber June konnte sich trotzdem nicht bewegen. Wenn sie zurück zum Haus ging, würde er sie sehen und angreifen. Wenn sie versuchte, es zur Garage zu schaffen, würde er sie ebenfalls sehen und sie mit Sicherheit erreichen, bevor sie sich in Sicherheit bringen konnte.

Und zu allem Überfluss hatte sie eine Tüte voller stinkender Essensreste und anderer Dinge in der Hand, die das Tier sicherlich interessieren würden.

Kaum hatte sie den Gedanken, hob der Bär den Kopf und schnupperte, wobei er entweder ihre Angst oder das Essen witterte, sie war sich nicht sicher. Aber das Tier wandte sich ihr dennoch zu. Er stellte sich auf die Hinterbeine – sie nahm einfach an, dass es ein Männchen war, weil es so groß war – und schnupperte erneut in der Luft.

Sie vergaß alles, was sie jemals darüber gelernt hatte, was man im Angesicht eines Bären tun sollte – weglaufen? Sich totstellen? Langsam zurückweichen? Schreien und mit den Armen fuchteln? June ließ den Müllsack fallen und floh den Weg zurück, den sie gekommen war.

Sie rechnete damit, jeden Moment von einem Bären angegriffen zu werden und mit dem Gesicht nach unten im Dreck und Gras zu liegen, während ein tonnenschwerer Bär ihren Rücken zerfleischte. Aber das passierte nicht. Sie lief mit voller Geschwindigkeit auf die Tür zu und schlug mit der Nase gegen das harte Holz, bevor sie nach der Klinke suchte.

»Bitte, bitte, bitte!«, flehte sie, als sie versuchte, ins Haus zu gelangen. Ihre Hände zitterten und sie fühlte sich so unkoordiniert wie ein Baby.

Die Erleichterung, die sie verspürte, als die Tür hinter ihr zuschlug, war so groß, dass sie sofort auf die Knie fiel. »Heilige Scheiße«, flüsterte sie.

Nach ein paar Minuten richtete sie sich auf und spähte aus

dem Fenster neben der Tür. Der Bär war immer noch da. Er hatte den Müllsack gefunden und ihn aufgerissen. Er saß fröhlich im Hof und mampfte das alte Essen darin.

June fröstelte. Er könnte sich gerade jetzt an ihrem Körper laben. Mit Elchen konnte sie umgehen. Hirsche? Kein Problem. Berglöwen, Rotluchse, Wildschweine ... ein Kinderspiel. Zum Teufel, sie käme sogar mit Bigfoot zurecht, würde sich wahrscheinlich sogar mit dieser schwer fassbaren Kreatur unterhalten wollen. Aber Bären?

Nein. Einfach nein.

Während sie am Fenster stand und dem Bären beim Verzehr des Mülls zusah, schossen ihr Zweifel durch den Kopf. Was tat sie da? Maine war *voll* von Bären. Wollte sie wirklich hier leben? Dauerhaft?

Gerade als sie darüber nachdachte, ihre Koffer zu packen und Bob anzurufen, damit er sie abholte und an der nächsten Bushaltestelle absetzte – von der sie das Gefühl hatte, dass sie nicht in der Nähe von Newton lag –, hörte sie ein weiteres Geräusch von draußen.

Ein Fahrzeug.

»Nein!«, flüsterte sie, drehte sich um und lief zur Haustür.

Cal war zu Hause und er würde von einem Bären aufgefressen werden, wenn sie ihn nicht warnte!

Sie stürmte auf die Haustür zu und stieß sich fast noch einmal die Nase an, konnte sich aber gerade noch rechtzeitig bremsen. Sie öffnete die Tür einen Spalt und als sie den Bären nicht sah, stürzte sie nach draußen. Cal parkte normalerweise vor der Veranda, während er seinen Geländewagen entlud, und fuhr dann in die Garage. Aber der Bär befand sich zwischen der Garage und dem Haus, und er würde sicher angreifen, wenn Cal dorthin fuhr, oder?

»Cal!«, schrie sie im Flüsterton, als sie die Treppe zur Veranda hinunterlief. Ihr Herz klopfte wie wild. Sie erwartete, dass der Bär sie jeden Moment angreifen würde.

»Was ist los?«, fragte Cal, als er sich ihr zuwandte.

»Komm schon, komm schon, komm schon«, befahl sie, packte ihn am Arm und zog ihn hektisch in Richtung des Hauses.

Zum Glück folgte er ihr ohne Protest und ließ sich von ihr hinter sich herziehen. Erst als sie hinter der verschlossenen Tür waren, erlaubte June sich einen Seufzer der Erleichterung.

»Sprich mit mir«, befahl Cal. »Was ist los?« Er packte sie an den Schultern und drehte sie so, dass sie ihn ansah. »Du hast zwei Sekunden Zeit, mir zu sagen, was los ist, bevor ich Polizeichef Rutkey anrufe.«

»Bär!«, krächzte sie.

»Was?«

»Da draußen ist ein Bär. Ein riesiger! Mit Krallen so groß wie mein Kopf. Er ist bei der Garage. Er hätte dich aufgefressen!«

Zu ihrem völligen Unglauben lächelte Cal.

»Das ist nicht lustig!«, rief sie.

»Doch, das ist es.«

»Cal! Er hätte dich *gefressen*! Er hat sich über den Müll hergemacht, den ich rausgebracht habe, und ich dachte, ich würde sterben!«

Ohne ein Wort zu sagen, drehte er sich um, nahm ihre Hand in seine und ging zur Hintertür. Er schaute aus dem Fenster auf den Bären, der immer noch genau dort saß, wo June ihn zuletzt gesehen hatte. Er schien zufrieden damit zu sein, zu verweilen und den unerwarteten Leckerbissen zu genießen.

»Es ist ein Jungtier. Wahrscheinlich ist er gerade aus dem Winterschlaf erwacht«, sagte Cal ruhig.

»Was? Das gibt's doch nicht. Er ist riesig!«, protestierte June.

Cal drehte sich zu ihr um, das Lächeln immer noch im Gesicht. »Das ist eine Seite von dir, die ich noch nicht gesehen habe«, sagte er.

»Wie kannst du dabei so ruhig bleiben?«, jammerte June.

Aber er fuhr fort, als hätte sie nicht gesprochen. »Wäre ich gefragt worden, hätte ich gesagt, dass du vor nichts Angst hast. Du hast alle Veränderungen in deinem Leben mit Bravour gemeistert. Aber anscheinend sind Bären deine Schwäche.«

»Sie sind *tödlich*. Die bringen dich um, verdammt! Sie haben riesige Krallen und Reißzähne, wovor sollte man keine Angst haben?«

»Im Allgemeinen haben sie mehr Angst vor dir als du vor ihnen«, erklärte er ihr.

June schnaubte. »Das wollen sie dich glauben machen. Das ist ihr Plan – sie wollen die Menschen dazu bringen, unachtsam zu werden, und dann schlagen sie zu.«

Cal lachte.

Zum ersten Mal nahm June sein Aussehen wahr. Seine Kleidung war schmutzig, er hatte Bartstoppeln auf dem Kinn, Dreck auf der Wange und sein Haar war zerzaust. In diesem Moment war er äußerlich weiter von einem Prinzen entfernt, als sie es je bei ihm gesehen hatte. Aber er sah auch entspannter aus als in den letzten Tagen. Der Aufenthalt in der Wildnis tat ihm gut.

Sein Lächeln wurde langsam schwächer, als er sie ebenfalls musterte. Er hob eine Hand und strich ihr mit den Fingern über die Wange. »Du hast wirklich Angst, nicht wahr?«

»Ähm ... natürlich!«, sagte sie.

»Das ist irgendwie süß«, erwiderte er.

June schüttelte verärgert den Kopf, aber sie konnte nicht umhin, es zu lieben, wie nahe er ihr stand, wie er sie wieder berührte. Es war schon eine lange Woche her, dass er sie so berührt hatte.

»Ich muss duschen«, sagte er, aber er bewegte sich nicht weg.

»Hast du alles erledigt, was du erledigen musstest?«, fragte sie.

Er nickte.

June holte tief Luft. »Können wir reden? Ich meine, wenn du fertig bist? Du bist sicher hungrig. Ich kann dir Waffeln machen, während du duschst«, schlug sie vor, da sie wusste, dass er die am liebsten aß.

Die Distanz in seinen Augen, an die sie sich gewöhnt hatte, kehrte zurück, und sie trauerte wieder einmal um den Cal, den sie lieb gewonnen hatte.

»Ja, wir sollten reden«, stimmte er zu. Er drehte sich um und ging auf die Treppe zu, blieb aber unten stehen und drehte sich wieder zu ihr um. »Wenn du so viel Angst vor dem Bären hast, warum bist du dann rausgekommen?«

June runzelte die Stirn. »Weil ich nicht wollte, dass er dir wehtut. Hast du es noch nicht begriffen, Cal? Ich würde *alles* tun, um dich zu beschützen. Damit dir nichts und niemand mehr eine Narbe zufügt, nie wieder.«

Er starrte sie so lange an, dass June am liebsten weggesehen hätte. Aber sie zwang sich, seinem Blick standzuhalten. Dann drehte er sich ohne ein weiteres Wort um und ging die Treppe hinauf.

June stieß ihren Atem in einem langen Schnauben aus. Sie konnte sich nicht davon abhalten, noch einmal aus dem Fenster zu schauen, und schluckte schwer, als keine Spur des Bären zu sehen war, sondern nur der zerrissene Müllsack und der im Hof verstreute Müll. Es war fast noch schlimmer, nicht zu wissen, wo der Bär war. Er könnte sich hinter der Garagenecke verstecken und darauf warten, Cal zu fressen, wenn er seinen Geländewagen wegfuhr.

Wenn es nach ihr ginge, würde er in nächster Zeit nicht mehr rausgehen. Sie musste ihm ein Frühstück machen, das er essen musste, und dann würden sie sich unterhalten. Es graute ihr davor, aber Bob hatte recht. Es musste geschehen.

Wenn Cal sie nicht mehr hier haben wollte, wenn sie ihn erdrückte, würde sie gehen. Ohne Aufhebens zu machen. Sie wollte nie zu den Frauen gehören, die keinen Wink verstehen konnten. Wenn sie nicht mehr willkommen war, würde sie sofort gehen. Sie hatte den Großteil ihres Lebens als ungewollte Verwandte verbracht; sie würde es nicht wieder tun.

Cal ließ sich unter der Dusche Zeit. Das heiße Wasser fühlte sich gut an auf seinen schmerzenden Muskeln. Er gestand sich ein, dass er verwöhnt war, dass er sein weiches Bett dem harten Boden entlang des Appalachian Trails vorzog. Er legte die Hände auf die Fliesen und ließ das Wasser auf seine Schultern prasseln, zwang sich, stehen zu bleiben. Sich nicht mit der Dusche zu beeilen und nach unten zu gehen, damit er June sehen konnte.

Die letzte Woche war eine Qual gewesen. Er wollte sie einfach nur halten. Mit ihr reden. Sich ihre Geschichten über die Bewohner von *Hill's House* anhören, die sie gerade kennenlernte. Aber er hatte sich gezwungen, Abstand zu halten. Zu versuchen, seine Besessenheit von ihr zu reduzieren.

Aber es war sinnlos. Er liebte sie jetzt mehr als noch vor einer Woche. Obwohl sie wieder im Gästezimmer schlief, konnte er sie immer noch auf seiner Bettwäsche riechen. Es war eine buchstäbliche Qual, nachts an ihrem Zimmer vorbeizugehen und nicht hineinzuplatzen, sie hochzuheben und in sein Bett zu tragen.

Die Messer, die seine Entführer benutzt hatten, waren qualvoll gewesen ... aber nicht so. Es fühlte sich an, als würde er sich selbst das Herz aus der Brust reißen, jede Sekunde aufs Neue. Zu sehen, wie besorgt sie um ihn war, auch wenn er das süß fand, hatte ihm klargemacht, dass sie immer die schöne Seele sein würde, in die er sich verliebt hatte, egal was für ein Arschloch er war. Sie würde sich immer noch um ihn sorgen ... nur mit Distanz.

Eine Distanz, die er selbst schuf.

Er war auf den AT gegangen, um eine echte Trennung zu erreichen. Es hatte nicht funktioniert. Er war unglücklich, wenn er nicht bei ihr war, auch wenn sie während der letzten Woche kaum miteinander gesprochen hatten. Und in der Sekunde, in der er zurückkam, hatte sie ihm einmal mehr gezeigt, warum es nie eine andere wie sie geben würde.

Er musste eine Entscheidung treffen und er wusste instinktiv, dass die Zeit reif war, als er die Treppe hinunterging. Entweder musste er aufhören, June wegzudrängen, die Tatsache akzeptieren, dass sie irgendwann mehr wollen würde, als er oder Newton ihr geben konnten, und mit dem Herzschmerz fertigwerden, wenn das passierte. Oder er konnte so tun, als würde sie ihm nichts bedeuten, und die Sache hier und jetzt beenden.

Der Gedanke an Letzteres tat so weh, dass Cal eine Hand auf seine Brust und über sein schnell schlagendes Herz legte.

Er war immer noch genauso unschlüssig, als er fünf Minuten später aus der Dusche trat. Er zog sich eine Jogginghose und ein langärmeliges Hemd an, denn er brauchte den Schutz, den die Baumwolle bot. Es war, als würde er eine Rüstung anlegen.

Sein Handy, das auf dem Bett lag, machte ihn auf eine eingehende SMS aufmerksam. Dankbar für alles, was das unvermeidliche Gespräch hinauszögerte, das er mit June führen musste, nahm Cal es in die Hand und sah auf die Nachricht hinunter. Sie war von Bob.

Bob: Hat June dir von den Brownies erzählt?

Cal runzelte die Stirn und tippte schnell eine Antwort.

Cal: Nein. Welche Brownies?

Bob: Also, um es kurz zu machen, Tim, der Hausmeister von HH, hat ihr Brownies gebacken, um sie in der Stadt willkommen zu heißen. Sie will sie nicht essen, weil ihre zickige

Stiefschwester ihr einmal Kekse mit Gras gegeben und gelacht hat, als sie einen schlechten Trip hatte.

Cal umklammerte das Handy so fest, dass er überrascht war, dass es nicht in hundert Stücke zerbrach.

Bob: Ich will dich nur vorwarnen, damit du nicht ausflippst, wenn sie es dir sagt. Was gibt's Neues von Elaine und Carla? Hast du von ihnen gehört? Wir müssen etwas unternehmen, denn ich habe kein gutes Gefühl dabei, dass sie jemals wieder etwas mit ihnen zu tun haben könnte.

Bob war nicht der Einzige. Cal presste die Lippen zusammen und tat sein Bestes, um seine aufgewühlten Gefühle unter Kontrolle zu bringen, dann tippte er auf Bobs Namen. Er hatte nicht vor, SMS über diesen Scheiß zu schreiben. Das würde zu lange dauern, und er musste nach unten gehen.

»Jo«, sagte Bob, als er abnahm.

»Ich habe gerade heute Morgen mit Karl, meinem Cousin, gesprochen. Carla hat jeden Tag versucht, ihn zu erreichen. Beim letzten Videochat, als sie anrief, hat er schließlich reagiert, und sie hatte ein Bikinioberteil an und ihre Titten quollen aus dem verdammten Ding heraus. Karl sagte, er konnte ihre verdammten Brustwarzen sehen. Jedenfalls weinte sie und sagte, dass sie sich zu Tode fürchtet und dass sie immer mehr Drohbriefe bekommt. Ich hatte bereits kurz nach meiner Rückkehr aus D. C. mit Karl gesprochen. Ich habe ihm gesagt, wie die Lage wirklich ist. Er hat beschlossen, noch eine Weile mitzuspielen, um zu sehen, was er in Erfahrung bringen kann ... aber wahrscheinlich eher, weil er eine Schwäche für Blondinen hat. Wie auch immer, er hat auch versprochen, sich zu melden.«

»Sie hat also noch nicht aufgegeben«, sagte Bob.

»Sieht nicht so aus«, stimmte Cal zu.

»Weißt du, was sie dazu bringen würde, verdammt schnell die Klappe zu halten?«, fragte Bob.

»Was?«

»Dass du heiratest.«

Früher hätte Cal seinem Freund gesagt, dass er sich verpissen solle, dass er auf keinen Fall jemanden heiraten würde, nur um sich eine übereifrige Schlampe vom Hals zu schaffen. Aber jetzt? Der Gedanke, June wirklich zu seiner Prinzessin zu machen, löste in ihm einen Schauer der Sehnsucht aus.

»Denk darüber nach«, sagte Bob, ohne Cal die Chance zu geben zu antworten. »Allein das Wissen, dass sie immer noch an der Stalker-Geschichte festhält, ist besorgniserregend. Wir müssen das im Keim ersticken. Wir müssen ihr ein für alle Mal klarmachen, dass du dich nicht manipulieren lässt und dass sie, wenn sie wirklich Hilfe mit einem angeblichen Stalker will, zur Polizei gehen und die Sache klären lassen muss.«

»Ja, nun, irgendwelche Ideen außer Heirat? Ich habe nämlich sowohl Carla als auch ihrer Mutter schon so ziemlich alles gesagt«, erklärte Cal seinem Freund.

»Nun, ich weiß, dass JJ dachte, es sei eine gute Idee, den Cousin weiter miteinzubeziehen. Aber ich habe Zweifel. Wenn dein Cousin sie ignoriert, wenn sie keine Zuhörer hat und keine Möglichkeit, dich zu erreichen, gibt sie diese verrückte Geschichte vielleicht auf.«

»Und wenn sie das nicht tut?«, fragte Cal. »Ich will auf keinen Fall, dass sie oder ihre Mutter in Newton auftauchen.«

»Ich denke, wir sollten mit Polizeichef Rutkey sprechen. Mal sehen, ob er irgendwelche Verbindungen nach D. C. hat.«

Cal seufzte. »Richtig. Mit dem Detective, mit dem ich gesprochen habe, bin ich nicht weitergekommen, aber ich werde das morgen tun.«

»Klingt gut.«

»Danke, dass du mir von den Brownies erzählt hast«, sagte Cal zu seinem Freund.

»Ich war mir nicht sicher, ob June es dir erzählen würde, denn ich habe sie gewarnt, dass du dich nicht freuen würdest.

Nicht weil ein anderer Mann ihr ein Geschenk gegeben hat, sondern wegen dem, was ihre Stiefschwester ihr angetan hat.« Ehrlich gesagt war Cal über beides nicht glücklich. Der einzige Mensch, der ihr Geschenke machen sollte, war *er*. Obwohl er darin bisher einen Scheißjob gemacht hatte. »Ich muss los«, sagte er zu seinem Freund.

»Okay. Wenn du willst, dass ich June noch einmal fahre, sag einfach Bescheid. Sie ist eine tolle Frau, und Newton kann sich glücklich schätzen, sie zu haben. Oh, und pass auf, April brennt darauf, uns alle zusammenzubringen, damit sie über den Zeitplan sprechen kann. Die Leute wollen Führer für ihre AT-Wanderungen buchen, und dank des letzten Schneesturms wollen die Einheimischen unbedingt ihre Bäume zurückschneiden lassen, bevor sie auf ihre Häuser fallen. Ich denke, wir können uns im Laufe dieser Woche zusammensetzen und alles besprechen.«

»Gut, danke.«

»Wir sehen uns morgen.«

Cal legte auf und stand einen langen Moment in der Mitte seines Zimmers. Er ließ den Blick zum Bett wandern, in dem er eine sehr unruhige Woche verbracht hatte, in der er allein geschlafen hatte.

Und plötzlich, wie ein Blitz, wurde ihm klar, was für ein kolossaler Idiot er gewesen war.

Er drehte sich auf dem Absatz um und ging zur Tür. Er lief praktisch die Treppe hinunter, denn aus irgendeinem Grund hatte er Angst, dass June in den zwanzig Minuten, die er von ihr getrennt gewesen war, beschlossen haben könnte, dass sie fertig war. Dass sie nicht mehr reden wollte und gehen würde.

Zu seiner Erleichterung saß sie auf der Couch mit einem Buch auf dem Schoß, als er praktisch in den Raum platzte. Cal ging zum Sofa und setzte sich an das andere Ende. Der eine Meter zwischen ihnen fühlte sich plötzlich wie zehn an. Noch mehr, als sie sich aufrichtete und gegen die Armlehne des Sofas stützte, als wollte sie den Abstand vergrößern.

Und das hatte *er* getan. Er hatte dafür gesorgt, dass sie sich in seiner Nähe unwohl fühlte. Er fühlte sich wie ein komplettes Arschloch.

»Fühlst du dich besser?«, fragte sie zaghaft.

»Nein«, antwortete Cal ehrlich.

Sie blinzelte überrascht.

»Ich war ein Arsch zu dir«, platzte er heraus. Er war nicht überrascht, als sie den Kopf schüttelte, um seine Worte zu dementieren.

»Du warst beschäftigt. Und gestresst«, sagte sie, um ihn vom Haken zu lassen. Aber Cal ließ sie nicht gewähren.

»Du hast gestern Brownies vom Hausmeister bekommen?«, fragte er.

Sie runzelte verwirrt die Stirn über den Themenwechsel und zuckte mit den Schultern. »Ja.«

»Aber du hast sie nicht gegessen.«

June schüttelte den Kopf.

»Ich würde ja fragen warum, aber ich habe gerade mit Bob gesprochen«, sagte Cal. »Wolltest du mir von ihnen erzählen? Darüber, was mit dir passiert ist?«

»Nein«, sagte sie. »Bob sagte, du würdest nicht glücklich darüber sein.«

»Ich bin *nicht* glücklich«, stimmte Cal zu. »Aber nicht, weil irgendein Arschloch dir Brownies geschenkt hat, obwohl ich dir während der letzten Woche nichts anderes als Kummer bereitet habe. Sondern weil du diese schreckliche Erfahrung mit Carla gemacht hast und ich es von jemand anderem erfahren musste.«

»Du bist in letzter Zeit nicht gerade oft hier gewesen«, sagte sie abwehrend.

»Nein, war ich nicht. Weißt du warum?«

»Weil du es nicht gewohnt bist, dein Haus zu teilen. Weil du Zweifel daran hast, dass ich hier bin. Weil der Sex nicht das war, was du erwartet hattest, und du nicht wusstest, wie du mir sagen kannst, dass du kein Interesse mehr hast.« June rang die Hände im Schoß, während sie sprach, und ihr Gesicht hatte praktisch keine Farbe mehr.

Cal fühlte sich tausendmal schlechter, dass er ihr wehgetan hatte. Dass er sie auch nur eine Sekunde in dem Glauben gelassen hatte, sein verwirrendes Verhalten hätte etwas mit *ihr* zu tun. Er schüttelte den Kopf. »Nein, das ist nicht der Grund.«

»Ich verstehe«, sagte sie überstürzt, bevor er etwas erklären konnte. »Ich war noch nicht mit vielen Männern zusammen – okay, es waren nur drei, dich eingeschlossen – und die Dinge zwischen uns sind sehr schnell passiert. Ich habe mich dir praktisch an den Hals geworfen wie eine Hure und ich bin sicher, der Sex war nicht so toll. Und nach Carla denkst du wahrscheinlich, dass ich nur hier bin, weil ich dein Geld will oder eine Fantasie davon habe, Prinzessin zu werden, aber das ist nicht der Grund, warum ich mit dir geschlafen habe. Ganz und gar nicht.«

Cal konnte es nicht mehr ertragen. Er rückte näher, hob eine Hand und hielt ihr den Mund zu, um sie daran zu hindern, noch etwas Schreckliches über sich zu sagen.

»Nein, hör mir zu, June. Hörst du mir zu?«

Sie nickte.

Cal bewegte seine Hand, fuhr mit den Fingern in ihr Haar und legte seinen Daumen auf ihre Wange. »Ich bin dir nicht aus dem Weg gegangen, weil der Sex nicht gut war. Sondern weil er eigentlich *zu* gut war.

Mit dir zusammen zu sein ist nicht so, wie ich es mir vorgestellt habe. Es war so viel besser. Ich schwöre, ich habe Sterne und Feuerwerk und kleine Vögel gesehen und all die anderen kitschigen Dinge, von denen die Leute behaupten, sie sähen

SUSAN STOKER

sie, wenn sie Liebe machen – und das hat mir Angst gemacht.
Ich fing an, an mir selbst zu zweifeln. Du kannst es so viel
besser als ich, June. Du bist gut, durch und durch, und ich ...
nicht.

Du hattest nicht viele Verabredungen. Du hast dein ganzes
Leben lang im selben Haus gelebt. Ich will nicht derjenige sein,
der dich zurückhält. Ich will nicht der Grund dafür sein, dass
du nicht das findest, wozu du immer bestimmt warst. Du solltest deine Freundlichkeit und Anmut und dein großes Herz mit
anderen teilen. Du solltest die Chance haben, andere Männer
zu treffen. Und hier bei mir, in Newton, wirst du das nicht tun
können.«

»Wer sagt das?«, fragte sie und klang dabei völlig ernst.

»Du hast diesen Ort doch gesehen. Es gibt nicht einmal
eine Ampel. Wir haben kein Einkaufszentrum. Das Aufre-
gendste, was hier passiert, ist, wenn jemand im Honky Tonk zu
viel getrunken hat und der Polizeichef ihn auf die Wache
bringen muss, um ihn für die Nacht auszunüchtern.«

»Also ... damit ich das richtig verstehe. Du *willst*, dass ich
gehe? Du *willst*, dass ich mich mit anderen Leuten treffe?«

»Nein!«, brüllte Cal praktisch. Dann holte er tief Luft, um
sich zu beruhigen. »Ich bin nur ... Ich bin innerlich gebrochen,
June. Und äußerlich vernarbt. Und ich will dich nicht daran
hindern, dein Leben zu leben.«

Sie setzte sich aufrechter hin und Cal ließ seine Hand von
ihrem Gesicht sinken.

»Erstens will ich nicht woanders andere Männer treffen. Ich
will *dich*. Zweitens ist es fast lächerlich, dass du dich nicht für
einen guten Mann hältst. Cal, du bist nach Washington, D. C.
gefahren, um eine völlig Fremde zu beschützen, nur weil deine
Familie dich darum gebeten hat. Du hast eine andere Fremde –
mich – mit dir nach Newton kommen lassen, weil du wegen
meiner Situation ein schlechtes Gewissen hattest. Dann hast

du mich bei dir *wohnen* lassen. Deine Taten sprechen so viel lauter als deine Worte, Cal. Und ich sehe auch, wie deine Freunde zu dir stehen, wie die Menschen in Newton mit dir umgehen. Sie alle können das Gute in dir sehen, auch wenn du es nicht kannst.

Und ... ich will die Welt nicht verändern«, gab sie leise zu. »Ich habe vielleicht mein ganzes Leben am selben Ort gelebt, aber ich habe mehr als genug Böses gesehen ... angefangen bei den Leuten, die sich meine Familie nennen. Ich liebe es hier. Ich liebe alles an dieser kleinen Stadt. Die frische Luft, wie die Leute einem Guten Morgen sagen, auch wenn sie einen nicht kennen, wie sie tatsächlich anhalten, um einen die Straße überqueren zu lassen, anstatt einem den Mittelfinger zu zeigen, wenn man am Zebrastreifen steht und Vorfahrt hat. Ich liebe es, in *Hill's House* zu arbeiten. Jara, Banks, Scott ... alle Bewohner ... sie sind unglaublich. Ich könnte dreißig Jahre lang jeden Tag mit ihnen reden und würde trotzdem nie alle ihre Geschichten hören.«

Sie hielt inne und sah ihn mit Tränen in den Augen an. Tränen, die Cal das Herz zerrissen.

»Und dann bist da noch *du*, Cal. Du gibst mir das Gefühl, als würde ich zum ersten Mal wirklich leben ... und ich liebe dich.«

Sein Herz blieb bei ihrem Geständnis fast stehen.

»Aber diese letzte Woche war die härteste in meinem Leben. Härter als alles, was ich mit Carla und Elaine durchgemacht habe. Dich jeden Tag zu sehen, aber dich nicht berühren zu können, zu wissen, dass du mir aktiv aus dem Weg gehst ... das ist das Schmerzhafteste, was ich je erlebt habe.

Wenn du mich also nicht hier haben willst, musst du es mir nur sagen. Und ich würde es verstehen. Ich weiß, ich bin nicht weltgewandt. Ich bin nicht schön. Ich bin unbeholfen und behütet. Und dann ist da noch deine Familie. Ich *verstehe* dein

Zögern, dich mit jemandem einzulassen, der für die königliche Familie wahrscheinlich inakzeptabel ist. Kannst du dir vorstellen, mich dem König und der Königin von Liechtenstein vorzustellen?« Sie stieß ein selbstironisches Lachen aus.

»Ja«, sagte Cal, ohne zu zögern. »Sie würden dich lieben, denn jede große Emotion, die du fühlst, ist in deinem Gesicht für alle sichtbar. Du bist echt – und glaub mir, sie sind es gewohnt, vierundzwanzig Stunden am Tag mit hinterhältigen und betrügerischen Menschen zu tun zu haben.

Es tut mir so leid, June. Es tut mir leid, dass ich ausgeflippt bin. Du warst bereits alles, was ich mir je von einer Partnerin gewünscht habe, und als der Sex so gut war und ich mich danach sehnte, nach *dir*, jede Minute an jedem verdammten Tag, geriet ich in Panik. Ich habe *Angst*, dich zu verlieren. Also habe ich dich weggestoßen, um mich zu schützen. Das war eine verdammt furchtbare Sache ... und es hat sowieso nicht funktioniert. Je mehr ich dich wegstieß, desto verzweifelter wollte ich dich.«

June seufzte und leckte sich über die Lippen. »Und wie geht es jetzt weiter? Ich kann nicht damit umgehen, dass du mich im einen Moment wegstößt und dich im nächsten entschuldigst und mit mir zusammen sein willst.«

»Ich bin fertig damit, auf Distanz zu gehen. Ich liebe dich, Juniper Rose. Ich will dich bei mir haben. An meiner Seite. In meinem Bett, in meinem Leben. Ich werde nicht wieder ein Narr sein. Wenn du mir verzeihst, werde ich der beste Freund sein, den du je hattest. Ich werde dafür sorgen, dass du nie wieder einen anderen willst.«

Die Tränen, die er in ihren Augen gesehen hatte, liefen ihr schließlich über die Wangen. Für den Bruchteil einer Sekunde befürchtete er, dass sie *ihn* dieses Mal zurückweisen würde, bevor sie sich in seine Arme warf.

»Ich liebe dich, Cal. So sehr! Ich werde eine furchtbare

Prinzessin sein, aber ich werde dich mehr lieben, als irgendjemand es jemals getan hat oder könnte.«

Cal drückte sie fest an seine Brust, vergrub das Gesicht an ihrem Haar und atmete tief ein, um ihre Essenz in seine Seele zu holen.

Das war knapp gewesen, und er wusste es. Er war ein solcher Arsch gewesen, und seine June hatte es in ihrem Herzen gefunden, ihm zu verzeihen. Er würde ihr nie wieder einen Grund geben, an ihm zu zweifeln. Nie wieder.

Er stand auf und zog sie mit sich. Dann beugte er sich vor und hob sie hoch. Sie kreischte ein wenig und umklammerte seine Schultern, als er auf die Treppe zuging.

»Cal! Lass mich runter! Das Essen –«

»Ich habe Hunger auf etwas anderes als Waffeln«, sagte er.

»Ich bin zu schwer!«, protestierte sie.

»Den Teufel bist du«, erwiderte er. »Der Tag, an dem ich meine Frau nicht mehr tragen kann, ist der Tag, an dem ich mir eine Gehhilfe besorge und meine besten Jahre offiziell hinter mir habe«, sagte er knurrend.

»Mich hat noch nie jemand getragen«, sagte sie ehrfürchtig, als sie die Treppe hinaufgingen.

Ehrlich gesagt war sie für die meisten Männer nicht gerade leicht, aber Cal hatte zu viele Baumstämme angehoben und im Laufe seiner Militärkarriere zu viele schwere Rucksäcke getragen, als dass sie sich als etwas anderes als die perfekte Handvoll anfühlen konnte.

Er brachte sie direkt in sein Schlafzimmer und zu seinem Bett, wo er sie fallen ließ, bevor er sich ihr anschloss. Er umgab sie mit seinem Körper und sagte: »Ich brauche dich, June. Ich muss *jetzt* in dir sein und spüren, wie deine Muschi meinen Schwanz umklammert. Ich war ein riesiger Idiot und ich habe dich so sehr vermisst. Ich glaube, ich habe nicht mehr als zwei Stunden pro Nacht geschlafen, seit ich mir diese dummen Ausreden ausgedacht habe, um auf Abstand zu gehen.«

Er starrte auf sie herab und ihm lief das Wasser im Mund zusammen, da er sie noch einmal kosten wollte. Aber er würde keinen Schritt tun, bevor sie ihn nicht wissen ließ, dass sie ihn genauso sehr wollte. Er hatte es vermasselt. Er hatte Glück, dass sie ihm verziehen hatte, aber er würde ihre Vergebung nicht mit Zustimmung verwechseln. Wenn er sich anstrengen musste, um wieder in ihr Bett zu kommen, würde er alles tun, was nötig war.

Aber Cal hätte wissen müssen, dass seine June ... seine zartherzige, freundliche June ... ihn nicht zu Kreuze kriechen ließe.

Sie wand sich unter ihm, schob ihre Leggings nach unten und zog sie aus.

»Ich gehöre dir, Cal. Ich habe dir immer gehört. Mach Liebe mit mir. Bitte.«

Erleichterung drang durch seine Adern ... zusammen mit Lust. »Das wird schnell gehen«, warnte er, als er begann, sich selbst auszuziehen. Er schien das oft zu ihr zu sagen. Zu oft. Er hatte sich bei dieser Frau nicht unter Kontrolle.

»Gut. Dann können wir es gleich hinter uns bringen und es beim zweiten Mal langsam angehen.«

Ein weiterer Beweis dafür, dass sie wie für ihn geschaffen war. Er grinste, als sie darum wetteiferten, wer sich zuerst nackt ausziehen konnte.

June lag an Cals verschwitzter Brust und fuhr abwesend mit einem Finger über eine der vielen Narben. Sie war vollkommen erschöpft. Ihr erstes Mal war in der Tat schnell gewesen. Cal hatte sie hart, fast brutal genommen, und sie hatte jede Sekunde genossen. Nachdem sie beide innerhalb weniger Minuten gekommen waren, sobald er in sie eingedrungen war, hatte er sich Zeit gelassen und jeden Zentimeter ihres Körpers liebkost. Er brachte sie mit seinem Mund zum Höhepunkt, dann mit seinen Fingern, und sie spielte mit seinem Schwanz und seinen Hoden, aber nicht genug, um ihn zum Höhepunkt zu bringen. Er war zu erpicht darauf, wieder in sie einzudringen.

Er hatte sie von hinten genommen. Er tauschte und ließ sie oben sein, mit Blick auf seine Füße. Dann waren sie in der Missionarsstellung gelandet, während er sie ganz langsam liebte, bis sie ihn anflehte, schneller zu werden.

Dann war sie gekommen, und er hatte sich ihr kurz darauf angeschlossen. Sie waren beide verschwitzt, die Decke lag auf dem Bett und zur Hälfte auf dem Boden, und das Licht über ihnen war hell. Aber June dachte nicht einmal daran, sich zu bewegen oder zuzudecken. Sie war bei dem Mann, den sie mehr liebte als das Leben.

»Das Licht ist an«, sagte Cal leise, als könnte er ihre Gedanken lesen.

»Ja«, stimmte sie zu und stützte sich auf einen Ellbogen. »Soll ich die Decke holen?«

Er schüttelte den Kopf. »Ich dachte immer, das Schrecklichste auf der Welt sei es, mich vor einer Frau zu entblößen, vor einer potenziellen Bettpartnerin. Es war schon schlimm genug, wenn ich mein Hemd oder meine Hose ausziehen musste, um von einem Arzt untersucht zu werden. Aber dass eine Frau, mit der ich schlafen will, meine Narben sieht, hätte ich nie für möglich gehalten. Du hast es möglich gemacht. Du hast es gut gemacht, June.«

»Mit deinem Körper ist alles in Ordnung, Cal«, sagte June entschlossen. »Du bist besser in Form als wahrscheinlich fünfundachtzig Prozent der Männer auf der Welt. Du fällst Bäume, du trainierst, du wanderst.« Sie fuhr mit einer Hand über seine Brust und fühlte dabei die Beulen und Unebenheiten. »Aber es wäre mir egal, wenn du einen Bierbauch und schlaffe Muskeln hättest. Du wärst immer noch der Mann, den ich liebe.«

Sie spürte, wie er sich anspannte, und sie betete, dass er sich ihr nicht verschließen würde.

»Ich liebe dich«, flüsterte er. »Ich weiß nicht, wie ich die letzten Jahre jeden Tag überstanden habe, ohne mich darauf freuen zu können, zu dir nach Hause zu kommen. Ich verspreche dir, dass ich dir nie wieder einen Grund geben werde, an meiner Liebe zu dir zu zweifeln. Morgen früh bringen wir deine Sachen in dieses Zimmer und du schläfst von nun an hier, in meinen Armen, in unserem Bett, jede Nacht. Alles, was du im Zimmer, im Haus, im Garten ändern willst, werden wir tun. Wir besorgen dir einen Wagen, gehen Kleider kaufen, besorgen neue Möbel, wenn du willst.«

»Ganz ruhig, Tiger«, sagte June lachend. »Ich will und brauche nichts.«

»Du musst aber *etwas* wollen«, sagte Cal mit einem Stirnrunzeln.

»Das tue ich. Dich«, erwiderte sie.

Er starrte sie einen Moment lang an, bevor er den Kopf schüttelte. »Von allen Frauen auf der Welt habe ich es geschafft, mich in diejenige zu verlieben, die sich keinen Deut um mein Geld schert.«

»Du könntest pleite sein und ich wäre immer noch in dich verliebt«, versicherte sie ihm.

Erstaunlicherweise spürte sie, wie ihre Lust zurückkehrte. Sie lächelte ihn an und bewegte sich so, dass sie rittlings auf seinen Oberschenkeln saß. »Du hast mich dich noch nicht kosten lassen«, sagte sie und spürte, wie ihr Gesicht sich vor lauter Röte erwärmte.

»Ich bin immer zu sehr darauf aus, in dich einzudringen«, antwortete er. »Und wenn ich in deinem Mund komme, werde ich ihn eine Weile nicht mehr hochbekommen, um genau das zu tun.«

»Ich bin sicher, du kannst kreativ werden«, erwiderte sie und bewegte sich rückwärts.

»Verdammt.« Er schnappte nach Luft, als sie begann, seinen Schwanz zu streicheln. »Ich bin Wachs in deinen Händen«, sagte er. »Du ekelst dich nicht vor ... ich meine ... ich bin entstellt«, beendete er leise.

»Hier?«, fragte sie und leckte ihn vom Ansatz bis zur Spitze. »Nicht, was mich betrifft.«

Cal schüttelte ungläubig den Kopf. »Perfekt für mich«, murmelte er.

»Ja, das bin ich«, stimmte June glücklich zu, dann senkte sie den Kopf, entschlossen, ihrem Mann zu zeigen, was er in der letzten Woche verpasst hatte. Sie wollte etwas erleben, von dem sie instinktiv wusste, dass sie es nie wieder mit einem anderen Mann teilen würde.

Dreißig Minuten später, nachdem sie wieder verschwitzt und befriedigt waren, lag June in Cals Armen, fast schon komatös. Die Woche der Sorgen hatte sie schließlich eingeholt, und sie lag im Halbschlaf. Diesmal war er aufgestanden, nachdem er ihr einen weiteren Orgasmus verschafft hatte, und hatte sie beide mit der Bettdecke zugedeckt.

»June?«, fragte er.

»Hmm?«, murmelte sie.

»Keine Geschenke mehr von anderen Männern.«

Sie lächelte an ihm. »Ich habe die Brownies weggeschmissen.«

»Gut. Denn du gehörst mir. Und ich habe vor, dir so viele Geschenke zu machen, dass du unter ihnen begraben sein wirst.«

Sie seufzte. »Du wirst es übertreiben, nicht wahr?«

»Auf jeden Fall«, antwortete er.

»Alles, was ich will, bist du, Cal. Du bist das beste Geschenk, das ich je bekommen habe.«

Sie spürte mehr als dass sie hörte, wie ein tiefes, zufriedenes Grollen aus seiner Brust kam. »Schlaf, Prinzessin.

Morgen ist ein neuer Tag. Der Anfang vom Rest unseres Lebens.«

Das gefiel ihr. Sehr sogar. Sie drehte sich, küsste seine Brust direkt über seiner Brustwarze und legte dann den Kopf wieder hin. Mit seinem Arm fest um sie gelegt, seinem Duft in der Nase und auf ihrer Haut, schlief sie so gut wie seit einer Woche nicht mehr, in der Gewissheit, dass in ihrer Welt ausnahmsweise alles in Ordnung war.

KAPITEL EINUNDZWANZIG

June konnte nicht aufhören zu lächeln. Sie konnte es buchstäblich nicht. Wenn sie gedacht hatte, dass sie in den ein oder zwei Tagen, nachdem sie und Cal zum ersten Mal miteinander geschlafen hatten, glücklich gewesen war, so war das nichts im Vergleich zu dem, was sie jetzt empfand. Sie hatte einen Job, den sie über alles liebte, und Freunde in April, Carlise und sogar Meg. Und einen Mann, der aufmerksam und rücksichtsvoll war und den sie mit einer Leidenschaft liebte, die sie mit ihrer Intensität überraschte. Und, was das Tüpfelchen auf dem i war, er liebte sie ebenso.

Es gab Zeiten, in denen June zweifelte, was sie da eigentlich tat. Cal war ein waschechter *Prinz*. Eines Abends hatte sie ihn mit seinen Eltern reden hören, und ihr war klar geworden, dass sie sie irgendwann treffen musste, wenn es mit ihnen wirklich funktionieren sollte – wofür sie bis zum Tod kämpfen würde. Sie würde nach Liechtenstein reisen und an der einen oder anderen offiziellen Veranstaltung teilnehmen müssen. Der Gedanke, beides zu tun, machte ihr eine Heidenangst, aber Cal zu verlieren machte ihr noch mehr Angst.

Sie könnte sich damit abfinden, auf einen seiner schicken

Bälle zu gehen, solange er an ihrer Seite war. Und sie hatte keinen Grund zu glauben, dass Cal irgendwo anders sein würde. Sie waren praktisch unzertrennlich, von der Sekunde an, in der sie nachmittags von der Arbeit kam, bis er sie jeden Morgen am *Hill's House* absetzte.

Wahrscheinlich war es gut, dass sie einen Job hatte, denn sonst hätten sie und Cal wahrscheinlich die ganze Zeit im Bett verbracht ... was nicht schlecht war, aber er hatte ein Geschäft zu führen. Eines der vielen Dinge, die sie an ihrem Mann liebte, war, dass er trotz seines Reichtums immer noch seinen Beitrag für *Jack's Lumber* leisten wollte. Und er hatte kein einziges Mal angedeutet, dass sie vielleicht auch nicht arbeiten sollte.

Das war eine Erleichterung, denn June liebte *Hill's House*. Je mehr Zeit sie dort verbrachte, desto mehr verliebte sie sich in alle Bewohner. Sie waren störrisch, manchmal bockig, aber sie behandelten sie wie eine Freundin, nicht wie eine Angestellte oder eine Bürgerin zweiter Klasse, wie sie in D. C. behandelt worden war.

Sie hatte eine Schwäche für Banks. Sie wusste nie, was der ältere Mann als Nächstes sagen würde. Welche Geschichten er sich ausdenken würde über die Dinge, die er in seinem Leben getan hatte. Sie nahm sie alle mit Vorsicht auf, aber er erzählte so ernsthaft, dass es schwer war, sich nicht von seinem Enthusiasmus anstecken zu lassen, wenn er von Begegnungen mit Berühmtheiten und dergleichen berichtete.

In der letzten Woche hatte sie nicht viel von Tim gesehen, aber das war auch nicht weiter verwunderlich, da er normalerweise zu der Zeit zur Arbeit kam, wenn sie gerade ging. Er hatte sie gefragt, ob ihr die Brownies, die er für sie gebacken hatte, geschmeckt hätten, und sie hatte ihm höflich mit ja geantwortet. Er hatte ihr einen Blick zugeworfen, den sie nicht deuten konnte, aber sie hatte keine Zeit gehabt, ihn zu analysieren, denn Cal war gekommen, um sie abzuholen, und kam sogar herein, um die Bewohner zu begrüßen.

Er hatte einen Arm um ihre Schultern gelegt, sie an seine Seite gezogen und Tim unmissverständlich klar gemacht, dass jegliche Anmachversuche nicht willkommen waren.

Es war eine glückliche Woche vergangen, seit sie und Cal reinen Tisch gemacht hatten, und jetzt setzte er June wieder am *Hill's House* ab.

»Fünfzehn Uhr, richtig?«, fragte er, wie er es jeden Morgen tat.

»Ja«, sagte sie. »Wenn unser Papierfliegerturnier länger dauert, rufe ich an.«

Er lachte. »Genau.«

»Du hast keine Ahnung, wie wetteifernd alle sind. Ich schwöre, Jara ist die Schlimmste im Bunde. Noch schlimmer als Banks. Sie hat gedroht, Scott die Zehen aus den Socken zu schneiden, wenn er nicht aufhört, sie abzulenken, während sie neulich Schneeflocken ausgeschnitten hat.«

Sie hatten einen Wettbewerb veranstaltet, um zu sehen, wer die »beste« Schneeflocke machen konnte – und June merkte schnell, dass es nicht das Klügste war, die Vorgaben so vage zu formulieren. Am Ende hatte sie Margaret und Austin als Preisrichter hinzugezogen – und musste schummeln und ihnen im Stillen sagen, wessen Schneeflocke wem gehörte, sodass jeder mindestens eine der Kategorien gewann, die sie sich spontan ausgedacht hatte.

»Ich freue mich schon auf den Schlittentag«, sagte Cal mit einem Lächeln.

»Noch etwas, das ich sicher bereuen werde, aber alle freuen sich so sehr darauf.« Sie war auf die Idee gekommen, nachdem sie ein Video im Internet gesehen hatte. Die Jungs von *Jack's Lumber* hatten sich bereit erklärt, mit einem ihrer Allradfahrzeuge zum *Hill's House* zu kommen und die Bewohner auf einem umgebauten Schlitten hinter sich herzuziehen. Es spielte keine Rolle, dass jetzt kein Schnee mehr auf dem Boden lag. Es war irgendwie verrückt und lächerlich, aber als sie es vorgeschlagen hatte, waren alle so begeistert gewesen, dass sie es ihnen auf keinen Fall verwehren konnte.

»Wir werden vorsichtig sein. Wir werden nicht schneller als fünf Kilometer pro Stunde fahren«, versprach er. »Dass du hier bist, ist der Höhepunkt ihres Tages, June«, sagte er. »Weißt du noch, wie ich dir gesagt habe, dass ich mich zurückhalte, weil ich möchte, dass du hinausgehst und die Welt veränderst?«

June dachte nur ungern an diesen Tag, aber sie nickte trotzdem.

»Du tust es bereits. Du veränderst die Welt genau hier in Newton. Im *Hill's House.*«

Seine Worte gaben ihr ein gutes Gefühl. »Cal«, flüsterte sie überwältigt.

Er lehnte sich über die Konsole, legte eine Hand in ihren Nacken und zog sie zu sich heran. Sie liebte es, wenn er das tat. Es war eine besitzergreifende Geste, eine Alphamethode, und es erinnerte sie daran, wie er im Bett war ... dominant und selbstsicher.

Er küsste sie heftig und zog sich nur weit genug zurück, um zu sagen: »Heute Abend, nach dem Essen, möchte ich eine neue Stellung ausprobieren. Eine, über die ich im Internet gelesen habe.«

»Okay«, sagte sie atemlos.

»Du willst nicht wissen, was es ist?«, fragte er lächelnd.

»Es ist egal. Ich habe keine Zweifel, dass du es für uns beide angenehm machen wirst.«

»Verdammt richtig, das werde ich.« Cal holte tief Luft, als er seine Hand langsam unter ihr Haar gleiten ließ, und es kostete June alles, was sie hatte, um sie nicht zu ergreifen und wieder in ihren Nacken zu legen.

»Ich dachte, ich komme mit Mittagessen vorbei ... wenn du Zeit hast.«

»Ich habe immer Zeit für dich«, antwortete June ehrlich. »Außerdem wird Sofia begeistert sein, deinen Körper wieder bestaunen zu können.«

Er rollte mit den Augen. »Sie macht mich nervös.«

»Sie ist harmlos«, sagte June kichernd.

»*Granny's Burgers*?«, fragte er.

»Klingt fantastisch. Obwohl ich wahrscheinlich einen Salat nehmen sollte«, sagte sie mit einem kleinen Stirnrunzeln.

»Nein. Ich liebe deine Kurven – und anscheinend brauchst du heute Abend eine Erinnerung daran, wie sehr ich jeden Zentimeter deines Körpers liebe und nie will, dass du dich veränderst.«

June lächelte. Es war schwer zu glauben, dass Cal nicht der Meinung war, sie müsse abnehmen. Sie tat es, und sie arbeitete daran, wenn auch nur, um gesund zu sein und ein langes, glückliches Leben an Cals Seite zu führen. »Stimmt. Einen Burger, aber keine Pommes. Ich werde einen Salat essen, den Margaret zubereiten wird.«

»In Ordnung. So gegen halb eins, ist das okay?«

»Perfekt. Dann kann ich eine halbe Stunde Pause machen. Ihr habt doch heute Morgen endlich die Besprechung mit April, wer welche Wanderungen macht, oder?«, fragte sie.

Cal rümpfte die Nase. »Ja.«

»So schlimm wird es nicht sein«, sagte June und tätschelte seinen Arm. »Du hast selbst gesagt, dass April ein Naturtalent darin ist, Führer und Gäste zusammenzubringen.«

»Das ist sie. Mir gefällt nur der Gedanke nicht, die Nacht weg von zu Hause zu verbringen. Von dir.«

June schmolz fast zu einer Pfütze zusammen, als er diese Worte aussprach.

»Mir auch nicht. Aber ich komme schon zurecht. Und denk daran, wie schön es sein wird, wenn du nach Hause kommst.«

»Oh ja ... *schön*«, sagte Cal mit einem Grinsen.

June rollte mit den Augen. »In diesem Sinne steige ich jetzt aus.«

Sie öffnete die Tür seines Rolls-Royce und schlüpfte aus dem Sitz.

»June?«

Sie drehte sich um und stellte fest, dass Cal sie intensiv ansah. »Ja?«

»Ich liebe dich.«

Sie lächelte. »Ich liebe dich auch.« Er war heute besonders rührselig und June konnte nicht genug davon bekommen. Ihr Vater hatte ihr ständig gesagt, dass er sie liebte, und es war Jahre her, dass sie diese Worte gehört hatte. Normalerweise war Cal ganz sachlich, wenn er sie absetzte, wünschte ihr einen schönen Tag und sagte ihr, dass er sie später sehen würde, während er geistig schon mit den Aufgaben von *Jack's Lumber* beschäftigt war. Vielleicht war er heute etwas emotionaler, weil sie sich heute Morgen vor dem Duschen geliebt hatten. Was auch immer der Grund war, June würde ihn nicht infrage stellen.

»Wir sehen uns später. Pass auf dich auf.«

Sie widerstand wieder dem Drang, mit den Augen zu rollen. Als gäbe es irgendetwas, worüber man sich in Gegenwart einer Gruppe von Senioren Sorgen machen müsste. »Du auch. Bis später.«

Sie schloss die Tür, winkte Cal kurz zu, dann drehte sie sich um und ging den Weg hinauf zum Haus. Als Meg ihr die Tür öffnete, drehte June sich um und winkte Cal noch einmal zu. Er saß wie immer in seinem Geländewagen am Straßenrand und wartete darauf, dass sie hineinging, bevor er losfuhr.

Er war beschützend, aber nicht auf eine anmaßende Art und Weise. June blühte unter seiner Fürsorge und Liebe auf.

Eine Stunde später vibrierte ihr Handy in ihrer Tasche, und als sie zwischen den Runden des Papierfliegerwerfens und der Schiedsrichterei der Konkurrenten eine Pause einlegte, um ihre

Nachrichten zu überprüfen, lächelte June, als sie eine SMS von Cal las.

Er hatte ihr vor ein paar Tagen ein Handy besorgt und eine große Sache daraus gemacht, die Namen und Nummern all ihrer Freunde einzuspeichern. Seitdem hatte er ihr immer wieder SMS geschickt, um sie wissen zu lassen, dass er an sie dachte. Es fühlte sich nicht nur gut an, seine Nachrichten zu lesen, sondern einfach wieder ein Telefon zu haben. Es gab ihr das Gefühl, ein wenig unabhängiger zu sein.

Cal: Ich wollte dir nur sagen, wie schön du heute Morgen ausgesehen hast. Die weiße Bluse unterstreicht das Gold in deinen Augen und die Jeans betont deinen Hintern auf eine Weise, die mich bereuen lässt, dass wir beide arbeiten müssen.

June kicherte laut über die zwei Dutzend Emojis, die er am Ende der Nachricht eingefügt hatte, darunter mehrere Auberginen, Smileys und Herzen.

»Wieder eine Nachricht von deinem Mann?«, fragte Banks.

»Ja«, sagte June, die sich sehr bemühte, nicht rot zu werden.

»Zu meiner Zeit hatten wir noch keine schicken Telefone und Nachrichten. Wir mussten Briefe schreiben. Ich habe die Briefe verloren, die ich von all meinen Frauen bekommen habe, aber sie haben meinen Motor auf jeden Fall zum Laufen gebracht, wenn du weißt, was ich meine.«

June schüttelte den Kopf und grinste. Banks hatte ihr mehr als einmal erzählt, wie beliebt er bei den Frauen gewesen war. Er hatte nie geheiratet – er behauptete, er könne sich nicht mit nur einer niederlassen.

»Wie auch immer, Banks. Bist du mit deinem zweiten Flugzeug fertig?«

»Ja. Ich bin bereit, den anderen in den Hintern zu treten.«

June machte sich eine geistige Notiz, auf Cals SMS später mit einer anzüglichen Nachricht zu antworten, und wandte ihre Aufmerksamkeit der anstehenden Aufgabe zu, um sicherzustellen, dass niemand schummelte, während sie versuchten, ihre Papierflieger zu verbessern.

———————

Tims Hände zitterten leicht, während er in seinem Zimmer auf und ab ging und sich wünschte, er hätte etwas Gras, um seine derzeitige miese Laune zu vertreiben. Er hatte Elaine alle möglichen »Beweise« dafür geschickt, dass er die mausgraue Schlampe stalkte, von der er offiziell nichts mehr hören wollte, aber sie hatte vor vier Tagen aufgehört, ihm über die App Geld zu schicken. Er war sich nicht sicher, ob sie ihm nicht mehr glaubte, ob sie kein Geld mehr hatte oder ob sie einfach nur versuchte, ihn dazu zu bringen, sich zu beeilen und ihre Stieftochter ein für alle Mal loszuwerden, indem sie beschloss, ihn nicht mehr für jeden kleinen Scheiß zu bezahlen.

Was auch immer der Grund war, Tim war fertig. Er hatte es satt, in dieser verdammten Stadt zu sein, er hatte es satt, in *Hill's House* Böden zu wischen, und er hatte es *sehr* satt, alten Leuten hinterherzuputzen. Es war an der Zeit, seinen Zug zu machen.

Juniper würde noch vor Ende des Tages tot sein – und er wäre weg. Er würde zurück nach D. C. fahren und sein Geld persönlich abholen. Und wenn Elaine nicht zahlen wollte, würde er ihrer verwöhnten Tochter wirklich drohen. Die alte Hexe war vernarrt in Carla – und er würde zu ihrem schlimmsten Albtraum werden, wenn sie ihren Teil der Abmachung nicht einhielt.

Er hatte ein Ass im Ärmel. Die Tatsache, dass sie ihren zweiten Mann umgebracht hatte. Wenn sie die zehn Riesen nicht zahlte, würde er diese verdammte Karte ausspielen – indem er dafür sorgte, dass die Aufnahmen ihrer Gespräche in die richtigen Hände gelangten.

Die Frau war so dumm. *Niemals* hätte er diesen Job angenommen, ohne sich selbst abzusichern. Ja, diese Aufnahmen würden auch ihn belasten, aber wenn er untergehen musste, würde er diese Schlampe mitnehmen.

Aber dazu würde es nicht kommen. Elaine würde ihren bequemen Lebensstil nie aufgeben. Ein Anhören des Gesprächs über die Ermordung ihres Mannes und er hätte die dumme Kuh genau da, wo er sie haben wollte. Vielleicht würde er ihr das noch jahrelang vorhalten. Sie würde ihn bezahlen, damit er schwieg, sonst würde sie zu ihm hinter Gitter kommen.

Tim sah sich in dem beschissenen Zimmer um und vergewisserte sich, dass er alles eingepackt hatte. Er würde sich ins *Hill's House* schleichen, wenn er nicht erwartet wurde, die Schlampe erschießen und verschwinden, während alle ausflippten und in Panik gerieten.

Ein Kinderspiel.

Bald wäre er um zehntausend Dollar reicher, Elaine wäre fertig mit der Stieftochter, die sie so sehr hasste, ihre Tochter konnte in den Armen des Prinzen weinen – sehr unwahrscheinlich, aber Tim würde Elaine ihre Illusionen genießen lassen – und er wäre zurück in D. C. und würde Pläne schmieden, um in ein wärmeres Klima zu ziehen.

June lachte, als die stille, sanftmütige Brenda die Arme in die Luft warf und vor Zufriedenheit jubelte, als ihr Flugzeug das aller anderen um einige Meter überflog.

»Juhu!«, rief sie glücklich aus.

»Wie zum Teufel hast du das gemacht?«, fragte Jeremy verwirrt.

»Ich war Ingenieurin«, sagte Brenda achselzuckend. »Ich bin gut darin, Sachen zu bauen.«

»Ja, das bist du«, sagte June mit einem breiten Lächeln.

»Und weil du gewonnen hast, darfst du nächste Woche als Erste mit dem Schlitten fahren, wenn *Jack's Lumber* kommt.«

Brenda grinste, während Banks und die anderen murrten.

June lächelte über »ihre« Bewohner. Alle fingen an, ihre Flugzeuge einzusammeln, denn es war bald Mittag, und so mussten sie den Tisch wieder an seinen Platz in der Mitte des Raumes rücken und ihr Chaos aufräumen. Sie bat Banks, eine Tüte mit Müll zu nehmen, während sie die andere aufhob. Sie gingen in die Küche, und Banks meldete sich freiwillig, um beide Säcke nach draußen zu den Mülltonnen auf der anderen Seite der Garage zu bringen.

June beobachtete Banks eine Minute lang, um sich zu vergewissern, dass er es sicher die hintere Treppe hinunterschaffte. Sie nahm einen schnellen Schluck aus ihrer Wasserflasche und war auf dem Weg zur Besenkammer im Flur, als sie hörte, wie jemand leise ihren Namen rief.

Sie drehte sich um in der Erwartung, Banks zu sehen.

Stattdessen sah sie Tim, der durch die Hintertür die Küche betrat.

Instinktiv schaute sie auf die Uhr – was dumm war, weil sie bereits wusste, dass es fast Mittag war – und sah, dass es zwölf Uhr fünfzehn war. Etwa drei Stunden, bevor Tim kommen sollte.

»June«, sagte er noch einmal, diesmal etwas eindringlicher.

Sie blickte wieder zu ihm auf. »Was tust du –«

Sie hatte keine Chance, das letzte Wort herauszubringen, bevor ein ohrenbetäubender Knall durch die Küche hallte.

June stolperte rückwärts, als ein Schmerz in ihrer Brust aufblühte, wie sie ihn noch nie gespürt hatte.

Sie taumelte ein zweites Mal, als dasselbe laute Geräusch erneut in ihren Ohren ertönte, gefolgt von einem weiteren stechenden Schmerz in ihrer Brust.

Instinktiv wusste sie, dass sie verschwinden musste. Sie taumelte durch die Tür zum Esszimmer. Sie schaffte es, sich lange genug auf den Beinen zu halten, um die schockierten Gesichter der Bewohner zu sehen, bevor sie über ihre Füße stolperte – oder vielleicht hatte sie keine Kraft mehr zu stehen – und zu Boden fiel.

Die Leute um sie herum schrien, aber June konnte nichts anderes tun, als an die Decke zu starren. Sie ließ die Hände zu ihrer Brust wandern, während sie nach Luft rang. Sie fragte sich vage, ob Cal sich so gefühlt hatte, als er in Kriegsgefangenschaft gewesen war. Als seine Entführer ihn geschnitten hatten.

»June!«, rief Jara, als sie sich neben sie kniete.

June drehte den Kopf und wollte der alten Frau sagen, dass sie nicht auf dem Boden sein sollte, dass Austin kommen und ihr aufhelfen musste, aber kein Wort kam ihr über die Lippen, nur ein leises Stöhnen.

»Oh, June!«, wimmerte Jara, während sie auf ihre Brust starrte.

Als June eine Hand anhob, runzelte sie verwirrt die Stirn. Sie war mit roter Farbe bedeckt. Wer hatte die Farbe mitgebracht und warum war sie auf ihrer Hand?

»Druck!«, sagte eine männliche Stimme eindringlich, bevor sie erneut von Schmerzen übermannt wurde. So starke Schmerzen, dass June für einen Moment schwarz vor Augen wurde.

Die Leute um sie herum schrien immer noch, aber sie konnte nicht verstehen, was sie sagten. Der brennende Schmerz in ihrer Brust war zu schlimm.

Dann sah sie Austins Gesicht über dem ihren. Er drückte so fest auf ihre Brust, dass sie nicht mehr atmen konnte. »Nein«, flüsterte sie.

Austin schien sie nicht zu hören. Er brüllte jemand anderen an, er solle den Notruf wählen.

Dann hörte sie Megs Stimme, die jemanden aus Richtung der Küche anschrie.

»Wird sie sterben?«, rief jemand anderes.

»Nicht wenn ich etwas dazu zu sagen habe«, erklärte Austin entschieden. »Du wirst nicht sterben«, sagte er zu June. »Hast du mich verstanden?«

Das tat sie, aber sie verstand nicht, was geschah.

»Cal«, sagte sie ... oder versuchte es zumindest, aber sie brachte keinen Ton heraus. Sie war verletzt, verwirrt, verängstigt, und alles, woran sie denken konnte, war Cal. Er würde alles besser machen. Daran hatte sie keinen Zweifel.

Sie hustete, und wieder schoss der Schmerz durch sie hindurch.

»Scheiße, sie hustet Blut. Wahrscheinlich wurde ihre Lunge getroffen. Ist der Krankenwagen unterwegs?«, fragte Austin jemanden verzweifelt. »Wir brauchen *sofort* einen Arzt!«

KAPITEL ZWEIUNDZWANZIG

Cal hatte gerade geparkt und ging in Richtung *Hill's House*, als er einen Schuss hörte, der viel zu nahe war, um etwas anderes als Ärger zu bedeuten. Sie hörten ständig Schüsse von Jägern, wenn sie in den Bergen waren, aber dieser Schuss kam nicht aus dem Wald.

Dann noch einer.

Und er kam aus dem Inneren vom *Hill's House*.

Er ließ die Tüte von *Granny's Burgers* fallen und sprintete auf die Haustür zu. Er schlug hart dagegen und griff nach dem Knauf, aber der ließ sich nicht drehen. Abgeschlossen. Da fiel ihm ein, dass Meg das Haus immer verschlossen hielt, um die Sicherheit der Bewohner zu gewährleisten.

Er schlug kräftig mit der Faust dagegen, wartete aber nicht darauf, dass ihm jemand öffnete. Er hörte die Leute drinnen schreien. Was auch immer geschah, es war schlimm und extrem chaotisch.

Cal lief um das Haus und betete, dass die Küchentür unverschlossen war. Von dem, was June ihm in der Vergangenheit erzählt hatte, wusste er, dass Margaret die Tür nicht immer abschloss, weil sie sie gern öffnete, wenn sie kochte, um die Küche zu lüften.

Er bemerkte vage eine Tüte mit Müll, die in der Nähe der Garage auf dem Boden lag, ignorierte sie aber. Erleichtert, als er die Fliegengittertür sah, riss er sie auf und lief hinein.

Ein Mann lag mit blutiger Nase auf dem Küchenboden und es sah aus, als sei er bewusstlos. Meg stand über ihm und richtete eine Waffe auf seinen Kopf. Scott stand neben dem Eingang zwischen Küche und Esszimmer, während Jeremy und Sofia gerade im Esszimmer waren. Beide hielten etwas in der Hand, das wie ein Lacrosse-Schläger aussah, und schienen mehr als bereit zu sein, den Mann auf dem Boden zu verprügeln, wenn er sich auch nur rührte.

Banks saß auf einem Stuhl am Esszimmertisch und schien unter Schock zu stehen, seine Knöchel bluteten leicht. Brenda war am Telefon und Jara war auf dem Boden neben Austin, der über jemandem kniete.

Es dauerte einen Moment, bis er begriff, was er sah.

Austin kniete über June.

Sie war blutüberströmt. So viel Blut, dass es obszön war.

Der Boden unter ihr war eine Pfütze, die immer größer wurde, während er dastand und zusah. Ihre weiße Bluse war in Rot getaucht.

Szenen aus seiner Zeit bei der Armee schossen ihm durch den Kopf. Von Zivilisten, die angeschossen worden und verblutet waren, bevor Hilfe eintreffen konnte. Von Soldaten und Soldatinnen, die von einer Explosion erwischt und denen Gliedmaßen weggesprengt worden waren.

Einen Moment lang war er wie erstarrt. Gefangen zwischen der Vergangenheit und der Gegenwart.

»Ich rufe JJ an«, sagte Brenda. »Die Polizei und der Krankenwagen sind auf dem Weg.«

Ihre Worte brachten Cal zurück in den Moment. Er lief auf June zu, die so still und blass auf dem Boden lag. Er rutschte in ihrem Blut aus, spürte aber nicht einmal den Schmerz, als seine Knie auf den Holzdielen unter ihm landeten.

Ohne nachzudenken, zog er sein Hemd aus, knüllte es zusammen und schob Austins Hände beiseite, bevor er das Hemd auf die Wunden auf Junes Brust drückte.

Er hörte ein überraschtes Schnappen nach Luft von Jara und wusste, worum es ging, aber er ignorierte sie. Das Letzte, worüber er sich im Moment Gedanken machte, war die Reaktion anderer Leute auf den Anblick seines verstümmelten Fleisches. Ihn interessierte nur die blutende Frau auf dem Boden.

»June?«, sagte er ungläubig.

Sie öffnete die Augen und Cal wurde schwindelig vor Erleichterung.

Aber die Erleichterung war nur von kurzer Dauer, denn Austin sagte:»Drück weiter, sonst verblutet sie. Ich muss meine medizinische Tasche holen. Ich bin gleich wieder da.«

Der Gedanke, die Frau sterben zu sehen, die er mehr liebte als das Leben, war zu viel für ihn.

»Hallo«, sagte June schwach, als sie zu ihm aufblickte. Dann fielen ihr die Augen wieder zu.

»Nein!«, rief er panisch.»Mach die Augen nicht zu. Sieh mich an, June. Jetzt sofort!«

Zu seiner Erleichterung öffnete sie die Augen wieder. Ihre Lippen bewegten sich, aber er konnte nicht hören, was sie sagte.

»Was?«, fragte er und senkte den Kopf zu ihren Lippen, um sie besser hören zu können.

»Es tut weh«, flüsterte sie.

»Ich weiß, Prinzessin. Es tut mir so leid. Aber Hilfe ist unterwegs. Hörst du mich?«

Sie starrte ihn mit leerem Blick an.

Er war dabei, sie zu verlieren.

Instinktiv wusste Cal, dass sie im Sterben lag, und er hatte noch nie so viel quälenden Schmerz empfunden wie in diesem

Moment. Selbst als die Arschlöcher ihn geschnitten hatten, hatte er nicht halb so sehr gelitten wie in diesem Moment.

»Weißt du, was Carlise mir heute erzählt hat? Ich habe sie gesehen, bevor ich losging, um unser Essen zu holen. Sie war dort, um Chappy zu sehen. Sie lachte und sagte mir, dass sie recht hatte und wusste, dass ich mein Aschenputtel finden würde – und das habe ich. Ich liebe dich, June. Du darfst mich nicht verlassen!«

»Mein Prinz«, sagte sie, dann hustete sie. Blut spritzte ihr von den Lippen und Cal zuckte zusammen. Sie ließ den Blick zu ihrer eigenen Brust wandern, wo er immer noch so viel Druck auf ihre Wunden ausübte, wie er es wagte. »Narbe ...«

»Wir werden einen plastischen Chirurgen suchen, der es richten wird, damit du gar nicht wissen wirst, dass etwas passiert ist«, versicherte Cal ihr. »Eine verdammte Narbe ist mir egal. Sie ändert nichts zwischen uns.«

Aber sie schüttelte den Kopf. »Jetzt ... jetzt ... weißt du ... was ich für dich empfinde«, brachte sie mühsam heraus.

Es traf Cal wie ein Güterzug. Er wusste genau, wie dumm er gewesen war – und das nicht nur mit June. *Natürlich* war es ihr egal, ob sie eine Narbe hatte. Genauso wie es ihr egal war, dass er unvollkommen war. Oder sein Geld. Oder sein Titel. Sie liebte ihn genau so, wie er war.

Aber er hatte so lange mit sich gekämpft. Als er hier kniete, mit ihrem Leben buchstäblich in seinen Händen, verstand er endlich, worauf June immer beharrt hatte. Was seine Freunde ihm seit Jahren zu sagen versucht hatten. Was seine Eltern ihm gesagt hatten. Was die Therapeuten, die er aufgesucht hatte, behauptet hatten.

Die Narben definierten nicht, wer er war. Sie erzählten eine Geschichte darüber, was er überlebt hatte. Das war alles. Nicht mehr und nicht weniger. Und wenn ihn jemand wegen der Narben anders behandelte, war das dessen Problem, nicht seines.

Junes Augen fielen wieder zu und seine Panik kam erneut hoch. Er beugte sich hinunter und schrie ihr praktisch ins Gesicht. »Mach die Augen auf!«

Sie riss sie sofort auf. Cal konnte den Schmerz darin sehen. Die absolute Qual. Er sah förmlich, wie ihr das Leben entglitt, und seine eigenen Augen füllten sich mit Tränen. Er hatte seit Jahren nicht mehr geweint. Wahrscheinlich ein Jahrzehnt oder mehr, aber er könnte sich jetzt nicht zurückhalten, selbst wenn sein Leben davon abhinge.

»Halte durch, June. Hörst du mich? Du darfst *nicht* aufgeben. Es ist mir egal, was für Lichter du siehst, du musst dich abwenden. Komm zurück zu mir. Ich kann nicht ohne dich leben! Ich habe dich gerade erst gefunden und ich kann dich jetzt nicht verlieren. Kämpfe für mich, Prinzessin, verstehst du? Egal was passiert, du *kämpfst*. Ich habe es getan, und jetzt kannst du es auch.«

»Cal«, sagte sie. Es war mehr eine Bewegung ihrer Lippen als ein wirklicher Laut, aber er verstand.

»Ich habe mein ganzes Leben auf dich gewartet. Wir haben so viel, wofür wir leben können. Heirat. Babys. Liebe. *Verlass mich nicht*. Bitte, ich brauche dich so verdammt sehr!«

Sie nickte einmal, dann fielen ihr die Augen wieder zu.

»June!«, rief Cal. Aber sie öffnete die Augen nicht. »June! Wach auf! Bleib bei mir!«

»Gehen Sie zur Seite, Sir«, sagte eine Frau, als sie sich neben ihn kniete. Sie bewegte gewaltsam seine Hände und schaute unter das blutige T-Shirt, das auf Junes Brust geknüllt war, bevor sie es wieder herunterdrückte und sich ihrem Partner zuwandte. »Einladen und los«, befahl sie. »Bring die Trage hierher.«

Cal hatte die Sanitäter nicht kommen hören, aber jetzt, da sie da waren, schien der Raum voller Menschen zu sein. Da waren Polizeichef Rutkey, einige seiner Beamten und sogar alle drei seiner Freunde.

JJ nahm seinen Arm, zog ihn auf die Beine und zerrte ihn zur Seite. Cal wehrte sich einen Moment lang heftig gegen ihn, bevor Chappy seinen anderen Arm ergriff.

»Lass sie ihr helfen«, sagte er mit Nachdruck.

Cal liefen immer noch die Tränen übers Gesicht, als er sah, wie die Sanitäter June Gurte um Beine und Hüften legten und sie zur Haustür rollten.

Er wollte June nicht aus den Augen lassen und versuchte, ihr zu folgen, aber JJ und Chappy hielten ihn fest.

»Lasst mich los. Ich muss mit ihr gehen!«

»Das kannst du nicht. Wir werden dich ins Krankenhaus bringen. Beruhige dich, Cal«, befahl Bob.

Aber er konnte nicht. Es war vielleicht das letzte Mal, dass er June sah – er konnte sie nicht gehen lassen.

»Ich meine es ernst«, sagte Bob eindringlicher, nahe an seinem Gesicht. »Du tust ihr keinen Gefallen, wenn du verhaftet wirst. Sie ist in den besten Händen. Beruhige dich verdammt noch mal.«

Cal blickte nach unten und sah, dass seine Hände blutverschmiert waren. Junes Blut.

Sie durfte nicht sterben. Sie war eine zu große Kraft in seinem Leben. Sein Licht. Er brauchte sie. Mit ihr war er ein besserer Mensch.

Ohne sie war er nichts.

»Was zum Teufel ist passiert?«, fragte JJ, der Cal fest im Griff hielt.

»Er ist einfach reingekommen und hat auf sie geschossen«, sagte Brenda mit zitternder Stimme.

Als Cal sich umdrehte, sah er, dass sie weiß wie die Wand war.

»Tim. Wir haben es nicht gesehen, wir haben nur die Schüsse gehört. Er hat in der Küche auf sie geschossen. Sie stolperte hier rein und Banks ... Mein Gott, ich habe ihm nicht geglaubt, als er sagte, er sei Boxer gewesen! Wir dachten alle, er würde sich das ausdenken. Aber er war schneller, als ich ihn je gesehen habe. Er flog vom Hof zurück in die Küche und schlug Tim mit einem Schlag k. o.!« Brendas Hand zitterte heftig, als sie sie auf ihr Herz legte. »Er fiel direkt zu Boden. Dann hat Meg sich die Pistole geschnappt, falls er wieder zu sich kommt, und die anderen haben sich die Lacrosse-Schläger geholt, mit denen wir heute Nachmittag ein Spiel spielen wollten, das June uns zeigen wollte ...«

In diesem Moment fing Brenda an zu weinen und Cal richtete seine Aufmerksamkeit auf den Polizeichef, der gerade dabei war, dem benebelten Tim Handschellen anzulegen.

Er stürzte in ihre Richtung, aber wieder hielten seine Freunde ihn fest.

»*Nein*. June braucht dich. Alfred wird sich um ihn kümmern. Du musst dich auf June konzentrieren, nicht darauf, ihm in den Arsch zu treten«, sagte JJ.

Es war das Schwerste, was Cal je getan hatte. Er wollte den Mistkerl umbringen, weil er seiner Frau wehgetan hatte, aber JJ hatte recht. June brauchte ihn.

»Lass uns zum Krankenhaus fahren«, sagte JJ.

»Sie werden sie mit dem Hubschrauber nach Portland bringen«, warf Austin ein. Er sah so blass aus wie Brenda und war genauso blutverschmiert wie Cal.

»Danke«, flüsterte er. »Wenn du nicht hier gewesen wärst ...«

»Ich habe nicht viel getan. Nicht genug. Gott sei Dank ist Newton so klein und die Sanitäter waren so schnell hier.«

Austin mochte vielleicht denken, er hätte nicht viel getan, aber sein schnelles Handeln, indem er Druck auf die Einschusslöcher in Junes Brust ausübte, hatte ihr möglicherweise das Leben gerettet.

»Komm, wir müssen nach Portland«, sagte Chappy und zog Cal in Richtung Eingangstür. Er ließ sich wie ein Kind führen.

Im Moment konnte er nicht denken. Konnte keine Entscheidungen treffen. Er fühlte sich wie betäubt. Verloren.

Er und seine Freunde wussten sehr wohl, wie tödlich Kugeln sein konnten. Und June war in die Brust geschossen worden – zweimal. Es wäre ein Wunder, wenn sie überlebte. Und Cal brauchte dieses Wunder dringend.

»Der Rolls-Royce«, brachte er heraus, während seine Freunde ihn praktisch aufrecht hielten. »Er ist der schnellste.«

»Ich fahre«, sagte Bob. »Ihr setzt euch zu ihm nach hinten.«

»Wir sollten anhalten und ihm ein Hemd besorgen«, sagte Chappy. »Damit er sich waschen kann.«

»Nein! Wir müssen ins Krankenhaus!« Cal fluchte und zappelte erneut im Griff seiner Freunde.

»In Ordnung, beruhige dich, Cal. Wir fahren.«

Cal sackte wieder zusammen. Er fühlte sich, als sei sein Kopf in einem Nebel. Er konnte nur daran denken, an Junes Seite zu gelangen.

Cal starrte in dem kleinen privaten Warteraum ins Leere, in den sie nach ihrer Ankunft in der Unfallklinik von Portland geführt worden waren. Es hatte viel zu lange gedauert, dorthin zu kommen, obwohl Bob so schnell gefahren war. Er hatte June sofort nach ihrer Ankunft sehen wollen, aber ihm war mitgeteilt worden, dass sie bereits im OP sei.

Jemand hatte ein Kitteloberteil für ihn gefunden, und JJ führte ihn zur Toilette und zwang ihn, sich die Hände zu waschen. Als das rote Wasser den Abfluss hinunterspülte, begann Cal wieder zu weinen. Er gab keinen Laut von sich, aber die Tränen flossen unkontrolliert.

Er konnte das nicht in Ordnung bringen. Kein Geld, keine familiären Verbindungen, kein königlicher Erlass ... nichts, was er zu bieten hatte, konnte June wieder heil machen. Er musste sich auf die Fähigkeiten der Chirurgen verlassen, die derzeit versuchten, die Liebe seines Lebens wieder zusammenzufügen. Das Warten war der schlimmste Teil. Das Nichtwissen. All die Was-wäre-wenn-Fragen, die Cal durch den Kopf gingen. Was wäre, wenn er die Arbeit fünf Minuten früher verlassen hätte? Was wäre, wenn er *Granny's Burgers* ausgelassen hätte und direkt zum *Hill's House* gefahren wäre?

Was wäre wenn, was wäre wenn, was wäre wenn ...

Cal wusste nicht, wie lange er schon im Wartezimmer saß, als April sich neben ihn setzte und ihm sein Handy hinhielt. Er starrte es an und fragte sich, woher sie es hatte und warum sie es überhaupt besaß. Verdammt, er wusste nicht einmal, wann sie und Carlise eingetroffen waren.

Er war von den besten Freunden umgeben, die er je gehabt hatte, und fühlte sich trotzdem so verdammt allein.

»Es ist deine Mutter«, sagte April sanft und nickte in Richtung des Handys.

Die Tränen, die endlich versiegt waren, brachen erneut aus. Er nahm das Telefon und hielt es an sein Ohr. April wich nicht von seiner Seite, legte eine Hand auf sein Knie und drückte fest zu. Carlise setzte sich auf seine andere Seite und legte einen Arm um seine Schultern.

»Mom ...«, stieß er hervor, als er schließlich sprechen konnte.

»Oh, mein Sohn. Ich habe gehört, was passiert ist. Es tut mir so leid. Was brauchst du?«

»Sie muss leben«, schluchzte Cal. »Ich liebe sie so sehr, Mom. Sie ist das Beste, was mir je passiert ist, und wenn sie stirbt ... weiß ich nicht, was ich dann tun soll!«

»Wir sind auf dem Weg«, sagte seine Mutter und frische Tränen liefen über Cals Gesicht. »Dein Vater hat bereits den Piloten angerufen und sie machen den Jet bereit. Wir werden so schnell wie möglich da sein. Was können wir sonst noch tun?«

»Der Mann, der das getan hat, Tim Dotson – ich muss wissen warum.« Er schloss kurz die Augen, seine Stimme wurde leiser, als er fortfuhr: »Die Polizei hier ist gut, aber wenn ihr eine eurer Verbindungen nutzen könntet, um das herauszufinden ... um sicherzustellen, dass June nicht mehr in Gefahr ist ...«

»Daran arbeiten wir schon«, versicherte ihm seine Mutter.

»Ich kann sie nicht verlieren«, schluchzte Cal erneut. »Das tut so viel mehr weh als damals, als ich gefoltert wurde. Ich würde alles tun, um mit ihr zu tauschen. Sie sollte das nicht durchmachen müssen. Sie ist das Licht in meiner Dunkelheit. Sie ist so gut, Mom.«

»Oh, mein Schatz ...«

Er und seine Mutter weinten einen langen Moment gemeinsam, bevor sie sich räusperte. »Ich komme, mein Sohn. Ich kann es nicht erwarten, sie zu treffen. Hab Vertrauen, hörst du mich? Wenn diese Frau dich so sehr liebt, wie du sie liebst, dann wird sie das durchstehen. Sie wird es schaffen. Ich weiß es.«

»Ich hoffe es«, erwiderte Cal.

»Ich *weiß* es. Wir werden so schnell wie möglich da sein. Ich hab dich lieb.«

»Ich dich auch, Mom.«

Er legte auf und ließ sein Kinn auf die Brust sinken.

»Tim singt wie ein Kanarienvogel«, sagte JJ leise, als er das Zimmer betrat.

Cal wischte sich die Wange an der Schulter ab, als er zu seinem Freund aufsah. Es war fast unheimlich, wie distanziert er sich fühlte. Er wollte wissen, warum das passiert war, warum Tim auf June geschossen hatte, vor allem weil sie nie etwas anderes als nett zu dem Mann gewesen war. Aber im Moment war seine ganze Energie darauf gerichtet, für seine Frau zu beten. Deshalb hatte er seine Mutter gebeten, der Sache nachzugehen. Seine Eltern würden alles tun, was nötig war, um June vor jemandem zu schützen, der ihr etwas antun wollte.

»Er behauptet, er hätte auf Anweisung ihrer Stiefmutter gehandelt«, sagte JJ.

Cal schloss die Augen.

Oh Gott. Er hatte es vermasselt. Er hatte Carlas Besessenheit, ihn zu heiraten, nicht ernst genug genommen. Nicht einmal annähernd. Er hatte angenommen, dass sie weiterziehen würde, sobald sie die Stadt verlassen hatten. Dass sie ein anderes Ziel finden würde.

Er hätte es besser wissen müssen.

»Nicht nur das, du hattest recht mit deinem Verdacht. Er behauptet, dass Elaine ihren zweiten Mann, Junes Vater, getötet hat. Vergiftet. Er sagt, er habe eine Aufnahme des Gesprächs, als sie es ihm sagte. Sie wird untergehen«, sagte JJ entschlossen.

»Egal was ich tun muss, egal welche Gefallen ich einfordern muss, sie und dieses Miststück von Tochter werden *beide* untergehen.«

Cal nickte. Er war froh, seine Freunde im Rücken zu haben.

»Gibt es etwas Neues über June?«, fragte JJ.

»Ich werde noch einmal nachfragen«, sagte April und tätschelte Cals Knie, als sie aufstand.

Je mehr Zeit verging, desto mehr blendete Cal alles um sich herum aus. Sein Kopf fühlte sich an, als sei er mit Watte ausgestopft. Als würde er sich selbst von hoch oben beobachten.

Zwei Stunden später öffnete sich die Tür zum Wartezimmer und sechs Augenpaare wurden auf die erschöpft wirkende Chirurgin gerichtet, die in der Tür stand.

»Freunde und Familie von Juniper Rose?«, fragte sie.

Cal stand auf und schwankte. Er versuchte, an ihrem Gesichtsausdruck abzulesen, was die Chirurgin ihnen sagen würde, aber sie machte das eindeutig schon viel zu lange, um den besorgten Angehörigen irgendwelche Hinweise zu geben.

»Wie geht es ihr?«, schrie Cal beinahe.

»Sie ist stabil. Es stand eine Weile auf der Kippe und wir haben sie zweimal auf dem Tisch verloren, aber sie ist eine Kämpferin. Sie liegt auf der Intensivstation, also werden Sie sie mindestens zwölf Stunden lang nicht sehen können, da wir ihre Entwicklung weiter beobachten. Aber nach meiner professionellen Meinung wird sie durchkommen.«

Cals Knie gaben nach und er landete hart auf dem Sitz hinter ihm. Er schloss die Augen und senkte den Kopf. Jetzt fielen keine Tränen mehr – er war völlig ausgeweint. Aber er war in seinem ganzen Leben noch nie so erleichtert gewesen, etwas zu hören. Nicht einmal, als er und sein Team festgestellt hatten, dass die Geräusche, die sie in ihrer Zelle hörten, von ihrem Rettungstrupp stammten, der sie abholte und jeden niedermähte, der sich ihm in den Weg stellte.

Er hörte vage, wie die Ärztin erklärte, dass die erste Kugel direkt durch ihre rechte Lunge gegangen war und die zweite ihr Herz um weniger als einen Zentimeter verfehlt hatte. Ihr Herz hatte zweimal aufgehört zu schlagen, während sie operierten, um den Schaden zu beheben, aber es war ihnen gelungen, es wieder in Gang zu bringen.

June hatte getan, worum er sie angefleht hatte. Sie hatte gekämpft. Sie kämpfte *immer noch*. Sie hatte ihn nicht verlassen.

Er war noch nie so dankbar gewesen, dass seine Frau so stark war. Cal war nicht glücklich darüber, dass er sie noch eine ganze Weile nicht würde sehen können, aber zum ersten Mal seit Stunden hatte er das Gefühl, atmen zu können.

Er würde dafür sorgen, dass kein Tag verging, an dem June nicht wusste, wie sehr er sie liebte. Es war heute viel zu knapp gewesen, und er war dankbarer, als er es in Worte fassen konnte, dass er eine zweite Chance mit ihr hatte. Zu leben. Zu lieben.

KAPITEL DREIUNDZWANZIG

»Ich werde nicht zerbrechen, Cal«, beschwerte June sich.

»Tu mir den Gefallen«, sagte Cal unerbittlich. Die letzten zwei Wochen waren außerordentlich schwierig gewesen. Sie auf der Intensivstation zu sehen, an so viele Maschinen angeschlossen und mit Verbänden an der Brust, war fast so schlimm gewesen, wie sie blutüberströmt auf dem Boden des Esszimmers im *Hill's House* liegen zu sehen.

Fast.

Er war jeden Tag im Krankenhaus gewesen, hatte bei ihr gesessen, sie unterhalten, sie beruhigt, wenn die Schmerzen überwältigend waren, und ganz allgemein versucht, ihr Halt zu geben.

Heute sollte sie nach Hause gehen, und Cal war aufgeregt und verängstigt zugleich. Er hatte gewollt, dass sie länger blieb, um sicherzugehen, dass sie vollständig geheilt war, denn er war paranoid, weil er befürchtete, dass sie sich in die falsche Richtung bewegen und etwas reißen könnte, was die Ärztin fachmännisch zusammengenäht hatte.

Aber June war mehr als bereit zu gehen, und sie hatte es äußerst deutlich gemacht.

Er hatte die Krankenschwester unterstützt, die darauf bestand, dass sie einen Rollstuhl benutzten, um sie zum Wagen zu bringen, und jetzt setzte er sie vorsichtig in den Rolls-Royce. Als sie die lange Fahrt nach Newton antraten, schlief sie fast sofort ein. Cal konnte nicht anders, als immer wieder zu ihr hinüberzuschauen. Sie war ein Wunder. *Sein* Wunder. Sie hätte zwei Schüsse in die Brust nicht überleben sollen, und doch war sie hier.

Sie schlief etwa eineinhalb Stunden und wachte auf, als sie noch ungefähr eine Stunde Fahrt vor sich hatten.

»Cal?«

»Ja, Prinzessin?«

»Ich liebe dich.«

Cal lächelte. »Ich liebe dich auch.«

»Ich habe dich gehört, weißt du«, sagte sie leise.

»Was hast du gehört, und wann?«, fragte er.

»Du hast mich angeschrien. Du hast mir gesagt, ich solle nicht gehen, dass du nicht ohne mich leben könntest. Ich habe dir gesagt, dass ich müde bin und dass ich Schmerzen habe, aber du hast mir gesagt, dass ich kämpfen muss. Ich solle nicht zum Licht gehen. Aber ...«

Cal versteifte sich, unsicher, ob er wissen wollte, was auf dieses Aber folgte.

»Ich habe meinen Dad gesehen«, flüsterte sie. »Er sah fantastisch aus. Genau so, wie ich ihn in Erinnerung habe. Er lächelte mich an, und als ich nach ihm griff, schüttelte er den Kopf und wich zurück. Er sagte mir, er sei nur da, um mich zu sehen, aber es sei noch nicht an der Zeit, uns wieder zu vereinen. Dass ich zurückgehen müsse. Dass du mich brauchst.«

Cal hatte in den letzten zwei Wochen mehr geweint als in seinem ganzen vorherigen Leben, und er merkte, wie seine Augen sich erneut mit Tränen füllten. Er fuhr an den Straßenrand, um keinen Unfall zu bauen. Er drehte sich zu June um.

»Du hast gesagt, ich soll kämpfen, also habe ich es getan«, sagte June ruhig.

Cal strich ihr über die Wange und schloss für einen Moment die Augen. Er spürte, wie sie mit den Fingern die Tränen wegwischte, die gefallen waren. Er drehte den Kopf und küsste ihre Handfläche, dann sah er ihr in die Augen. »Du bist das Beste, was mir je passiert ist. Danke, dass du zu mir zurückgekommen bist.«

»Hast du das ernst gemeint –«

»Ja.«

Sie grinste. »Du hast keine Ahnung, wonach ich überhaupt frage«, beschwerte sie sich.

Cal zuckte mit den Schultern. »Wenn ich es gesagt habe, habe ich es ernst gemeint.«

»Mit Kindern. Einer Familie.«

»Auf jeden Fall.«

»Gut«, sagte June mit einem kleinen Lächeln, während sie den Kopf an die Stütze lehnte. »Denn ich will zwei.«

»Jungs oder Mädchen?«, fragte Cal zärtlich.

»Spielt keine Rolle.«

Er hatte nicht gedacht, dass seine Liebe zu dieser Frau noch größer werden könnte, aber sie hatte ihn gerade eines Besseren belehrt.

Sie betrachtete ihre linke Hand und ihre Lippen zuckten. »Ich kann immer noch nicht glauben, dass wir verheiratet sind«, hauchte sie.

Cal hob ihre Hand und küsste den Ring, den er ihr vor einer Woche an den Finger gesteckt hatte. Als sie im Krankenhaus aufgewacht und wieder bei Bewusstsein gewesen war, hatte er ihr einen Antrag gemacht, sie hatte Ja gesagt und er hatte sofort jemanden geholt, der sie trauen konnte.

»Deine Eltern sind mit allem wirklich gut umgegangen.«

Cal nickte. Das waren sie. Seine Eltern waren wie versprochen im Krankenhaus aufgetaucht und Cal hatte in den Armen seiner Mutter geweint, als sei er wieder ein Junge.

Er hatte nicht geweint, als sie nach Deutschland geflogen war, um ihn im Militärkrankenhaus zu besuchen. Er hatte nicht geweint, als er sich zum ersten Mal nach seiner Rettung im Spiegel gesehen hatte. Aber seine Mutter zu sehen, während er gerade das Schrecklichste erlebt hatte, was er sich vorstellen konnte – fast die Frau zu verlieren, die er liebte –, war zu viel gewesen.

Er war nicht überrascht, als sie und June sich verstanden, als würden sie sich schon ihr ganzes Leben lang kennen. Selbst während sie mit Schmerzmitteln zugedröhnt in einem Bett lag, hatte June seine Mutter innerhalb weniger Minuten um den kleinen Finger gewickelt, als sie sie fragte, wie ihr Flug gewesen sei, ob sie geschlafen hätten und ob sie Hunger habe.

Seine June machte sich immer Sorgen um andere Menschen.

Was seinen Vater betraf, so hatte dieser Cal nur ein wissendes Grinsen geschenkt und gesagt, dass er immer vermutet hatte, der Apfel falle nicht weit vom Stamm, wenn es um Liebe ging.

Seine Eltern hatten der Heirat ihren Segen gegeben und ihm gesagt, sie würden dafür sorgen, dass June in den königlichen Stammbaum aufgenommen würde. Seine Mutter hatte ihn allerdings gewarnt, dass es ihr und seinem Vater zwar egal sei, ob er und June eine lockere zivile Zeremonie abhielten, dass aber das liechtensteinische Volk eine Art öffentliche Feier ihrer Ehe erwarten würde, wenn nicht sogar eine zweite Zeremonie in ihrem Heimatland.

»Sie haben dich geliebt«, sagte Cal zu June.

»Und ich mochte sie wirklich. Du siehst genauso aus wie dein Vater.«

Cal lächelte, beugte sich vor und küsste sie sanft, bevor er wieder losfuhr.

»Wirst du mit mir darüber reden, was mit Tim los ist?«, fragte sie leise.

Cal seufzte. Er wollte den Tag nicht mit Gesprächen über den Mann verderben, der versucht hatte, sie zu ermorden, aber sie hatte ein Recht darauf, es zu erfahren.

»Er hat alles ausgeplaudert«, erzählte Cal ihr. »Du weißt bereits, dass Elaine und Carla ihn angeheuert haben, um dich zu stalken. Sie hatten die verrückte Idee, wenn es Beweise für einen Stalker gäbe, würde ich irgendwie nach D. C. zurückkehren oder so. Ehrlich gesagt, ihr Plan schien verwirrend und sinnlos. Trotzdem wissen wir, dass sie ihn dafür bezahlt haben, dich zu stalken – Drohbriefe zu hinterlassen, tote Tiere und so weiter –, um dich dafür zu bestrafen, dass du mich ›gestohlen‹ hast.«

»Aber das hat er nicht«, sagte June mit einem Stirnrunzeln.

»Ja, er hat sie reingelegt. Und Elaine war so leichtgläubig, dass sie ihn jedes Mal bezahlte, wenn er ihr ein Foto von einem Zettel an einer Tür oder so schickte. Die Polizei hat die Fotos und die Beweise für die Geldüberweisungen, die Elaine zweifellos belasten. Sein Plan war die ganze Zeit, dich zu töten, um die von Elaine versprochene große Summe zu kassieren. Er hat nur auf den richtigen Zeitpunkt gewartet und sie geschröpft.«

Cals Kiefer spannte sich an, als Wut ihn erfüllte. »Außerdem hat er sich nicht an seinen Teil der Abmachung gehalten, weil er uns beide nicht beunruhigen wollte. Es wäre schwieriger gewesen, an dich heranzukommen, wenn wir ständig in Alarmbereitschaft gewesen wären.«

»Es hat funktioniert. Er konnte einfach ins *Hill's House* gehen und auf mich schießen«, sagte June.

Cal erschauderte. »Ja.«

»Also ist er im Gefängnis? Und wird dort bleiben?«

»Ja«, antwortete Cal, ohne zu erwähnen, welche Gefallen er und der Rest seines Teams eingefordert hatten, um sicherzustellen, dass Tim kein ruhiges Leben hinter Gittern führen würde. Und wenn er schließlich rauskam, würde er immer noch keine Ruhe finden.

»Und meine Stiefmutter? Carla?«

»Weißt du noch, worüber wir im Krankenhaus gesprochen haben?«, fragte Cal sanft.

Sie nickte. »Ja. Sie hat meinen Vater umgebracht«, sagte June ohne Umschweife.

Er seufzte. »Es sieht so aus, ja. Die Detectives in D. C. machen Fortschritte bei der Exhumierung der Leiche deines Vaters, um sie auf Gift zu testen. Obwohl Tim ein Arschloch ist, war er klug genug, ihre Gespräche aufzuzeichnen. Auch das, in dem sie zugab, deinen Vater mit Succinylcholin umgebracht zu haben. Sie schlug sogar vor, dass er das Gleiche mit dir machen sollte. Dich vergiften, meine ich.

Und es war richtig, diese Brownies wegzuwerfen. Er hat sich ein Beispiel an Carla genommen und ihnen so viele synthetische Drogen beigemischt, dass es möglich ist, dass sie dich getötet hätten, je nachdem, wie viele du gegessen hättest.«

June presste die Lippen aufeinander. »Ja.«

»Wie auch immer, es gibt eine Menge Beweise gegen Elaine. Carla? Nicht so sehr. Alle glauben, dass sie wusste, was passiert ist, dass sie dem Plan ihrer Mutter zugestimmt hat, aber ohne Beweise, dass sie tatsächlich etwas Falsches getan hat, wird sie wahrscheinlich nicht angeklagt werden«, erklärte Cal ihr.

June zuckte nur mit den Schultern. »Das Karma wird seinen Lauf nehmen.«

Sie hatte nicht unrecht. Nach dem zu urteilen, was Cal aus dem Gespräch mit JJ erfahren hatte, war Junes Stiefschwester dank der Berichterstattung über die Ereignisse von ihrem Agenten fallen gelassen und von ihren sogenannten Freundinnen im Stich gelassen worden und war im Wesentlichen auf sich allein gestellt.

Und ihr ehemaliger SEAL-Freund Tex, das Technikgenie, das sich für Cal in ihren Computer gehackt hatte, hatte sich einige von Carlas Webcam-Videos zunutze gemacht, auf denen sie sich für Geld auszog ... und mehr. Die Videos waren zwar nicht illegal, aber sie steckte wegen Steuerhinterziehung in Schwierigkeiten, da sie nichts von ihrem verdienten Geld gemeldet hatte. Er hatte auch dafür gesorgt, dass sie auf die schwarze Liste gesetzt wurde und keine seriöse Modelagentur sie auch nur mit der Kneifzange anfassen würde.

»Das mit dem Haus tut mir leid«, sagte Cal sanft. »Auch wenn die Strafverfolgungsbehörden in Washington jetzt glauben, dass du ausgetrickst wurdest, die Papiere zu unterschreiben, mit denen das Haus und die Versicherung deines Vaters auf Elaine übertragen wurden, warst du achtzehn, technisch gesehen erwachsen, und es war deine Unterschrift.«

»Ich weiß. Und weißt du was ... es ist okay. Ich will nie wieder zurück, und ich habe die Erinnerung, dass mein Vater und ich dort glücklich waren, bevor er Elaine geheiratet hat.«

Cal drückte ihre Hand.

Sie lächelte zu ihm herüber. »Genug davon. Aber du wirst mich auf dem Laufenden halten, wie es mit den Prozessen und so weiter weitergeht?«

»Natürlich. Willst du hingehen?«

June dachte einen Moment darüber nach, dann schüttelte sie den Kopf. »Nein, ich glaube nicht. Ich will einfach mein Leben weiterleben. Mit dir.«

Cal war erleichtert über ihre Entscheidung. Er wollte nicht, dass sie die Qualen, die sie mit ihrer Stiefmutter erlebt hatte, vor einem Richter und Geschworenen noch einmal durchleben oder über den schrecklichen Tag sprechen musste, an dem sie fast gestorben wäre.

»Ich liebe dich«, sagte Cal. Er konnte nicht mehr zählen, wie oft er ihr das in den letzten zwei Wochen gesagt hatte.

»Ich liebe dich auch«, erwiderte sie, wie sie es immer tat.

Der Rest der Fahrt nach Newton verlief ereignislos, aber anstatt zu seinem Haus zu fahren, bog er in die Stadt ein.

»Macht es dir etwas aus, wenn wir einen kurzen Zwischenstopp einlegen, bevor wir nach Hause fahren?«, fragte er.

»Natürlich nicht.«

Er tat sein Bestes, um sein Lächeln zu verbergen – er wusste, dass sie das sagen würde, er hatte sogar damit gerechnet –, und parkte an einem günstigen Platz direkt vor *Granny's Burgers*. Er joggte um den Wagen herum, um June die Tür zu öffnen, und legte einen Arm um ihre Taille, während er sie zum Restaurant führte.

Da er wusste, was sich auf der anderen Seite der Tür befand, konnte Cal endlich sein Lächeln zeigen, als er sie öffnete und June aufforderte, vor ihm hineinzugehen.

»Willkommen zu Hause!«, riefen die mehr als zwei Dutzend Leute, als sie hereinkam.

June blinzelte überrascht, als sie all ihre Freunde sah, dann drehte sie sich sofort um und vergrub das Gesicht an Cals Brust. Er schlang die Arme um sie und hielt sie fest, während sie ihr Bestes tat, um ihre Gefühle unter Kontrolle zu bringen.

Bald hob sie den Kopf und starrte ihn an. »Du hast das getan, nicht wahr?«, fragte sie.

Cal zuckte mit den Schultern. »Nicht wirklich. Alle wollten etwas für dich tun, dich wissen lassen, wie glücklich und erleichtert sie sind, dass du ein taffes Mädchen bist. Sie wollten dich alle sehen, und da war es nur logisch, eine Willkommensparty zu veranstalten.«

»Ich liebe dich«, flüsterte sie.

»Und ich liebe dich«, erwiderte er, während er ihr die Tränen von den Wangen wischte. »Alles gut?«

Sie nickte.

»Übertreibe es nicht. Ich werde dich beobachten, und wenn ich denke, dass du genug hast, gehen wir. Und kein noch so großes Flehen, kein Hundeblick und kein Schmollen wird mich umstimmen«, warnte er.

June lächelte. »Okay.«

»Okay«, wiederholte er. Dann drehte er sie zu den anderen, die geduldig darauf warteten, dass sie ihre Fassung wiedererlangte.

Eine Stunde später schaute June sich im Restaurant um, immer noch erstaunt darüber, dass alle ihretwegen gekommen waren. Die Frau, die seit mehr Jahren, als sie zählen konnte, keine richtigen Freunde gehabt hatte. Natürlich waren JJ, Bob, Chappy, Carlise und April da. Aber auch alle Bewohner und Angestellten vom *Hill's House* waren gekommen. Und Polizeichef Rutkey. Und die Rettungssanitäter, die sie an diesem schrecklichen Tag behandelt hatten.

Sie sah sogar Cals Mutter und Vater, die an einer Wand standen, die Szene betrachteten und lächelten. Und nicht nur das, auch mehrere Einwohner von Newton, denen sie im Vorbeigehen begegnet war – die ihr zugewinkt und zugelächelt, mit denen sie aber kaum gesprochen hatte –, waren ebenfalls da.

Die letzten zwei Wochen waren scheiße gewesen – aber sie lebte, sie war mit dem Mann verheiratet, den sie mehr liebte als das Leben selbst, und sie war entschlossen, die Vergangenheit hinter sich zu lassen. Es fiel ihr schwer, die Tatsache zu begreifen, dass ihre Stiefmutter einen *Auftragsmörder* auf sie angesetzt hatte und dass sie tatsächlich angeschossen worden war – zweimal. Aber es *war* geschehen, und sie wollte weiterziehen.

Sie war nicht überrascht, als sie erfuhr, dass sie auf dem OP-Tisch zweimal praktisch gestorben war. Sie hatte Cal erzählt, dass sie ihren Vater bei einem dieser Male gesehen hatte ... aber sie hatte ihm noch nicht erzählt, was beim anderen Mal passiert war. Sie würde es ihm eines Tages erzählen, wenn die Zeit reif war.

Sie hatte ein helles, weißes Licht gesehen ... und sie wurde hingezogen. Der Schmerz war verschwunden und sie fühlte sich leichter als Luft. Glücklich. Friedlich. Ruhig. Aber dann erinnerte sie sich an eine Stimme, fast wie ein Echo. Cals Stimme, die ihr sagte, dass er ohne sie nicht leben könne. Er befahl ihr zu kämpfen.

Damals wollte sie das nicht. Sie hatte gewusst, wenn sie das Licht ignorierte, würde sie zurückgehen und den Schmerz spüren müssen.

Dann hatte sie eine Frau gesehen – eine, die sie nur von Bildern kannte. Ihre Mutter.

Sie hatte June so liebevoll angelächelt. Hatte ihr gesagt, wie schön sie sei ... und wie glücklich sie sei, sie zu sehen. June war auf sie zugegangen, aber die Frau hatte eine Hand gehoben. »Es ist nicht deine Zeit, Liebes«, hatte sie gesagt. »Dein Mann braucht dich.«

»Aber ich will mit dir zusammen sein, Mom«, hatte June gebettelt.

»Ich weiß, und das wirst du auch. Eines Tages. Aber heute ist nicht der Tag. Du musst zu ihm zurückkehren. Deine beiden kleinen Mädchen brauchen deine Rückkehr. Sie werden unglaubliche Dinge tun. Dinge, die du dir nicht einmal vorstellen kannst. Sie werden nicht nur für dich und ihren Vater wichtig sein, sondern für die ganze Menschheit.«

»Werden sie das?«, hatte June verblüfft gefragt.

»Ja. Du bist eine fantastische Frau, June – und ich bin so stolz auf dich.«

Dann war sie verschwunden und der Schmerz war mit voller Wucht zurückgekehrt.

June erinnerte sich an ihr Gespräch, als sei es gestern gewesen. Kinder mit Cal wären ein wahr gewordener Traum, aber zu wissen, dass ihre Kinder aufwachsen würden, um etwas Wichtiges für die Welt zu tun, war etwas, das sie immer noch zu begreifen versuchte.

»Hey«, sagte Banks, als er auf den Tisch zuging, an dem June saß.

»Wir reden später weiter«, sagte Granny und umarmte June, bevor sie sie mit dem Mann allein ließ.

»Banks«, sagte June, und Tränen stiegen ihr in die Augen. In letzter Zeit weinte sie bei jeder Kleinigkeit, aber da es niemanden zu stören schien, versuchte sie, sich nicht allzu viele Gedanken darüber zu machen.

Sie umarmte den älteren Mann so fest, wie sie konnte, was nicht sehr fest war. Zu viel Bewegung verursachte ein schmerzhaftes Stechen in ihrer Brust, aber das war ihr egal. Sie würde sich mit den Folgen abfinden und später eine Schmerztablette nehmen.

»Ich habe gehört, was du getan hast«, sagte June, als sie sich zurückzog. »Ich schätze, du hast nicht gelogen, was die Sache mit der Boxmeisterschaft angeht,« neckte sie.

Banks lachte. »Nein.«

»Ich kann nicht glauben, dass du einfach auf einen Mann mit einer Waffe zugegangen bist, der offensichtlich keine Angst hatte, sie zu benutzen, und ihn geschlagen hast.«

Banks zuckte mit den Schultern. »Er war nicht daran interessiert, mich zu erschießen. Er war ganz auf dich konzentriert.« Seine Stimme wurde leiser. »Er wollte wieder auf dich schießen. Das konnte ich nicht zulassen, June.«

Sie blinzelte überrascht. Das hatte sie noch nicht gehört. Wenn Tim ein drittes Mal auf sie geschossen hätte, hätte sie wahrscheinlich nicht überlebt.

»Du hast ihn k. o. geschlagen. Mit *einem Schlag*«, stieß sie hervor. »Du bist mein Held, Banks. Ich meine es ernst.«

Sie war nicht überrascht, als er ihre Worte mit einem Achselzucken abtat. »Jeder hätte es getan.«

»Aber nicht jeder hat es getan. *Du* hast es getan«, erklärte June ihm.

Banks weigerte sich, sie bei dem verweilen zu lassen, was er

SUSAN STOKER

getan hatte. »Wenigstens waren diese Lacrosse-Schläger zu mehr zu gebrauchen, als nur einen Papierball herumzuschleudern«, scherzte er. »Ich wünschte, du hättest sehen können, wie die anderen sie wie Knüppel in der Hand hielten, bereit, Tim eine zu verpassen, sollte er es wagen aufzustehen.«

June lächelte zärtlich. Sie wünschte auch, sie hätte das sehen können. Auf die Idee mit Lacrosse war sie gekommen, als sie mit Cal im Hotel übernachtet hatte, nachdem sie aus D. C. geflohen waren.

Sie war stolz auf ihre *Hill's House* Familie. Nach allem, was sie gehört hatte, hatte jeder Einzelne von ihnen seinen Teil dazu beigetragen, die schreckliche Situation in den Griff zu bekommen.

»Wann kommst du zurück?«, fragte Banks. »Ich muss nämlich sagen, dass es ziemlich langweilig geworden ist. Wir vermissen deine Aktivitäten. Und Brenda redet ständig davon, als Erste mit dem Schlitten fahren zu dürfen.«

»Sie kommt zurück, sobald sie sich genügend erholt hat«, sagte Cal hinter ihr.

June legte den Kopf zurück und lächelte zu ihrem Mann hoch.

»Es ist Zeit, nach Hause zu fahren«, sagte er sanft.

Sie runzelte die Stirn. »So bald?«

»Es ist schon eine Stunde vergangen, Prinzessin. Du bist müde, und ich muss dir eine Schmerztablette geben, weil du so oft die Stirn runzelst.«

Er hatte nicht unrecht. June hatte versucht, ihre Schmerzen zu verbergen, weil es ihr zu viel Spaß machte, sich mit ihren Freunden zu unterhalten, aber natürlich merkte Cal das.

»Ach, na gut«, jammerte sie.

Banks lachte. Cal half ihr auf die Beine und legte erneut einen Arm fest um ihre Taille. Es dauerte lange, bis sie die Tür erreichten, denn sie mussten anhalten und sich von jedem verabschieden, an dem sie vorbeikamen. Alle sagten ihr noch einmal, wie erleichtert und glücklich sie waren, dass es ihr gut ging. Als Cal sie auf den Beifahrersitz seines Geländewagens setzte, war sie schon halb eingeschlafen.

»Ich kann nicht glauben, dass deine Eltern schon wieder zurück sind«, sagte sie, als sie auf dem Weg zu seinem Haus waren.

»Sie hätten deine Heimkehr auf keinen Fall verpassen wollen.«

»Deine Mutter hat heute Abend mit mir über einen Besuch in Liechtenstein gesprochen«, sagte sie.

»Verdammte Scheiße«, fluchte Cal.

June lächelte. »Ganz ehrlich? Das macht mir eine Heidenangst. Euer Volk zu treffen, den König und die Königin, und so im Rampenlicht zu stehen. Aber mit dir an meiner Seite kann ich es schaffen.«

»Natürlich kannst du das«, sagte Cal sofort. »Du kannst alles schaffen. Aber lass dich nicht von meiner Mutter unterbuttern. Sie ist es gewohnt, ihren Willen zu bekommen. Wenn du die Zeremonie zur Erneuerung des Ehegelübdes nicht machen willst, werden wir sie nicht machen.«

June starrte zu ihm hinüber. »Ganz ehrlich ...?« Sie verstummte.

»Ja?«, fragte er, als sie nicht antwortete.

»Ich habe den Film *Aschenputtel* immer geliebt. Den neuesten. Wo sie dieses blaue Kleid trug? Ich meine, ich habe nicht annähernd ihren Körperbau, aber ich habe immer davon geträumt, so etwas zu tragen und mit meinem eigenen Märchenprinzen zu tanzen.«

Der verliebte Blick in Cals Augen, als er sie ansah, brachte June beinahe dazu, sich noch einmal zu kneifen.

»Dann wirst du genau das bekommen. Und dein Körper ist perfekt, Prinzessin. Du bist *mein* Aschenputtel. Meine schöne Prinzessin. Wir werden nach Liechtenstein fliegen, eine Zeremonie für die Presse und mein Volk abhalten, dann nach

Hause kommen und uns wieder in unser langweiliges Leben hier in Maine einfügen.«

»Das klingt wie ein wahr gewordener Traum. Obwohl ich denke, wenn unsere Kinder erst einmal da sind, wird es nicht mehr so langweilig sein.«

»Stimmt«, sagte er mit einem kleinen Lächeln. »Aber für eine Weile werden keine Kinder gezeugt ... nicht bevor der Arzt sein Okay gibt.«

»Verdammt«, sagte June mit einem vorgetäuschten Schmollmund.

Ehrlich gesagt war sie noch nicht annähernd bereit für Cals Art von Liebesspiel, aber sie würde heilen. Ihre Antibabypille hatte sie bereits abgesetzt, denn es war nicht so, als hätte sie während der ersten Tage im Krankenhaus auch nur daran gedacht.

Sie wusste nicht, wie Cals Zeitplan für ein Baby aussehen mochte, aber sie war mehr als bereit, den Rest ihres Lebens zu beginnen ... mit Cal und ihrer Familie.

EPILOG

Als die Tür sich hinter ihnen schloss, stieß Cal zischend die Luft aus, als June ihn praktisch überfiel. Sie drückte ihn gegen die Wand und schob ihm dann mit den Händen verzweifelt das T-Shirt über die Brust.

Es waren zwei lange, frustrierende Monate für sie beide gewesen, seit sie angeschossen worden war, und sie waren gerade erst vom Arzt zurückgekommen. Er hatte June endlich grünes Licht gegeben, zu allen normalen Aktivitäten zurückzukehren. Arbeit, Sport – und Sex.

Cal hatte einen romantischen Abend geplant, mit einem schönen Abendessen, einer Massage und vielleicht einem Bad, dann langsames, zärtliches Liebesspiel. Aber es sah so aus, als hätte seine Frau andere Vorstellungen.

Er lachte, als sie knurrte, da er sich für ihren Geschmack nicht schnell genug bewegte, aber das Lachen wurde unterbrochen, als sie ihm das Hemd auszog, dann auf die Knie ging und an seinem Gürtel herumfummelte.

»Ruhig, Prinzessin«, murmelte er.

»Ich will dich, Cal. Und du warst so stur«, beschwerte sie sich. »Ich habe dir immer wieder gesagt, dass es mir gut geht, dass du mir nicht wehtun wirst, aber du hast mich *nichts* machen lassen.«

Ein Stöhnen verließ seinen Mund, als sie seine Jeans öffnete, sie zusammen mit seinen Boxershorts über seine Hüften schob und ihn praktisch vollständig aufnahm.

Er umfasste ihr Haar und sah zu, wie sie seinen Schwanz tief in den Mund saugte. Sie gab ein zufriedenes Geräusch von sich, als er sofort hart wurde. Das summende Geräusch stimulierte ihn nur noch mehr. Cal hatte sich im letzten Monat öfter unter der Dusche einen runtergeholt als in seinem ganzen Leben. Es war eine Qual gewesen, sich vor seiner Frau zurückzuhalten, aber er hatte sich geweigert, etwas zu tun, was ihre Genesung behindern könnte.

June bewegte den Kopf auf seinem Schwanz auf und ab, während sie an ihm saugte. Sie ließ den Blick nach oben wandern und er konnte die Augen nicht von ihr abwenden, als sie ihm den besten Blowjob gab, den er je bekommen hatte.

»Ich will alles von dir«, sagte sie, wobei sie den Mund lange genug von ihm nahm, um zu sprechen. Sie streichelte ihn weiter mit der Hand und hielt ihn in Bereitschaft, während er sich zur Unterstützung an die Wand lehnte.

»Ja«, flüsterte er.

Das zufriedene Lächeln auf ihrem Gesicht war jeden Cent wert, den er auf der Bank hatte. Sie senkte den Kopf wieder und machte sich an die Arbeit, ihn zu befriedigen. Obwohl er erst an diesem Morgen masturbiert hatte, fand Cal sich viel zu schnell an der Grenze. Er konnte sich nicht mehr zurückhalten, nicht beim Anblick ihrer Lippen auf ihm und der Art, wie sie seine Hoden streichelte, während sie ihn tief in den Mund nahm.

»Ich komme!«, warnte er. Es war das erste Mal, dass er sich von ihr auf diese Weise zum Höhepunkt bringen ließ. Aber von jetzt an würde seine Frau alles bekommen, was sie wollte. Außerdem würde sein Orgasmus jetzt hoffentlich dafür sorgen, dass er später länger durchhielt, sodass er sie bis tief in die Nacht verehren konnte, ohne sich Sorgen machen zu müssen, zu früh zu kommen.

Als Antwort darauf saugte sie fester, wodurch ihre Wangen hohl wurden. Zu seinen Füßen kniend, vollständig bekleidet, so begierig nach ihm, dass sie es nicht einmal abwarten konnte, bis sie in ihrem Bett waren ... das war alles so fleischlich, so erotisch, dass Cal nicht länger warten konnte.

Ein Schwall von Sperma verließ seinen Schwanz, und dann ließ er sich ganz gehen. Er kam so hart und so lange, dass June nicht alles von ihm aufnehmen konnte. Sie schluckte zweimal, dann zog sie den Kopf zurück, während weiterhin Sperma aus seinem Schwanz schoss. Seine Essenz spritzte auf ihren Hals und ihr Kinn, und er sah fasziniert zu, wie sie mit ihrer Hand jeden einzelnen Tropfen herauspresste.

Als sie mit so viel Stolz und Lust zu ihm aufsah, musste Cal sich zusammenreißen, sie nicht gleich im Eingangsbereich auf den Rücken zu drücken und zu nehmen. Er streckte eine Hand aus und wischte etwas von seinem Sperma von ihrer Wange, dann hielt er seine Hand an ihren Mund. Sie öffnete ihn, saugte seinen Finger tief ein und ließ ihre Zunge um das Glied gleiten, als sei es ein Minischwanz.

Das war es. Cal war fertig. Er zog seine Schuhe aus, warf seine Hose und seine Unterwäsche weg, dann, splitterfasernackt und ohne sich auch nur eine Sekunde lang wegen seiner Narben zu schämen, griff er nach unten und zog June auf die Füße. Er hob sie in die Arme und ging zur Treppe.

June klammerte sich an seinen Hals, leckte und saugte und markierte ihn. Er stellte sie auf die Füße, als sie neben ihrem Bett ankamen. »Klamotten. Ausziehen«, befahl er schroff.

Mit einem breiten Lächeln gehorchte June und war bald genauso nackt wie er.

Cal schob sie auf das Bett und ließ sich sofort über ihr nieder, als sie auf dem Rücken lag. Er fuhr mit dem Finger über

die lange Narbe auf ihrer Brust, wo die Chirurgin sie aufge-
schnitten hatte, um ihr das Leben zu retten.

»Du bist so wunderschön.« Er sah ihr in die Augen. »Es hat
lange gedauert, aber ich habe es endlich verstanden.«

»Was verstanden?«, fragte June und hielt sich an seinen
Armen fest, während er über ihr schwebte.

»Dass Narben nicht hässlich sind. Sie sind nur ein
Wegweiser in unsere Vergangenheit. Sie erzählen anderen, was
wir überlebt haben. Und wir sind beide Überlebende, du und
ich«, sagte er. »Wir sind durch die Hölle und zurück gegangen,
aber nichts konnte uns davon abhalten, einander zu finden.«

»Ich liebe dich«, flüsterte sie.

»Und ich liebe dich«, erwiderte er.

»Würdest du endlich die Klappe halten und mit deiner Frau
schlafen?«, flehte sie.

Cal lächelte. »Ja, Ma'am.«

»Gut. Oh, und noch eine Sache«, sagte sie mit einem
verschmitzten Grinsen.

»Ich dachte, du wolltest, dass ich den Mund halte und losle-
ge«, stichelte er.

»Ich habe den Arzt etwas gefragt, während du den Wagen
geholt hast.«

Als sie nicht weitersprach, hob Cal fragend eine
Augenbraue.

»Ich wollte sichergehen, dass es in Ordnung ist, wenn ich
schwanger werde. Dass unser Baby nicht in Gefahr ist oder so.
Dass ich es auf natürlichem Wege zur Welt bringen kann, ohne
dass die Operation irgendwelche Probleme verursacht.«

Cal erstarrte. »Und?«

»Er hat Ja gesagt. Dass ich vollständig geheilt bin und dass
er nicht glaubt, dass es irgendwelche Komplikationen geben
wird. Und du weißt ja, dass ich meine Pille schon eine Weile
nicht mehr nehme, also ...« Sie grinste wieder, als ihre Worte
verklangen.

Cal konnte nicht denken. Er war platt. Natürlich wusste er, dass sie während ihrer Heilung keine Vorsichtsmaßnahmen gegen eine Schwangerschaft getroffen hatte, aber aus irgendeinem Grund hatte er nicht darüber nachgedacht, was das bedeutete, sobald sie wieder für normale Aktivitäten freigegeben war.

»Ich will dein Baby, Cal«, flüsterte sie. »Heute. Jetzt sofort.«

Er hatte vorgehabt, sie zu vernaschen. Jeden Zentimeter ihres Körpers zu verehren. Ihr zu zeigen, wie sehr er sie liebte. Dass er ohne sie nicht leben konnte. Aber jetzt konnte er nur noch daran denken, in sie einzudringen und sie mit seinem Samen zu füllen, immer und immer wieder, bis er sie schwängerte.

Sein Schwanz verhärtete sich fast schmerzhaft und er grunzte wie ein Tier, als er sich in Position brachte, ihre Oberschenkel auseinanderdrückte und die Spitze seines Schwanzes an ihren Eingang legte.

Erst als er vollständig in ihr vergraben war, als er spürte, wie ihre Schamhaare sich mit seinen vermischten, als er spürte, wie sie sich um ihn herum zusammenzog, wurde ihm klar, was er getan hatte. Er hatte sich nicht einmal vergewissert, ob sie bereit für ihn war.

»Verdammt!«, fluchte er.

June kicherte, und er spürte es an seinem Schwanz.

»Da gefällt jemandem der Gedanke, ein Baby zu machen«, neckte sie.

Er gefiel ihm nicht nur – er liebte ihn. June wäre schwanger noch schöner, als sie es jetzt schon war. Und er konnte es kaum erwarten, ihr Baby kennenzulernen. Er wollte ihr beim Stillen zusehen, sehen, wie sie ihren Sohn oder ihre Tochter im Arm hielt. Er wollte das alles erleben. Das Weinen, das Schaukeln, das Wechseln der Windeln. Es war fast lächerlich, wie bereit er war, Vater zu werden.

»Ich liebe dich«, flüsterte er. »Du hast keine Ahnung, wie sehr.«

»Natürlich weiß ich das«, erwiderte sie. »Ich habe dem Tod ein Schnippchen geschlagen, zweimal, um zu dir zurückzukommen.«

Sie hatte nicht unrecht.

Sie hatte ihm endlich von der zweiten Nahtoderfahrung erzählt, die sie auf dem Operationstisch gemacht hatte, und der Gedanke, dass sie zwei kleine Mädchen haben würden, hatte ihn in die Knie gezwungen. Cal war sich sicher, dass ihre Mutter versuchte, June mitzuteilen, dass ihre Töchter Krebs heilen würden oder eine von ihnen die erste Präsidentin der Vereinigten Staaten werden oder irgendeine andere enorm wichtige Leistung vollbringen würde. Aber selbst wenn sie Newton nie verlassen und Kellnerinnen bei *Granny's Burgers* werden würden, würden sie die besten Kellnerinnen sein, die man je gesehen hatte, dessen war er sich sicher.

Er begann, sich langsam in ihr zu bewegen und ihr ohne Worte zu zeigen, wie sehr er sie verehrte, wie wichtig sie für ihn war, wie sehr er sie liebte. Ihre Blicke blieben aneinander haften, während sie sich bewegten, und Cal war nicht im Geringsten überrascht, als sie zusammen kamen. Er drehte sich, bis sie auf ihm lag, sein halbharter Schwanz noch immer tief in ihrem Körper.

»Wenn du glaubst, dass du in nächster Zeit aus diesem Bett rauskommst, träumst du«, informierte er sie.

June hob den Kopf und lächelte ihn an. »Ich kann alles ertragen, was du mir gibst, Märchenprinz.«

»Mein Aschenputtel«, murmelte er, bevor er sie wieder drehte. Widerwillig zog er sich zurück und glitt an ihrem Körper hinunter. »Ich hatte vorhin nicht die Gelegenheit, all die Dinge zu tun, die ich gern tun wollte.«

June breitete die Arme und Beine aus und lächelte zur

Decke hinauf. »Mach mit mir, was du willst, Ehemann. Ich gehöre ganz dir.«

Ja, das tat sie wirklich.

Bob war gelangweilt. Schon wieder. Er liebte es, zusammen mit seinen Freunden ein Geschäft zu führen. Er genoss die frische Luft hier in Newton und das Führen von Wanderern auf dem AT. Aber tief im Inneren sehnte er sich nach mehr Aufregung. Er hatte es geliebt, ein Soldat der Spezialeinheit zu sein. Er lebte für die Adrenalinschübe, die die Missionen mit sich brachten. Er fühlte sich wohl an Orten, an denen es vor Leben nur so wimmelte. Hätte er das Rochambeau während ihrer Gefangenschaft gewonnen, wären sie nach ihrer Entlassung aus der Armee nach New York City gezogen.

Er war nicht traurig darüber, dass sie in Maine gelandet waren, aber seine Rastlosigkeit hatte ihn bald überwältigt ... und nachdem er nur ein Jahr dort gelebt hatte, gab er nach und kontaktierte einen Mann vom FBI, dessen Name ihm von einem Team von Männern, die in Indianapolis lebten, mitgeteilt worden war.

Gregory Willis arbeitete mit ehemaligen Militärangehörigen zusammen und schickte sie in Situationen rund um den Globus, um Menschen zu retten, die die Art von Hilfe brauchten, die sonst niemand leisten konnte. Bei einigen handelte es sich um Geiseln, bei anderen um Ausreißer, bei wieder anderen um Menschen, die sich im Sexgewerbe wiederfanden. Wieder andere waren Menschen, die mit ausländischen Behörden in Konflikt geraten waren und keine Möglichkeit hatten, in die USA zurückzukehren.

Es war eine gefährliche Arbeit, aber aufregend. Und erfüllend. Sie ermöglichte es Bob, vor lauter Monotonie nicht den Verstand zu verlieren.

Natürlich hatten seine Freunde – seine allerbesten Freunde auf der ganzen Welt – keine Ahnung. Er wusste, dass sie es nicht gutheißen würden. Es war JJ, der darauf bestanden hatte, dass sie kein Unternehmen gründen sollten, das etwas mit Sicherheitsdiensten zu tun hatte.

Und jetzt war er hier und tat hinter ihrem Rücken genau das.

Wie er es geschafft hatte, es zwei Jahre lang geheim zu halten, war ein Rätsel, aber jetzt war er an einem Punkt angelangt, an dem es fast unmöglich war, reinen Tisch zu machen. Sie würden verletzt sein, dass er es ihnen nicht früher gesagt hatte, dass er ein so großes Geheimnis vor ihnen bewahrte, und verärgert darüber, dass er sein Leben aufs Spiel setzte, ohne dass sie ihm den Rücken freihielten.

Als sein Telefon klingelte, zuckte Bob zusammen. Er lachte ein wenig und schüttelte den Kopf. Er sollte nicht so nervös sein, aber bei dem, was er nebenbei machte, war er nicht überrascht. Er hatte sich in den letzten zwei Jahren einige Feinde gemacht, Leute, die ihn am liebsten beseitigen würden, um dafür zu sorgen, dass er seine Nase nie wieder in ihre Angelegenheiten steckte. Aber Bob war nicht beunruhigt. Er konnte auf sich selbst aufpassen, das hatte er immer wieder bewiesen.

»Evans«, sagte er in sein Telefon.

»Ich habe einen neuen Job für dich«, sagte Willis ohne Vorrede.

Sofort schoss Adrenalin durch Bobs Adern. Ja! Er musste etwas tun. Es ging auf den Hochsommer zu, und obwohl *Jack's Lumber* gut ausgelastet war – ebenso wie ihr Führerdienst auf dem Appalachian Trail –, war das nicht genug. Er sehnte sich nach mehr Aufregung.

»Ich bin dabei«, sagte er zu seinem Kontakt.

»Willst du nicht wissen, was es ist?«

Für Bob war es eigentlich egal, aber er bejahte trotzdem.

»Thailand. Eine Frau wurde wegen einer Drogenanklage

inhaftiert. Ihr Bruder behauptet, es sei ein Schwindel. Aber da sie keine Berühmtheit ist, hat die Presse ihr nicht viel Aufmerksamkeit geschenkt.«

Bob runzelte die Stirn. Dieser Teil der Welt war nicht gerade der Ort, den er am liebsten infiltrieren wollte. Erstens fügte er sich nicht gerade unter den Einheimischen ein. Zweitens war das Wetter beschissen. Heiß und feucht war nicht seine Lieblingsatmosphäre für eine Mission. Und drittens war das Justizsystem, wie viele der Polizisten, total korrupt. »Wie lautet der Plan?«

»Kommt darauf an, was du willst. Willst du Heimlichkeit oder Zweckmäßigkeit?«

»Zweckmäßigkeit«, sagte Bob, ohne zu zögern. Bisher hatte es funktioniert, seine Freunde anzulügen, indem er sagte, dass seine ältere Tante Hilfe brauchte – eine Tante, die er nicht hatte – und dass er sich um sie kümmerte, da sie keine andere Familie hatten, um hin und wieder für ein oder zwei Wochen die Stadt zu verlassen. Wenn es noch länger dauerte, wusste Bob, dass sie misstrauisch werden würden ... wenn sie es nicht schon waren.

Bob hörte kopfschüttelnd zu, als Willis ihm Informationen über sein Ziel gab und den Plan skizzierte. An dem, was Willis zusammengestellt hatte, war so viel falsch, dass es nicht einmal lustig war. Aber wenn sie es mit der thailändischen Polizei und der Regierung zu tun hatten, blieb ihnen nicht viel anderes übrig. »Wann reise ich ab?«, fragte er.

»Übermorgen«, antwortete sein Kontaktmann. »Du fliegst von Bangor nach Chicago, nach Los Angeles, nach Peking und nach Bangkok. Wir haben einen Informanten, der dich am Flughafen abholt.«

Bob holte tief Luft. Diese Mission verlief extrem schnell. Aber er war froh. Er hoffte, dort anzukommen, diese Marlowe-Frau zu finden und wieder zu verschwinden. Der Stress und die

Aufregung einer solch verrückten Mission sollten ausreichen, um ihn monatelang zu überbrücken.

»Klingt gut.«

»Ich schicke das Infopaket heute Abend ab, und morgen bekommst du ein Paket mit der Post. Ich arbeite daran, das unterirdische Netzwerk einzurichten, um dich und Marlowe rauszuholen, aber das wird nicht ganz einfach. Ihr werdet auf ... kreative Weise nach Kambodscha gelangen müssen.«

Bob wusste, was das bedeutete. Sie würden nicht einfach über einen der offiziellen Kontrollpunkte gehen. Wahrscheinlich würden sie die Grenze an einem abgelegenen Ort überqueren müssen, was die Wahrscheinlichkeit erhöhte, dass sie erwischt wurden. »Verstanden.«

»Die Bezahlung erfolgt wie immer nach Abschluss der Mission. Wenn du noch Fragen hast, weißt du ja, wie du mich erreichen kannst. Viel Glück.«

Bob schnaubte, als Gregory Willis auflegte, ohne ihm noch einmal Gelegenheit zu geben, etwas zu sagen. Er legte das Handy weg und starrte einen Moment lang ins Leere, dann stand er vom Sofa auf. Er musste einige Vorbereitungen treffen, ein Infopaket lesen und Lügen auftischen, damit seine Freunde sich keine Sorgen um ihn machten.

Schuldgefühle ließen ihn die Stirn runzeln, aber Bob schob das Gefühl beiseite.

Auf keinen Fall wollte er JJ, Chappy und Cal enttäuschen, aber seine Freunde waren anderweitig mit ihren Frauen beschäftigt. Obwohl JJ und April noch nicht offiziell ein Paar waren, hatte Bob keinen Zweifel daran, dass sie es bald sein würden. Die Chemie zwischen den beiden ließ jedes Mal, wenn sie zusammen waren, die Funken sprühen. Es war nur eine Frage der Zeit, bis sie sich zusammenrauften und etwas daraus machten.

Er freute sich sehr für seine Freunde, aber er war noch nicht bereit, sich niederzulassen. Und jetzt hatte er noch jemanden, dem er mit den Fähigkeiten, die er im Laufe der Jahre perfektioniert hatte, helfen konnte.

Er würde Marlowe Kennedy retten, damit sie mit ihrem Leben weitermachen konnte, und seine ruhelose Seele wäre wieder besänftigt ... zumindest für eine Weile.

Entschlossenheit machte sich in ihm breit, als Bob in sein Zimmer ging, um zu packen.

Marlowe Kennedy kauerte über der Nähmaschine, die ihr zugewiesen worden war, und seufzte schwer. Sie war seit fast einem Monat in diesem Höllenloch, wobei sie die ersten zwei Wochen in Einzelhaft verbracht hatte, um sicherzustellen, dass sie keine Viren hatte, die sich auf die anderen Insassen übertragen könnten. Das Gefängnis war überfüllt, und die Atmosphäre von Elend und Niedergeschlagenheit war überwältigend.

Sie teilte sich ein »Zimmer« mit zweihundert anderen Gefangenen. Sie schlief auf einer dünnen Matte, wobei die Frauen sie auf beiden Seiten berührten. Das Essen war furchtbar und Marlowe wusste, dass sie bereits zu viel Gewicht verloren hatte.

Als sie verhaftet worden war, hatte sie die Polizei angefleht. Sie hatte den Beamten gesagt, sie wisse nicht, wie die Pillen, die man in ihrer Tasche gefunden hatte, dorthin gekommen waren. Aber es hatte nichts genützt. Man hatte sie gezwungen, ein Dokument zu unterschreiben, das sie nicht einmal lesen konnte, sie in dieses Gefängnis gefahren und ohne einen zweiten Blick weggesperrt.

Sie war stundenlang »verhört« worden – was nichts anderes bedeutete, als dass sie in einer Sprache angeschrien wurde, die sie nicht beherrschte –, aber ihr war keine Gelegenheit gegeben worden, ihre Sicht der Dinge darzulegen. Sie durfte weder telefonieren noch einen Rechtsbeistand hinzuziehen. Sie hatte in Thailand an einer archäologischen Ausgrabung gearbeitet und sich um ihre eigenen Angelegenheiten gekümmert, und ehe sie sichs versah, wurde ihr Zelt durchsucht und Drogen gefunden, die *nicht* ihr gehörten.

Sie hatte tagelang geweint, aber jetzt konnte sie keine Tränen mehr vergießen. Sie war weggeworfen worden, vergessen.

Sie verstand nicht, was irgendjemand sagte, und die Aufseherinnen – Häftlinge, die lange genug dort waren, um Verantwortung für ihre Mitgefangenen zu übernehmen – mochten sie nicht, nur weil sie Amerikanerin war.

Der Gedanke an ihren Bruder war das Einzige, was Marlowe davor bewahrte, völlig zusammenzubrechen. Sie hatte den Ausgrabungsleiter angefleht, ihn anzurufen, als sie weggeschleppt worden war, in dem Wissen, dass ihr Bruder alles tun würde, um zu helfen. Er war fünf Jahre älter und hatte sie immer beschützt, erst recht, nachdem ihre Eltern bei einem Unfall mit Fahrerflucht ums Leben gekommen waren, als sie vierzehn war.

Tony würde herausfinden, was passiert war und wie er sie da rausholen konnte. Dank seiner jahrelangen Arbeit in der Politik hatte er die nötigen Verbindungen, um ihr zu helfen. Er würde nicht aufhören, bis die Anklage gegen sie fallen gelassen und sie freigelassen würde.

Doch trotz dieser Überzeugung nahmen ihr Glaube und ihr Vertrauen mit jedem Tag, der verging, einen weiteren kleinen Schlag. Jeder einzelne Tag fühlte sich an, als würde er eine Woche dauern, und es fiel ihr schwer, den Glauben daran aufrechtzuerhalten, dass sie eines Tages hier herauskommen würde.

Sie war sich ziemlich sicher zu wissen, *wer* sie reingelegt hatte, aber es war nicht so, dass sie etwas dagegen tun konnte, solange sie an diesem Ort festsaß. Sie brauchte dringend ihren Bruder.

»Ich brauche dich, Tony«, flüsterte sie laut. »Bitte hol mich hier raus.«

Aber natürlich gingen ihre Worte im Lärm des großen, übermäßig heißen Raumes unter. Niemand erschien auf magische Weise, um sich zu entschuldigen und ihr zu sagen, dass die Verhaftung ein großes Missverständnis gewesen war.

Marlowe schloss für einen Moment die Augen. Sie war nicht berühmt ... war keine Spitzensportlerin, keine Politikerin oder Schauspielerin. Sie war ein Niemand. Und genau diese Tatsache ließ sie befürchten, dass sie in diesem dunklen, feuchten Gefängnis sterben würde, ohne dass jemand außer ihrem Bruder sich um sie scherte.

Wenn sie wie durch ein Wunder hier rauskäme, würde sie ihr Leben ändern. Sie würde versuchen, offener zu sein. Würde heiraten. Vielleicht Kinder bekommen – da war sie sich noch nicht sicher. Auf jeden Fall eine bessere Tante für Tonys Kinder sein. Nicht mehr so gefährliche Aufträge annehmen.

Und sie würde demjenigen für immer dankbar sein, der es schaffte, sie hier herauszuholen. Ein Anwalt, ein Verhandlungsführer, ein knallharter Söldner – es war ihr egal. Verdammt, sie würde die Person heiraten und ihr ganzes Leben ihr widmen ... wenn sie nur eine zweite Chance bekäme.

Mit einem weiteren Seufzer atmete Marlowe tief durch und öffnete die Augen. Sie musste jeden Tag eine bestimmte Anzahl von Blusen fertigstellen, und wenn sie das nicht schaffte, würde sie von den Wärtern bestraft werden.

In ihrer knappen Freizeit trainierte sie. Sie musste ihre Kräfte aufrechterhalten. Nur für den Fall, dass sie es irgendwie schaffte herauszukommen, wollte sie auf alles vorbereitet sein. Sie wollte laufen, klettern, schwimmen, Hunderte von Kilometern bis zur Grenze wandern können ... was auch immer nötig war, sie wollte in der bestmöglichen Verfassung sein, ungeachtet ihres Gewichtsverlustes.

»Bitte, Tony«, sagte sie wieder laut, während sie sich über den Stoff auf ihrem Tisch beugte. »Bitte hilf mir.«

―――――――――

Hilfe ist für die arme Marlowe auf jeden Fall auf dem Weg. Sie braucht gerade jetzt einen Helden. Bob würde sich vielleicht nie so sehen, aber damit läge er falsch. Halten Sie Ausschau nach dem nächsten Buch der Reihe »Ein Spiel des Glücks«, *Ein Held für Marlowe.*

BÜCHER VON SUSAN STOKER

Ein Spiel des Glücks
Ein Beschützer für Carlise
Ein Prinz für June
Ein Held für Marlowe (1 Aug)
Ein Holzfäller für April (1 Okt)

SEALs of Protection: Alliance
Schutz für Remi
Schutz für Wren
Schutz für Josie
Schutz für Maggie
Schutz für Addison
Schutz für Kelli (2 Sept)
Schutz für Bree (Jan 2026)

Die Männer von Silverstone
Vertrauen in Skylar
Vertrauen in Taylor
Vertrauen in Molly
Vertrauen in Cassidy

Die Zuflucht in den Bergen
Zuflucht für Alaska
Zuflucht für Henley
Zuflucht für Reese
Zuflucht für Cora
Zuflucht für Lara
Zuflucht für Maisy
Zuflucht für Ryleigh

Das Bergungsteam vom Eagle Point
Ein Retter für Lilly
Ein Retter für Elsie
Ein Retter für Bristol
Ein Retter für Caryn
Ein Retter für Finley
Ein Retter für Heather
Ein Retter für Khloe

SEALs of Protection: Legacy
Ein Beschützer für Caite
Ein Beschützer für Brenae
Ein Beschützer für Sidney
Ein Beschützer für Piper
Ein Beschützer für Zoey
Ein Beschützer für Avery
Ein Beschützer für Kalee
Ein Beschützer für Jane

Die SEALs von Hawaii:
Die Suche nach Elodie
Die Suche nach Lexie
Die Suche nach Kenna
Die Suche nach Monica
Die Suche nach Carly

Die Suche nach Ashlyn
Die Suche nach Jodelle

Delta Team Zwei
Ein Held für Gillian
Ein Held für Kinley
Ein Held für Aspen
Ein Held für Jayme
Ein Held für Riley
Ein Held für Devyn
Ein Held für Ember
Ein Held für Sierra

Mountain Mercenaries:
Die Befreiung von Allye
Die Befreiung von Chloe
Die Befreiung von Morgan
Die Befreiung von Harlow
Die Befreiung von Everly
Die Befreiung von Zara
Die Befreiung von Raven

Ace Security Reihe:
Anspruch auf Grace
Anspruch auf Alexis
Anspruch auf Bailey
Anspruch auf Felicity
Anspruch auf Sarah

Die Delta Force Heroes:
Die Rettung von Rayne
Die Rettung von Emily
Die Rettung von Harley
Die Hochzeit von Emily

Die Rettung von Kassie
Die Rettung von Bryn
Die Rettung von Casey
Die Rettung von Wendy
Die Rettung von Sadie
Die Rettung von Mary
Die Rettung von Macie
Die Rettung von Annie

SEALs of Protection:
Schutz für Caroline
Schutz für Alabama
Schutz für Fiona
Die Hochzeit von Caroline
Schutz für Summer
Schutz für Cheyenne
Schutz für Jessyka
Schutz für Julie
Schutz für Melody
Schutz für die Zukunft
Schutz für Kiera
Schutz für Alabamas Kinder
Schutz für Dakota

Eine Sammlung von Kurzgeschichten
Ein langer kurzer Augenblick

BIOGRAFIE

Susan Stoker ist die New York Times, USA Today und Wall Street Journal Bestsellerautorin der Buchreihen »Badge of Honor: Texas Heroes«, »SEAL of Protection«, »Die Delta Force Heroes« und einigen mehr. Stoker ist mit einem pensionierten Unteroffizier der US-Armee verheiratet und hat in ihrem Leben schon überall in den Vereinigten Staaten gelebt – von Missouri über Kalifornien bis hin zu Colorado. Zurzeit nennt sie die Region unter dem großen Himmel von Tennessee ihr Zuhause. Sie glaubt ganz und gar an Happy Ends und hat großen Spaß daran, Geschichten zu schreiben, in denen Romantik zu Liebe wird.

Besuchen Sie Susan im Netz!
www.stokeraces.com
facebook.com/authorsusanstoker
twitter.com/Susan_Stoker
bookbub.com/authors/susan-stoker
instagram.com/authorsusanstoker
Email: Susan@StokerAces.com

www.ingramcontent.com/pod-product-compliance
Lightning Source LLC
Chambersburg PA
CBHW011142100726
47899CB00010B/3133